Zauberfrauen

Märchen

Zu diesem Buch

Hexen, Nixen, Feen und wundertätige Frauen finden in dieser Märchensammlung zusammen. Sie stammen aus allen Zeiten und Kontinenten und aus den unterschiedlichsten Kulturen. Sie lieben, hassen, segnen und verfluchen, bringen Rettung, Untergang, Reichtum, Not oder Glück.

In tausend Gestalten begegnen sie den Irdischen. Nur eines ist ihnen gemeinsam: Niemand, und erst recht nicht ein Mann, kann sich ihrem Zauber entziehen.

Seit ihrer Kindheit ist die Herausgeberin diesem Zauber verfallen. Sie sammelte während der letzten zehn Jahre Mythen und Volksliteratur rund um die Welt und stellte dieses wahrhaft verwunschene Buch zusammen.

Die Autorin

Scharuk Husain wuchs in Pakistan auf und lebt in London. Sie schrieb mehrere Kinderbücher und Drehbücher und arbeitet heute als Psychotherapeutin.

Zauberfrauen

Märchen aus allen Welten

Herausgegeben von
Scharuk Husain

Deutsch von Gerda Bean und
Anne Ruth Frank-Strauss

Unionsverlag
Zürich

Die Originalausgabe erschien 1993
unter dem Titel *The Virago Book of Witches*
bei Virago Press, London.

Auf Internet
Aktuelle Informationen
Dokumente über Autorinnen und Autoren
Materialien zu Büchern
Besuchen Sie uns:
http://www.unionsverlag.ch

Limitierte Jubiläumsausgabe
Auch lieferbar als Unionsverlag Taschenbuch 64

Rieterstrasse 18, CH-8059 Zürich
Telefon 0041-281 14 00, Fax 0041-1 281 14 40
http://www.unionsverlag.ch

Umschlaggestaltung: Heinz Unternährer, Zürich
Druck und Bindung: Clausen & Bosse, Leck
ISBN 3-293-290010-8

Inhalt

Erster Teil
Verführerische Frauen und kranke Helden

Zweiter Teil
Weise alte Frauen

Dritter Teil
Verliebte Hexen: besitzergreifende Frauen
und treue Gemahlinnen

Vierter Teil
Verwandlungen

Fünfter Teil
Hüterinnen der Jahreszeiten und der Elemente

Sechster Teil
Hexengeräte: Kessel, Besenstiel und Stelldichein mit dem Teufel

Siebter Teil
Hungrige Hexen: Kannibalinnen und Blutsaugerinnen

Achter Teil
Prüfungen und Wettkämpfe

Erster Teil

Verführerische Frauen und kranke Helden

Indravati und die sieben Schwestern

Indisch

Es lebte einmal ein König, und er und seine Frau hatten eine Tochter, eine Prinzessin, die schöner war als die Sonne, der Mond und die Blumen. Da sie sogar noch schöner war als die tanzenden Apsaras an Indras göttlichem Hof, beschloß die Königin, sie Indravati zu nennen. Sie dachte, wenn sie das Mädchen Indravati, also Tochter des Indra nannte, wäre es geschützt, wenn es von diesem Gott einmal Hilfe brauchte. Die Königin war eine kluge Frau, und sie wußte, daß ein so schönes Mädchen ganz bestimmt irgendwann im Leben vor den Lastern und bösen Absichten der Männer geschützt werden müßte. Wenn die Zeit käme, könnte sie ihn anrufen und brauchte keine Angst zu haben, aus dem Himmel zu fallen und sich wie der Ganges vor so langer Zeit – erinnerst du dich? – in Shivas endlosen Locken zu verwirren. Weil nämlich Indra ein frecher und lüsterner Gott war – was im Grunde und alles zu seiner Zeit nichts Schlimmes ist. Aber die Königin wollte nicht, daß ihre Tochter, wenn sie ihn um Hilfe bitten müßte, zu seiner Beute werde. Deshalb wählte sie diesen Namen.

Indravati wuchs heran, und man arrangierte mit dem sehr gut aussehenden Sohn eines anderen Königs eine Ehe für sie. Er war schön genug für sie und deshalb natürlich auch schön genug für die Feen. Ein Gesicht wie der Mond, Augen wie Sterne, weiche, geschmeidige Haut nicht nur im Gesicht, sondern am ganzen Körper, ein ganz klein wenig flaumig wie bei einem Pfirsich. (Er war sehr jung, und das Haar seiner Männlichkeit fing gerade erst zu sprießen an, mußt du wissen. Oh! Es war jedesmal eine Überraschung für ihn, wenn er diese Stellen betrachtete.)

Ganz gewiß würde die Prinzessin im Hochzeitszimmer vor Lust erschauern, ihren jungfräulichen Appetit zu deutlich zeigen und ihre mädchenhafte Zurückhaltung und Schüchternheit nicht lange genug vortäuschen können. Aber er war ein Prinz, dessen Glieder so reizvoll waren, daß jede Frau schamlos ihre Scheu verlor.

Es geschah jedoch, daß sieben Schwestern, die in einem heiligen Bobaum lebten, den Prinzen auf seinem Weg zur Hochzeitsfeier gesehen hatten. Bei diesen Frauen waren die Füße umgedreht, so daß die Fersen nach vorne schauten, einem Klumpfuß oder dem Spazierstock eines reichen Mannes ähnlich, und zwar von der Art, die unten eine kleine Messingkugel hat – verstehst du? Und ihre Zehen, die sich wie die Klauen eines Adlers spreizten, ragten nach hinten. Aber die Schwestern bedeckten ihre Füße mit ihren langen, fließenden Röcken. Und wer würde schon auf ihre Füße schauen, wenn ihr Antlitz so verführerisch war? Sie machten den Männern schöne Augen und nahmen dann die Zipfel ihrer Schleiertücher zwischen die Zähne, zwinkerten mit riesigen Augen und schlugen sie nieder, um ihre fächerartigen Wimpern vorzuführen. Sie taten es so, daß jeder Mann, der ihren gesenkten Blicken folgte – Gott vergib uns –, auf ihre schwellenden Brüste starrte. Sie verliebten sich in den Prinzen und wollten ihn für sich haben, diese ... Hexen – Gott schütze uns, wir sollten dieses Wort nicht aussprechen. Sie könnten uns hören und kommen. – Jedenfalls folgten sie dem Prinzen zum Palast seiner Braut. Zuerst waren sie böse, als sie sahen, daß er im Begriff war zu heiraten, aber dann beruhigten sie sich wieder. Warum sollte eine Hexe sich von so etwas entmutigen lassen? Sie haben Zauberkräfte und kennen keine Moral. Sie folgten ihm und warteten, warteten auf den richtigen Augenblick.

Der Prinz und die Prinzessin heirateten mit viel Pomp und großer Feierlichkeit, und die Musiker spielten einen ganzen Monat lang, bis ihre Finger zerschunden und ihre

Knochen steif waren. Die Köche kochten, bis die Hitze der Küchen das ganze Königreich erwärmte und die Mägen aller Leute und sogar der Aasgeier auf den Abfallhaufen zum Platzen voll waren. Es kamen auch viele Bettler aus anderen Königreichen zu den Bergen von Essensresten und beluden ihre Karren, um sie für ihre Familien nach Hause zu nehmen, weil sogar der Abfall ein Festmahl genannt werden konnte. Die Schwestern beobachteten den Prinzen und warteten ab. Schließlich waren Festmahl und Feier vorüber, und Indravati und der Prinz bestiegen ihren Wagen und machten sich auf den Weg zu seinem Königreich, wo sie sich endlich ungestört an ihren Körpern erfreuen wollten.

Sie waren fast den ganzen Morgen unterwegs, aber am Nachmittag wurde es heiß, und sie beschlossen, anzuhalten und sich auszuruhen. Das war unter dem Baum, von dem aus die sieben Schwestern den Prinzen zum ersten Mal gesehen hatten. Vielleicht hatten sie ihm die Idee in den Kopf gesetzt. Wir können es nicht wissen. Aber weil das Brautpaar es nicht erwarten konnte, einander zu entdecken, schickte es sein Gefolge weg.

»Einsamkeit!« befahl der Prinz, und die Höflinge und Diener verstanden und gingen und machten Witze darüber, was der Prinz und die Prinzessin mit ihrer Einsamkeit anfangen würden.

Aber als der Prinz und die Prinzessin sich einander zuwandten, überwältigte sie der Schlaf. Die Schwestern, die in den Zweigen des heiligen Bobaums hockten, wußten, daß die Warterei nun bald ein Ende hätte. Ihre Zeit war gekommen. Sie beschlossen zu handeln, bevor der Prinz von seiner Braut kostete und sein fruchtbarer Regen ihren geschwollenen durstigen Lotus tränkte. Denn sie hatten seine Glieder und seine Jugend mit ihren Augen und Köpfen verschlungen und waren so lange geduldig gewesen, daß sie ihn jetzt unschuldig wollten.

Sie überlegten sich, wie sie ihn bekommen könnten, solange er noch unberührt war. Als das Brautpaar schlief, ließen sich die Hexen aus dem Baum fallen und trugen den Prinz und die Prinzessin in einen Turm hinauf, den sie für den Prinzen errichtet hatten. Die Prinzessin warfen sie aus dem Fenster, um sie zu töten, aber sie erwachte noch rechtzeitig vom Gegacker und Zischeln der Hexen und konnte sich an die Zweige eines Zitronenbaums klammern und ihren Sturz abfangen. Dann ließ sich die Prinzessin zum Fuß des Baumes hinabgleiten, kroch zum Turm und versteckte sich hinter einem Haufen Steine.

Die Hexen legten den Prinzen ganz oben im Turm auf ein Bett, das weich wie eine Wolke war. Und er glaubte zu schweben. Mit ihren klingelnden Glöckchen tanzten sie für ihn und sahen schön aus – wunderschön, erschreckend schön. Und sie verzauberten ihn, so daß er sich immer ein wenig berauscht fühlte und nicht bemerkte, daß ihre Füße umgedreht waren, woran man Hexen erkennt. Oder daß ihre Augen wollüstiger blickten als die einer normalen Frau – sogar wollüstiger als die Augen jener wunderbar liederlichen Frauen, die den Männern während der ihnen auferlegten nächtlichen und täglichen Geschäfte Freude bereiten. Denn der Glanz der Wollust in deren Augen hat mit ihrem Können zu tun, während es bei den sieben Schwestern Geilheit war.

Jedenfalls tanzten sie für den Prinzen und enthüllten beinahe die geheimsten Stellen ihrer Körper. Sie wanden sich und ließen ihre Röcke hoch genug wirbeln, um die schwankenden Baumstämme, aber nicht die Blüten zu zeigen, die sich oben in die Zweige schmiegten. Sie ließen die Träger ihrer Mieder fallen, aber nicht genug, um die vollen, wogenden Brüste zu entblößen, die jetzt von der Begierde, die in ihrem Innern toste, noch geschwollener waren und sich wie rasende, donnernde Wogen über und unter dem Nabel in schäumender Lust brachen. Sie versuchten in dieser Nacht – oh, wie sie sich bemühten –, seine jungfräulichen Glieder (so geschmeidig!) und seine goldene Pfirsichhaut (so verführerisch!) mit den eigenen Körpern zu vereinen, sich wie wilde, üppig wuchernde Schlingpflanzen umeinander zu winden, wie Ranken und Kletterpflanzen unentwirrbar verflochten, wie Knospen, die platzen, um Weidenkätzchen hervorzubringen, die in Öffnungen und Höhlen dringen und sie durchtränken mit Flüssigkeiten, die sich mischen mit Blüte und Frucht; an ihm zehren bis er ausgetrocknet wäre, leer und vorübergehend erschöpft, sie dagegen zum Platzen voll.

So planten sie, ihn zu benutzen, sich von dieser Frucht zu ernähren, den Saft mit Körper und Zunge aufzusaugen, bis die Frucht welkte und schließlich für immer verdorrte. Jeden Tag brachten sie ihm Speisen, denen sie starke Aphrodisiaka wie zerriebenen Tigerzahn, Heilkräuter und Menstruationsblut beigegeben hatten. Sie ließen das Essen die ganze Nacht stehen, aber der Prinz rührte es nicht an, und jeden Morgen, bevor sie sich entfernten, warfen sie es weg. Denn wenn die Speisen wirkten, während sie fort waren, würden die Säfte, die seine Lenden füllten, sich ja vielleicht anderweitig ergießen. Deshalb warfen sie das Essen aus dem Fenster.

Die Sachen fielen tief hinunter – dorthin, wo die Prinzessin saß –, und die Prinzessin zwang sich, ein paar Bröckchen zu essen, gerade so viel, um zu überleben, nicht mehr. Und jeden Morgen, wenn die sieben Schwestern zu ihrem Baum flogen, kletterte sie auf den Zitronenbaum und stieg in den Turm des Prinzen und umsorgte ihn und sprach zu ihm, strich ihm über die Stirn und flehte ihn an, aufzuwachen. Aber das konnte er natürlich nicht. Und die Prinzessin wurde immer wütender und wütender, bis sie meinte, nicht länger einfach nur dasitzen und abwarten zu können. Ich muß etwas unternehmen, dachte sie.

Und sie unternahm etwas.

Sie wartete, bis die Hexen am nächsten Tag die Kammer ihres Ehemanns verlassen hatten. Und als die Hexen zu ihrem Baum kamen, stand sie darunter und umklammerte seine Wurzeln, und sie hielt sich daran fest, während die Hexen ihre Zauberformeln sprachen. Sie nahmen ein paar Haarsträhnen, machten Knoten hinein und bliesen darauf, murmelten und brummten, und ihre Lippen bewegten sich unaufhörlich, während sie schneller und schneller murmelten, lauter und lauter, bis der Baum mit der Prinzessin daran sich plötzlich losriß. Sie flog, sah den Dschungel und die Wüsten, die Flüsse und Gebirge, die so hoch und so verlassen waren, daß keine Spur mehr von Adam und seinen Nachkommen zu sehen war. Sie sah vieles unter sich vorüberziehen, bis sie zu einem halbkreisförmigen Gebirge kam, über dem der Hexenbaum vor der Landung noch ein wenig verharrte. Die Prinzessin merkte, daß sie zum Land gekommen war, das Koh Qaf, das Land der Feen, hieß, über das Indra, der König der Feen, herrschte. Ihre Mutter und ihre Dienerinnen hatten ihr von diesem Ort und seinen Bewohnern erzählt.

Die Prinzessin sprang vom Baum und mischte sich unter die Feenleute. Sie waren sehr schön, aber das war kein Problem für sie, denn sie war noch schöner, auch wenn die anderen aus Feuer und Luft gemacht waren und sie nur aus Lehm und Wasser. Aber es spielte keine Rolle. Sie war so schön, daß sie keinen Unterschied merkten. Die Prinzessin fragte Vorübergehende nach dem Hof des Königs und machte sich auf den Weg dorthin. Als sie ankam, sah sie, daß die sieben Schwestern für den König tanzten. Sie tanzten mit solcher Anmut und Schönheit, daß selbst die Prinzessin entzückt war und spürte, wie sich ihr Körper erregte, und sie gestattete sich einen kurzen Augenblick des Zweifelns an der Keuschheit ihres Gemahls – ob er seine Jungfräulichkeit behalten hatte? Dann richtete sie sich zu ihrer vollen, majestätischen Größe auf.

»Raja Indra!« sagte sie in gebieterischem Ton.

Der König blickte auf. Er wunderte sich, daß ihn jemand bei seinem Vergnügen unterbrach. Und noch dazu in diesem forschen Ton!

»Wer bist du?« fragte er und blickte in die Richtung, aus der die Laute gekommen waren. Dann sah er sie und spürte, wie sich die Säfte, die durch den sinnlichen Tanz der Schwestern schon so nah an der Oberfläche waren und sich nur wegen der Ausmaße seines angeschwollenen Glieds hatten zurückhalten lassen, in sein prächtiges Brokatgewand ergossen. Insgeheim machte er sich Vorwürfe, daß er seine Kleidung und nicht eine von den Hunderten von göttlichen, blühenden Blumen, die auf ihn warteten, getränkt hatte.

Die Frau, die gesprochen hatte, war in der Tat hinreißend, und als sie sah, wie sich sein Blick mit Lust und Begierde füllte, sagte sie laut: »Ich bin Indravati.«

Der König sank matt und schwach wieder auf seinen Thron zurück. Ihr Name bedeutete Tochter des Indra. Er konnte also nicht um sie werben oder ihr den Hof machen und sich erst recht nicht mit ihr – seiner Tochter – vermählen.

»Was willst du?« fragte er, und seine Stimme hatte ihre donnernde Kraft verloren.

»Die Frauen, die für dich tanzen, Herr«, sagte Indravati, »haben meinen Bräutigam verzaubert und in einen Turm gesperrt. Ich will ihn zurückhaben.«

Der König zögerte. »Es sind herrliche Frauen«, sagte er. Er wollte den schönen Tänzerinnen ungern die Liebesbeute rauben. »Wenn sie so geschickt sind, ihn zu verzaubern, dann …«

»Es sind Chureyls, Herr!« verkündete Indravati.

Die Schwestern hörten jetzt auf zu tanzen und hockten sich auf eine merkwürdige Weise in einem Grüppchen zusammen. Dabei rollten sie mit den Augen und blickten unruhig von einer Seite zur anderen. Ihre Zungen flatterten, und ihr Atem zischte seltsam.

»Hebt eure Röcke!« befahl der König.

»Nein! Das nicht, Herr!« kreischten die Schwestern. »Das nicht!«

Aber der König bestand darauf, und als die Schwestern die Rocksäume bis zu den Knöcheln hoben, zeigten sie ihre unheimlichen Füße, die wie der Spazierstock eines Reichen aussahen und klauenartige Zehen hatten, die sich nach hinten spreizten.

Indra verbannte die Schwestern aus seinem Königreich auf ihren Baum, und der Zauber war gebrochen. Indravati sah ihren Ehemann mit seinem Gefolge unter dem Baum vor sich stehen, und sie machten sich auf den Weg zurück in sein Königreich, wo sich alle bereits große Sorgen gemacht hatten. Sie hatten so lange gewartet. Bestimmt einen Monat oder zwei.

Endlich konnte das Brautpaar in den Genüssen der Brautkammer schwelgen, und die Prinzessin konnte sich gehenlassen und die sinnlichen Freuden genießen, die der Prinz ihr bescherte, weil sie es gewesen war, die ihm das Leben und seine Keuschheit gerettet hatte, und weder Sittsamkeit noch Unschuld zeigen mußte, um ihre Liebe und Treue zu beweisen.

Die Schwestern sind immer noch im heiligen Bobaum. Meist sehen sie wie Krähen aus. Und manchmal fliegen sie zu anderen Bobäumen. Aber sie können erst sterben, wenn sie einen Eingeweihten gefunden haben, dem sie die geheime gotteslästerliche Formel vermachen können, mit der die Chureyl ihre Kräfte weitergibt.

Finns Wahnsinn

Irisch

Eines Tages kamen Finn und die Fianna von Irland zu einer Furt an der Slaine, und dort rasteten sie eine Weile. Und als sie da saßen, sahen sie auf dem runden Felsen über der Furt eine junge Frau, die trug ein Kleid aus Seide und einen grünen Mantel und am Mantel eine goldene Spange und auf dem Kopf die goldene Krone, das Zeichen einer Königin.

»Fianna von Irland«, sagte sie, »laßt einen von euch herkommen und mit mir sprechen.«

Da ging Sciathbreac vom Gefleckten Schild auf sie zu. »Wen willst du denn sprechen?« fragte er.

»Finn, den Sohn des Cumhal«, antwortete sie.

Da ging Finn zu ihr, um mit ihr zu sprechen. »Wer bist du? Und was willst du?« – »Ich bin Daireann, die Tochter von Bodb Dearg, des Sohnes der Dagda, und ich bin gekommen, um deine Frau zu werden, wenn du mir das Brautgeschenk gibst, das ich verlange.« – »Was ist das für ein Brautgeschenk?« fragte Finn. »Es ist dein Versprechen«, sagte sie, »daß ich für ein ganzes Jahr deine einzige Frau sein werde und daß mir danach die Hälfte deiner Zeit gehört.« – »Dieses Versprechen gebe ich keiner Frau der Welt«, engegnete Finn, »und ich werde es auch dir nicht geben.«

Daraufhin zog die junge Frau einen silbernen Becher aus einem Futteral und füllte ihn mit einem starken Getränk, und sie reichte ihn Finn.

»Was ist das?« fragte Finn.

»Es ist sehr starker Met«, antwortete sie.

Nun war aber Finn verpflichtet, nichts zu verweigern,

was zu einer Mahlzeit gehörte, also nahm er den Becher und trank, was darin war, und augenblicklich war er wie einer, der wahnsinnig geworden ist. Und er richtete seinen Blick auf die Fianna, und jedes Unrecht und jeden Fehler und jedes Mißgeschick in der Schlacht, das er jedem einzelnen vorwerfen konnte, das schleuderte er ihnen entgegen aus der Wahntrunkenheit heraus, in die die junge Frau ihn versetzt hatte.

Da standen die Führer der Fianna von Irland auf und ließen ihn an dem Ort allein, jeder machte sich auf den Weg nach seinem eigenen Land, bis niemand mehr auf dem Hügel zurückblieb außer Finn und Caoilte. Und Caoilte stand auf und folgte den anderen, und er rief: »Fianna von Irland, laßt euren Herrn und euren Führer nicht im Stich wegen der Listen und Schliche einer Frau der Sidhe.« Dreizehnmal ging er ihnen nach, und auf diese Weise brachte er alle zurück auf den Hügel. Und mit dem Ende des Tages und dem Anbruch der Nacht verschwand die Bitterkeit von Finns Zunge; und als Caoilte endlich die ganze Fianna zurückgebracht hatte, hatte Finn seinen Verstand und sein Gedächtnis wiedergefunden, und er hätte sich lieber in sein Schwert gestürzt und sich den Tod gegeben, als am Leben zu bleiben. Und das war das schwerste Tagewerk, das Caoilte je vollbracht hatte.

Das Nixlein

Ungarisch

Es war einmal ein Müller, dem es sehr gut ging und der so viel Geld und so viele Dinge besaß, daß er nicht wußte, was er damit anfangen sollte. Aber Sorgen kommen über Nacht, und auf einmal wurde der Müller so arm, daß er die Mühle, in der er saß, kaum noch sein eigen nennen konnte. Verzweifelt und elend ging er den ganzen Tag umher, und wenn er sich am Abend schlafen legte, konnte er keine Ruhe finden, sondern lag die ganze Nacht wach und machte sich Sorgen.

Eines Morgens stand er noch vor der Dämmerung auf und ging hinaus, denn er dachte, daß sein Herz im Freien leichter würde. Als er dann am Ufer des Mühlteichs auf und ab ging, hörte er etwas im Wasser plätschern, und als er hinschaute, sah er, wie eine weiße Frau aus den Wellen stieg. Er ahnte sofort, daß dies nur das Nixlein vom Mühlteich sein konnte, und vor lauter Schreck wußte er nicht, ob er fliehen oder bleiben sollte, wo er war. Während er noch zögerte, rief ihn das Nixlein bei seinem Namen und fragte ihn, warum er so traurig sei.

Als der Müller hörte, wie freundlich die Stimme klang, faßte er sich ein Herz und erzählte dem Nixlein, wie wohlhabend und erfolgreich er sein ganzes Leben lang bis vor kurzem gewesen sei, und daß er nicht mehr wisse, was er vor lauter Not und Elend tun solle.

Dann sprach das Nixlein ein paar tröstende Worte und versprach, ihn erfolgreicher und wohlhabender als je zuvor zu machen, wenn er ihr dafür das Jüngste, was er im Hause hätte, geben würde.

Der Müller dachte, es sei eines der Hündchen oder Kätzchen gemeint, versprach deshalb sofort, dem Nixlein zu geben, worum es gebeten hatte, und kehrte hoffnungsvoll zur Mühle zurück. Auf der Schwelle wurde er von einer Magd mit der Neuigkeit begrüßt, seine Frau habe gerade einem Knaben das Leben geschenkt.

Der arme Müller war entsetzt, als er dies hörte, und ging schweren Herzens zu seiner Frau, um ihr von dem verhängnisvollen Abkommen, das er getroffen hatte, zu berichten. »Ich würde das ganze Vermögen, das mir das Nixlein versprochen hat, dafür hergeben, wenn ich nur mein Kind retten könnte.« Aber niemand wußte einen Rat außer den, darauf zu achten, daß das Kind niemals in die Nähe des Mühlteichs ging.

Der Junge wuchs und gedieh, und der Müller hatte großen Erfolg, und nach ein paar Jahren war er reicher als je zuvor. Doch er hatte keine Freude an seinem Glück, denn er konnte seine Abmachung mit der Nixe nicht vergessen und wußte, daß sie früher oder später ihr Recht fordern würde. Aber Jahr um Jahr verging, und der Junge wuchs heran und wurde ein großartiger Jäger, und der Landvogt nahm ihn in Dienst, denn er war ein so kluger und tapferer Jäger, wie man ihn sich nur wünschen konnte. Bald darauf nahm er sich eine hübsche junge Frau und lebte mit ihr sehr glücklich und zufrieden.

Eines Tages, als er auf der Jagd war, sprang ihm ein Hase vor die Füße und lief eine lange Strecke vor ihm aufs offene Feld hinaus. Der Jäger blieb ihm eine ganze Weile dicht auf den Fersen und schoß ihn schließlich tot. Dann zog er ihm gleich das Fell ab und bemerkte gar nicht, daß er sich in der Nähe des Mühlteichs befand, den er, wie man ihm beigebracht hatte, seit seiner Kindheit mied. Bald war er mit dem Häuten fertig und ging ans Wasser, um sich das Blut von den Händen zu waschen. Kaum hatte er sie in den Teich getaucht, als das Nixlein auftauchte, ihn mit nassen Armen umfing und mit sich in die Tiefe zog.

Als der Jäger am Abend nicht nach Hause zurückkehrte, bekam seine Frau große Angst, und als seine Jagdtasche am Mühlteich gefunden wurde, konnte sie sich vorstellen, was mit ihm geschehen war. Sie war außer sich vor Kummer, lief immer und immer wieder um den Teich und rief nach ihrem Mann. Voller Sorge und Erschöpfung schlief sie schließlich ein und träumte, sie ginge eine Blumenwiese entlang und käme zu einer Hütte, wo sie eine alte Hexe antraf, die versprach, ihr den Gemahl zurückzubringen.

Als sie am nächsten Morgen erwachte, war sie fest entschlossen, die Hexe zu finden. Also wanderte sie viele Tage und kam endlich zur Blumenwiese und fand die Hütte, in der die alte Hexe lebte. Die arme Frau erzählte der Hexe, was geschehen war und wie sie im Traum von den Zauberkräften erfahren habe.

Die Hexe riet ihr, beim nächsten Vollmond zum Teich zu gehen, ihr schwarzes Haar mit einem goldenen Kamm zu kämmen und den Kamm dann ans Ufer zu legen. Die Frau des Jägers gab der Hexe ein großzügiges Geschenk, dankte ihr herzlich und ging nach Hause.

Bis wieder Vollmond war, schleppte sich die Zeit dahin, aber endlich war es soweit, und sobald der Mond aufging, machte sich die junge Frau auf den Weg zum Teich, kämmte ihr schwarzes Haar mit einem goldenen Kamm und legte danach den Kamm ans Ufer. Dann blickte sie ungeduldig aufs Wasser. Bald hörte sie ein Rauschen, und plötzlich kam eine große Welle und spülte den Kamm vom Ufer, und eine Minute später tauchte der Kopf ihres Ehemanns aus dem Teich und sah sie traurig an. Aber gleich darauf kam wieder eine Welle, und der Kopf versank im Wasser, ohne daß ein Wort gesprochen war. Der Teich lag still und reglos und glitzerte im Mondlicht, und der Frau des Jägers ging es kein bißchen besser als zuvor.

Verzweifelt wanderte sie tage- und nächtelang umher, bis sie schließlich ganz erschöpft einschlief und den gleichen Traum von der alten Hexe hatte. Also ging sie am folgenden Tag wieder zur Blumenwiese, suchte die Hexe in ihrer Hütte auf und erzählte ihr von ihrem Kummer. Die Frau riet ihr, in der nächsten Vollmondnacht zum Mühlteich zu gehen, auf einer goldenen Flöte zu spielen und die Flöte dann ans Ufer zu legen.

Sobald der Mond wieder voll war, ging die Frau des Jägers zum Mühlteich und spielte auf der goldenen Flöte, und als sie geendet hatte, legte sie die Flöte ans Ufer. Dann war ein Rauschen zu hören, und eine Welle spülte die Flöte fort, und bald darauf tauchte der Kopf des Jägers auf und stieg höher und höher, bis der Jäger halb aus dem Wasser ragte. Traurig blickte er seine Frau an und streckte ihr die Arme entgegen. Aber wieder kam eine rauschende Welle und zog ihn nach unten. Die Frau des Jägers, die voller Freude und Hoffnung am Ufer gestanden hatte, war völlig verzweifelt, als sie sah, wie ihr Mann vor ihren Augen wieder in die Tiefe gerissen wurde.

Es tröstete sie aber, den gleichen Traum ein drittes Mal zu träumen, und sie ging wieder zur Hütte der alten Hexe in der Blumenwiese. Diesmal sagte ihr die Alte, sie solle in der nächsten Vollmondnacht zum Mühlteich gehen und mit einem goldenen Spinnrad spinnen und es dann am Ufer lassen.

Die Frau des Jägers tat, wie ihr geraten worden war, und sobald der Mond wieder voll war, setzte sie sich hin und spann mit einem goldenen Spinnrad, das sie danach am Ufer liegenließ. Nach wenigen Minuten war im Wasser ein Rauschen zu hören, und eine Welle spülte das Spinnrad vom Ufer. Sofort tauchte der Kopf des Jägers aus dem Teich auf, und der Jäger ragte mit jedem Augenblick höher und höher, bis er schließlich ans Ufer trat und seiner Frau um den Hals fiel.

Aber plötzlich stieg das Wasser und überflutete das Ufer, auf dem die beiden standen, und riß sie mit sich. Verzweifelt rief die junge Frau die alte Hexe zu Hilfe, und sogleich wurde der Jäger in einen Frosch verwandelt und seine Frau in eine Kröte. Aber sie konnten nicht zusammenbleiben, denn das Wasser riß sie auseinander, und als die Flut vorüber war, hatten sie ihre frühere Gestalt, aber der Jäger und seine Frau fanden sich in fremden Ländern wieder, und keiner von beiden wußte, was aus dem anderen geworden war.

Der Jäger beschloß, Schäfer zu werden, und seine Frau wurde eine Schäferin. So hüteten sie ihre Schafe viele Jahre lang in Einsamkeit und Trauer.

Es geschah nun, daß der Schäfer in das Land kam, in dem die Schäferin lebte. Die Gegend gefiel ihm, und er sah, daß die Weide saftig und für seine Herde gut war. Deshalb brachte er seine Schafe dorthin und hütete sie wie zuvor. Der Schäfer und die Schäferin wurden gute Freunde, aber sie erkannten sich nicht.

Doch eines Abends, als der Mond voll war, saßen sie beisammen und blickten auf ihre Herden, und der Schäfer spielte auf seiner Flöte. Da mußte die Schäferin an jenen Abend denken, als sie bei Vollmond am Mühlteich gesessen und auf der goldenen Flöte gespielt hatte. Die Erinnerung war zu viel für sie, und sie brach in Tränen aus. Der Schäfer fragte, warum sie weine, und ließ sie nicht in Frieden, bis sie ihm die Geschichte erzählte. Da fiel es ihm wie Schuppen von den Augen, und er erkannte seine Frau, und sie erkannte ihn. Froh kehrten sie nach Hause zurück und lebten wieder glücklich und zufrieden miteinander.

Lorelei

Deutsch

Die Rhein-Nixe Lore hatte am Lei, einem oberhalb St. Goarshausen gelegenen Felsen, ihren Aufenthalt. Den Schiffern erschien sie auf der Spitze dieses Felsens stehend, in der anmutigsten reizendsten Gestalt. Gewand und Schleier, von der Farbe der grünen Wogen, umflossen ihre zartgeformten Glieder; langes blondes Haar wallte von den Schultern herab, und wer ihr Antlitz schaute, konnte den Blick der seelenvollen Augen nie mehr vergessen.

Als wohltätige Fee schenkte sie Gunst und Glück allen guten Bewohnern der Gegend; den Bösen aber und Frevlern erwies sie sich feindlich, und mancher, der keck an den Felsen hinfuhr und ihrer Macht zu spotten wagte, ward von den brandenden Wogen ergriffen und zum Abgrund gezogen. Wer zu ihrem Lieblingsplatze gar empor zu klimmen sich erdreistete, stürzte in Untiefen oder ward von ihr verlockt und verirrte sich in Dorn und Gebüsch, wo ihm alle Pfade verschwanden, so daß er erst nach tagelangem Suchen den Rückweg finden konnte.

In jenen Zeiten wohnten auf der Rheinpfalz, dem nahen prächtigen Inselschloß, Pfalzgraf Bruno und dessen einziger Sohn Hermann, ein schöner, zwanzigjähriger Jüngling, der die Blume der Ritterschaft und die Freude seines Vaters war. Oft und viel hatte der junge Ritter von der zauberischen Lore am Lei gehört, und jedesmal, wenn er den ragenden Fels erblickte, wünschte er, die Wassernixe zu sehen, zu welcher er sich mit unwiderstehlicher Sehnsucht hingezogen fühlte. Es verging fast kein Tag, an dem ihn ein unerklärliches Gefühl nicht wenigstens in die Nähe der geheimnisvollen Lei brachte, mochte er jagend die Gegend durchstreifen oder mit der Zither in der Hand sich ein verborgenes Plätzchen suchen, wo er die Empfindungen seines Herzens in rührenden Weisen kund geben konnte.

Als er sich einmal, es war schon früh am Abend, näher denn je, an den Fuß des Felsens gewagt, hier in einer Grotte seine Sehnsucht in leisen Gesängen aushauchte und den Blick zur Höhe emporrichtete, schwebte plötzlich um die Felsenspitzen ein Glanz nie gesehener Helle und Farbe, der, in immer engeren Kreisen sich verdichtend, zum Zauberbild der schönen Lore ward. Freudigen Staunens entfuhr dem Jüngling ein unwillkürlicher Schrei; er ließ die Zither sinken, und mit ausgebreiteten Armen rief er den Namen des rätselhaften Wesens, und es schien liebreich zu ihm hernieder zu blicken und ihm freundlich zu winken; ja, täuschte ihn sein Ohr nicht, so rief sie leise seinen Namen mit dem unnennbar süßen Geflüster, das nur der Liebe eigen ist. Vor Entzücken vergingen dem Jüngling die Sinne; er fiel bewußtlos zu Boden. Erst mit dem Frührot des Tages fand er sich wieder, und in fieberhafter Aufregung eilte er zum väterlichen Schloß zurück.

Von dieser Zeit an war Hermann wie umgewandelt. Träumend ging er umher, an nichts denkend als an die schöne Fee. Er lenkte, so oft er seine Wohnung verließ, die Schritte nur zur Lei, und wenn die Jagdlust ihn bisweilen auch in die Ferne der östlichen Wälder lockte, so führte doch der Heimweg ihn sicher zur Gegend, die ihn so magisch anzog, und er betrat sie nie, ohne die Stelle zu begrüßen, wo sie ihm erschienen war, welche seine ganze Seele erfüllte.

Der alte Pfalzgraf sah mit Betrübnis die traurige Umwandlung seines Sohnes. Zwar war ihm die eigentliche Ursache dieser Veränderung unbekannt, allein er schloß auf irgend eine unglückliche Leidenschaft, und er nahm sich daher vor, den unerfahrenen Jüngling durch ernstere Beschäftigung zu zerstreuen und ihm eine tatenreiche Zukunft zu eröffnen. Zu dem Zwecke wollte er ihn in das kaiserliche Kriegslager senden, wo der Jüngling sich die Rittersporen verdienen sollte. Hermann mußte sich dem väterlichen Befehl fügen; denn es würde ihm zur Schande gereichen, sich dem Kampfe zu entziehen, den jeder echte Ritter eifrig wünschen und mannhaft bestehen mußte.

Es war am Abend vor seiner Abreise, als er noch einmal die stille Grotte besuchen und der Nymphe des Rheins seine Seufzer, die Töne seiner Zither und seines Gesanges darbringen wollte. Er fuhr, diesmal von einem treuen Knappen begleitet, den er in das Geheimnis einweihte, den Fluß hinab. Der Mond goß sein Silberlicht über die Gegend aus; die steilen Ufergebirge erschienen in den wunderlichsten Gestalten, und die hohen Eichen zu beiden Seiten neigten ihre Häupter, als Hermann vorüberfuhr. Sobald er sich der Lei näherte und die Brandung der Wellen vernahm, bemächtigte sich seines Begleiters eine unnennbare Angst, und er bat den jungen Ritter, schleunigst landen zu dürfen; dieser aber griff in die Saiten, richtete seinen Blick auf die Felsenkrone und sang:

Einst sah ich dich in dunkler Nacht,
In überirdscher Schönheit Pracht;
Aus Lichtglanz wob sich die Gestalt,
Von blondem Lockenhaar umwallt.

Dein wellenfarbiges Gewand,
Der Liebeswink von deiner Hand,
Der Augen süßes Zauberlicht,
Das mir gestrahlt, vergeß ich nicht.

O wärst du doch mein Liebchen fein
Und könnt ich deine Liebe sein!
Willkommen wäre mir zur Stund
Dein Felsenhaus aus tiefem Grund.

Kaum waren diese Töne verhallt, da begann es, sich überall zu regen und laut zu werden wie von Stimmen auf und unter dem Wasser. Auf der Lei zuckten Flammen empor, die Fee stand oben, wie damals, und winkte mit der Rechten dem betörten Ritter deutlich und dringend, während sie mit der Linken die Wellen zu ihren Diensten aufrief. Hoch begannen diese sich zu bäumen; der Nachen ward umhergeschleudert, jeder Anstrengung spottend; zum Felsenrande hin ging sein Lauf, und an dem harten Gesteine zerschellend, flog das Fahrzeug in Trümmer umher. Der Jüngling versank in die Tiefe, der Knappe aber ward von einer mächtigen Welle ans Ufer geschleudert.

Als dieser bleich vor Angst und Schreckn dem unglücklichen Vater die seltsame Mär hinterbrachte, bemächtigte sich des alten Pfalzgrafen Schmerz und Wut. Er schwor, sich an der Fee zu rächen, sie womöglich mit eigner Hand zu fangen und dem Feuertode zu überliefern. Zu diesem Ende eilte er in der folgenden Nacht mit einigen kecken Gesellen zum Lei und umzingelte und erstieg den Fels, um ihn zu durchsuchen. Da erblickte er mit Grauen die Nixe auf der Spitze, senkrecht über dem Wasser. Ihr langes Haar flechtend, betrachtete die Fee den Ankömmling mit finsterm Blick.

»Wo ist mein Sohn?« rief der Pfalzgraf außer sich. Lore zeigte hinunter in die Tiefe, indem sie mit leisen, kaum wahrnehmbaren Tönen, dem Klange einer fernen Aeolsharfe gleich, die Worte sang:

Da unten steht im Wellen-Schoß
Kristallenhell mein schönes Schloß,
Ich führte hin mein Liebchen schön,
Das ich erwählt und ausersehn.

Als sie geendet, warf sie einen glänzenden Stein in die Wogen; sogleich erhob sich eine Welle und ließ die Fee auf des Wassers Rücken hinunter zum Strom gleiten, wo sie den Augen der Verfolger entschwand.

Die Nixe ward seitdem nie mehr gesehen; ihre zauberischen Töne aber hat man noch oft vernommen. In den schönen, stillen Nächten des Lenzes, wenn der Mond sein Silberlicht über die Gegend hingießt, vernimmt aus dem Geräusche der Wellen der lauschende Schiffer, die Klänge einer wundersamen lieblichen Stimme, die ein Lied vom kristallenen Schlosse singt, und mit Wehmut und Grauen gedenkt er dann des jungen, von der Nymphe entführten Pfalzgrafen Hermann.

Der Felsen der Nixe aber, erst Lorelei, nunmehr Lurlei genannt, gibt seit jener Begebenheit ein schönes vielfaches Echo, das als Geschenk der Fee gepriesen und stets bewundert wird.

Coonlagh Ruadh und die Feenmaid

Irisch – so, wie es Pat Ryan erzählt hat

Vor langer Zeit, als Cahoun der Hundert Kämpfe König von ganz Irland war, kam die Zeit für das Beltaine-Fest, und am Abend vor dem ersten Mai gingen Cahoun und sein Sohn Coonlagh Ruadh zum Berg Usnach, um die Feuer zu entzünden und die Feier zu Ehren des Sommeranfangs zu eröffnen.

Und als Cahoun mit seinem Sohn Coonlagh dem Berg entlanggging, ruhten alle Blicke auf ihnen, denn keine Krieger waren großartiger als sie. Und Coonlagh Ruadh – Coonlagh mit dem Roten Haar – gewann die Herzen aller Frauen am Ort. Denn sein Haar war so rot wie die Sonne, wenn sie am Abend untergeht. Und seine Haut war weiß wie Milch. Seine Augen waren blau wie der Himmel und seine Wangen so rot wie ein frisch geschlachtetes Kalb. Und so gingen sie umher, der König und sein Erbe, geliebter Sohn und das Liebste, was Cahoun der Hundert Kämpfe besaß. Und sie sprachen von allem möglichen: von Liedern, Vögeln, der Schönheit der Frauen. Und während sie so umherwanderten, kam ein Wind auf, eine Brise aus den Ländern des Nebels und Regens, fern im Westen. Und mit dem Wind kam eine Stimme, süßer als die Lerche, wenn sie sich am Morgen in die Lüfte schwingt. Und die Stimme rief: »Coonlagh, Coonlagh Ruadh, komm und sei lieb zu mir. Denn ich bin für dich und du bist nur für mich bestimmt. Komm und sei mein Liebster.«

Alle standen da und wunderten sich und lauschten der Stimme im Wind. Dann blickte sich Coonlagh Ruadh selbst um, und seine Wangen wurden bleich, als er in den Himmel schaute.

»Was ist, mein Sohn?« fragte Cahoun der Hundert Kämpfe. »Was siehst du?«

Und Coonlagh Ruadh erwiderte: »Ich sehe eine Feenmaid, die schöner ist als alle Frauen, die ich je gesehen habe. Ihr Haar ist so hell wie die Sonne, wenn sie aufgeht, und ihre Augen sind grün wie die Hügel. Ihre Haut ist so weich und weiß wie die Gischt des Meeres. Und ihre Wangen sind wie Rosen, ihre Lippen wie Korallen. Und sie sagt, daß sie nur mich liebt.«

Und wieder hörten sie die Stimme der Feenmaid im Wind rufen: »Coonlagh Ruadh, komm zu mir und sei mein Liebster. Laß uns unsere Glieder umeinander schlingen wie die Äste der Bäume und laß unsere Körper miteinander verschmelzen, denn ich bin nur für dich und du bist nur für mich bestimmt. Ich will dich nach Tir Na n'Og, dem Land der Ewigen Jugend, bringen, weiter als der Nebel und weiter als der Regen, und dort sollst du mein Gemahl werden.«

Cahoun der Hundert Kämpfe, der großartige Krieger, zitterte an diesem Tag. Er hatte Angst, sein Sohn werde dieser Maid folgen, und er rief alle Krieger und Zauberer und weisen Männer und weisen Frauen zusammen und befahl ihnen, Feuer zu errichten, ihre Lieder zu singen und ihre Reime und Zaubersprüche aufzusagen, um seinen Sohn und Erben vor diesem Feenzauber zu retten. Und so machten diese Zauberer, die Druiden von Irland, Feuer und schichteten sie höher als den höchsten Baum, und mit ihrem Zauber veränderten sie den Wind, und die Feenmaid wurde wie eine Wolke weggetragen. Aber bevor sie ging, zog sie aus ihrem Busen einen goldschimmernden Apfel hervor, und diesen goldenen Apfel warf sie Coonlagh Ruadh vor die Füße. Coonlagh hob den Apfel auf und nahm ihn an seine Brust.

Ein Jahr und einen Tag sprach er kein Wort, hob den Kopf nicht, lächelte und lachte nicht. Er nahm auch keine

Speise zu sich und stillte seinen Durst nicht. Ein Jahr und einen Tag behielt er den Apfel an seinem Herzen, und wenn er Nahrung brauchte, nahm er nur den Apfel an seine Lippen, biß ein Stückchen ab und war gestärkt. Und kaum hatte er den Apfel wieder an sein Herz gelegt, war dieser wieder ganz.

Dies alles hielt ein Jahr und einen Tag lang an, bis wieder erster Mai war. Das Beltaine-Fest kam ins Land, und die Feuer wurden zu Ehren der Sommerzeit errichtet. Wieder ging Cahoun der Hundert Kämpfe, König von ganz Irland, mit seinem Sohn und Erben, seinem geliebten und liebsten Coonlagh Ruadh, auf den Berg Usnach. Aber Coonlagh hob den Kopf nicht, und sie sprachen an diesem Tag nicht die Sprache der Könige, nicht von Frauen und Liedern und Geschichten und Weisheit. Und als sie den Gipfel des Berges erreichten, änderte sich der Wind, und von fern, weiter als Nebel und Regen, kam eine Brise und mit ihr eine Stimme so süß wie die Singvögel in der Luft, und die Stimme rief: »Coonlagh! Coonlagh Ruadh! Komm und sei lieb zu mir!«

Und Cahoun der Hundert Kämpfe wußte, daß es dieselbe Stimme war, die er einen Tag und ein Jahr zuvor gehört hatte. Er rief seine Zauberer herbei und befahl ihnen, ihre Zaubersprüche aufzusagen. Aber ihre Worte waren vergebens, und die Feenmaid war nicht zum Schweigen zu bringen.

»Coonlagh Ruadh, komm mit und sei mein Liebster. O großartigster aller Krieger! Schönster aller Männer! Du sollst in meinem Kristallboot mit mir kommen, weiter als der Nebel, weiter als der Regen, nach Tir Na n'Og, ins Land der Ewigen Jugend, und dort werde ich dir die größten Freuden bereiten. Jedes Vergnügen soll dein sein. Wir werden uns wie die Kletterpflanzen und Bäume im Wald umschlingen, und ich werde dich zur Insel der schönen Maiden und Frauen bringen, und alle Freuden werden dir dort gezeigt und geschenkt, und du wirst mein Gemahl sein.«

So groß war die Liebe von Coonlagh Ruadh für die Feenmaid, daß er seinen Vater, den König, vergaß, sein Volk vergaß, die Priester und Zauberer auf dem Berg Usnach und die Feier für den Sommer beim Beltaine-Fest vergaß. Mit einem Satz sprang er vom Gipfel des Berges zur Erde. Mit sieben Sätzen durchquerte er das Land vom Nabel Irlands bis zur Westküste. Von der Küste sprang er ins Meer, und mit sieben Schlägen erreichte er die siebte Woge der See und kletterte in ein Kanu aus Kristall – das Boot der Feenmaid –, und dort saß sie und erwartete ihn. Sie schlangen die Arme umeinander, und sie küßten sich süß vor Freude. Cahoun der Hundert Kämpfe und alle seine Krieger und Zauberer und sein ganzes Volk liefen hin, um den Sohn und Erben weiter als Nebel und Regen davonziehen zu sehen.

Niemals wieder wurde Coonlagh Ruadh im Land gesehen. Cahoun der Hundert Kämpfe mußte einen neuen Sohn zeugen, der nach ihm König werden sollte. Und viele Jahre vergingen, und viele Geschichten wurden von der Feenmaid erzählt. Aber eines Tages erschien im westlichen Teil Irlands eine Gruppe von Kindern – und ihr Haar war so rot wie die Sonne, wenn sie am Abend versinkt, und so hell wie die Sonne, wenn sie am Morgen aufgeht –, und sie sagten, sie seien die Kinder von Coonlagh Ruadh und der Feenmaid und aus dem Land Tir Na n'Og, hinter Nebel und Regen verborgen, und sie wären zu den Kindern der mittleren Erde gekommen, um ihnen die süßen Geschichten zu erzählen, die sie in jenem Land gehört hätten, und Lieder zu singen, die süßer als das Lied der Lerche seien, wenn sie sich am Morgen in die Lüfte schwingt. Und so geschah es, daß die Geschichten von Tir Na n'Og zu uns gelangt sind.

Die Hochzeit von Sir Gawain

Englisch

Wahrscheinlich glaubst du, mein Junge, daß du dein Leben selbst gestalten kannst, es in die Form hämmern kannst, die du dir wünschst, so, wie ein Schmied Metall zurechthämmert. Aber das Leben formt uns, nicht umgekehrt. Das sehe ich jetzt ganz deutlich, während ich dir, wie mir selber, die Geschichten erzähle, die mich in dieses Zelt gebracht haben. Sogar der König muß nach den Bedingungen leben, die ihm das Leben auferlegt; er hat sie sich nicht selbst zurechtgemacht.

Ich erzähle dir eine Geschichte, um dir zu zeigen, wie das Leben uns nimmt, schüttelt und uns tun läßt, was es will.

Der König reiste einmal im Norden seines Reiches umher, als sich ihm ein riesiger haariger Mann mit einem Holzknüppel in der Hand in den Weg stellte. »Geh mir aus dem Weg, und laß mich vorbei«, sagte der König.

»Geh vorbei, wenn du kannst«, sagte der haarige Riese.

»Diesem Lümmel werde ich eine Lektion erteilen«, dachte der König. Hoch ging sein Schwert; runter kam der Knüppel. Und dann lag der König von England im Dreck und lernte selbst eine Lektion. Der haarige Riese schlug König Arthur blau und grün. Dann band er die Hände und Füße des Königs unter dem Bauch des Pferdes fest und führte ihn weg.

Am nächsten Morgen erwachte König Arthur da, wo er hingeworfen worden war, in einer Ecke der großen Halle im Haus seines Gegners. Der haarige Riese stieß ihn mit einem Stock an. »Noch lebendig?« fragte er. Er zog ein garstiges, fettiges Messer aus dem Gürtel und schnitt die

Fesseln des Königs durch. Arthur versuchte sich zu strekken. Er war steif wie ein alter Gaul.

»Du bist jetzt mein Stiefelknecht«, sagte der haarige Riese, »und tust, was ich sage.«

Wochenlang schuftete der König nun wie ein Packesel und holte und schleppte Sachen für diesen mürrischen, groben Herrn. Schließlich konnte er sein Leben nicht länger ertragen. Es gab aber keinen Ausweg. Deshalb erniedrigte er sich und kniete auf den Boden, obwohl sich ein König normalerweise vor keinem Menschen niederkniet, und bat darum, aus diesem harten Dienst entlassen zu werden: »Wenn du kein Lösegeld willst, sag mir, was du von mir erwartest. Wenn es in meiner Macht steht, sollst du es haben. Aber laß mich frei!«

Der haarige Riese lachte sein gemächlich polterndes Lachen, ein Lachen, das eher wie ein Knurren klang. »Ich laß dich gehen, *König*, unter einer Bedingung. Nach einem Jahr und einem Tag mußt du mir die Lösung eines Rätsels bringen, das ich dir aufgeben werde. Bringst du mir keine Antwort, mußt du mit deinem Leben bezahlen.«

König Arthur wußte nicht, welches Rätsel ihm der haarige Riese aufgeben würde, aber er war gut im Rätselraten. Solche Spiele waren am Hof sehr beliebt. Deshalb erklärte er sich schnell damit einverstanden. »Nun sag mir, welches Rätsel soll ich lösen?«

»Einfach dies«, erwiderte der haarige Riese, »du mußt mir sagen, was die Frauen am meisten begehren.«

»In einem Jahr und einem Tag«, sagte der König.

Als König Arthur zum Hof zurückritt, fragte er jeden, dem er begegnete, was die Frauen am meisten begehrten. Manche sagten: »Einen guten Ehemann«, und andere sagten: »einen reichen«. Manche sagten: »Gut aussehende Söhne«, andere sagten: »wunderschöne Töchter«. Andere wiederum sagten: »hübsche Kleider« oder »Juwelen«. Und ein paar sagten: »Schmeicheleien« oder »Aufmerksamkeit«.

Viele Ehemänner sagten: »Ein Leben voller Müßiggang«. Aber niemals bekam der König eine Antwort, die den haarigen Riesen, seiner Meinung nach, zufriedenstellen würde.

Auch am Hof konnte ihm niemand die Lösung sagen. Er bat mich um Hilfe, und so ritt er nach Osten, und ich ritt nach Westen, und wir fragten und fragten. Schließlich hatten wir ein ganzes Buch voller Antworten zusammen, aber keine einzige, mit der alle einverstanden waren.

Als König Arthur sich aufmachte, um sein Versprechen einzulösen, nahm er die beiden Bücher mit Antworten mit sich, aber er hatte den Mut verloren und wollte niemandem mehr die Frage stellen, die ihm vor einem Jahr noch so leicht erschienen war. Still und allein ritt er durch den finsteren, düsteren Wald.

An einem schmalen, gewundenen Pfad stolperte sein Pferd. König Arthur blickte auf und sah eine hell erleuchtete Lichtung und vierundzwanzig von denen, deren Namen man besser nicht erwähnt, die tanzten. Er drängte sein Pferd zum Weitergehen, und die Tänzerinnen verschwanden. Jetzt war nur noch eine dunkle, häßliche Frauengestalt zu sehen, in schwarze Gewänder gehüllt, die mitten in der Lichtung auf einem Felsblock saß. So abscheulich, so alt und so böse sah sie aus, daß Arthur schauderte und sein Pferd zur Seite lenkte.

Ein Schrei, der wie ein Krächzen klang, brachte ihn zum Stehen. Die Gestalt erhob sich und sprach. Arthur konnte sehen, daß es tatsächlich eine hexenhafte alte Frau war, und ritt auf sie zu, um zu hören, was sie zu sagen hatte. Als er näher ritt, quoll Nebel hervor und wirbelte um die Beine seines Pferdes.

»König Arthur ist dein Name«, sagte die Frau, »und du reitest in dein Verderben, wenn du die schwerste Frage, die jemals gestellt worden ist, nicht beantworten kannst. Sag, ob dies nicht die Wahrheit ist.«

»Es ist die Wahrheit, woher du sie aber weißt, kann ich nicht erraten.«

»Was ist es denn, König Arthur, das die Frauen am meisten begehren?« verlangte die Hexe zu wissen.

Arthur zermarterte sich erneut das Gehirn und suchte nach einer Antwort, die für jede Frau galt, und wieder fand er sie nicht. »Ich kann es nicht sagen«, antwortete er.

»Aber ich kann es dir sagen«, erwiderte die verhutzelte Frau, »wenn du mir einen Wunsch erfüllst.«

»Er wird dir erfüllt«, sagte Arthur ohne zu überlegen. »Nun gib mir des Rätsels Lösung.« Die Alte wisperte ihm die Antwort ins Ohr, und Arthur, der sofort erkannte, daß es die richtige war, seufzte erleichtert und aus tiefstem Herzen. »Und was, gute Dame«, sagte er, »wünschst du dir jetzt von mir? Gold, Juwelen, Titel, Ländereien – alles kannst du haben. Du brauchst es nur zu sagen.«

»Ich will kein Gold und keine Juwelen, Titel oder Ländereien«, antwortete sie, »sondern einfach nur dies: daß du mich in einem Monat, wenn ich an deinen Hof komme, mit einem deiner Ritter verheiratest.«

König Arthur blieben die Worte im Halse stecken. Keiner seiner Ritter würde solch eine Braut heiraten wollen. Bevor er antworten konnte, war sie im Nebel entschwunden, und er war wieder allein.

Als König Arthur am Haus ankam, in dem er als Diener vor seinem Herrn gekniet hatte, wußte er nicht, was er tun sollte. Er versuchte es mit jeder Antwort, die er und ich gesammelt hatten, aber jedes Mal lachte der haarige Riese nur und schüttelte den Kopf. Schließlich hatte Arthur keine Antworten mehr übrig und schwieg. Lieber wollte er sterben, als ihm die Lösung der Alten zu sagen und einen seiner Ritter dazu zu verdammen, eine solche Kreatur zu heiraten.

»Du hast die Antwort also nicht finden können. Dann bekomme ich deinen Kopf.« Der Riese brüllte vor Lachen.

»Deine berühmten Ritter sind offensichtlich genauso schwach im Hirn wie in den Armen.«

Da blieb König Arthur keine andere Wahl. Er blickte seinem Peiniger fest in die Augen und sagte langsam und bedächtig:

Seit Eva auf die Welt gekommen,
hat sie nur einen Wunsch –
stets ihren Willen zu bekommen.

Er drehte sich um und ritt von dannen, und der haarige Riese versuchte nicht, ihn aufzuhalten.

Als König Arthur nach Hause zurückgekehrt war und seine Geschichte erzählte, gab es am Hof keine einzige Frau – egal, ob Mädchen, Gattin oder Witwe –, die der Alten widersprochen hätte. Wir alle freuten uns, daß der König gerettet war. Nur Arthur lächelte nicht. Er erklärte uns, daß er der alten Frau, um die Lösung zu bekommen, einen seiner Ritter als Ehemann versprochen habe. »Und sie ist«, sagte er, »die abscheulichste Frau, die ich je gesehen habe.«

Ich hatte mich im Schloß von Sir Bertilak von Schönheit verführen lassen und wußte, daß das Vergnügen, das wir beim Anblick eines Gesichtes finden, meist nur die Widerspiegelung unserer Eitelkeit ist. Diese Frau schien mir die passende Gesellschaft für meine Tage und Nächte der Scham. Ich sagte dem König, ich würde sie gerne zur Frau nehmen, auch wenn sie unmenschlich und häßlich wie der Teufel wäre. Also wurde der Hochzeitstag anberaumt, und die Vorbereitungen für das Fest begannen.

Schließlich rückte der Tag heran, und der ganze Hofstaat säumte die Straßen, um die Alte, die den König gerettet hatte, zu begrüßen. Meine Braut ritt auf einem mottenzerfressenen, heruntergekommenen alten Esel nach Camelot, und die Menge wich entsetzt zurück. Von ihrem schmutzigen, wirren Haar, das ihr stellenweise ausgefallen war, so daß der schuppige Schädel durchschien, bis zu ihren klauenartigen Füßen war kein Glied oder Zug an ihr, der nicht entstellt und häßlich war. Ihre formlose, dürre Gestalt war schlimm genug, aber es war ihr Gesicht, das den Betrachter schaudern machte: ihre Haut war grob und runzlig, ihre Augen trübe, ihre Nase tropfte und war voller Warzen, ihr Mund eine klaffende Wunde mit zusammengeschrumpften Lippen, die sich über gelben Zahnstummeln zurückzogen. In ein weißes Spitzengewand gekleidet, schien sie das furchterregende Zerrbild einer Braut zu sein.

Es war wirklich eine schaurige Zeremonie. Und beim Hochzeitsmahl, als alle um sie herum mit ihrem Essen spielten, ließ meine Braut Teller und Besteck außer acht. Mit ihren schrundigen Fingernägeln riß sie Brot und Fleischfetzen ab und stopfte sich das Essen in den Mund, bis ihr die Soße übers Kinn lief. Sie aß für sechs und trank für neun.

Als wir dann allein im Brautgemach waren, konnte ich das Zittern meiner Hände nicht beherrschen. Das Blut war mir aus dem Gesicht gewichen. Die fürchterliche Frau zupfte mich am Arm. »Was ist los, mein Täubchen?« fragte sie. »Los, komm her und küß mich!«

Mir wurde übel. Aber ich schwöre, als ich mich umdrehte, um sie zu küssen, überkam mich ein so gewaltiges Mitleid, weil die Leute sie wie ein ekelhaftes Tier zurückstießen, daß ihre Berührung mich nicht mehr schreckte, so häßlich die Frau auch war. Ich schloß die Augen und küßte sie auf den wässrigen alten Mund.

Dann umarmte sie mich und sagte: »Komm, schau mich an, mein Gemahl, denn wir beide sind jetzt eins.« Und ich öffnete meine Augen.

Da stand sie, ein makelloses, anmutiges Mädchen von höchstens achtzehn Wintern, und eine solche Schönheit bebte in ihr, daß ich auf die Knie fiel. Die Kammer war voller Licht.

»Ich bin deine Braut«, sagte sie. »Mein böser Vater, der haarige Riese, der König Arthur überwältigte, verzauberte mich und gab mir diese schreckliche Gestalt. Dein Kuß hat mich erlöst, aber nicht vollkommen. Jetzt kannst du zweierlei wählen: du kannst mich in dieser Gestalt entweder bei Tag oder bei Nacht haben, aber nicht beides. Zwölf Stunden von vierundzwanzig muß ich noch immer so abscheulich erscheinen, wie du mich geheiratet hast. Denke sorgfältig darüber nach, Sir Gawain, bevor du deine Wahl triffst. Stell dir vor, wie mir zumute ist, wenn ich in dieser hexenartigen Gestalt bei Tage zwischen den Damen des Hofes umhergehen muß, und wie dir zumute ist, wenn ich dich jeden Abend in dieser Gestalt begrüße. Überleg es dir gut und wähle das geringere der beiden Übel.«

Ich war so überwältigt von ihrer Schönheit, daß ich kaum nachzudenken brauchte. »Du bist es, meine Gemahlin«, sagte ich, »die die Hauptlast dieses schrecklichen Zaubers zu tragen hat. Wähle du für uns beide, und ich will's zufrieden sein. Was immer dein Wunsch ist, ist auch meiner.«

Sie lächelte und sagte: »Deine Liebe hat das Rätsel meines Vaters gelöst. Du hast mir gegeben, was die Frauen am meisten begehren, meinen eigenen Willen, und der Zauber ist jetzt vollständig gebannt. Dies ist von nun an meine Gestalt, und ich werde nachts wie auch am Tage schön sein.«

Ja, mein Junge, wir glauben, unsere eigenen Entscheidungen treffen zu können, aber am Ende werden sie doch für uns getroffen. Zumindest gilt dies für die Männer auf dieser Welt, für uns arme Wesen. Es gilt sogar für den König. Selbst für Sir Lancelot, auch wenn ich ihn mit jedem schmerzlichen Atemzug verfluche.

Zweiter Teil

Weise alte Frauen

Ich liebe dich mehr als Salz

Schottisch

Vor vielen Jahren lebte einmal ein König mit seiner Königin, und sie hatten drei schöne Töchter. Der König und die Königin liebten diese Töchter von Herzen, aber siehe da, die Königin wurde krank, sehr, sehr krank. Sie siechte dahin und starb. Der König war ganz verzweifelt, seine schöne Königin zu verlieren, und seine Töchter waren sehr traurig, daß sie ihre Mutter verloren.

Und der König rief seine Töchter zu sich; er sagte zu ihnen: »Seht, ihr Kinder, eure Mutter ist in eine andere Welt gegangen, und eines Tages, hoffe ich, sehen wir sie wieder. Aber die Hauptsache ist, daß ihr froh seid und euch darauf verlaßt, daß ihr mich habt, der für euch sorgt. Und eines Tages, wenn ich gestorben bin, wird eine von euch Königin dieses ganzen Landes sein.«

So vergingen die Jahre, und die kleinen Prinzessinnen wuchsen heran. Der König vergnügte sich mit seiner Jagd und seinem Schießen, er hatte an allem Freude; er war ein guter König, sein Volk, die Untertanen seines Landes, liebten ihn. Doch eines Nachts überlegte sich der König: »Ich werde mit den Jahren älter, und ich habe keinen Sohn, der nach mir König sein wird. Eine meiner Töchter wird sicher eine gute Königin sein. Aber welche? Welche wäre wohl die beste? Ich weiß, sie sind warmherzig und liebevoll, sie sind sehr gut. Aber ich muß sie prüfen – ich muß feststellen, welche von ihnen geeignet ist, Königin zu sein und nach mir zu regieren.«

Da aber der König ein vielbeschäftigter König war, der sich um alle seine Untertanen und die Angelegenheiten seines Landes kümmerte, hatte er nicht viel Zeit, mit seinen Prinzessinnen zusammenzusein. Er sah sie Tag für Tag und speiste mit ihnen und unterhielt sich mit ihnen, doch ein ernstes Gespräch hatte er mit ihnen nie. Also sagte er eines Abends zu seinen Höflingen und allen Leuten im Palast, er wünsche, nicht gestört zu werden, weil er den Abend mit seinen Töchtern verbringen werde. Nach ihrer Mahlzeit rief er die drei Prinzessinnen zu sich, und sie kamen und setzten sich im Kreis um ihn.

»Also, ihr jungen Damen«, sagte er, »ich will mal mit euch sprechen. Ihr wißt ja, es ist schon eine ganze Weile her, seit eure Mutter gestorben ist. Und ich habe versucht, mein Bestes zu tun, jeder hier im Palast hat versucht, sein Bestes zu tun, euch großzuziehen und zu unterrichten, damit ihr werdet, was wir euch zu sein wünschen: junge Prinzessinnen dieses Königreiches. Ich hab noch nie ein ernstes Gespräch mit euch geführt, aber heute abend möchte ich herausfinden, welche von euch nach meinem Tod Königin sein soll!«

Und die Prinzessinnen waren außer sich und sagten: »Papa, wir wollen gar nicht Königin sein, wir wollen nur, daß du für immer da bist!«

Und er entgegnete: »Ich kann aber nicht für immer da sein, ihr Kinder. Eines Tages werde ich diese Welt verlassen müssen. Ich werde bei eurer Mutter an einem fernen Ort sein, und ihr werdet allein zurückbleiben. Ich will keinen Zank und Streit und keine Zwietracht zwischen euch dreien haben – wenn es nur eine von euch wäre, dann wäre es etwas anderes! Nun denn«, sagte er, »wenn ihr mich liebt, dann liebt ihr auch mein Volk. Ich will euch heute abend auf die Probe stellen: Ich möchte, daß ihr mir sagt, wie sehr ihr mich wirklich liebt.« Und er fragte zuerst die älteste Tochter.

Und die antwortete: »Vater, ich liebe dich mehr als alle Diamanten und alle Perlen und alle Edelsteine auf dieser Welt.«

»Sehr gut«, sagte er, »das ist nett.« Und dann fragte er die zweite Tochter: »Wie sehr liebst du mich wirklich?«

Sie antwortete: »Ich liebe dich mehr als alles Gold auf der Erde, ich liebe dich mehr als alles Geld in diesem Land.«

Er sagte: »Das ist sehr nett, das ist sehr gut.« Und dann wandte er sich an die jüngste Tochter, die lieblich und schön und zu der Zeit erst fünfzehn war. »Nun, meine Kleine, wie sehr liebst du mich?« fragte er.

»Ach, Papa«, antwortete sie, »ich liebe dich mehr als Salz.«

»Du liebst mich mehr als Salz?«

»Ja, Papa, ich liebe dich mehr als Salz.«

Und der König war zornig, sehr zornig, und er sagte: »Deine Schwester liebt mich mehr als Diamanten und Edelsteine, und deine andere Schwester liebt mich mehr als Gold, alles Gold auf der Welt. Und du – du liebst mich mehr als Salz! Nun, wenn das dein Gefühl beschreibt, dann liebe ich dich nicht! Und morgen früh wirst du fortgehen, du wirst von mir verbannt. Ich will dich nie wiedersehen! Du hast mir Schande gemacht – Salz ist das geringste aller Dinge auf Erden!«

Der König befahl ihr am nächsten Morgen fortzugehen, ihren eigenen Weg in der Welt zu finden und sich nie mehr im Palast blicken zu lassen. So zornig war er. Und die arme kleine Prinzessin war traurig und untröstlich. Sie packte ein paar ihrer Sachen zusammen ... und ihre Schwestern lachten und kicherten. Sie wurde fortgeschickt, weil sie ihrem Vater Schande gemacht hatte.

Die Prinzessin wanderte, sie ging ihres Wegs, sie wußte nicht, wohin sie gehen sollte. Sie ging weiter und immer weiter. Und sie kam zu einem großen Wald, und sie fand einen kleinen Pfad. Sie folgte dem Pfad und dachte: »Wahrscheinlich führt er zu einem kleinen Dorf oder einen kleinen Flecken, wo ich Unterkunft finden kann.«

Doch der Pfad führte mitten in einen Wald, viele, viele Meilen vom Palast entfernt. Dort, siehe da, kam sie zu einer kleinen Hütte. Und die Prinzessin dachte: »Wahrscheinlich finde ich hier Unterkunft.«

Sie ging zu der Hütte und klopfte an die Tür. Und als die Tür sich öffnete, kam eine alte Frau mit langem grauen Haar und einem zerlumpten Kleid heraus und sagte: »Was machst du denn hier, Liebchen?«

Und die Prinzessin sagte: »Ach, das ist eine lange Geschichte. Ich suche eine Unterkunft für die Nacht.«

»Aber wo in der Welt willst du denn hin?« fragte die alte Frau.

Und die Prinzessin antwortete: »Ich will nirgendwo hin. Ich bin unterwegs ... Ich bin von meinem Vater fortgeschickt worden.«

»Von deinem Vater?« fragte die alte Frau.

»Ja«, sagte sie. »Von meinem Vater, dem König.«

»Dein Vater, der König, hat dich fortgeschickt? Komm doch lieber herein und erzähl mir die ganze Geschichte.«

Und die alte Frau führte die junge Prinzessin in die kleine Hütte im Wald und gab ihr etwas zu essen. Sie setzte sie neben den Kamin. Dort, beim Feuer, saß eine große schwarze Katze. Und die große schwarze Katze kam herüber und legte ihren Kopf auf des Mädchens Knie. Die junge Prinzessin streichelte die Katze, die wie ein kleines Kätzchen schnurrte. Und die alte Frau war erstaunt, als sie das sah. »Ich habe zwar selten und nur wenige Besucher, aber nie ist jemand hierhergekommen und war freundlich zu meiner Katze. Sie kann nämlich gute und böse Menschen unterscheiden ... und du bist gut! Erzähl mir deine Geschichte.«

Also erzählte die Prinzessin ihre Geschichte: daß ihre Mutter gestorben war, daß sie von ihrem Vater großgezogen worden war und ihr ganzes Leben im Palast verbracht hatte, daß dann ihr Vater sie zu sich gerufen hatte. Sie erzählte die ganze Geschichte, die ich euch schon erzählt habe.

Und die alte Frau sagte: »Was für ein trauriges Ereignis. Deinem Vater muß eine Lehre erteilt werden.«

»Aber«, sagte die Prinzessin, »ich kann nicht mehr zurück. Ich bin vom Palast verbannt worden, mein Vater will mich nie mehr wiedersehen.«

Und die alte Frau sagte: »Nun, vielleicht wird er eines Tages froh sein, dich zu sehen!«

Und inzwischen lebte der König mit seinen zwei Töchtern im Palast; die dritte kleine Tochter war fort. Und natürlich wurden dem König alle seine Mahlzeiten vorgesetzt. Man brachte ihm Rindfleisch und Braten und Hammelfleisch, und der König mochte sein Fleisch gesalzen. Doch siehe da, eines Tages, als dem König eine Mahlzeit vorgesetzt wurde und er sie kostete, sagte er dem Küchenmeister und dem Koch: »Bringt mir Salz!«

Und sie kamen zitternd vor Angst: »Herr, wir haben kein Salz.«

Der König erwiderte: »Ich brauche aber Salz für mein Essen!«

»Herr«, sagte der Koch, »wir haben in der ganzen Stadt gesucht, wir haben überall gesucht, und nirgendwo ist ein einziges Körnchen Salz zu finden!«

»Dann bringt es weg! Ohne Salz kann ich es nicht essen! Bringt mir etwas anderes!«

Und sie brachten dem König Süßigkeiten zu essen. Und am nächsten Tag und am übernächsten und am überübernächsten brachten sie ihm Süßigkeiten. Aber inzwischen war dem König ganz schlecht von dem Zeug. Er sagte: »Bringt mir Rindfleisch, bringt mir Braten, Schweinefleisch, etwas, das ich essen kann! Bringt mir Essen, ein vernünftiges Essen!«

Die Köche und die Küchenmeister brachten ihm vernünftiges Essen, aber es war kein Salz da. Der König sandte

Boten, er sandte Soldaten, er sandte alle im ganzen Land herum ... Den Prinzessinnen war es recht so, sie konnten Süßigkeiten essen, die liebten sie. Doch ihr Vater, der König, konnte kein Salzkorn im ganzen Königreich bekommen.

In der kleinen Hütte im Wald wohnte die Prinzessin bei der alten Frau, und sie wurden die besten Freundinnen. Sie kochte und sie machte sauber für die alte Frau, und die Katze war ihre liebste Freundin. Die alte Frau liebte die junge Prinzessin, wie sie niemand und nichts in diesem Leben je geliebt hatte. Doch eines Tages kam die alte Frau aus dem Wald zurück mit einem Korb voller Kräuter – sie verbrachte den größten Teil ihrer Zeit damit, Kräuter zu sammeln.

Sie sagte zu der Prinzessin: »Morgen werde ich aber traurig sein.«

Und die Prinzessin fragte: »Warum wirst du morgen traurig sein, Großmutter?«

»Weil du mich verlassen mußt.«

»Aber Großmutter«, widersprach sie, »ich will dich nicht verlassen. Ich weiß nicht, wo ich hingehen soll.«

»Du mußt zu deinem Vater zurückkehren!«

»Ich kann nicht zum Palast zurück, weil mein Vater mich verbannt hat«, sagte die Prinzessin.

»Diesmal nicht«, entgegnete die alte Frau. »Komm, gib mir dein Kleid!« Und die Prinzessin zog ihr Kleid aus.

Die alte Frau ging in die Hinterstube und blieb dort ein paar Minuten. Aber als sie zurückkam, war das Kleid voller Flicken und Lumpen, zerfetzt. »So«, sagte sie zu der Prinzessin, »zieh deine Schuhe aus.« Die Prinzessin zog ihre Schuhe aus. Und dann nahm die alte Frau eine Schere und schnitt der Prinzessin das Haar ab. Dann ging sie zur Feuerstelle und holte eine Handvoll Ruß heraus. Den rieb sie der Prinzessin ins Gesicht. »So, jetzt gehst du zurück zu deinem Vater!«

»Ich bin verbannt, ich werde nicht – ich kann nicht zum Palast zurückgehen!«

»Du mußt«, sagte die alte Frau, »denn du wirst die nächste Königin sein!«

»Ich?« fragte die Prinzessin, »die nächste Königin? Eine meiner Schwestern wird die nächste Königin werden: sie lieben meinen Papa mehr als Gold, sie lieben meinen Papa mehr als Diamanten.«

»Aber«, entgegnete die alte Frau, »du liebst deinen Papa mehr als Salz!« Und sie ging in die Küche, nahm ein winziges Leinensäckchen und füllte es mit Salz. »So«, sagte sie, »nimm dies und mach dich auf den Weg zum Palast – ich bin sicher, man wird dich willkommen heißen!«

Die Prinzessin wußte, daß die alte Frau die Wahrheit sagte, sie wußte, daß die alte Frau gut zu ihr gewesen war. Sie sagte: »Merke dir, ich komme zurück!«

»Komm zurück, wenn du Königin geworden bist!« sagte die alte Frau. »Geh jetzt zurück zum Palast, auf dem selben Weg, den du gekommen bist!«

Also sagte die junge Prinzessin der alten Frau auf Wiedersehen.

Nun wußte die Prinzessin nicht, daß die alte Frau eine Hexe war. Und daß sie jedes Körnchen Salz im Land vernichtet hatte, weil die Prinzessin ihr die Geschichte erzählt hatte ... Und selbst wenn jemand Salz bis zu einer gewissen Nähe zum Palast gebracht hatte, war es einfach verschwunden, weil die alte Hexe einen Zauber über den Palast verhängt hatte – kein Salz konnte in seine Nähe kommen. Und inzwischen war der König verrückt geworden, nichts schmeckte ihm – er hätte sein Königreich für ein Körnchen Salz hergegeben. Dann aber, siehe da, zwei Tage später, als er wieder nach Salz rief und sagte, er würde vor Verlangen danach sterben ... da kam ein barfüßiges Bettelmädchen zum Palast. Und der Wächter hielt das Mädchen an und fragte, was es wolle.

Es sagte: »Ich will den König sehen.«

»Und warum willst du den König sehen?« fragte er.

»Ach«, sagte es, »ich hab dem König ein Geschenk mitgebracht.«

»Was könnte ein barfüßiges Bettelmädchen dem König mitbringen?«

Es anwortete: »Ich hab ihm ein Säckchen Salz mitgebracht.«

Und als er das hörte, wurde das Mädchen eilends zum König gebracht. Und der Wächter sagte: »Majestät, wir haben jemanden gebracht, der Euch sehen möchte.« Da stand das Mädchen vor dem König, mit kurzgeschnittenen Haaren, das Gesicht von Ruß geschwärzt, barfuß, in zerlumptem Kleid. Und in der Hand trug es ein kleines Säckchen.

»Wen habt ihr mir denn da gebracht, dieses zerlumpte Bettelmädchen?«

Und die Wächter, die Köche und alle anderen waren ganz aufgeregt. »Ihr wißt nicht, was dieses Bettelmädchen mitgebracht hat ... es hat Euch etwas Besonderes gebracht!«

»Was könnte es mir schon bringen?« sagte der König. »Ich wünsche mir nichts auf der Welt: ich habe Gold, ich habe Diamanten, ich habe alles ... Wenn ich nur ein wenig Salz hätte.«

Der Wächter sagte: »Majestät, das Bettelmädchen hat Euch einen Sack Salz gebracht.«

»Oh, oh«, rief der König, »es hat mir ... es ... bringt mir das Salz!«

Und das Mädchen trat näher und sagte: »Da ist es ...«

Der König sah in das Säckchen. Er steckte seinen Finger hinein und kostete. »Endlich«, sagte er, »Sa-a-lz, die wunderbarste Sache auf dieser Welt! Es ist mir mehr wert als Diamanten und Perlen oder Gold oder irgend etwas in meinem Königreich! Endlich kann ich ein Essen bekommen, endlich kann ich etwas zu essen haben.« Und er wandte sich an das Bettelmädchen: »Was wünschst du dir? Du hast mir das einzige auf der Welt gebracht, was ich brauche ... Was wünschst du dir? Welche Belohnung möchtest du haben?«

Das Mädchen wandte sich um und sagte: »Papa, ich will nichts haben!«

Und der König fragte: »Was?«

Es antwortete ihm: »Papa, ich will gar nichts. Denn ich liebe dich mehr als Salz!«

Und da wußte der König, daß dieses Mädchen seine jüngste Tochter war. Er schlang die Arme um sie und küßte sie, er hieß sie herzlich willkommen. Er hatte die Wahrheit herausgefunden – Salz war ihm wichtiger als irgend etwas auf der Welt. Und sie wurde von allen im Palast willkommen geheißen. Als der alte König starb, wurde sie Königin und herrschte viele Jahre über das Land, und nie vergaß sie ihre Freundin, die alte Frau im Wald.

Und das ist das Ende meiner Geschichte.

Die vier Gaben

Bretonisch

Im alten Land Britannien, das früher Cornwall hieß, lebte einmal eine Frau mit Namen Barbaik Bourhis, die sich alle Tage mit Hilfe ihrer Nichte Téphany um ihren Bauernhof kümmerte. Früh und spät waren die beiden auf den Feldern oder im Stall zu sehen, beim Melken der Kühe, beim Buttern oder beim Füttern des Geflügels. Sie arbeiteten hart und achteten darauf, daß auch die anderen arbeiteten. Vielleicht wäre es für Barbaik besser gewesen, wenn sie sich ein wenig Zeit und Ruhe gegönnt hätte, um über andere Dinge nachzudenken, denn bald begann sie, das Geld um seiner selbst willen zu lieben, und gönnte sich und Téphany nur das Essen und die Kleidung, die sie unbedingt brauchten. Arme Leute haßte sie und nannte sie faule Geschöpfe, die auf der Welt nichts zu suchen hätten.

So, wie Barbaik war, kann man sich leicht ihre Wut vorstellen, als sie Téphany eines Tages draußen vor dem Kuhstall mit dem jungen Denis plaudern sah, der nur ein Tagelöhner aus dem Dorf Plover war. Sie packte ihre Nichte am Arm, zerrte sie weg und schrie: »Schämst du dich nicht, Mädchen, deine Zeit mit einem Mann zu vergeuden, der arm wie eine Ratte ist, wo es ein Dutzend andere gibt, die dir nur allzu gerne silberne Ringe kaufen würden, wenn du wolltest?«

»Denis ist ein guter Arbeiter, wie du sehr wohl weißt«, erwiderte Téphany rot vor Zorn, »und er legt auch Geld auf die Seite und wird sich bald selbst einen Bauernhof kaufen können.«

»Unsinn!« schrie Barbaik. »Er wird nie genug für einen Bauernhof sparen können, und wenn er hundert Jahre alt wird. Lieber möchte ich dich im Grab sehen, denn als Ehefrau eines Mannes, der alles, was er hat, auf dem Bukkel trägt.«

»Was spielt Geld für eine Rolle, wenn man jung und stark ist?« fragte Téphany, aber ihre Tante, die über diese Worte staunte, ließ sie kaum ausreden. »Was spielt Geld für eine Rolle?« wiederholte sie schockiert. »Bist du wirklich so dumm, daß du Geld verachtest? Wenn du das von Denis lernst, verbiete ich dir, mit ihm zu sprechen, und werde ihn vom Hof weisen, wenn er es wagt, sich noch einmal hier blicken zu lassen. Geh und wasch jetzt die Linnen und breite sie zum Trocknen aus.«

Téphany wagte es nicht, ihrer Tante zu widersprechen, und ging schweren Herzens zum Fluß hinunter.

»Sie ist härter als diese Steine«, sagte das Mädchen zu sich selbst, »ja, tausendmal härter. Denn der Regen kann den Stein irgendwann abtragen, aber ich könnte ewig weinen, und es wäre ihr gleichgültig. Mich mit Denis zu unterhalten, ist das einzige Vergnügen, das ich habe, und wenn ich ihn nicht mehr sehen darf, kann ich auch gleich ins Kloster gehen.« Mit diesen Gedanken erreichte sie das Ufer und fing an, das große Paket mit Leintüchern, die zu waschen waren, auszupacken. Als jemand mit einem Stock auf den Boden klopfte, blickte sie auf und sah eine kleine alte Frau vor sich stehen, deren Gesicht ihr fremd war.

»Willst du dich nicht setzen und ausruhen, Großmütterchen?« fragte Téphany und schob ihr Bündel zur Seite.

»Wenn der Himmel dein Dach ist, ruhst du, wo immer du willst«, antwortete die Alte mit zittriger Stimme.

»Bist du so einsam?« erkundigte sich Téphany voll Mitgefühl. »Hast du keine Freunde, die dich in ihr Haus aufnehmen?«

Die alte Frau schüttelte den Kopf.

»Sie sind alle längst tot«, sagte sie, »und die einzigen Freunde, die ich habe, sind Fremde mit gütigen Herzen.«

Das Mädchen sagte einen Augenblick nichts. Dann hielt es ihr den kleinen Laib Brot und das Stückchen Speck hin, die sein Abendessen hätten sein sollen.

»Nimm dies«, sagte es, »heute wenigstens sollst du gut essen.« Und die alte Frau nahm die Dinge entgegen und blickte Téphany ins Gesicht. »Diejenigen, die anderen helfen, verdienen es, daß ihnen geholfen wird«, sagte sie. »Deine Augen sind immer noch rot, weil dieser Geizkragen von Barbaik dir verboten hat, mit dem jungen Mann aus Plover zu reden. Aber mach dir nichts draus, du bist ein gutes Mädchen, und ich werde dir etwas geben, das dir helfen wird, ihn einmal am Tag zu sehen.«

»Du?« rief Téphany aus und wunderte sich, daß die Bettlerin von ihren Schwierigkeiten wußte. Aber die Alte hörte sie nicht. »Nimm diese lange Kupfernadel«, fuhr sie fort, »und jedesmal, wenn du sie in dein Kleid steckst, muß Mutter Bourhis das Haus verlassen, um ihre Kohlköpfe zu zählen. Solange diese Nadel in deinem Kleid steckt, bist du frei, und deine Tante kommt erst zurück, wenn du die Nadel wieder in ihr Kästchen getan hast.« Dann erhob sich die Alte, nickte Téphany zu und verschwand.

Das Mädchen stand, wo es war, erstarrt wie ein Stein. Wäre die Nadel nicht in seiner Hand gewesen, hätte es geglaubt zu träumen. Aber wegen dieses Geschenks war ihm klar, daß es keine gewöhnliche alte Frau gewesen war, sondern eine Fee, die wußte, was in den kommenden Tagen geschehen würde. Dann fiel Téphanys Blick auf die Leintücher, und um die vergeudete Zeit wieder einzuholen, wusch sie mit großem Eifer.

Am nächsten Abend, als Denis wie üblich im Schatten des Kuhstalls auf sie wartete, steckte sich Téphany die Nadel ins Kleid, und im gleichen Augenblick holte Barbaik ihre Holzschuhe und ging durch den Obstgarten und an den Feldern vorbei zu dem Acker, auf dem der Kohl wuchs. Mit einem Herzen, das so leicht war wie ihre Schritte, lief Téphany aus dem Haus und verbrachte den Abend glücklich mit ihrem Denis. Und so geschah es noch viele Tage. Dann aber fiel Téphany etwas auf, das sie sehr traurig machte.

Am Anfang schien Denis genau wie sie das Gefühl zu haben, daß die Stunden, in denen sie zusammen waren, nur so davonflogen, aber als er ihr alle Lieder, die er kannte, beigebracht hatte, und ihr von allen seinen Plänen erzählt hatte, wie er ein reicher und bedeutender Mann werden würde, hatte er ihr nichts mehr zu sagen. Denn er redete, wie viele andere Menschen, am liebsten selbst und hörte anderen nicht so gerne zu. Manchmal kam er überhaupt nicht, und dann sagte er Téphany am nächsten Abend, er habe in der Stadt zu tun gehabt. Aber sie ließ sich nicht täuschen, auch wenn sie ihm keine Vorwürfe machte, und sah genau, daß sie ihm nicht mehr so viel wie am Anfang bedeutete.

Mit jedem Tag wurde ihr Herz schwerer und ihre Wangen blasser, und eines Abends, als sie wieder einmal vergebens auf ihn gewartet hatte, nahm sie den Wasserkrug auf die Schulter und ging langsam zur Quelle hinunter. Auf dem Weg vor ihr stand die Fee, die ihr die Nadel gegeben hatte, und nachdem diese einen Blick auf Téphany geworfen hatte, lachte sie schelmisch und sagte: »Mein hübsches Mädchen sieht ja kaum glücklicher aus als zuvor, obwohl es seinen Liebsten sehen kann, wann immer es will.«

»Er ist meiner überdrüssig geworden«, erwiderte Téphany mit schwankender Stimme, »und denkt sich Ausreden aus, um fortzubleiben. Ach, liebes Großmütterchen, es genügt nicht, ihn sehen zu können, ich muß ihn auch unterhalten und fesseln können. Er ist so klug, weißt du? Hilf mir, auch klug zu sein!«

»Willst du das wirklich?« rief die Alte aus. »Nun gut. Nimm diese Feder und steck sie dir ins Haar, dann wirst du so klug wie Salomon sein.«

Vor Freude errötend, ging Téphany nach Hause und steckte die Feder in das blaue Band, das die Mädchen in jenem Teil des Landes immer tragen. Gleich darauf hörte sie Denis fröhlich pfeifen, und da die Tante ihren Kohl zählte, eilte Téphany hinaus, um ihn zu begrüßen. Der junge Mann war wie vor den Kopf geschlagen, als er sie reden hörte. Es gab nichts, was sie nicht zu wissen schien, und sie konnte nicht nur alle Lieder Britanniens singen, sondern selbst welche komponieren. War dies *wirklich* das stille Mädchen, das eifrig bemüht war, alles zu lernen, was er ihm beibringen konnte, oder war dies eine andere? Vielleicht war Téphany plötzlich wahnsinnig geworden, und ein böser Geist steckte in ihr. Aber er kam trotzdem Abend für Abend zurück und stellte fest, daß sie immer klüger wurde.

Bald flüsterten die Nachbarn miteinander, verwundert über das, was sie hörten, denn Téphany hatte dem Vergnügen nicht widerstehen können, sich die Feder für einige Leute ins Haar zu stecken, die sie wegen ihrer ärmlichen Kleider verachteten, und machte sich oft über sie lustig. Natürlich hörten sie von ihren Späßen, und sie schüttelten die Köpfe und sagten: »Sie ist eine bösartige kleine Katze, und der Mann, der sie einmal heiratet, wird merken, daß sie es ist, die die Zügel in der Hand hält und das Pferd antreibt.«

Es dauerte nicht lang, und Denis stimmte ihnen bei, und da er selbst immer gern Herr und Meister war, ward ihm Angst vor Téphanys scharfer Zunge, und statt zu lachen wie zuvor, wenn sie sich über andere Leute lustig machte, wurde er rot und fühlte sich unbehaglich, weil er glaubte, der nächste zu sein, den sie verspottete.

So ging alles weiter, bis Denis Téphany eines Abends sagte, er könne nicht bleiben, er habe versprochen, zu einem Tanz ins nächste Dorf zu gehen.

Téphany machte ein langes Gesicht. Sie hatte den ganzen Tag hart gearbeitet und sich auf eine ruhige Stunde mit Denis gefreut. Sie gab sich alle Mühe, ihn zum Bleiben zu überreden, aber er wollte nicht auf sie hören, und am Ende wurde sie böse.

»Ich weiß schon, warum du den Tanz nicht versäumen willst«, sagte sie. »Azilicz aus Penenru wird da sein.« Azilicz war im Umkreis von vielen Meilen das schönste Mädchen, und sie und Denis kannten sich seit ihrer Kindheit.

»O ja, Azilicz wird da sein«, sagte Denis, der sich freute, daß sie eifersüchtig war, »und natürlich nimmt man einen weiten Weg gerne in Kauf, um sie tanzen zu sehen.«

»Dann geh!« rief Téphany aus, ging ins Haus und schlug die Tür hinter sich zu.

Einsam und unglücklich setzte sie sich ans Feuer und starrte in die rote Glut. Dann riß sie sich die Feder aus dem Haar, schlug die Hände vors Gesicht und weinte bitterlich.

»Was nutzt es mir, klug zu sein, wenn die Männer Schönheit wollen? Darum hätte ich bitten sollen. Aber es ist zu spät. Denis wird nie mehr zurückkommen.«

»Da du es dir so sehr wünschst, sollst du wunderschön sein«, sagte eine Stimme neben ihr, und als sich Téphany umblickte, sah sie die alte Frau, die sich auf ihren Stock stützte.

»Befestige diese Kette an deinem Hals, und solange du sie trägst, bist du die schönste Frau der Welt«, sagte die Fee. Mit einem kleinen Freudenschrei nahm Téphany die Kette entgegen, ließ den Verschluß zuschnappen und lief zum Spiegel in der Ecke. Ah – diesmal fürchtete sie sich nicht vor Azilicz oder irgendeiner anderen, denn keine konnte so schön und hellhäutig sein wie sie. Und als sie ihr Gesicht sah, kam ihr ein Gedanke, und schnell zog sie ihr bestes Kleid und ihre Schnallenschuhe an und eilte davon.

Auf dem Weg zum Tanz kam ihr eine wunderschöne Kutsche entgegen, in der ein junger Mann saß.

»Was für eine liebliche junge Frau!« rief er aus, als sich Téphany näherte. »In meinem eigenen Land gibt es keine, die sich mit ihr messen könnte. Sie und keine andere soll meine Braut sein.«

Die Kutsche war groß und versperrte die schmale Straße, deshalb mußte Téphany stehenbleiben, ob sie wollte oder nicht. Aber sie sah dem jungen Mann ins Gesicht und sagte: »Geht euren Weg, edler Herr, und laßt mich meinen gehen. Ich bin nur ein armes Bauernmädchen, das gewohnt ist, die Kühe zu melken, Heu zu machen und zu spinnen.«

»Du magst eine Bäuerin sein, aber ich werde eine große Dame aus dir machen«, sagte er, nahm ihre Hand und versuchte, sie zu seiner Kutsche zu führen.

»Ich will aber gar keine große Dame sein, ich will nur Denis' Ehefrau sein«, erwiderte sie, schob seine Hand weg und sprang in den Graben, der die Straße vom Maisfeld trennte, in dem sie sich verstecken wollte. Unglücklicherweise erkannte der junge Mann gleich, was sie vorhatte, und machte seinen Dienern ein Zeichen, Téphany zu packen und in die Kutsche zu stecken. Die Tür wurde zugeschlagen, und die Pferde jagten unter Peitschenhieben im Galopp davon.

Nach einer Stunde kamen sie zu einem prächtigen Schloß, und Téphany, die sich nicht rührte, wurde aus der Kutsche gehoben und in die Halle getragen, während man nach einem Priester schickte, der sie trauen sollte. Der junge Mann versuchte, ihr ein Lächeln zu entlocken, indem er ihr von all den schönen Dingen erzählte, die sie als seine Frau besitzen würde, aber Téphany hörte ihm nicht zu und sah sich nach einem Fluchtweg um. Die drei großen Portale waren fest verriegelt, und die Tür, durch die sie gekommen waren, schloß sich von selbst, aber Téphany hatte immer noch die Feder im Haar, und mit ihrer Hilfe entdeckte sie einen Spalt in der Holztäfelung, durch den schwaches Licht schimmerte. Sie berührte die Kupfernadel, die ihr Kleid schloß, und schickte alle im Saal zum Kohlkopfzählen, während sie selbst durch die kleine Tür trat und nicht wußte, wohin sie ging.

Inzwischen war die Nacht hereingebrochen, und Téphany war sehr müde. Zum Glück fand sie sich am Tor eines Klosters wieder und bat darum, bis zum Morgen bleiben zu dürfen. Aber die Pförtnerin sagte grob, dies sei kein Ort für Bettlerinnen, und schickte sie weg, und so schleppte sich das arme Mädchen langsam die Straße entlang, bis ein Licht und Hundegebell ihm sagten, daß es sich in der Nähe eines Bauernhofs befand.

Vor dem Haus standen ein paar Leute, zwei oder drei Frauen und die Söhne des Bauern. Als die Mutter Téphanys Bitte hörte, ein Bett für die Nacht zu bekommen, ließ sie sich erweichen und wollte sie gerade auffordern, ins Haus zu kommen, als sich die jungen Männer, denen die

Schönheit von Téphany die Köpfe verdrehte, darüber zu streiten begannen, wer das meiste für sie tun dürfe. Aus Worten wurden Schläge, und die Frauen, von der Unruhe verschreckt, ließen Beleidigungen auf Téphany niederprasseln. Schnell lief sie den nächsten Weg entlang und hoffte, ihnen in der Dunkelheit der Bäume zu entkommen, aber sie hörte bald ihre Schritte hinter sich. Ihr zitterten die Beine vor panischer Angst. Da fiel ihr plötzlich die Kette ein. Hastig öffnete sie den Verschluß und warf sie einem Schwein um den Hals, das in einem Graben grunzte, und dann hörte sie, daß die Schritte nicht mehr ihr, sondern dem Schwein folgten, denn ihr Reiz war verschwunden.

Sie ging weiter, ohne zu wissen, wohin, bis sie sich zu ihrer Überraschung und Freude in der Nähe des Hauses ihrer Tante wiederfand. Mehrere Tage lang war sie so müde und unglücklich, daß sie ihre Arbeit kaum bewältigen konnte, und was noch schlimmer war: Denis ließ sich kaum noch blicken. Er habe zu viel zu tun, sagte er, und eigentlich könnten es sich nur reiche Leute leisten, die Zeit mit Plaudern zu vergeuden.

Im Laufe der nächsten Tage wurde Téphany immer blasser, bis es alle, außer ihrer Tante, bemerkten. Der Wasserkrug wurde ihr fast zu schwer, aber am Morgen und am Abend trug sie ihn zur Quelle, obwohl sie ihn kaum auf die Schulter heben konnte.

»Wie konnte ich nur so dumm sein«, murmelte sie, wenn sie, wie üblich, bei Sonnenuntergang zur Quelle ging. »Nicht um die Freiheit, Denis sehen zu können, hätte ich bitten sollen, denn er wurde meiner bald überdrüssig, auch nicht um Redegewandtheit, denn davor hatte er Angst, und auch nicht um Schönheit, denn das hat mir nichts als Ärger eingebracht, sondern um Reichtümer, die einem selbst und anderen das Leben erleichtern. Ach, wenn ich es nur wagen könnte, die Fee um diese Gabe zu bitten, wäre ich klüger als zuvor und würde eine bessere Wahl treffen.«

»Sei zufrieden«, sagte die Stimme der alten Frau, die unsichtbar neben Téphany zu stehen schien. »Wenn du nach Hause gehst und in deine rechte Tasche schaust, findest du ein kleines Kästchen. Reibe deine Augen mit der Salbe ein, die es enthält, dann wirst du sehen, daß du einen kostbaren Schatz besitzt.«

Téphany verstand überhaupt nicht, was sie meinte, lief aber so schnell sie konnte zum Haus zurück und langte frohgemut in ihre rechte Tasche. Und richtig – da war das Kästchen mit der kostbaren Salbe. Sie rieb sich gerade die Augen damit, als Barbaik Bourhis die Kammer betrat. Seit sie gezwungen worden war, ihre Arbeit im Stich zu lassen und – ohne zu wissen, warum – die Kohlköpfe zu zählen, ging alles schief, und wegen ihrer schlechten Laune konnte sie keinen Knecht finden, der es bei ihr aushielt. Als sie ihre Nichte nun ruhig vor dem Spiegel stehen sah, verlor sie die Geduld und schrie: »Das tust du also, wenn ich auf dem Feld bin! Kein Wunder, daß alles hier zugrunde geht! Schämst du dich denn gar nicht, Mädchen, dich so zu benehmen?«

Téphany versuchte, sich stotternd herauszureden, aber ihre Tante war vor Zorn halb wahnsinnig und versetzte ihr eine Ohrfeige. Téphany konnte sich, so verletzt, verwirrt und aufgeregt, wie sie war, nicht länger beherrschen, wandte sich ab und brach in Tränen aus. Aber was für eine Überraschung, als sie sah, daß jede Träne eine glänzende runde Perle war! Barbaik, die dieses Wunder auch bemerkte, stieß einen überraschten Schrei aus und warf sich auf die Knie, um sie vom Boden aufzulesen.

Sie sammelte sie immer noch ein, als sich die Tür öffnete und Denis eintrat. »Perlen! Sind es wirklich echte Perlen?« fragte er, ließ sich ebenfalls auf die Knie nieder und sah, als er zu Téphany hochblickte, daß immer noch wunderschöne Perlen über die Wangen des Mädchens rollten.

»Gib acht, daß keiner von den Nachbarn etwas davon erfährt, Denis«, sagte Barbaik. »Natürlich bekommst du deinen Anteil, aber keiner sonst bekommt auch nur eine einzige. Weine nur weiter, meine Liebe, weine«, sagte sie zu Téphany. »Es ist zu deinem Besten und unserem«, und sie hielt ihre Schürze auf und Denis seinen Hut.

Aber Téphany konnte es nicht länger ertragen. Sie meinte zu ersticken, als sie sah, wie gierig sie waren, und wollte aus dem Haus laufen, und obwohl Barbaik sie am Arm packte, um sie daran zu hindern, und alle möglichen Worte sagte, die das Mädchen zum Weinen bringen sollten, zwang sich Téphany mit aller Macht, ihre Tränen zurückzuhalten, und wischte sich die Augen.

»Ist sie schon fertig?« schrie Barbaik enttäuscht. »Ach, versuch es doch nochmal, meine Liebe. Meinst du, es würde helfen, sie ein bißchen zu schlagen?« fragte sie Denis, der aber den Kopf schüttelte.

»Es reicht fürs erste. Ich werde in die Stadt gehen und herausfinden, welchen Wert die Perlen haben.«

»Ich komme mit«, sagte Barbaik, die keinem traute und Angst hatte, betrogen zu werden. So gingen die beiden aus dem Haus und ließen Téphany allein.

Sie saß ganz still auf einem Stuhl, die Hände fest zusammengepreßt, als ob sie etwas zurückdrängte. Schließlich hob sie den Blick, den sie auf den Boden geheftet hatte, und sah, daß die Fee in einem dunklen Winkel am Herd stand und sie spöttisch betrachtete. Das Mädchen zitterte und sprang auf. Dann nahm sie die Feder, die Nadel und das Kästchen und hielt sie der alten Frau hin.

»Hier ist alles!« rief sie aus. »Es gehört dir. Ich will die Sachen nicht mehr sehen, aber ich habe meine Lektion von ihnen gelernt. Andere mögen Reichtümer, Schönheit und Geist haben, aber ich selbst möchte nichts anderes als das arme Bauernmädchen sein, das ich immer war und das hart für seine Lieben arbeitet.«

»Ja, du hast deine Lektion gelernt«, antwortete die Fee, «und jetzt wirst du ein friedliches Leben führen und den Mann heiraten, den du liebst. Denn schließlich hast du nicht an dich, sondern nur an ihn gedacht.«

Niemals wieder sah Téphany die alte Frau, aber sie verzieh Denis, daß er ihre Tränen verkaufte, und mit der Zeit wurde er zu einem guten Ehemann, der seinen Teil der Arbeit tat.

Habetrot

Anglo-Schottisch

Es war einmal ein lustiges, faules Mädchen in Selkirkshire, das viel lieber in den Feldern herumstreunte und Blumen pflückte, als sich beim Spinnen Blasen an den Fingern zu holen. Die Hausherrin, seine Mutter, war eine große Spinnerin, aber alle ihre Belehrungen nützten nichts, und schließlich verlor sie die Geduld und jagte das Mädchen hinauf in sein Schlafzimmer, trug ein Spinnrad hinauf und sieben Rocken Flachs und sagte zu dem Mädchen: »Soo, mein Mädchen, jetzt wirst du mir aus diesem Flachs sieben Spulen Garn in drei Tagen spinnen, oder es wird dir schlecht gehen.« Und sie ließ das Mädchen dort allein, und es weinte sich die Augen aus.

Das Mädchen wußte genau, daß seine Mutter es ernst meinte, also arbeitete es einen langen Tag am Spinnrad, aber es bekam nur wunde Finger vom Drehen des Fadens und wunde Lippen vom Abreißen des Fadens und hatte nur etwa drei Fuß knotigen ungleichmäßigen Faden gesponnen, mit dem keine einigermaßen vernünftige Frau versuchen würde zu stricken oder zu weben. Und das arme Mädchen weinte sich in den Schlaf.

Am nächsten Morgen wachte es sehr früh auf, und die Sonne schien, und die Vögel sangen, und es betrachtete den armseligen Faden, den es gesponnen hatte, und es dachte: »Ich kann hier nichts Ordentliches zustande bringen, ich muß hinaus an die frische Luft.« So kletterte es die Leiter hinunter und schlich an den Vorhängen des Bettschranks seiner Mutter vorbei, entriegelte die Küchentür und rannte hinunter zum Bachufer. Es wanderte mal hierhin, mal dorthin, pflückte Schlüsselblumen und lauschte dem Gesang der Vögel, bis ihm plötzlich in den Sinn kam, daß es sich noch so lange herumtreiben könne, schließlich müsse es doch wieder nach Hause zurückkehren, und wie zornig seine Mutter dann wäre. Vor ihm lag ein kleiner Hügel, und es setzte sich auf einen glatten Stein am Bachufer und brach in Tränen aus. Es war ein Stein mit einem tiefen, engen Loch in der Mitte, das vom Wasser ausgehöhlt worden war. Die Leute pflegten zu sagen, daß man durch einen solchen Stein Feen sehen kann. Wie auch immer, das Mädchen hörte auf einmal Geräusche aus ihm hervorkommen, etwas wie ein Sirren, und schrille Stimmchen sangen eine seltsame Melodie. Es blickte auf, und da war eine merkwürdige kleine Frau, die emsig ihre Spindel drehte und den Faden mit einer langen Lippe hervorzog, die aussah, als sei sie fürs Spinnen gemacht worden.

»Einen schönen guten Tag Euch, Hausherrin«, sagte das Mädchen, das immer freundlich und höflich war.

»Und dir auch, mein Töchterchen«, erwiderte die kleine Frau, der das Mädchen gut gefiel.

»Warum seid ihr so langlippig?« fragte das Mädchen, ganz die Göre, die es war.

»Um damit den Faden zu ziehen, mein Herzchen«, antwortete das alte Frauchen.

»Das sollte ich eigentlich auch tun«, sagte das Mädchen, »aber daraus wird nichts. Ich kann es einfach nicht.« Und es erzählte ihr die ganze Geschichte.

»Mach dir nichts draus, mein Herzchen«, sagte die freundliche alte Frau. »Hol mir deinen Flachs, und ich werde ihn rechtzeitig für deine Mutter gesponnen haben.«

Und das Mädchen rannte hinauf, schlüpfte in die Hütte und war im Nu zurück mit dem Flachs. »Wie soll ich dich nennen, gute Frau?« fragte es. »Und wann soll ich wiederkommen und das Garn abholen?«

Aber die alte Frau nahm den Flachs, und fort war sie. Das Mädchen war ganz benommen, und es setzte sich auf den Stein und wartete. Die Sonne schien heiß auf seinen Kopf, und nach einer Weile schlief es ein und rührte sich nicht, bis die Sonne am Himmel unterging und die Luft kühl wurde. Es wachte auf und hörte das Sirren und Singen lauter als zuvor, und ein Lichtstrahl kam aus dem Loch im Stein. Und es kniete nieder und spähte hinunter und hatte einen seltsamen Anblick durch das Guckloch. Es sah in eine große Höhle, und da saßen ein paar sonderbare Gestalten an ihren Spinnrädern und spann-spann-spannen wie verrückt. Sie alle hatten lange, lange Lippen und flache Daumen und gekrümmte Rücken, und seine Freundin lief zwischen ihnen hin und her. Da war eine, die saß ein wenig abseits von den anderen und war häßlicher als alle, und ihr Name war Scantlie Mab, denn so wurde sie von der obersten Fee genannt. »Die Spulen sind fast fertig, Scantlie Mab«, sagte sie, und dann lachte sie und rief: »Keine Ahnung hat das kleine Mädchen dort oben auf dem Hügel, daß ich Habetrot heiß! Wickle das Garn auf und gib es mir, denn ich muß es für das kleine Mädchen hinauf vor die Tür seiner Mutter bringen.«

Da wußte das Mädchen, wo sie sich treffen sollten, und es rannte hinauf zu seiner Hütte, und es war kaum einen Augenblick dort, als Habetrot erschien und ihm sieben wunderschöne Garnknäuel gab.

»Oh, was kann ich zum Dank für dich tun?« fragte das Mädchen.

»Sag deiner Mutter nicht, wer das Garn gesponnen hat«, erwiderte Habetrot, »und ruf mich wieder, wenn du mich brauchst.«

Und sie verschwand in der Dunkelheit.

Die Mutter war früh zu Bett gegangen, denn sie hatte den ganzen Tag schwer gearbeitet, um Blutwurst zu machen, und sieben prächtige Blutwürste hingen zum Trocknen von den Dachsparren.

Das Mädchen war so hungrig wie ein Jäger, denn es hatte seit dem Frühstück am vorigen Tag nichts gegessen. Es breitete die schönen Garnknäuel so aus, daß seine Mutter sie als erstes sehen konnte, wenn sie aufwachte, dann blies es das Feuer an und nahm die Bratpfanne herunter und briet die erste Wurst und aß sie, und es war hungriger als zuvor. Dann briet es die nächste und die nächste, und auf einmal merkte es, daß es alle aufgegessen hatte. Und es schlich die Leiter hinauf ins Bett und schlief ein, sobald sein Kopf das Kissen berührt hatte.

Die Mutter wachte am nächsten Morgen auf, und als sie die Vorhänge von ihrem Bett aufzog, sah sie die sieben wunderschönen Garnknäuel, schöner als jede Spinnerin im Land sie spinnen konnte, und voller Staunen richtete sie ihren Blick nach oben – aber wo waren die guten Blutwürste, die letzte Nacht dort gehangen hatten? Keine einzige war zu sehen, nur eine schwarze Bratpfanne stand neben der Feuerstelle.

Sie rannte in ihrem Nachthemd hinaus auf die Straße wie eine Verrückte und rief:

Mein Töchterchen hat sieben, sieben gesponnen!
Mein Töchterchen hat sieben, sieben gegessen
Und alle vor Tageslicht.

Sie sang das so laut heraus, daß ihre Tochter davon aufwachte, sie stand sofort auf und begann sich anzuziehen, so schnell sie konnte.

Und wer anders kam die Straße entlang geritten als der junge Gutsherr selbst. »Was rufst du da, Hausherrin?« fragte er; und sie sang wieder:

Mein Töchterchen hat sieben, sieben gesponnen
Mein Töchterchen hat sieben, sieben gegessen!

»Und wenn Ihr mir nicht glaubt, Herr, kommt und seht selbst!«

Also folgte ihr der Gutsherr in die Hütte, und als er die schönen Garnknäuel sah, verlangte er, die Spinnerin zu sehen, und als er die Spinnerin sah, bat er sie, ihn zu heiraten.

Der Gutsherr war fein gekleidet und stattlich und freundlich, und das Mädchen sagte mit Freuden ja; aber da war eine Sache, die ihm Kummer machte, der Gutsherr sprach immer von all den schönen Garnknäueln, die es nach der Hochzeit spinnen würde. So ging das Mädchen eines Tages hinunter zum Stein mit dem Loch und rief nach Habetrot. Habetrot wußte, was es bekümmerte, aber sie sagte: »Keine Sorge, Herzchen; bring deinen Schatz hierher, und wir werden es für dich in Ordnung bringen.«

Also stand das Paar am nächsten Abend bei Sonnenuntergang vor dem Stein mit dem Loch und hörte Habetrot singen, und am Ende des Lieds öffnete sie eine verborgene Tür und ließ beide in den Hügel hinein. Der Gutsherr war verwundert über all die häßlichen Gestalten um ihn her und sagte zum Mädchen: »Warum sind ihre Lippen so verunstaltet?«

Habetrot sagte laut: »Frag sie doch selbst.« Und jede einzelne sagte in murmelnden oder pfeifenden Tönen: »Vom Spinn-spinn-spinnen.«

»Jaja, sie waren alle einmal recht hübsch«, bemerkte Habetrot, »aber Spinnerinnen werden nun einmal so. Euer Mädchen wird auch einmal so aussehen, so hübsch es jetzt auch ist, denn es ist ganz verrückt aufs Spinnen.«

»Das wird es nicht!« rief der Gutsherr. »Von heute an soll es keine Spindel mehr anrühren.«

»Ganz wie du willst, Gutsherr«, sagte das Mädchen, und von diesem Tag an zog es mit dem Gutsherrn durch das Land und ritt hinter ihm her, munter wie ein Vogel, und jedes Büschel Flachs, das auf dem Land wuchs, wurde der alten Habetrot zum Spinnen gebracht.

Glücklos

Sizilianisch

Da war der gute König von Spanien, und da war seine gute Königin, und sie hatten sieben schöne junge Töchter. Sie lebten glücklich miteinander, keiner war glücklicher als sie, bis eines Tages der König aus einem Nachbarland mit seiner großen Armee kam. Der König von Spanien und sein Volk schlugen sich tapfer, aber sie wurden besiegt: der König von Spanien wurde gefangengenommen, und die Königin und die sieben Prinzessinnen flohen in ein fernes Dorf, wo sie armselig in einer Hütte lebten und versuchten, mit Stickereien und dergleichen ein wenig Geld zu verdienen. Aber obwohl ihre Arbeiten wunderschön und makellos waren, schien sie niemand haben zu wollen, und sehr oft hatten die Königin und die Prinzessinnen kaum genug zu essen.

Eines Abends, als die Prinzessinnen in den Wald gegangen waren, um wilde Erdbeeren zu sammeln, und die Königin allein in der Hütte war und für das Abendessen Brühe kochte, klopfte eine alte Zigeunerin an die Tür und bot ihr ein paar billige Spitzen an, für die sie Essen oder Geld haben wollte.

»Ach, altes Großmütterchen«, sagte die Königin, »ich kann dir einen Teller Brühe und ein herzliches Willkommen bieten, aber Geld habe ich heute gar keines. Ich bin die unglückliche Königin von Spanien, deren lieber Gemahl als Gefangener verschleppt worden ist und die mit ihren sieben Töchtern jetzt hier in Armut lebt. Aber komm rein und ruh dich aus, und wenn ein Teller Brühe dir genügt, dann kannst du ihn gerne haben.«

Die alte Zigeunerin trat ein und setzte sich ans Feuer. Sie löffelte gierig den Teller Brühe aus, und dann saß sie da, starrte ins Feuer und murmelte vor sich hin.

Schließlich sagte sie: »Königin, eine wie ich hat die Gabe, in die Vergangenheit und Zukunft zu schauen und die Ursachen der Dinge zu erkennen – das Glück und das Unglück, das uns Sterbliche begleitet, und das Beschaffen des einen und Heilen des anderen. In deiner Familie gibt es eine Tochter, die völlig glücklos ist, und an ihr liegt es, daß euch all dies Elend widerfahren ist. Sie hat ein unglückseliges Schicksal. Schick diese eine Tochter fort. Dann bekommst du deinen König und das Königreich zurück.«

»Was?« rief die Königin aus. »Ich soll eine meiner Töchter fortjagen?«

»Ja, meine Dame, es gibt kein anderes Mittel.«

»Aber welche Tochter?« weinte die Königin. »Alle sind so lieb, so gut – woher soll ich wissen, welche uns Unglück bringt?«

»Ganz einfach«, erwiderte die alte Zigeunerin, »heute nacht, wenn deine Töchter in ihren Betten schlafen, nimmst du eine Kerze und gehst von Bett zu Bett. Drei der Mädchen werden auf ihrer rechten Seite, die Hände unter dem Kinn gefaltet, schlafen. Drei werden auf ihrer linken Seite, die Arme unter der Decke, schlafen. Eine wird auf dem Rücken, die Hände auf der Brust gekreuzt, schlafen. Diese mußt du fortschicken, denn auf ihr liegt der Fluch eines unglückseligen Schicksals, und das Unglück folgt ihr, wohin sie geht.«

Nach diesen Worten ging die Zigeunerin und ließ die Königin ganz verstört zurück.

Nach und nach kehrten die sieben Prinzessinnen heim. »Wir haben nicht eine einzige Erdbeere gefunden, nicht eine einzige!« riefen sie aus. »Jemand muß vor uns im Wald gewesen sein und alle gepflückt haben. Ach, warum gelingt uns einfach nichts – warum, *warum*?«

»Macht nichts«, sagte die Königin, »vielleicht habt ihr morgen mehr Glück.«

Aber die Prinzessinnen sagten, sie hätten nie Glück. Schweigend aßen sie ihre Brühe. Dann knicksten sie vor ihrer Mutter, weil sie brave junge Prinzessinnen waren, und gingen zu Bett.

Die Königin saß lange da und blickte ins Feuer und dachte über die Worte der Zigeunerin nach. Schließlich seufzte sie, zündete eine Kerze an und ging in die Kammer, in der die sieben Prinzessinnen in sieben schmalen Betten lagen und fest schliefen. Auf Zehenspitzen schlich sie sich von Bett zu Bett und betrachtete ihre schönen schlafenden Töchter: drei lagen auf ihrer rechten Seite, die Hände unter dem Kinn gefaltet, drei lagen auf ihrer linken Seite, die Arme unter der Decke, aber die siebte und jüngste lag auf dem Rücken und hatte die Arme über der Brust gekreuzt. »Ach, mein Liebling, mein Liebling, muß ich dich fortschicken?« flüsterte die Königin und weinte.

Die Tränen der Königin fielen auf die Hände der jüngsten Prinzessin. Sie rührte sich im Schlaf, erwachte und öffnete die Augen. »Liebstes Mütterlein, warum weinst du?«

»Haben wir denn keinen Grund zu weinen, Töchterchen? Ich, eine Königin, und ihr, meine Prinzessinnen, leben wie Bauern in einer verfallenen Hütte.«

»Aber das kann doch nicht der Grund sein«, sagte die Prinzessin, »sonst hättest du schon früher geweint. Ich glaube, als wir heute draußen waren, ist etwas geschehen – sag mir, was es ist!«

»Nein, nein, nein!«

Aber die Prinzessin wollte kein »nein« akzeptieren. Sie bohrte und bohrte, bis die Königin ihr schließlich von der Zigeunerin und dem, was sie gesagt hatte, berichten mußte.

Da schlang die Prinzessin die Arme um den Hals der Königin und küßte sie viele Male. »Geh zu Bett und schlaf, liebstes Mütterlein«, sagte sie, »wir werden am Morgen darüber nachdenken. Denn der Morgen ist klüger als der Abend.«

Die Königin ging zu Bett. Aber kaum war sie eingeschlafen, stand die kleine Prinzessin ganz, ganz leise auf, zog sich an, packte ein kleines Bündel mit diesem und jenem und schlich sich aus der Hütte.

»Lebe wohl, liebe Mutter, lebt wohl, liebe Schwestern«, wisperte sie. »Ich, Glücklos, gehe fort, damit das Glück wieder bei euch einziehen kann.«

So machte sich Glücklos auf den Weg und kam am Morgen an ein Bauernhaus, das neben der Straße in einem Garten stand. Sie spähte durchs Fenster und sah ein paar Frauen am Werk. Einige saßen am Webstuhl, andere spannen, und wieder andere klöppelten Spitze.

»Vielleicht kann ich hier Arbeit finden«, dachte sie. Und sie klopfte an die Tür.

Eine der Frauen verließ ihren Webstuhl und öffnete.

»Kann ich hier arbeiten, meine Dame?« fragte die Prinzessin.

»O ja, wir brauchen eine Magd – wie heißt du?«

»Glücklos.«

»Komm rein, Glücklos. Wenn du gute Arbeit tust, sind wir leicht zufriedenzustellen.«

So trat Glücklos ein, und die Frau gab ihr Arbeit – Kehren, Putzen, Kochen. Sie arbeitete bereitwillig, und eine Woche lang ging alles gut. Dann sagte die Frau eines Tages: »Glücklos, meine Schwestern und ich wollen eine kleine Reise machen und Freunde besuchen. Wir werden erst morgen zurück sein. Verriegele die vordere und die hintere Tür von innen, und ich werde sie von außen verriegeln. Wir können dir vertrauen, nicht wahr, Glücklos, daß du niemanden hereinläßt, der unsere Seide und die Spitzen und Tücher stiehlt, die wir angefertigt haben?«

»O ja, meine Dame, Ihr könnt mir vertrauen«, sagte Glücklos.

Die Frauen machten sich also auf den Weg. Sie verriegelten die Türen von außen, und Glücklos verriegelte sie von innen. Sie verbrachte den Tag mit Putzen und Polieren, bis alles glänzte. Als die Nacht kam, ging sie zu Bett, zufrieden mit all ihren Mühen, und dachte, wie sich die Frauen freuen würden, wenn sie zurückkehrten. Dann schlief sie sofort ein.

Aber um Mitternacht weckten sie seltsame Laute, die von unten kamen: Murmeln und schweres Atmen und das Geräusch von reißendem Tuch und das Schnippschnapp rostiger Scheren. Sie sprang aus dem Bett, zündete hastig eine Kerze an und lief die Treppe hinunter. O Schreck – was fand sie vor? Eine gräßliche alte Hexe stand neben einem Haufen zerrissener Spitze und zerschnittenen Tuchs – ja, die ganze feine Arbeit der Frauen lag in unordentlichen Haufen zu Füßen der Alten.

»Ha! Ha!« lachte die alte Hexe. »Ha! Ha!«

Und als Glücklos ihr die Schere entreißen wollte, blies die alte Hexe die Kerze aus und verschwand. Aber *wie* sie verschwand – durch die verriegelte Tür oder das vergitterte Fenster –, wer kann es sagen?

Glücklos weinte bitterlich, zündete mehr Kerzen an und begann, die verstreuten Fetzen und zerschnittenen Spitzen einzusammeln. Ach, was würden die Frauen sagen, wenn sie zurückkämen? Was *würden* sie sagen?

Und was sagten sie tatsächlich? »Oh, du böses, schamloses Mädchen, ist das der Dank dafür, daß wir dich bei uns aufgenommen haben und gut zu dir waren?« Sie schlugen sie und warfen sie aus dem Haus, und sie wanderte weiter und wußte nicht und sorgte sich nicht, wohin.

So kam sie am späten Nachmittag in ein Dorf, und am Eingang des Dorfes sah sie einen kleinen Laden, in dem Brot, Gemüse und Wein verkauft wurde. Da sie den ganzen Tag nichts gegessen hatte, war sie sehr hungrig. Aber sie hatte kein Geld. Als sie so dastand und sehnsüchtig all die guten Sachen im Schaufenster betrachtete, bemerkte sie die Krämersfrau und kam an die Tür. »Hast du Hunger, kleines Mädchen?«

»O ja, ja!«

»Dann komm rein. Es müßte uns schon sehr schlecht gehen, wenn wir keinen Bissen für ein armes kleines Ding wie dich übrig hätten!«

Glücklos trat ein, und die Krämersfrau gab ihr Brot und Käse und ein Glas Wein. Und nachdem sich Glücklos artig bedankt hatte, stand sie auf, um ihren Weg fortzusetzen.

»Und wo gehst du hin?« fragte die Krämersfrau.

»Ich ... ich weiß nicht«, sagte die arme Glücklos.

»Aber es wird bald dunkel«, sagte die Frau, »und die Straßen sind nicht sicher für ein junges Mädchen. Wenn du hinten im Laden schlafen willst, schüttle ich für dich ein paar Säcke aus, auf denen du liegen kannst.«

Glücklos bedankte sich noch einmal höflich bei der Krämersfrau, legte sich auf das Sackbett und versank bald in tiefen Schlaf, die Hände auf ihrer Brust gekreuzt.

Etwas später kam der Krämer nach Hause. »Wer schläft da auf den Säcken?« fragte er.

»Ach, nur ein kleines unwissendes Mädchen, das mir leid tat.«

»Ich hoffe nur, daß sie ehrlich ist«, sagte der Mann.

Und er und seine Frau gingen zu Bett.

Alles war still bis Mitternacht. Dann stieg eine abscheuliche alte Hexe durchs Schaufenster in den Laden. Sie packte die Brotlaibe, riß sie mit ihren klauenartigen Händen in Stücke und warf sie auf den Boden. Dann kippte sie die Gemüsekörbe um und stampfte auf dem Obst und Gemüse herum, bis der Fußboden von allem, was die Körbe enthalten hatten, mit klebrigem Matsch bedeckt war. Und was dann? Runter in den Weinkeller, wo sie aus allen Fässern die Spundzapfen zog. Jetzt standen Wein und Bier knöchelhoch im Keller. Als alles zerstört war, stieg die alte Hexe wieder durchs Fenster und verschwand in der Dunkelheit. Und das alles ohne einen Laut.

Aber als der Krämer am Morgen aufstand und das Durcheinander sah, packte er einen Besen, rüttelte Glücklos wach und schlug auf sie ein. »Du … du … du …« Er konnte vor Wut kaum sprechen. »Aus dem Haus mit dir, bevor ich dich rausschmeiße! Und wenn ich dich je wiedersehe, werde ich dich … werde ich dich …«

Aber Glücklos wartete nicht ab, um zu hören, was er mit ihr machen würde. Sie rannte aus dem Laden und aus dem Dorf – nur weg, weg, weg. Sie lief von einem Königreich ins nächste Königreich, und immer noch rannte sie, bis sie vor Erschöpfung ohnmächtig am Straßenrand zusammenbrach.

So verging der Tag, die Sonne ging unter, und jetzt war es Nacht. Und immer noch lag Glücklos wie eine Tote am Straßenrand. Als ihr am nächsten Morgen die aufgehende Sonne ins Gesicht schien, kam sie zu sich, öffnete die Augen und blickte sich um. Lerchen sangen über ihr, und ganz in der Nähe plätscherte ein Bächlein. Oh, wie gerne hätte sie jetzt einen Schluck Wasser! Sie erhob sich und kletterte über den Zaun auf eine Wiese, durch die ein klarer Bach floß. Eine Frau beugte sich über das Wasser und wusch.

Als die Frau Glücklos' Schritte hörte, hob sie den Kopf und blickte sich um … Und wer war diese Frau – wer mochte es wohl sein? Keine andere als Francesca, die Glücklos als kleines Kind auf den Knien geschaukelt hatte!

»Meine Amme!«

»Meine kleine Prinzessin!«

Sie umarmten und küßten sich.

»Aber was ist mit dir geschehen, mein Liebling, und was tust du hier so allein? Und warum bist du so blaß und warum so zerzaust?«

Dann erzählte Glücklos Francesca alles, was passiert war. Und die Amme, die sich ihr Mittagsbrot in einem Korb mitgebracht hatte, gab Glücklos zu essen und zu trinken.

»Ich bin Wäscherin bei dem Fürsten dieses Landes«, sagte Francesca. »Du kommst jetzt mit und bleibst bei mir in meinem Häuschen, bis bessere Zeiten kommen. Denn es werden bessere Zeiten kommen, mein Liebling, ja, sie werden kommen! Und wenn du mir jetzt mit der Wäsche hilfst, sind wir schneller fertig und können nach Hause gehen. Obwohl Waschen natürlich kaum eine Arbeit für eine Prinzessin ist!«

»Seit ich dich zum letzten Mal sah, meine liebe Amme, habe ich jede Arbeit getan«, sagte Glücklos. Und sie nahm eines der Hemden des Fürsten, um es im Bach zu spülen.

O weh! Was geschah? Das Hemd machte einen Satz und drehte sich. Es riß sich von ihren Händen los, trieb den Bach hinunter und blieb am Zweig eines Brombeerstrauches hängen. Und als Glücklos losrannte, um es vom Busch zu nehmen, hatte es einen gewaltigen Riß auf dem Rükken.

»Ja, ich sehe, daß du wirklich Glücklos bist«, sagte Francesca. »Du mußt ein unglückseliges Schicksal haben. Aber mach dir nichts draus, mein Liebling! Du sollst bei mir bleiben, und ich werde dich bedienen – du brauchst gar nicht zu arbeiten –, und ich werde mir über dein Schicksal und darüber, wie wir es ändern können, Gedanken machen.«

Also ging Glücklos mit Francesca zu ihrem Häuschen und lebte dort mit ihr. Und solange sie keine Arbeit anfaßte, ging alles gut. Sobald sie aber versuchte, Francesca auf irgendeine Weise zu helfen … Wenn sie das irdene Geschirr spülen wollte, zerbrach es ihr in den Händen. Wenn sie Francescas Strümpfe stopfen wollte, wurden die Löcher darin größer und größer. Wenn sie die Küche ausfegen wollte, wehte der Staub durch die Tür wieder herein. Schließlich sagte Francesca: »Laß es sein! Laß alles sein! Raus mit dir in den Sonnenschein!«

Aber kaum war Glücklos draußen im Sonnenschein, als sich am Himmel dicke Wolken zusammenballten und es zu regnen begann.

»Dein Schicksal ist gegen uns«, sagte Francesca, »aber wir werden damit fertig werden! *Mein* Schicksal dagegen ist von einer ganz anderen Art!«

Eines Tages backte Francesca zwei süße Kuchen. Sie legte die Kuchen in einen Korb und sagte zu Glücklos: »Nimm diese Kuchen hier, stell dich an den Strand und rufe mein Schicksal. Rufe laut und deutlich – dreimal: ›O Schicksal von Francesca, o Schicksal von Francesca, o Schicksal von Francesca!‹ Beim dritten Mal kommt mein Schicksal aus dem Meer zu dir. Gib ihm einen von den Kuchen mit meinen besten Grüßen und bitte es – sehr höflich natürlich –, dir zu sagen, wo *dein* Schicksal zu finden ist.«

Glücklos nahm die beiden Kuchen und stellte sich an den Strand und rief dreimal: »O Schicksal von Francesca, o Schicksal von Francesca, o Schicksal von Francesca!« Beim dritten Mal tauchte eine wunderschöne, glänzende, lächelnde Frau aus dem Meer auf. Glücklos nahm einen der Kuchen aus dem Korb, reichte ihn der schönen glänzenden Frau und sagte: »Francesca schickt Euch diesen Kuchen mit besten Grüßen. Und, liebes Schicksal von Francesca, würdet Ihr mir eine große Freundlichkeit erweisen und mir den Ort nennen, an dem ich mein eigenes Schicksal finden kann?«

Die schöne glänzende Frau lächelte und sagte: »Nimm diesen schmalen Eselspfad über die Sandhügel und durch das Dickicht. Mitten im Dickicht wirst du eine alte Hexe finden, die unter einem Dornbusch an einem Brunnen sitzt. Sie ist dein Schicksal. Grüße sie freundlich und biete ihr einen Kuchen an. Sie wird sehr unhöflich zu dir sein und den Kuchen zurückweisen, leg ihn ihr aber zu Füßen und gehe fort.«

Glücklos dankte der schönen Frau und ging über die Sandhügel und durch das Dickicht und kam an den Ort, wo die alte Hexe unter einem Dornbusch an einem Brunnen saß. Oh, wie abscheulich die alte Hexe war! Wie schmutzig, wie triefäugig, wie sabberig, wie zerlumpt! Glücklos zitterte bei ihrem Anblick und lief beinah weg. Aber sie riß sich zusammen, machte einen tiefen Knicks und sagte: »Mein kleines Schicksal, ich bringe dir diesen Kuchen. Willst du ihn bitte annehmen?«

»Weg damit! Weg damit!« schrie die alte Hexe. »Von *dir* will ich keine Geschenke!« Und sie spuckte auf die Erde und wandte das Gesicht ab.

Glücklos legte ihr den Kuchen zu Füßen und ging traurig fort, um Francesca alles zu erzählen.

Francesca faltete gerade die Wäsche des Fürsten. Sie lauschte Glücklos' jammervoller Geschichte und lachte. »Kopf hoch!« meinte sie. »Wir werden die Alte schon noch rumkriegen!« Und sie packte die sauber gefaltete Wäsche in einen Korb und eilte damit zum Palast des Fürsten.

«Francesca«, sagte der Fürst, »du bist ein Schatz! Deine Arbeit für mich wird jeden Tag besser! Hier ist ein kleines Geschenk für dich.« Und er gab Francesca zwei Goldmünzen.

Und was tat Francesca mit diesen zwei Goldmünzen?

Sie ging in die Stadt und kaufte ein elegantes Kleid, feine Unterwäsche, ein zartes Kopftuch, einen Schwamm, ein Stück duftende Seife, eine Haarbürste, einen Kamm und eine Flasche Parfum. Und diese Dinge brachte sie nach Hause und gab sie Glücklos.

»Und jetzt, mein Liebling«, sagte sie, »gehst du wieder los zu der alten Hexe, deinem Schicksal. Und ob sie es will oder nicht – du ziehst ihr die Lumpen vom Leib, wäschst sie vom Scheitel bis zu den Fußsohlen, bürstest, kämmst sie, besprühst sie mit Parfum und ziehst ihr die neuen Sachen an. Zweifellos wird sie schreien und nach dir schlagen, aber sei stark, sei stark, tu deine Arbeit und achte nicht auf ihr Gekreische. Sie ist nur eine schwache alte Frau, aber du bist jung und kräftig. Und wenn sie von oben bis unten sauber ist, gut duftet und wie eine Dame gekleidet ist, gibst du ihr diesen Kuchen und sagst: ›Mein kleines Schicksal, ich, Glücklos, wünsche dir alles Gute. Gib mir bitte einen neuen Namen!‹«

Glücklos nahm all die Dinge und ging über die Sandhügel zum Dickicht, wo ihr Schicksal unter dem Dornbusch am Brunnen saß. Sie stürzte sich auf die alte Hexe, riß ihr die Fetzen vom Leib, tauchte den Schwamm in den Brunnen und fing an, das schmutzige alte Ding vom Scheitel bis zu den Fußsohlen zu waschen, obwohl die alte Hexe schrie und strampelte und Glücklos jedes Schimpfwort, das ihr einfiel, an den Kopf warf. Aber als Glücklos sie abgetrocknet und mit dem Parfum besprüht hatte und sie in all die feinen neuen Sachen kleidete, hörte die Alte auf zu keifen und lachte glucksend, und mit jedem Augenblick wurde sie jünger und schöner. Und als sie vollständig angezogen war und Glücklos ihr das Haar kämmte, verwandelte es sich von Schmutziggrau in ein leuchtendes Gold. Und da lachte sie und aß den Kuchen.

Glücklos machte einen tiefen Knicks und sagte: »Mein kleines Schicksal, ich wünsche dir alles Gute. Gib mir bitte einen neuen Namen.«

»Aha!« lachte das Schicksal. »Aha! Darauf wolltest du also hinaus! Nun gut, für alles, was du für mich getan hast, werde ich dir einen neuen Namen geben. Dein Name soll Fortunata sein! Und hier, Fortunata, ist ein Taufgeschenk für dich«, sagte sie und reichte Fortunata ein kleines Kästchen.

Überglücklich dankte Fortunata ihrem Schicksal, sagte ihm Lebewohl, nahm das kleine Kästchen und ging zu Francesca nach Hause.

»Laß sehen, was dein Schicksal dir geschenkt hat, meine Hübsche«, sagte Francesca. Sie öffneten das Kästchen.

Und was war darin? Nur ein kleines Stück goldene Tresse.

»Das ist aber kein besonderes Geschenk!« sagte Francesca.

Sie warf das Kästchen in einen Schrank und eilte rasch zum Palast, um zu sehen, ob der Fürst einen Auftrag für sie hatte.

Der Fürst war in seine prächtigste Uniform gekleidet, und all seine Medaillen und Orden funkelten an seiner Jacke. Aber er lief aufgeregt hin und her. »Francesca«, sagte er und streckte ihr einen Arm entgegen. »Es ist eine Schande! An meinem Ärmel fehlt ein Stück Tresse, und in der ganzen Stadt ist ein solches Stück nicht zu finden! Ich muß unbedingt zur Parade meiner Truppe – aber wie kann ich mich in diesem Zustand sehen lassen?«

»Ich glaube, sie werden es nicht bemerken, Eure Hoheit«, erwiderte Francesca.

»Nicht bemerken!« rief der Fürst aus. *»Nicht bemerken!* Es ist mir egal, ob sie es bemerken oder nicht! *Ich* habe es bemerkt! Wie kann ich von meiner Truppe erwarten, daß sie tadellos gekleidet ist, wenn ich, ihr Befehlshaber, in solch schlampiger Aufmachung vor ihnen erscheine?«

»Für die meisten Dinge gibt es eine Lösung«, sagte Francesca. Und sie eilte nach Hause, holte das Kästchen aus dem Schrank, das Fortunata von ihrem Schicksal geschenkt bekommen hatte, und brachte es dem Fürsten.

Der Fürst öffnete das Kästchen und schaute hinein. Ja,

es war wirklich die gleiche Tresse, die an seinem Ärmel fehlte.

»Meine gute Francesca«, sagte der Fürst, »ich werde dir das Kästchen und seinen Inhalt mit Gold aufwiegen.« Und er ließ sich eine Waage bringen. Er legte das Kästchen auf die eine Waagschale und ein Goldstück auf die andere. Aber das Gold drückte die Waagschale nicht nieder. Der Fürst legte ein zweites Goldstück auf das erste. Aber beide Goldstücke konnten die Waagschale nicht niederdrücken. Er legte ein drittes Goldstück auf die Waage, ein viertes, ein fünftes, ein sechstes, aber die Waage bewegte sich immer noch nicht. Er ließ einen ganzen Sack Gold kommen und legte ihn auf die Waage. Aber nicht einmal der Sack Gold drückte die Waagschale nieder.

»Francesca«, rief der Fürst aus, »wie ist das möglich? Kannst du mir dieses Geheimnis erklären?«

»Ich werde jemand holen, der es erklären kann, mein Fürst«, sagte Francesca. Sie lief schnell zu ihrem Häuschen. »Komm, meine Hübsche, komm«, sagte sie zu Fortunata. »Der Fürst verlangt nach dir!« Damit nahm sie die kleine Prinzessin fest an die Hand und führte sie zum Fürsten.

Sehr hübsch und sehr scheu sah Fortunata in ihrem schäbigen Kleid aus. Sie machte einen eleganten Knicks vor dem Fürsten und stand dann still da.

»Wer bist du?« fragte der Fürst. »Und wie heißt du?«

»Ich bin die jüngste Tochter des Königs von Spanien, Eure Majestät«, sagte die Prinzessin, »des Königs, der von seinen Feinden gefangengenommen wurde. Gestern wurde ich Glücklos genannt, aber heute morgen gab mir mein Schicksal einen neuen Namen. Es sagte, von nun an soll ich Fortunata heißen.«

»Liebliche Fortunata«, sagte der Fürst, »erzähl mir deine Geschichte.« Die Prinzessin erzählte ihm alles, und der Fürst sagte: »Alles soll beglichen werden.« Er schickte nach den Frauen, für die Fortunata gearbeitet hatte. Und als sie vor ihm standen, sagte er: »Wie hoch schätzt ihr den Schaden, der euch in jener unglückseligen Nacht entstanden ist?«

Sie gaben ihn mit zweihundert Goldstücken an, und der Fürst zahlte sie und sagte: »Dieses arme Mädchen, das ihr geschlagen und aus dem Haus gejagt habt, ist die Tochter eines Königs. Denkt darüber nach, und schämt euch! Und jetzt hinweg mit euch!«

Sie gingen beschämt von dannen, und der Fürst schickte nach dem Krämer, dessen Sachen verdorben worden waren. Und auch ihn bezahlte er und schickte ihn weg. Und dann versammelte er seine Armee und marschierte mit ihr in den Kampf gegen den Feind des Königs von Spanien. Im Kampf war er siegreich. Er schlug den Feind in die Flucht, holte den König von Spanien aus dem Gefängnis und gab ihm sein Königreich zurück. Dann verließen Fortunatas Mutter und Fortunatas sechs Schwestern ihre armselige kleine Hütte und wurden im Palast mit dem König wiedervereint.

Und dann – also, was dann? Natürlich heiratete Fortunata den Fürsten. Alle waren glücklich, auch Francesca, die als Amme in den Palast zog und umherhuschte und lachte und sang, während sie sich um Prinzessin Fortunatas hübsche Kinderchen kümmerte.

Biddy Earlys Flugzauber

Irisch

Da war einmal ein Mann aus Flagmount, der ging runter zur Brücke, um Schweine zu kaufen – dort gab's nämlich früher mal Viehmärkte. Er ging runter, um drei Ferkel zu kaufen, was er dann auch tat. Nur gab es damals noch keine öffentlichen Verkehrsmittel, und ein Schwein ist bekanntlich sehr schlecht zu Fuß. Also trieb er die Tiere vor sich her, kam durch Feakle und Kilbarron, und natürlich machten die drei mitten auf der Straße unterhalb von Biddys kleinem Grundstück schlapp. An der Straße stand Gleesons Haus, und der Mann ging hinein und fragte, ob er die Schweine für die Nacht dalassen könne. Aber niemand hatte damals einen Stall, höchstens einen ganz kleinen für eine Kuh oder einen Esel. Deshalb sagte Gleeson zu ihm: »Geh rauf zu Biddy Early. Sie wohnt nur ein paar Meter die Straße hoch. Und geh ruhig rein. Vielleicht kann sie was für dich tun.«

Also ging der Mann zu Biddy und ...

»Oh, du armer Mann«, sagte sie, »deine Schweine sind da unten.« Dabei hatte er noch kein Wort gesagt.

»Genau so ist es«, meinte er. »Sie liegen unten auf der Straße und kommen nicht mehr auf die Beine.«

»Ach«, sagte sie, »setz dich hin und trink erst mal eine Tasse Tee. Den Schweinen geht's gut.«

Er setzte sich, Biddy kochte ihm Tee, und sie plauderten.

»Ich werde sowieso was für dich tun«, sagte sie. »Ich werde dir helfen.«

Als er nach einer Weile seinen Tee ausgetrunken hatte, stand er auf, und sie gab ihm drei Pillen, drei ziemlich kleine – es hätten auch Papierschnipsel sein können, es war ganz egal. Denn alles, was sie ihm gegeben hätte, hätte alles, was es auch immer gewesen wäre, wieder gut gemacht. Dann gab sie ihm noch eine Pille für ihn selber mit. Während er seinen Tee trank, war sie in ihre Kammer gegangen und hatte das Zeug für ihn zurechtgemacht.

»Wenn du jetzt runtergehst, heb die Ringelschwänze hoch«, erklärte sie ihm, »und steck jedem Schwein eine davon unter den Schwanz. Und vielleicht mußt du an der nächsten Biegung deine Hosen runterlassen und bei dir das gleiche tun.«

Als sie um die Ecke bogen, fingen die drei Schweine an zu fliegen! In Windeseile ließ er seine Hosen runter und tat, was Biddy ihm empfohlen hatte, und die vier schossen davon. Und hochgezogen wurden die Hosen erst, als die vier oben in Flagmount landeten – fliegend!

Ja, meine Lieben, so war Biddy Early – ha ha!

Das hilfreiche Moosweibchen

Schweiz

Auf dem Born weidete von alters her den ganzen Sommer über eine Herde Ziegen. Die sammelte der Hirt von Kappel alle Morgen im Dorf, abends trieb er sie wieder ein. An schwülen Sommertagen geschah es oftmals, daß der Westwind ein böses Gewitter herantrieb. Ganze Sturzbäche Regens ergossen sich über Berg und Tal. Ins dichteste Gebüsch verkrochen sich viele Geißen, andere määggten und bääggten, wenn's blitzte und donnerte, daß sich ein Stein hätte erbarmen mögen. Andere sanken im aufgeweichten Boden ein oder rissen sich die strotzenden Euter an spitzen Steinen und Dornengestrüpp blutig. Viele verliefen sich über Nacht weiter hinein in die Berge. Stundenlang mußte alsdann der Hirte die verlaufenen Tiere suchen.

So kam der Bub einmal tropfnaß, als es schon zunachtete, ins Dorf. »Hab ein Unglück gehabt, hab vier Geißen verloren. Ist mir Leid genug: die Mariebeth, die Zundelgret, der Krüschknüpfer und der Kälblistüpfer – alle sind wetterwild. Ich bin ein geschlagener Mann! Die Donnersgeißen! Hätt ich sie bei den Ohren, sie sollten Herr Jesus pfeifen. Ich muß sie holen, noch vor Nacht. Ich steig die Steinplatte hinan, dem Fuchsloch zu und den Katzengraben hinauf bis auf das obere Buchköpfli, dann gegen das Kessiloch und bis fast zur Heidenküche. Aber kein Schwanz ist zu sehen. Bachnaß stürzte ich in Stauden und Sträuchern herum, da herüber und dort hinüber. Keine Spur von Geißen! Auf einmal steht wie aus dem Boden das Moosweiblein vor mir, hüpft und gümperlet wie am Schnürlein um mich herum, schüttelt sein kurzes Röcklein und macht Sprünge wie ein Heugumper, aber braun und runzlig ist sein Gesicht wie ein dürrer Apfelschnitz. Da hab ich das Herz in beide Hände genommen und frag es: ›Hesch mer myni Geiße niene gseh?‹ Da hat's wie ein Mäuslein aus der Nase gepfiffen und sein Röcklein gleitig hin und her geschwenkt:

Eins – zwee – drei –
Dyni Geiße sy nit hei.

›Eben darum bin ich ja hier, weißt nicht, wo sie sind?‹ Da pfiff's nochmals:

Eins – drei – zwee –
Dyni Geiße ha-n-i gseh.

Und wie ein Wetterleuchten war's verschwunden. Aber in den Stauden und im Holz sauste und brauste es, wie wenn der wildeste Wirbelwind einen Haufen Kieselsteine auseinanderschüttelt. Vor Staunen hätt ich fast meine Geißen vergessen, aber mit eins standen sie da, alle vier, wie hergeblasen. Dann aber liefen wir mitsammen heim, was gisch was hesch, über Studen und Stöck. – Ein Horn sollte jeder Hirt haben, womit er Wind machen könnte wie das Moosweiblein mit seinem Rock!«

Dritter Teil

Verliebte Hexen: besitzergreifende Frauen und treue Gemahlinnen

Die Morrigu

Irisch

Eines Nachts, als Cuchulain schlief, gellte von Norden her ein lauter Schrei, so daß er auffuhr und aus dem Bett auf den Boden fiel wie ein Sack. Er trat aus seinem Zelt, und dort sah er, wie Laeg die Pferde vor den Wagen spannte. »Warum machst du das?« fragte er.

»Weil ich einen lauten Schrei von der Ebene im Nordwesten gehört habe«, antwortete Laeg.

»Fahren wir also dorthin«, sagte Cuchulain.

Also fuhren sie los, bis sie einem Wagen begegneten, vor den ein rotes Pferd gespannt war, und darin saß eine Frau mit roten Augenbrauen und einem roten Kleid und einem langen roten Mantel, der zwischen den beiden Rädern des Wagens bis auf den Boden hing, und auf dem Rücken trug sie einen grauen Speer.

»Wie heißt du, und was wünschest du?« fragte Cuchulain.

»Ich bin die Tochter des Königs Buan«, antwortete sie, »und ich bin gekommen, um dich zu finden und dir meine Liebe anzutragen, denn ich habe von all den großen Taten gehört, die du getan hast.«

»Du hast dir eine schlechte Zeit für dein Kommen ausgesucht«, sagte Cuchulain, »denn ich bin verbraucht und erschöpft von den Entbehrungen des Krieges, und mir steht nicht der Sinn danach, mit Frauen zu sprechen.«

»Ich werde dir helfen bei allem, was du tust«, sagte sie, »und um dich zu beschützen, bin ich gekommen, und beschützen werde ich dich von nun an.«

»Nicht um mich dem Schutz einer Frau anzuvertrauen, habe ich mir diese Arbeit aufgeladen«, erwiderte Cuchulain.

»Nun, wenn du meine Hilfe nicht annimmst«, sagte sie, »dann werde ich sie gegen dich wenden; und wenn du einmal mit einem Mann kämpfen wirst, der so gut ist wie du, werde ich dir entgegentreten in jeder Gestalt, zu Wasser und zu Land, bis du geschlagen bist.«

Da stieg Zorn in Cuchulain auf, und er nahm sein Schwert und machte einen Sprung auf den Wagen zu. Doch im gleichen Augenblick waren der Wagen, das Pferd und die Frau verschwunden, und alles, was er sah, war eine schwarze Krähe, die auf einem Ast saß; und daran erkannte er, daß es Morrigu gewesen war, die mit ihm gesprochen hatte.

Danach ließ Königin Maeve den Sohn des Mofebis, Loch, kommen, und sie fragte ihn, ob er am nächsten Tag zum Kampf gehen wolle.

»Ich werde nicht gehen«, sagte er, »denn es wäre nicht geziemend für mich, gegen einen Jungen zu kämpfen, dem noch kein Bart gewachsen ist; aber ich habe jemanden, der ihm entgegentreten könnte«, sagte er, »und das ist mein Bruder Long, der Sohn des Emonis, und du kannst eine Vereinbarung mit ihm treffen.«

Also schickte man nach Long, und Maeve versprach ihm eine hohe Belohnung, Rüstungen für zwölf Männer und einen Wagen und Findabair zu seiner Frau und das Recht, zu jedem Festmahl in Cruachan zu kommen. Da ging Long hinaus zum Kampf, doch Cuchulain tötete ihn.

Da sagte Maeve zu ihren Frauen: »Geht jetzt zu Cuchulain und sagt ihm, er solle sich etwas Ähnliches wie einen Bart zulegen, und sagt ihm, es gebe keinen guten Krieger im Lager, der es für geziemend halte, mit ihm zu kämpfen, weil er jung und bartlos sei!«

Als Cuchulain das hörte, nahm er Brombeeren und schmierte sich den Saft ins Gesicht, so daß es aussah wie ein Bart, und dann kam er hinaus auf den Hügel und zeigte sich den Männern von Irland. Als Loch, der Sohn des Mofebis, ihn sah, sagte er: »Ist das ein Bart, was Cuchulain da hat?« – »Das sieht mir ganz so aus«, bemerkte Maeve. »Dann werde ich hinausgehen und ihm entgegentreten«, sagte Loch.

So trafen sie sich an der Furt, wo Long den Tod gefunden hatte. »Komm zu der Furt weiter oben«, sagte Loch, denn er wollte nicht an der Furt kämpfen, wo sein Bruder gestorben war. So kämpften sie an der oberen Furt, und während sie kämpften, trat Morrigu Cuchulain in Gestalt einer weißen rotohrigen Färse entgegen, und fünfzig andere Färsen kamen mit ihr, und eine Kette aus weißer Bronze verband je zwei von ihnen, und sie stürzten sich in die Furt. Doch Cuchulain warf ihr den Speer entgegen und verletzte eines ihrer Augen. Da kam sie den Fluß hinab in Gestalt eines schwarzen Aals und wand sich um Cuchulains Beine im Wasser; und während er sich von ihr befreite und sie gegen einen grünen Stein in der Furt schlug, verwundete ihn Loch. Da nahm sie die Gestalt eines grauen Wolfs an und packte ihn am rechten Arm, und während er sich von ihr befreite, verwundete Loch ihn noch einmal. Da kam ein großer Zorn über ihn, und er nahm den Speer, den Aoife ihm gegeben hatte, den Gae Bulg, und versetzte Loch eine tödliche Wunde.

»Ich habe eine Bitte an dich um deines großen Namens willen, Cuchulain«, rief dieser.

»Was für eine?«

»Ich bitte dich nicht, mein Leben zu schonen«, sagte Loch, »doch laß mich aufstehen, so daß ich auf mein Gesicht falle und nicht rückwärts auf die Männer von Irland zu, so daß keiner von ihnen sagen kann, daß ich gefallen bin, als ich fortlief oder während ich zurückging.«

»Das will ich dir sicherlich gewähren«, sagte Cuchulain, »denn das, worum du mich bittest, ist das rechte Geschenk für einen rechten Kämpfer.« Und dann ging er zurück zu seinem eigenen Lagerplatz.

Nun überkam Cuchulain an diesem Tag mehr als an jedem anderen ein Gefühl großer Niedergeschlagenheit, weil er allein gegen die vier Provinzen von Irland kämpfte. Und er bat Laeg, zu Conchubar zu gehen und zu den Männern von Ulster und ihnen zu sagen, daß er, der Sohn des Dechtire, es müde sei, jeden Tag zu kämpfen, mit den Wunden, die er hatte, und ohne daß einer seines Volkes oder seiner Freunde ihm zu Hilfe kam.

Daraufhin schickte Maeve sechs auf einmal gegen ihn, drei Männer und drei Frauen, die sich auf Zauberei verstanden; doch er vernichtete sie alle. Und nun, da Maeve ihre Vereinbarung mit ihm gebrochen hatte, nicht mehr als einen auf einmal gegen ihn zu schicken, schonte er ihre Männer nicht länger, aber von dort, wo er war, gebrauchte er seine Schleuder so geschickt, daß in dem ganzen Heer weder Hund noch Pferd, noch Mann es wagte, Cuchulain gegenüberzutreten.

Zu der Zeit kam eines Tages Morrigu zu ihm und wollte ihre Wunden von ihm geheilt haben, denn die Wunden, die er mit seiner eigenen Hand verursacht hatte, konnten nur von ihm geheilt werden. Sie nahm die Gestalt einer alten Frau an, und sie melkte eine Kuh mit drei Eutern. Als Cuchulain an ihr vorbeiging, verspürte er Durst, und er bat um etwas zu trinken, und sie gab ihm die Milch von einem Euter. »Möge dies zum Wohle der Geberin sein«, sagte er, und damit war ihr verwundetes Auge geheilt. Dann gab sie ihm Milch von einem anderen Euter, und er sprach die gleichen Worte; dann gab sie ihm Milch von dem dritten Euter. »Der reiche Segen der Götter und des Volkes vom Pflug komme auf Euch«, sagte er. Und damit waren alle Wunden der Großen Königin geheilt.

Die bemalte Haut

Chinesisch

In Tai-yüan, der Hauptstadt der Provinz Schansi, lebte ein Herr Wang. Bei einem Spaziergang in der Morgenfrühe begegnete er einem jungen Mädchen. Es trug ein Bündel unterm Arm und eilte ganz allein dahin, obgleich seine Schritte recht mühsam schienen. Wang ging schneller, um ihr zu folgen, und sah, daß es ein schönes Mädchen im Alter von etwa sechzehn Jahren war, nach dem es ihn innerlich gelüstete. So fragte er, wohin der Weg so früh am Tage und ganz allein gehe. Das Mädchen erwiderte: »Die Menschen, denen man auf der Straße begegnet, können meinen Kummer nicht beseitigen, warum also sich bemühen, mich zu fragen?«

»Was haben Sie denn für einen Kummer? Kann man ihn nicht vielleicht doch überwinden, wenn man sich mit aller Kraft anstrengt?« fragte Wang. Düsteren Blickes entgegnete das Mädchen: »Meine Eltern haben mich aus Habsucht an ein vornehmes Haus als Nebenfrau verkauft. Die Hauptfrau war sehr eifersüchtig. Von morgens bis abends schimpfte sie und züchtigte mich mit der Rute. Ich konnte diese Schande nicht mehr ertragen und bin im Begriff, weit weg zu entwischen.«

Wang fragte, wo es denn hin wolle, aber das Mädchen sagte nur: »Wer flieht, hat kein festes Ziel.« – »Meine bescheidene Hütte ist nicht weit,« sagte Wang, »wollen Sie mich mit Ihrem Besuch beehren?« Hocherfreut folgte ihm das Mädchen, als Wang ihm das Bündel abnahm und es in seine Wohnung führte. Es sah die Räume ohne Menschen und fragte: »Wieso haben Sie keine Familie?« Aber er erklärte ihm, das sei nur sein Studierzimmer. Beruhigt sagte das Mädchen: »Dieser Ort ist sehr schön. Wenn Sie sich meiner erbarmen und mich am Leben erhalten wollen, muß es jedoch geheim bleiben und darf nicht ausgeplaudert werden.«

Wang sagte dies zu und verbrachte dann mit dem Mädchen gemeinsam die Nacht. Er gab ihm auf, sich sorgsam in dem Zimmer verborgen zu halten. So vergingen einige Tage, ohne daß jemand davon erfuhr. Dann aber machte er seiner Frau kurze Andeutungen. Diese, eine geborene Tschen, fürchtete, es könnte sich um die Nebenfrau einer mächtigen Familie handeln, und riet ihm, das Mädchen fortzuschicken. Doch Wang hörte nicht auf sie.

Zufällig ging er eines Tages über den Markt und traf einen Dau-Priester, der ihn ganz erschrocken anblickte und fragte: »Was ist Ihnen denn begegnet?« Wang sagte zwar: »Nichts«, aber der Dau-Priester fuhr fort: »Ihr Körper ist ganz von teuflischen Einflüssen umgeben. Wieso sagen Sie da, Ihnen sei nichts begegnet?« Wang beharrte aufs neue energisch, bis der Dau-Priester schließlich ging und sagte: »Es ist unbegreiflich, daß es in der Welt Menschen gibt, die im Begriff sind zu sterben und es doch nicht verstehen wollen!«

Wang wunderte sich über diese Worte und begann, Argwohn gegen das Mädchen zu hegen. Andererseits dachte er daran, daß es ein auffallend schönes Weib war, bei dem er sich nicht vorstellen konnte, daß sich ein Spuk dahinter verbarg. So kam er zu dem Schluß, der Dau-Priester sei jemand, der von seinen Zauberkünsten Gebrauch machen wolle, um sein Brot zu verdienen.

Bald darauf kam er an die Tür seines Studierzimmers und fand sie von innen verriegelt, so daß er nicht hineinkonnte. Sofort argwöhnte er, daß drinnen etwas vorgehe. Er übersprang eine verfallene Mauer und bemerkte, daß die Tür zu den inneren Gemächern ebenfalls verschlossen war. So stieg er am Fenster hoch und spähte hindurch. Da sah er einen struppigen Dämon mit grünem Gesicht und scharfen Zähnen, die einer Säge glichen. Er hatte eine Menschenhaut auf dem Bett ausgebreitet und bemalte sie mit Farbpinseln. Als er sie fertig bemalt hatte, warf er die Pinsel fort, schüttelte die Menschenhaut aus, wie man Kleider ausschüttelt, und zog sie an. Und schon war der Dämon in das Mädchen verwandelt.

Beim Anblick dieser Szene erschrak Wang sehr, schlich sich auf allen Vieren weg und machte sich eiligst auf die Suche nach dem Dau-Priester. Er wußte nicht, wohin er gegangen war, spürte aber überall nach, bis er ihn schließlich auf freiem Felde traf und niederkniend um Hilfe anflehte. Der Dau-Priester sagte: »Sie bitten mich, dieses Wesen zu verjagen und zu beseitigen. Aber es ist offenbar selbst in großer Not, und es ist ihm eben erst gelungen, einen Stellvertreter auf Erden zu finden. Ich bringe es nicht über mich, ihm nach dem Leben zu trachten.« Dann gab er Wang einen Fliegenwedel, den er an der Tür aufhängen solle. Kurz vor dem Abschied sagte er ihm noch, daß er ihn beim Tempel des Frühlingsgottes treffen könne.

Nachdem Wang nach Hause zurückgekehrt war, getraute er sich nicht, in sein Studierzimmer zu gehen, und schlief in den inneren Gemächern, wo er auch den Fliegenwedel aufhängte. Nach der ersten Nachtwache hörte er vor der Tür ein Geräusch von Schritten, wagte aber nicht, selbst nachzusehen, sondern schickte seine Frau, um zu spähen. Sie erblickte nur das Mädchen, das herangekommen war und angesichts des Fliegenwedels nicht weiterzugehen wagte, sondern zähneknirschend stehenblieb und sich nach einiger Zeit wieder entfernte.

Bald kam es jedoch wieder zurück und schimpfte: »Du Dau-Priester drohst mir, aber ich werde mich keinesfalls fügen! Soll ich etwa wieder ausspeien, was ich schon zwischen den Zähnen habe?« Damit nahm es den Fliegenwedel und zerbrach ihn, schlug die Tür ein und trat ins Zimmer.

Geradewegs ging es auf Wangs Bett zu, riß ihm die Brust auf, packte mit beiden Händen sein Herz und ging.

Die Frau schrie, und die Mägde kamen mit Lichtern, aber Wang war bereits tot, und reichlich Blut kam aus seiner Brust. Die Frau war vor Schrecken außer sich und schluchzte, ohne zu wagen, um Hilfe zu rufen.

Am andern Morgen sandte sie Wangs jüngeren Bruder Örl-lang eilends zu dem Dau-Priester, um ihm zu berichten. Zornig sagte der Dau-Priester: »Ich habe doch gewiß Mitleid mit diesem Wesen gehabt, aber dieser Dämon hat es trotzdem gewagt!« Er folgte Wangs Bruder zur Wohnung, aber das Mädchen war bereits verschwunden. Alsbald erhob der Priester den Kopf und blickte nach allen Seiten. »Glücklicherweise kann es nicht weit fort sein«, sagte er und fragte, wer in dem südlichen Teil des Anwesens wohne. Als Örl-lang erwiderte, das sei seine Wohnung, erklärte der Priester, dann befinde sich der Dämon jetzt in seiner Wohnung.

Örl-lang meinte bestürzt, da befinde sich niemand. Aber der Priester fragte weiter, ob heute nicht ein Unbekannter gekommen sei. Örl-lang war schon in der Frühe zum Tempel des Frühlingsgottes gegangen und konnte es also nicht wissen, ging aber, sich zu erkundigen. Bald darauf kehrte er zurück und sagte: »Da ist wirklich jemand. Heute morgen ist eine alte Frau gekommen, um ihre Dienste für Hausarbeit anzubieten. Meine Frau hat sie dabehalten, sie ist noch dort.«

»Das ist der Dämon«, sagte der Priester.

Er ging mit allen andern hin, stellte sich, auf sein hölzernes Schwert gestützt, in die Mitte des Hofes und rief: »Sündiges Ungeheuer, gib mir meinen Fliegenwedel wieder!« Da wurde die alte Frau im Hause von Furcht gepackt und kreideweiß. Sie rannte aus der Tür, um sich zu verstecken, aber der Priester verfolgte sie und schlug sie nieder. Als sie stürzte, fiel die Menschenhaut raschelnd von ihr ab, und sie war wieder in den scheußlichen Dämon verwandelt, der nun auf der Erde lag und wie ein Schwein grunzte. Der Dau-Priester nahm sein hölzernes Schwert und schlug ihm den Kopf ab. Da verwandelte sich der Körper in einen dichten Rauch, der sich am Boden in einen Klumpen zusammenballte. Nun nahm der Dau-Priester eine Kürbisflasche, zog den Pfropfen heraus und stellte sie in die Mitte des Rauches. Zischend, als schlürfe man Luft ein, verschwand der Rauch in Windeseile in der Flasche, die der Dau-Priester alsbald verschloß und in die Tasche steckte. Nun betrachteten alle die Menschenhaut: Augenbrauen, Augen, Hände und Füße, alles war vollständig vorhanden. Der Dau-Priester rollte sie zusammen, wie man ein Bild zusammenrollt, und steckte sie ebenfalls in die Tasche. Dann verabschiedete er sich und wollte gehen.

Aber Wangs Frau erwartete ihn am Tor, um ihm zu danken, und bat ihn weinend, ihr doch zu sagen, wie man ihren Mann wieder lebendig machen könne. Der Priester lehnte ab, er könne das nicht. Doch die Frau jammerte nur noch mehr, warf sich vor ihm auf den Boden und wollte nicht mehr aufstehen. Nach tiefem Nachdenken sagte schließlich der Priester: »Meine Kunst ist gering. Ich kann wirklich Tote nicht auferwecken. Aber ich will Ihnen einen Mann bezeichnen, der es vielleicht kann. Wenn Sie hingehen und ihn bitten, bis er dazu bereit ist, werden Sie Erfolg haben.« Auf die Frage, wer das sei, erklärte er: »Auf dem Markt ist ein Verrückter, der die ganze Zeit im Kot liegt; vor dem müssen Sie versuchen, sich niederzuwerfen, und ihn anflehen. Falls er Sie auch in toller Weise beschimpft, dürfen Sie nicht böse werden!«

Örl-lang hatte den Mann schon einmal gesehen und kannte ihn. So nahmen sie von dem Priester Abschied und gingen zusammen hin. An der Straße sahen sie einen Bettler, der in blöder Weise vor sich hinsang. Der Schleim troff ihm drei Fuß lang aus der Nase, und er war so schmutzig, daß man sich ihm nicht nähern konnte. Doch Wangs Frau ging auf die Knie und rutschte vor ihn. Der Bettler rief lachend: »Schöne Frau, liebst du mich denn?« Als Wangs Frau ihr Anliegen vorgebracht hatte, erwiderte er wieder lachend: »Alle Männer können Gatten sein; warum einen endlich Gestorbenen zum Leben erwecken?« Weinend flehte die Frau ihn weiter an, bis er schließlich ausrief: »Wie seltsam! Die Menschen sterben, und man bettelt mich an, sie wieder zum Leben zu erwecken. Bin ich etwa der König der Unterwelt?« Wütend nahm er einen Stock und schlug die Frau, die den Schmerz jedoch schweigend ertrug.

Allmählich hatten sich die Leute vom Markt rings umher versammelt. Der Bettler hustete Schleim aus, reichlich eine Handvoll, und reichte ihn der Frau an die Lippen mit den Worten: »Iß das!« Die Frau errötete, und die Röte verbreitete sich über ihr ganzes Gesicht. Man merkte ihr an, daß es ihr widerwärtig war. Aber dann dachte sie an die Ermahnungen des Dau-Priesters und schluckte es gewaltsam hinunter. Sie spürte es in der Kehle und konnte es nur mit Schwierigkeiten hinunterwürgen, so daß es wie ein Knoten in der Brust steckenblieb. Mit lautem Lachen rief der Bettler: »Die schöne Frau liebt mich wahrhaftig!« Dann stand er auf und ging fort, ohne sie weiter anzublicken. Die Frau folgte ihm auf dem Fuße. Er trat in einen Tempel ein, und sie drängte sich nach, um ihn noch dringender zu bitten. Doch dann wußte sie auf einmal nicht mehr, wo er war. Sie ging hin und her und durchsuchte den Tempel gründlich, fand aber keine Spur von ihm.

Voller Scham und Ärger kehrte sie nach Hause zurück. Sie trauerte über den grausamen Tod ihres Gatten, aber sie bereute die Schmach, den Schleim des Bettlers geschluckt zu haben. Wehklagend beugte sie sich über den Toten und wäre am liebsten selbst gestorben. Aber sie wollte die Leiche noch vom Blut reinigen und zum Einsargen vorbereiten. Die Dienerschaft sah von fern zu, und keiner wagte, sich der Leiche zu nähern. Die Frau umarmte den blutigen Körper und legte die herausgerissenen Eingeweide hinein, bald sich beherrschend, bald immer heftiger weinend. Als ihr Weinen lauter wurde und in lautes Schreien überging, spürte sie plötzlich einen Brechreiz und fühlte, wie der in ihrer Brust steckengebliebene Knoten nach oben drängte und herauskam. Sie hatte keine Zeit mehr, den Kopf abzuwenden, der Knoten war schon in die Brust ihres Mannes gefallen. Erschrocken sah sie ihn an: Da war es ein menschliches Herz, das in der offenen Brust mit kräftigen Bewegungen zu schlagen begann, während ein warmer Hauch wie Dampf aufstieg. Sehr verwundert, schloß sie mit beiden Händen die Brust ihres Mannes und drückte sie mit aller Kraft zusammen. Aber sobald sie etwas nachließ, kam der Lebensodem aus dem Riß heraus. Da riß sie Seidenstoff ab und band ihn eiligst über der Brust zusammen. Sie rieb den Körper mit den Händen, bis er allmählich warm wurde. Dann deckte sie ihn mit einer Bettdecke zu, und als sie ihn mitten in der Nacht aufdeckte, um nachzusehen, kam Atem aus der Nase.

Beim Morgengrauen war ihr Mann zum Leben erwacht und redete ganz verwirrt, wie im Traum; nur in der Brust spürte er noch einen unklaren Schmerz, aber als er nach der wunden Stelle sah, hatte sich bereits Schorf darüber gebildet, nicht größer als eine Kupfermünze. Bald darauf war er völlig genesen.

Lilith und der Grashalm

Jüdisch

Ein Jude wurde einmal von Lilith verführt und war von ihren Reizen hingerissen. Doch er war darüber zutiefst beunruhigt, und so machte er sich auf den Weg zu dem Zaddik Rabbi Mordechai von Neschiz, um ihn um Hilfe zu bitten.

Nun wußte der Rabbiner, der hellsehend war, daß der Mann kam, und er warnte alle Juden in der Stadt und hieß sie, ihn nicht in ihre Häuser einzulassen und ihm keinen Schlafplatz zu geben. Und als der Mann ankam und nirgends einen Platz fand, wo er die Nacht verbringen konnte, ging er fort zu einem Bauernhof und legte sich auf einen Heuhaufen. Um Mitternacht kam Lilith zu ihm und flüsterte: »Mein Liebster, komm herunter zu mir von deinem Heuhaufen.«

»Warum sollte ich zu dir kommen?« fragte der Mann. »Du kommst doch immer zu mir.«

»Mein Liebster«, sagte Lilith, »in diesem Heuhaufen ist ein Grashalm, gegen den ich allergisch bin.«

»Nun dann«, sagte der Mann, »warum zeigst du ihn mir nicht? Ich werfe ihn weg, und dann kannst du kommen.«

Sobald Lilith ihm den Grashalm gezeigt hatte, nahm er ihn und band ihn sich um den Hals, und so rettete er sich für immer aus ihren Klauen.

Tochter des Mondes, Sohn der Sonne

Sibirisch

Den ganzen Tag fährt Herr Sonne auf seinem goldenen Schlitten über den Himmel. Zur Morgendämmerung wird er vom Eisbären gezogen, um Mittag von dem Rentierbock, und zur Abenddämmerung von der Rentierkuh. Vielfältig sind die Aufgaben, die Herr Sonne erledigen muß: allem Lebendigen Leben gewähren, das grüne Moos und die Bäume nähren, allen Tieren und Vögeln und dem Saamivolk Licht und Kraft geben, so daß sie stark werden und sich vermehren.

Wenn das Zwielicht kommt, wird Herr Sonne müde, er versinkt im Meer; alles, was er sich dann wünscht, ist auszuruhen und zu schlafen, um wieder Kraft für den kommenden Tag zu sammeln.

Doch eines Abends, als die Rentierkuh Herrn Sonne zu seinem Wasserlager zog, sagte sein schöner Sohn Peivalke laut: »Vater, es ist Zeit für mich, zu heiraten.«

»Hast du deine Braut gewählt?« fragte Herr Sonne müde.

»Noch nicht. Ich habe allen irdischen Jungfrauen meine goldenen Stiefel anprobiert, aber nicht eine einzige konnte sie tragen. Ihre Füße sind so dick und plump, sie können mir nicht hinauf in den Himmel folgen.«

»Dann hast du falsch gesucht«, sagte Herr Sonne mit einem Gähnen. »Morgen werde ich mit Frau Mond sprechen: sie hat eine Tochter. Obwohl sie ärmer ist als wir, wohnt die Tochter der Mondfrau im Himmel, und sie wird eine Braut sein, die deiner würdig ist.«

So erhob sich Herr Sonne früh, als der Tag dämmerte, gerade als seine Nachbarin, Frau Mond, zur Ruhe gehen wollte.

»Sag mir, meine blasse Gefährtin«, sagte er, »hast du nicht eine Tochter? Ich habe einen passenden Ehemann für sie. Sie hat wirklich Glück, denn er ist kein anderer als mein eigener Sohn Peivalke.«

Das helle Antlitz der Mondfrau verdüsterte sich. »Mein Kind ist noch zu klein. Wenn ich es im Arm halte, spüre ich kaum, daß es da ist; ein Windstoß würde es davontragen. Wie kann so ein Würmchen deinen Sohn heiraten?«

»Das macht nichts«, sagte Herr Sonne. »Mein Zelt ist groß und geräumig. Dein Kind wird gut ernährt und wird bald kräftig werden. Komm, bring es zu meinem Sohn.«

»Oh nein!« rief Frau Mond entsetzt und zog geschwind eine weiße Wolke über ihr Kind. »Dein Peivalke würde seine zarte Haut versengen. Und außerdem ist es bereits Nainas versprochen, dem Nordlicht. Dort unten wandert er gerade stolz über das Meer.«

»So ist das also!« sagte Herr Sonne schroff. »Du lehnst meinen Sohn ab wegen dieser elenden farbigen Streifen? Falls du es nicht wissen solltest, meine bescheidene Gefährtin, ich bin es, der allen Dingen Leben gibt. Ich bin allmächtig.«

»Deine Macht, Nachbar, ist nur die Hälfte aller Macht, die es gibt«, murmelte die Mondfrau leise. »Wenn die Abenddämmerung kommt, verschwindet deine Macht in der Nacht. Und während der dunklen Nacht? Und des langen Winters? Wo ist dann deine Macht? Nainas scheint auch noch im Winter und durchdringt die düstere Nacht mit seinen heiteren Strahlen.«

Diese Worte ärgerten Herrn Sonne nur noch mehr. »Ich werde meinen Sohn mit deiner Tochter verheiraten, warte nur ab!« rief er glühend vor Zorn.

Donner rollte über den Himmel, der Wind heulte, auf dem Meer türmten sich die Wellen weiß vor Wut, und die Berge bebten vor Furcht. Die Rentierherden kauerten sich eng zusammen, und die Saami-Stämme zitterten in den Ecken ihrer Sommerzelte.

Die Mondfrau huschte davon in die Dunkelheit der Nacht. »Ich muß mein Kind vor Herrn Sonnes bösem Blick in Sicherheit bringen«, dachte sie. Als sie vom Himmel herabsah, erspähte sie eine kleine Insel mitten in einem See, wo ein alter Mann mit seiner Frau lebte. »Diesem alten Paar«, sagte die Mondfrau, »werde ich meine Tochter anvertrauen. Dort wird sie sicher sein.«

Allmählich wurde Herr Sonne seines Scheltens müde; der Donner verstummte, das Heulen des Windes erstarb, und die Wellen senkten sich wieder ins Meer. Und es war gerade um diese Zeit, als der alte Mann und seine Frau in den Wald gingen, um Birkenrinde für Sandalen zu schälen. Sie waren verwundert, als ein schwaches Stimmchen über ihren Köpfen weinte: »Niekia, Niekia, hilf mir, hilf mir.«

Und da, am Ast einer Tanne, sahen sie eine silberne Wiege, die hin und her schaukelte. Als der alte Mann sie herunterholte, sah er ein Kind darin liegen; es war wie jedes andere Kind, nur daß es glänzte wie Mondschein und eine silbrige Blässe seine zarte Haut überzog.

Die beiden alten Leute trugen die Wiege nach Hause, voller Freude über ihr Glück. Sie pflegten das Kind sorgfältig, erzogen es als ihre eigene Tochter, und sie tat gehorsam alles, was die beiden alten Leute ihr sagten. Doch jede Nacht, bevor sie zu Bett ging, verließ sie die Hütte, hob ihr bleiches Gesicht zum Mond, streckte die Arme aus und glänzte heller als zuvor. Wenn sie scherzen wollte, rief sie »Niekia, Niekia« und schmolz dahin zu einem Nichts, bis nur noch das Echo ihres fröhlichen Gelächters zu hören war.

Deshalb nannten die alten Leute sie Niekia.

Die Zeit verging, und Niekia wuchs heran zu einem großen, schlanken Mädchen mit einem leuchtenden Gesicht, so rund wie Schellbeeren, die blonden Zöpfe straff geflochten wie Silberfäden. Das liebliche Mondmädchen lernte, Decken aus Rentierhaut zu nähen und sie mit Perlen und Silber zu besticken.

Nach einiger Zeit erfuhr Herr Sonne, daß auf der Insel in jenem See ein Mädchen lebte, das ungewöhnlich für eine Tochter der Menschen war. So schickte er seinen Sohn Peivalke aus, um es zu suchen; und kaum erblickte der strahlende junge Sonnenmann das Silbermädchen, als er sich schon unsterblich in sie verliebte.

»Erdenmädchen, probiere diese goldenen Stiefel an«, sagte Peivalke.

Niekia errötete, doch sie tat, wie sie geheißen worden war. Gleich darauf schrie sie auf vor Schmerz: »Oh, sie verbrennen mir die Füße! Sie sind so heiß.«

»Du wirst dich an sie gewöhnen«, lächelte Peivalke ermutigend. Doch vor seinen Augen löste sie sich in einen dunstigen Nebel auf, und die goldenen Schuhe standen leer auf dem Boden.

Eingehüllt in flirrende Mondstrahlen verbarg sich Niekia im Wald, bis die Nacht anbrach. Dann, als Frau Mond am Himmel aufstieg, folgte Niekia dem Licht ihrer Mutter durch den Wald und über die kalte Tundra. Endlich, als der Morgen dämmerte, kam sie zur Meeresküste, zu einer einsamen Hütte, die auf dem kahlen Strand stand. Ohne zu überlegen, betrat Niekia die Hütte, und sie war leer. Sie war so unordentlich, daß sie sofort einen Eimer mit Meerwasser holte und begann, die Hütte zu putzen. Als die Arbeit getan war, verwandelte sie sich in eine alte Spindel, hängte sich an die Wand und schlief ein.

Als die Dämmerung ihre dunklen Schatten auf die Küste warf, wurde Niekia von schweren Schritten geweckt, und sie sah eine Gruppe von Kriegern eintreten, alle in silberne Rüstungen gekleidet und einer schöner und stärker als der andere. Es waren die Nordlichter, angeführt von ihrem ältesten Bruder, Nainas.

»Unsere Hütte ist so sauber«, sagte Nainas erstaunt. »Eine gute Hausfrau hat uns besucht. Obwohl ich nicht weiß, wo sie sich verbirgt, kann ich den scharfen Blick ihrer Augen auf uns fühlen.«

Die Brüder setzten sich zum Abendessen hin, und als sie fertig waren, begannen sie im Spaß miteinander zu kämpfen, schlugen einander mit ihren Säbeln, machten weiße Funken und purpurrote Blitze, die tanzten und zum Himmel aufstiegen. Dann, müde von ihrem Schwertgefecht, sangen die Brüder Lieder über die tapferen Krieger des Himmels, und einer nach dem anderen flog davon, bis endlich nur noch Nainas übrigblieb.

»Nun, liebe Hausfrau«, flehte er, »bitte, zeige dich. Solltest du von ehrwürdigem Alter sein, wirst du uns eine Mutter sein. Solltest du mittleren Alters sein, wirst du unsere Schwester sein; und solltest du noch jung sein, so sollst du meine Braut sein.«

»Hier bin ich, überzeuge dich selbst«, sagte eine sanfte Stimme hinter ihm.

Als er sich umwandte, sah er eine zarte, schlanke Gestalt im trüben Licht der Frühdämmerung stehen. Und er erkannte die liebliche Tochter der Mondfrau.

»Willst du meine Frau sein, Niekia?« fragte er.

»Ja, Nainas«, antwortete sie, so leise, daß er sie kaum hören konnte.

Im selben Augenblick breitete sich die erste Röte der Dämmerung über dem Himmel aus, und der Scheitel des Kopfes von Herrn Sonne erschien.

»Warte hier auf mich, Niekia«, rief Nainas und war verschwunden.

Jeden Abend flogen Nainas und seine Brüder zurück zu ihrem Haus an der Küste, kämpften ihr Schwertgefecht, und dann, bei Sonnenaufgang, flogen sie wieder davon.

»Bitte, bleib nur einen einzigen Tag bei mir«, bat Niekia Nainas.

»Das kann ich nicht«, sagte Nainas. »Auf der anderen Seite des Meeres muß ich die Schlacht des Himmels kämpfen. Würde ich bleiben, dann würde Herr Sonne mich mit seinen feurigen Pfeilen durchbohren.«

Während sie in ihrer einsamen Hütte wartete, überlegte sich Niekia, wie sie ihren lieben Nainas aufhalten könnte. Und in ihrer Einsamkeit sang sie ein Lied an ihren Geliebten.

Er ist hochgewachsen wie eine Bergesche,
Sein Haar bedeckt seine Schultern
Wie Eichhörnchenschwänze.
Wenn er verschwindet,
Lege ich mich in meiner Hütte nieder.
Oh, wie lang ist ein Frühlingstag?
Doch der Abend kommt,
Und durch ein Loch in der Hütte
Sehe ich meinen Liebsten kommen.
Wenn er eintritt und mich ansieht,
Schmilzt mein Herz
Wie Schnee in der Sonne.

Als sie ihr Lied beendet hatte, kam ihr ein Gedanke: Sie würde eine Steppdecke aus Rentierhaut nähen und darauf die Sterne und die Milchstraße sticken. Das tat sie, und bevor die Brüder nach Hause kamen, hängte sie die Steppdecke unter die Decke der Hütte.

Als die Nacht kam, flog Nainas mit seinen Kriegerbrüdern nach Hause. Sie aßen zu Abend, spielten ihre Spiele, sangen ihre Lieder und legten sich zur Ruhe. Nainas schlief fest. Als die Morgendämmerung nahte, öffnete er die Augen mehrmals, doch wenn er den Sternenhimmel mit der Milchstraße über sich sah, bildete er sich ein, es sei noch Nacht, zu früh, um aufzustehen.

Niekia schlich einige Zeit nach dem Morgengrauen leise hinaus, doch sie vergaß, die Tür der Hütte zu schließen:

Im selben Moment öffnete Nainas die Augen und sah das helle Morgenlicht durch die offene Tür scheinen; er sah, wie der Eisbär Herrn Sonnes goldenen Schlitten über den Himmel zog. Sofort stürzte er aus der Hütte und rief seine Brüder, ihm zu folgen.

Doch es war zu spät.

Herr Sonne sah ihn und schickte einen feurigen Pfeil, der ihn an den Boden heftete. Die arme Niekia erkannte zu spät, was sie getan hatte: Sie rannte zu ihrem Nainas und schützte ihn mit ihrem eigenen Körper vor Herrn Sonne.

Als sie das tat, richtete Nainas sich mühsam auf und flog fort in die Sicherheit des Himmels. Herr Sonne packte Niekia an ihrem Zopf, versengte sie mit seinem feurigen Blick und befahl seinem Sohn Peivalke zu kommen.

»Du kannst mich zu Asche verbrennen, aber ich werde Peivalke niemals heiraten«, weinte die Tochter der Mondfrau.

In seiner Wut schleuderte Herr Sonne Niekia in die Arme ihrer Mutter. Und Mutter Mond fing sie auf, drückte sie an ihre Brust, und sie hält sie noch immer sicher und fest bis zum heutigen Tag.

Wenn du einmal den Mond genau betrachtest, dann siehst du den Schatten von Niekias hellem Gesicht auf dem Busen ihrer Mutter. Dort hält Niekia Ausschau nach dem blassen Schimmer über dem Meer, dem Kampf der Nordlichter vor dem Abendhimmel, und sie verzehrt sich vor Sehnsucht nach ihrem geliebten Nainas.

Die liebende Füchsin

Japanisch

Ein Mann ging einmal zur Dämmerstunde die Suzaku-Straße in Kyoto entlang, als er einer außerordentlich schönen Frau begegnete. Sie schien erfreut zu sein, daß er sie ansprach, und aus der Nähe fand er sie noch verführerischer. Es war ihm unvorstellbar, die Gelegenheit vorübergehen zu lassen, und er flüsterte ihr so viele Zärtlichkeiten ins Ohr, daß er bald nahe daran war zu bekommen, wonach ihn verlangte.

Die Frau versuchte, ihn hinzuhalten. »Da wir nun so weit gekommen sind«, sagte sie, »würde ich gar zu gerne bis zum Letzten mit dir gehen! Aber weißt du, wenn wir das tun, mußt du sterben.«

Viel zu erregt, um zuzuhören, bedrängte der Mann sie so lange, bis sie nachgab. »Ich kann mich dir wirklich nicht verweigern«, sagte sie, »da du so dringend darauf bestehst. Nun gut, ich werde tun, was du wünschst, und statt deiner sterben. Wenn du mir Dankbarkeit erweisen willst, schreibe das Lotus-Sutra ab und weihe es mir.«

Der Mann schien sie nicht ernst zu nehmen und stillte endlich sein Verlangen. Die ganze Nacht lagen sie einander in den Armen und schwatzten wie Verliebte. Zur Morgendämmerung stand die Frau auf und bat den Mann um seinen Fächer. »Was ich sagte, habe ich ernst gemeint«, sagte sie zu ihm. »Ich werde statt deiner sterben. Wenn du einen Beweis wünschst, geh in die Palastanlagen und sieh dich in der Botoku-Halle um. Dort wirst du ihn sehen.« Dann verließ sie ihn.

Als es Tag geworden war, ging der Mann in die Butoku-Halle und sah dort eine tote Füchsin liegen, deren

Gesicht mit seinem Fächer bedeckt war. Er war sehr traurig. Danach vollendete er alle sieben Tage eine Kopie des Lotus-Sutra und weihte sie der Seele der Füchsin. In der Nacht, die dem neunundvierzigsten Tag folgte, träumte er, daß sie zu ihm käme, von Engeln umringt, und ihm mitteilte, dank der Kraft der Lehre würde sie in den Tori-Himmel geboren werden.

Die Geschichte des Aristomenes

Lateinisch

Schon waren wir auch wirklich guter Dinge, lachten, scherzten, neckten einander, waren laut, als auf einmal mein Gast schmerzlich aus tiefer Brust herauf seufzt, sich mit geballter Faust vor die Stirn schlägt und also anhebt:

»Ich Unglücklicher bin bloß durch die vermaledeite Lust, ein Fechterspiel zu sehen, wovon sehr viel Aufhebens gemacht wurde, in dies schmähliche Elend geraten! Denn, wie du weißt, reiste ich, um mir ein bißchen Geld zu machen, nach Mazedonien. Kaum habe ich allda neun Monate mein Wesen getrieben, so ist mein Beutel auch schon so wohl gespickt, daß ich mich wieder auf den Heimweg begebe. Allein, wie ich dicht vor Larissa komme, wo ich durchwollte, um dort eben die verwünschten Fechterkämpfe mit anzusehen, fällt mich eine Straßenräuberbande in einem abgelegenen, winkligen Tale an, und ich muß alles, bis aufs Leben, im Stich lassen. In dieser Not gelange ich zu einer alten, aber noch ganz reizvollen Gastwirtin mit Namen Meroe. Ich erzähle ihr die Ursache meiner Wanderschaft, und wie ich nun beim Nachhausegehen all meines sauer erworbenen Gutes beraubt worden. Sie hört meine ganze Geschichte voller Mitleid an und nimmt mich höchst liebreich bei sich auf, setzt mir auch, und zwar unentgeltlich, eine wohl zugerichtete Mahlzeit vor; am Ende aber, von Brunst hingerissen, nimmt sie mich mit zu Bette, und damit war mein Unglück fertig! Denn in der *einen* Nacht hat mir's das Weib so angetan, daß ich für sie Saft und Kraft verschwendete, ihr auch selbst die Kleider, die mir die Räuber aus Erbarmen noch gelassen hatten, nebst allem hingab, was ich, als ich noch bei Kräften war, durch Trödeln gewann; bis ich mich zuletzt – Dank sei meinem bösen Geschick und diesem gutherzigen Weibe! – in dem Zustand befand, worin du mich jetzt antriffst.«

»Beim Pollux«, sprach ich, »du verdientest, daß es dir noch schlimmer erginge, da du so um schnöde Lust und um einer verhurten Vettel willen Weib und Kind vergessen hast!«

Ganz verdutzt fuhr er darüber voll Schrecken mit dem Zeigefinger sich hastig auf den Mund. »St! st!« rief er mir zu, sah sich höchst ängstlich überall um und sprach endlich: »O Bruder, ich bitte dich, nimm dich in acht, daß du dir an dem Weibe die Zunge nicht verbrennst!«

»So?« antwortete ich spöttisch. »Was ist denn mit deiner Frau Wirtin? Ist sie so mächtig? Sie ist doch wohl nicht etwa eine Königin?«

»Eine Zauberin«, versetzte er, »ist sie, eine Hexe! Sie kann dir den Himmel herniederlassen, die Erde emporhängen, die Quellen versteinen, die Felsen verflüssigen, die Manen hinauf-, die Götter hinabbannen, die Gestirne verdunkeln, den Tartarus selbst erleuchten …«

»Halt, halt!« unterbrach ich ihn, »daß du mir nicht noch über die tragischen Stelzen fällst! Packe lieber den theatralischen Plunder ein und sprich mit mir wie andere Leute.«

»Nun«, sprach er, »soll ich dir eins und das andere von ihren Sächelchen erzählen? Daß sie die Einheimischen nicht allein, sondern die Indier auch, ja die beiden Äthiopier und selbst die Gegenfüßler sterblich in sich verliebt macht, das ist nur erst Kleinigkeit, lauter Spaß! Aber höre nur an, was sie alles vor vieler Leute Augen getan hat. Einer ihrer Buhlen hatte einmal ein Mädchen genotzüchtigt. Mit einem Wort hat sie ihn da in einen wilden Biber verwandelt, um ihn an dem zu strafen, womit er gesündigt; denn dies Tier entmannt sich, um sich von seinen Verfolgern nicht fangen zu lassen. Danach war ihr wieder ein benachbarter Gastwirt ein zu großer Konkurrent, den hat sie zu einem Frosch gemacht, der bis jetzt noch immer in seinem Weinfaß herumschwimmt und daraus mit heiserer Kehle die alten Kunden zu sich einlädt. Ein andermal hat sie einen Advokaten, der einen Prozeß gegen sie geführt hatte, zu einem Schafbock umgestaltet. Du kannst den Schafbock noch heutigen Tages vor Gericht advozieren sehen. Endlich hatte einmal das Weib ihres Liebhabers ihrer gar zu bitter gespottet. Was macht sie? Sie verschließt demselben in dem Augenblick, als es entbunden werden sollte, den Leib, treibt ihr die Geburt zurück und verdammt die arme Unglückliche zu einer ewigen Schwangerschaft. Es sind nun schon, wie ihr jeder nachrechnen kann, über acht Jahre, daß sie sich so mit dickem Bauche herumschleppt, gleichsam als sollte sie einen Elefanten zur Welt bringen. Kurz, durch diese und andere dergleichen Streiche kamen gar sehr viele Leute zu Schaden, und der Unwille der ganzen Stadt ward zuletzt darüber rege und nahm so überhand, daß man beschloß, die Unholdin anderntags zu Tode zu steinigen. Allein es hat sich wohl, daß die es hätte dazu kommen lassen! Gleichwie Medea in einer von Kreon ihr zugestandenen Tagesfrist Palast samt Tochter und Vater mit einem brennenden Stirnreif zu Asche verbrannte, ebenso hat auch diese in einer einzigen Nacht (wie sie in einem Rausche es mir neulich selbst erzählt) mittels fürchterlicher, vor Gräbern angestellter Beschwörungen alle Einwohner der Stadt samt und sonders so fest in ihre Häuser hineingebannt, daß sie ganze zwei Tage weder Schlösser erbrechen noch Tür und Fenster ausheben, noch auch durch Mauern und Wände sich Öffnungen machen konnten; bis sie sich endlich insgesamt bequemten und einhellig schrieben und auf das heiligste sich verbürgten, nicht nur selbst nicht Hand an sie zu legen, sondern sie auch gegen jedermann, der etwas wider sie unternehmen würde, zu verteidigen und zu schützen. Damit zufrieden, hat sie stracks die ganze Stadt wieder entzaubert. Allein – den Urheber des wider sie gefaßten Anschlags hat sie bei stockfinstrer Nacht samt dem ganzen Hause (das heißt Gemäuer, Grund und Boden), so verschlossen wie es war, hundert Meilen weit weg in eine Stadt hineingetragen, die auf der Spitze eines so hohen Berges gelegen, daß beinahe gar kein Wasser da ist. Weil aber da die Gebäude der Einwohner so dicht aneinander standen, daß für den neuen Ankömmling kein Platz mehr übrig war, so hat sie das Haus nur vor das Stadttor hingeworfen und sich dann wieder heimbegeben.«

»Nein, lieber Sokrates«, schrie ich, »das ist arg, das ist wundersam! Nun bin ich gleichfalls angst und bange, und es bebt mir das Herz vor Furcht im Leibe, daß deine Alte diese unsere Gespräche nicht auch durch Hilfe eines Geistes wiedererfahre. Laß uns also nur früh schlafen gehen, damit wir uns morgen mit dem Allerfrühesten aus dem Staube machen können!«

Ich hatte noch nicht ausgeredet, so war der gute Sokrates, weil er des Weins ungewohnt und vom Tage her müde war, schon eingeschlummert und schnarchte überlaut. Ich ziehe also flugs die Tür zu, schiebe die Riegel recht fest vor, stelle auch noch zur größeren Sicherheit mein Bett ganz dicht wider die Angeln und werfe mich darauf. Die Furcht hielt mich erst eine lange Weile wach; endlich, um Mitternacht, fallen mir die Augen allgemach zu. Kaum war ich recht eingeschlafen, so wird auf einmal mit größerem Ungestüm, als sich von Dieben erwarten läßt, die Tür eröffnet oder vielmehr gesprengt und holterdiepolter übern Haufen gerannt, daß die Angeln in Stücken zu Boden fallen. Mein Bett, ohnedies klein, dreibeinig und morsch, fliegt um und um und bleibt, da ich herausgepurzelt, umgestürzt über mir stehen. Da erfuhr ich, daß manche Gefühle sich von Natur auf widersprechende Art äußern. Denn wie man oftmals vor Freude Tränen vergießt, so konnte ich mich auch jetzt bei meinem großen Schrekken des Lachens nicht erwehren, da ich so aus Aristomenes zu einer Schildkröte geworden.

Wie ich aber auf der Erde unter meinem Bette hervorluge, was es denn gibt, so seh ich zwei ziemlich betagte Mütterchen. Eine trägt eine helle Leuchte; einen Schwamm und einen bloßen Dolch die andere. In dem Aufzug stehen beide am Bette des Sokrates, der in tiefem Schlafe lag. Die mit dem Dolch fängt an: »Hier, Schwester Panthia, hier siehst du meinen teuren Endymion, meinen Ganymed, der so Tag als Nacht meine Schwäche mißbraucht hat und der nun meine Liebe mit Füßen tritt, meinen guten Namen schändet und mich auf ewig fliehen will. Aber daß ich mich doch von diesem arglistigen Ulysses hintergehen ließe und wie eine zweite Kalypso um ihn in ewiger Sehnsucht und Einsamkeit weinte! Mag indessen«, fuhr sie fort, mit ausgestreckter Rechten der Panthia mich zeigend, »sein feiner Ratgeber da, Aristomenes, der ihm die Flucht in den Kopf gesetzt hat, jetzt aber, dem Tode nahe, in ganzer Länge unter dem Bett ausgestreckt liegt und hier nach uns herschielt, mag er doch immerhin wähnen, allenthalben meine Schmach auszuposaunen; er soll mir schon über lang oder kurz, vielleicht nur allzubald, ja wohl gar noch jetzt, den Augenblick, all seine angebrachten Spöttereien so wie seine gegenwärtige Keckheit schmerzlich genug bereuen!«

Als ich das hörte, brach mir der kalte Angstschweiß aus, und ich zitterte und bebte dergestalt unter meinem Bette, daß es auch nicht eine Minute ruhig stehen blieb, sondern unaufhörlich wie eine Stampfmühle schütterte und pochte.

»Ei«, sprach Panthia, »warum kühlen wir denn nicht also

unsern Mut an dem zuerst? Laß uns ihn, Schwester, wie Bacchantinnen in Stücke reißen oder binden und zum Verschnittenen machen!«

»Keines von beiden!« versetzte Meroe (denn ich merkte an allem, daß es die war, von der Sokrates mir erzählte), »er muß am Leben bleiben, um den Leib dieses Armseligen in ein wenig Sand zu verscharren.«

Hiermit kehrt sie den Kopf des Sokrates auf die Seite, senkt ihm den Dolch bis an das Heft in die Gurgel und fängt das hervorspritzende Blut so geschickt und sorgfältig in einem Schlauche auf, daß auch kein Tröpfchen danebenkommt. Das haben diese meine Augen gesehen. Nun fährt sie – um keinen von den Opfergebräuchen außer acht zu lassen, wie mir dünkt – mit der rechten Hand durch die Wunde bis zu den Eingeweiden hinunter, sucht darin herum und bringt dann das Herz meines armen Kameraden zum Vorschein, während er aus abgeschnittener Kehle laut röchelt und seinen Geist mit dem strudelnden Blute aufgibt. Panthia aber stopft die Wunde, wo sie am weitesten voneinander steht, mit einem Schwamm zu und murmelt dabei:

Schwamm, Schwamm, in dem Meere geboren,
geh nicht in dem Flusse verloren!

Dies getan, so schieben sie das Bett von mir hinweg, treten mit gespreizten Beinen über mich hin, und jetzt regnen sie so lange auf mich herab, bis sie mich durchaus in den garstigen Harn eingeweicht haben. Kaum verließen sie die Schwelle, so erhebt sich die Tür wieder und kehrt an ihren Ort zurück, die Angeln springen wieder in ihre Löcher ein, die Haspen eilen den Pfosten zu, und die Riegel schieben sich von selbst wieder vor. Ich aber bleibe, wie ich war, am Boden hingestreckt liegen, atemlos, splitternackt, eiskalt und nicht minder benetzt, als ob ich eben erst aus dem Mutterleibe gekrochen, nicht doch, halbtot, ja mich selbst überlebend und nachgeboren oder bestimmt doch Kandidat für einen bestimmten Galgen.

»Was wird aus dir werden«, sprach ich zu mir selbst, »wenn man am Morgen den geschächtet im Bett finden wird? Wem wirst du nicht der Wahrheit zum Trotze ein Lügner scheinen? Du hättest ja nur um Hilfe rufen dürfen, wird man sagen, wenn du feige Memme dich vor einem alten Weibe fürchtetest! Vor deinen Augen einen Menschen ermorden sehen und schweigen? Warum hat man dich nicht auch auf den Kopf geschlagen? Warum hätte denn die Mordlust der Hexe den Augenzeugen ihres Frevels verschont, von dem sie ja fürchten mußte, daß er sie verraten würde? Immer hin mit dir zum Tode, dem du eben entronnen bist!«

Ich überlegte das hin und her, unterdessen ging die Nacht zum Tage über. Am klügsten dünkte mir's da, mich noch in der Dämmerung fortzumachen und so geschwind und so weit zu rennen, als die Füße nur laufen wollten. Ich nehme also mein Bündel auf den Buckel, schließe die Stubentür auf, wiewohl erst nach vieler Mühe und Not, denn das vertrackte Schloß, das nachts aus freien Stücken aufgesprungen, ließ jetzt sich lange störlen und rütteln, ehe es aufwollte, und gehe und rufe den Hausknecht.

»He«, schreie ich, »wo bist du? mach das Tor auf, ich will fort!«

Er lag gleich hinter der Haustür auf einer Streu; noch halb im Schlafe, gab er mir zur Antwort: »Ii, wißt Ihr denn nicht, die Straßen sind jetzt der Spitzbuben wegen so unsicher! Wo wollt Ihr denn noch bei Nacht hin? Rennt doch dem Tod nicht in den Rachen! Oder treibt Euch etwa ein böses Gewissen dazu? Nu, so dumm sind wir doch nicht, daß wir uns um Euretwillen sollten totschlagen lassen!«

»Es ist ja nicht mehr weit vom Tage«, versetzte ich, »und was können mir blutarmem Manne auch die Räuber stehlen? Weißt du nicht, Narr, daß selbst zehn Banditen einen Nackenden nicht ausplündern können?«

Ohne sich zu ermuntern, warf er sich auf die andere Seite herum und sagte: »Ach, wo weiß ich auch, ob Ihr nicht gar Euren Reisegefährten, mit dem Ihr gestern so spät hierherkamet, umgebracht habt und Euch nun durch die Flucht retten wollt!«

Ich denke nicht anders, als es tut sich in dem Augenblick die Erde unter mir auf, und ich sehe aus dem innersten Tartarus hervor den Cerberus heißhungrig auf mich zufahren. Jetzt kam es mir erst zu Sinne, daß die ehrliche Meroe mitnichten aus Barmherzigkeit meiner Kehle geschont, sondern vielmehr aus Grausamkeit mich für den Galgen aufgespart habe.

Sobald ich also in die Stube zurückgekehrt, überlege ich in der Geschwindigkeit, wie ich mir das Leben nehmen will. Da kein ander tödliches Werkzeug anzutreffen war, als was mein Bett mir darbot, so wende ich mich zu demselben mit diesen Worten: »Herzliebes Bett, das so viel Ungemach mit mir erlitten; du, das alles mit angesehen, was diese Nacht hier vorgegangen ist; du, der einzige Zeuge, den ich für meine Unschuld anrufen kann: o leihe mir zu meiner Reise in die Unterwelt gefälligen Beistand!«

Während der Anrede knüpf ich den Strick los, womit es zusammengeschnürt war, werfe das eine Ende davon um einen Balken, der oben über das Fenster hervorragte, und befestige es daran, und an dem andern mache ich eine Schleife. Nun steige ich auf mein Bett, um mich zu erhängen, und streife mir die Schlinge über den Kopf.

Wie ich jetzt aber meine Stütze unter mir wegstoße, um durch meine Wucht im Herabfallen mir den Knoten um die Kehle desto fester zuzuziehen, so zerreißt mit einmal der alte verstockte Strick, und ich stürze auf den Sokrates, der dicht neben mir lag, so mächtig hin, daß wir uns beide überkollern und zusammen auf den Boden rollen.

Und siehe, in demselbigen Augenblick reißt auch der Hausknecht die Tür auf und schnauzt herein: »Wo seid Ihr denn nun, der bei stockfinsterer Nacht so über die Maßen forteilte? Ihr seid ja wohl gar wieder in das Bett gekrochen?«

Nun weiß ich nicht, war's über unsern Fall oder übers überlaute Geschrei dieses Kerls, genug damit, es erwacht mein Sokrates und rafft sich zuerst auf.

»Wahrlich!« sprach er, »die Reisenden haben auch recht, daß sie so über das ungeschliffene Hausknechtsgesindel schimpfen. Was muß nun der Grobian da zu dieser Zeit seinen Rüssel zur Tür hereinstecken – er hat gewiß Lust, uns was zu mausen – und so zahnbrecherisch schreien, daß er mich armen Ausgemergelten aus meinem allertiefsten Schlafe aufweckt?«

Gleich spring ich munter und lustig auf. Begeistert von höchst unerwarteter Freude, ruf ich: »Nun, da sieh einmal, du Musterhausknecht, ist er wohl ermordet, mein trauter Reisegefährte, mein Bruder? Schau, ist er ermordet, wie du's mir vorher in deiner Dösigkeit schuld gabst?«

Und mit den Worten falle ich dem Sokrates um den Hals und herze und küsse ihn. Aber der Wohlgeruch, den die alten Hexen über mich gegossen hatten, stieg ihm derart in die Nase, daß er mich sogleich zurückstieß: »O bleib mir vom Leibe«, sprach er, »riechst du doch wie ein alter Nachttopf!« Und lachend wollte er nun die Ursache dieses angenehmen Duftes erforschen. Allein ich wich ihm durch ein aus dem Stegreif erdichtetes Späßchen aus, nehme ihn beim Arm und sage: »Warum gehen wir denn nun nicht und machen uns den Morgen zunutze?« Ich nehme mein Ränzlein auf, bezahle dem Hausknecht das Nachtlager, und wir machen uns auf den Weg.

Wir waren schon ziemlich weit gegangen, als erst die Sonne aufging und es hell ward. Nun betrachtete ich mir mit unruhiger Neugier die Kehle meines Reisegefährten, zumal auf der Seite, wo ich den Dolch hatte hineinfahren sehen. »Alberner Mensch«, sprach ich endlich bei mir selbst, »was du auch auf deinen Rausch nicht für tolles Zeug geträumt hast! Sieh nur, Sokrates ist ja frisch und gesund. Wo hat er wohl eine Wunde? wo den Schwamm? wo endlich die große frische Narbe?« Darauf wandt ich mich zu meinem Begleiter: »Die Ärzte haben doch wirklich nicht unrecht«, sprach ich, »wenn sie der Meinung sind, daß das übermäßige Fressen und Saufen schwere Träume macht; denn ich habe diese ganze Nacht, weil ich gestern abend ein bißchen zu tief ins Glas geguckt, so entsetzliche Gesichte und Erscheinungen gehabt, daß ich mir noch immer von Menschenblut zu triefen scheine.«

»Von Menschenblut?« versetzte er lächelnd, »ich hätte eher auf etwas anderes geraten! Indessen habe auch ich geträumt, ich würde erwürgt. Ich fühlte an der Kehle große Schmerzen, und es war mir auch, als würde mir das Herz aus dem Leibe gerissen. Selbst jetzt kann ich noch keinen Atem kriegen, und die Knie werden unter mir so schwach, daß ich hin und her wanke. Ich möchte wohl etwas zu essen haben, um mich wieder zu erquicken.«

»Geduld«, sprach ich, »es soll den Augenblick ein Frühstück für dich fertig sein!« Damit werfe ich meinen Ranzen von der Schulter und reiche ihm ein Stück Brot und Käse hin: »Komm«, sage ich, »laß uns dazu unter die Platane dort sitzen.« Das geschieht, und ich nehme mir mein Teil auch. Indem wir nun so sitzen und es uns wohlschmecken lassen, werde ich auf einmal gewahr, daß dem Sokrates, bei der größten Geschäftigkeit seiner Kinnbacken, die Augen brechen und daß er bleich und blaß wie ein Tuch wird. Bald hatte er so sehr das Ansehen einer Leiche, daß alle meine nächtlichen Schreckbilder sich von neuem meiner Vorstellung bemächtigten und vor Entsetzen mir der Bissen im Halse steckenblieb. Was meine Furcht noch vermehrte, waren die vielen Leute, die vorübergingen. Was hätten sie anders denken können, als daß ich den Reisegefährten ermordet.

Doch als Sokrates seinen Appetit gestillt hatte, bekam er einen gewaltigen Durst; denn von dem besten Käse hatte er ein gutes Stück zu sich genommen. An der Platane, worunter wir saßen, floß ganz nahe ein kleines kristallenes Flüßchen so langsam und ruhig vorbei, daß es fast für ein stehendes Gewässer anzusehen war.

»Sieh«, sage ich zu ihm, »da kannst du ja aus der schönen reinen Quelle deinen Durst löschen!«

Er steht auf, schlägt den Mantel zurück, und wo das Ufer am flachsten ist, kniet er nieder, hält sich fest mit den Händen an, und mit langem, vorwärts hinabgebeugtem Halse sucht er einen frischen Trunk zu schöpfen. Allein er hat seine Lippen noch nicht recht naß gemacht, da bricht die Wunde an der Kehle, so groß und tief sie war gemacht worden, auf, und der Schwamm fällt in den Fluß, von wenigen Blutstropfen begleitet. Schier wäre der ganze Körper entseelt in das Wasser gesunken, hätte ich ihn nicht bei einem Bein gefaßt und mit Müh und Not aufs Ufer gezogen. Nachdem ich meinen armen Reisegefährten den Umständen gemäß bitterlich beweint und auf ewig in der Nachbarschaft des Flusses in den Sand verscharrt, floh ich verstört und bebend durch abgelegene, unwegsame Einöden davon, und nicht anders, als wäre ich eines Menschenmordes schuldig, gab ich Vaterland und Haus und Hof preis und begab mich freiwillig ins Elend. Jetzt bin ich wieder verheiratet und in Ätolien ansässig.

Also Aristomenes.

Ala und die alte Hexe

Zentralafrikanisch, Kongo

Zwei junge Männer waren auf dem Weg zu einem Fest. Sie sangen und waren guter Laune. Plötzlich tauchte eine alte Frau auf, die sie anflehte: »Bitte, nehmt mich auf euren Rücken!«

Einer der Männer sagte: »Das tu ich nicht, du stinkst und hast schmutzige Wunden!« Der andere, der Ala hieß, hatte Mitleid mit ihr und nahm sie auf den Rücken. Sobald sich die alte Hexe auf seinem Rücken niedergelassen hatte, fing sie an, ihn zu zwicken und ihm ihre dreckigen Füße in die Seiten zu rammen. Sein ganzer Körper tat ihm weh, und er wanderte ziellos umher, denn sie begann, ihn in ihre Gewalt zu bekommen. Nach mehreren Stunden nagte der Hunger an ihm, und er beklagte sein Schicksal. Auch Durst überkam ihn; er setzte sich in seinem Rachen fest und bereitete ihm Schmerzen.

Endlich kamen sie an einen Fluß. Ala sagte: »Alte Frau, klettere runter, laß uns trinken!« Aber sie sagte: »Du kannst mit mir auf deinem Rücken trinken.« Also mußte er sie die ganze Zeit auf dem Rücken behalten.

Nach vielen Stunden fand er einen toten Büffel, der im Gras lag. Ala sagte: »Frau, komm runter, laß uns dieses Tier häuten. Laß mich ein Feuer machen, damit wir das Fleisch kochen und essen können.« Sie sagte: »Geh, häute es mit mir auf deinem Rücken!« Schließlich fragte er: »Willst du nicht essen?« Sie erwiderte: »Doch, und du wirst ein paar schöne Fleischstücke für mich auf deine Schultern legen.«

Ala ging drei Monate lang mit der Frau auf dem Rücken in der Savanne umher. Schließlich fiel er um und lag auf dem Boden. Die alte Hexe kletterte von seinem Rücken und betrachtete ihn lange genau. Als sie endlich von seinem Tod überzeugt war, ging sie fort. Ala stand auf und rannte, rannte um sein Leben und seine Freiheit. Sie drehte sich um und sah ihn laufen, aber es war zu spät, sie konnte ihn nicht mehr einholen. Sie nahm ihre Beine und Arme ab und rollte hinter ihm her wie ein Felsbrocken, der in ein Flußbett rollt, wenn der Regen gekommen ist.

Ala kam zu Hause an. Seine Schwester sah ihn und rief: »Mutter, Ala ist zurückgekehrt!« Es war wirklich Ala, aber er war sehr schwach. Sie töteten einen Ochsen, den er aß, dann noch einen und noch einen, sechs insgesamt, bis er endlich wieder zu Kräften kam.

Plötzlich tauchte die alte Hexe auf und verlangte nach ihrem Reittier. Sie behandelten sie höflich, boten ihr einen Hocker an und baten sie zu warten, bis ihr Roß bereit sei. Inzwischen hoben sie rasch eine Grube aus und bedeckten sie mit Gras. Dann setzten sie einen Kessel mit Wasser aufs Feuer. Als alles fertig war, sagten sie: »Willst du dich nicht waschen?« Die Alte ging über eine Stelle, wo frisches Gras ausgebreitet war – wohl zum Trocknen, um das Dach zu decken. Ein Mensch mit guten Manieren wäre nicht darüber gegangen! Aber sie tat es, und da die Grube darunter war, fiel sie hinein. Schnell gossen sie das heiße Wasser über sie, so daß sie starb. Dann schütteten sie die Grube mit Erde zu.

Alas Körper wurde allmählich wieder kräftig. Alle waren sich einig, daß die Alte eine gefährliche Hexe gewesen war, die ihm die Kraft aussaugte. Ala hatte Glück gehabt, daß er ihr entkommen war.

Der Ring der Königin

Pommern

Eine Königin ging auf einer Wiese spazieren. Die Königin war sehr schön, aber sie war auch sehr traurig, weil der König, ihr lieber Gemahl, vor vielen Monaten in den Krieg gezogen war und sie in all den Monaten nichts von ihm gehört hatte.

»Aber er kann doch nicht tot sein«, sagte die Königin zu sich selbst, »wenn er tot wäre, wüßte ich es bestimmt.«

Nachdem sie hierhin und dorthin gegangen war, setzte sich die Königin an einen Brunnen, um sich auszuruhen. Sie ging oft zu dem Brunnen, weil der König ihr dort den letzten Kuß gegeben hatte, bevor er davonritt. Und hier war es auch gewesen, wo er ihr einen Brillantring an den Finger gesteckt und gesagt hatte: »Achte sorgfältig auf diesen Ring, schau ihn oft an, und wenn du ihn anschaust, denke daran, wie sehr ich dich liebe!«

Während sie nun so am Brunnen saß, zog die Königin den Ring vom Finger und drückte ihn an ihre Wange. »Lieber Ring«, sagte sie, »lieber Ring, Tag und Nacht denke ich an den, der dich mir geschenkt hat! Lieber Ring, sag mir, o sag mir, wo er ist!«

Und was geschah dann? Der Ring glitt der Königin aus der Hand und fiel in den Brunnen.

»Mein Ring! Mein Ring!« rief die Königin aus und beugte sich über das Wasser. Der Brunnen war tief, und der Ring war bis auf den Grund gesunken – was sollte sie tun? Sie beugte sich über das Wasser, aber sie konnte den Ring nicht einmal sehen, nein, es funkelte kein bißchen. »Mein Ring, mein Ring!« Sie weinte und weinte.

Dann kletterte ein großer grüner Frosch aus dem Brunnen. »Warum weinst du, schöne Königin?« fragte der Frosch.

»Mein Ring, mein Ring!« rief die Königin aus. »Ich habe ihn in den Brunnen fallen lassen, und ich kann ihn nicht wieder herausnehmen!«

»Aber die Königin ist doch gewiß reich und kann sich einen neuen Ring kaufen«, sagte der Frosch.

»Nein, nein, nein!« weinte die Königin. »Keinen wie diesen, denn diesen Ring gab mir mein lieber Gemahl, bevor er fortging.«

»Und deshalb ist dir der Ring so viel wert?« fragte der Frosch.

»Er ist mir mehr wert als alles andere auf der Welt!« rief die Königin aus.

»Nun gut«, sagte der Frosch, »wenn du mir gibst, was ich von dir verlange, tauche ich in den Brunnen und hol dir deinen Ring.«

»Ich gebe dir alles, was du willst«, sagte die Königin.

»Versprochen?« fragte der Frosch.

»Versprochen!« sagte die Königin.

Also tauchte der Frosch in den Brunnen und kam bald wieder hoch, den Ring in einer seiner schwimmhäutigen Hände.

Wie der Ring funkelte! Wie die Königin lachte, obwohl ihre Wangen noch tränenfeucht waren. »Oh, danke, danke, lieber Frosch«, sagte sie. »Und was soll ich dir nun geben?«

»Nur einen Kuß auf meinen Mund«, sagte der Frosch.

»Oh!« sagte die Königin. »Oh, den kann ich dir nicht geben.«

»Warum nicht?« sagte der Frosch.

»Weil du«, sagte die Königin, »so ...« Sie wollte »so häßlich und schleimig bist« sagen, aber das wäre doch zu undankbar gewesen. Deshalb sagte sie: »Eine Königin kann nur den König, ihren Gemahl, küssen.«

»Dann werde ich den Ring dahin tun, wo ich ihn gefunden habe«, sagte der Frosch. Und er wollte gerade wieder ins Wasser springen, als die Königin schrie: »Nein, nein, ich werde dich küssen, ich werde dich küssen!«

Und sie nahm den Frosch in die Hände, schloß die Augen und küßte sein kaltes, aufgerissenes Maul …

»Öffne deine Augen, meine Liebste!« sagte eine lachende Stimme. Wessen Stimme? Die Stimme des Königs, ihres Gemahls. Der Frosch war verschwunden, und an seiner Stelle stand der König, ihr Gemahl, und beugte sich zu ihr herunter, um sie in die Arme zu nehmen.

Und dies ist die Geschichte, die er ihr erzählte:

Nachdem der Krieg zu Ende war, mein Liebling, ritt ich an der Spitze unserer siegreichen Truppe nach Hause, als wir bei dichtem Nebel vom Weg abkamen. Meine Männer ritten hierhin und dorthin und suchten nach dem Weg. Ich hörte, wie ihre Stimmen und das Trappeln der Pferdehufe immer leiser wurden. Und als sich der Nebel hob, war es Nacht, und ich stand in einem tiefen Wald allein vor einem kleinen Haus. Ich stieg vom Pferd und ging in das Haus, um zu fragen, ob ich dort übernachten könnte, und im Haus fand ich ein wunderschönes Fräulein, das vor einem goldenen Spinnrad auf einem Elfenbeinstuhl saß und silbernen Faden spann.

»Was gibst du mir, wenn ich dich hier die Nacht verbringen lasse?« fragte das schöne Fräulein.

»Was immer du willst«, sagte ich, »und was immer ich dir geben kann.«

»Was ich will, kannst du mir leicht geben«, sagte das schöne Fräulein. »Ich will nur einen Kuß.«

»Das ist aber etwas, was ich dir nicht geben kann«, sagte ich. »Ich küsse nur meine eigene liebe Königin.«

Da sprang sie von ihrem Elfenbeinstuhl auf. Nun war sie nicht mehr schön. Sie war eine abscheuliche Hexe geworden. »Du nennst dich König?« kreischte sie. «Du bist weiter nichts als ein kaltblütiger Frosch!« Und sie schlug mich mit dem Spinnrocken. Da schwanden meine Glieder dahin, und mein Körper schrumpfte, mein Mund wurde riesig, und meine Augen traten hervor. Ja, sie hatte mich in einen Frosch verwandelt.

»Ein Frosch bist du, und ein Frosch sollst du bleiben, bis eine schöne Frau dich freiwillig auf dein aufgerissenes Maul küßt!« keifte sie. Und sie packte mich an einem Bein und schleuderte mich aus der Tür.

»Ich küsse nur meine eigene liebe Königin«, wiederholte ich und hüpfte in den Wald.

Dann machte ich mich auf meinen beschwerlichen Heimweg. Tage und Nächte, Tage und Nächte gingen vorüber. Ich kam durch viele Königreiche. Reiste bei Tage und ruhte mich in der Nacht in einem verborgenen Winkel großer Paläste oder Bauernhütten aus und sah viele schöne Frauen, hochwohlgeborene Königinnen und Prinzessinnen und bescheidene Dorfmädchen. Vielleicht hätte eine Mitleid gehabt und mich geküßt, wenn ich sie darum gebeten hätte. »Aber nein«, sagte ich mir. »Ich habe außer meiner eigenen lieben Königin nie eine andere Frau geküßt, und ich werde keine andere als meine eigene liebe Königin küssen. Und wenn ich mein ganzes Leben lang unterwegs bin – irgendwann komme ich hin, wo sie auf mich wartet.«

Und so, mein Liebling, reiste der arme kleine Frosch weiter und weiter, durch große Städte und über weite Moore, durch rauschende Flüsse und dichte Wälder, weiter und weiter und weiter, bis der arme kleine Frosch schließlich in sein eigenes Königreich kam. Und den Rest weißt du ja, mein Liebling.

Dann steckte der König den Ring wieder an den Finger der Königin, und sie kehrten Hand in Hand zu ihrem Palast zurück, wo sie für immer glücklich miteinander lebten.

Vierter Teil

Verwandlungen

Raumes, auf dem Speisen aller Art standen, eine besser als die andere.

Der König erhob sich und hieß Finn und seine Männer willkommen, und er forderte sie auf, sich an den Tisch zu setzen; und sie aßen und tranken, bis sie satt waren, und das hatten sie nötig nach ihrer wilden Jagd. Und dann erhob sich die Rote Frau, und sie sagte: »König des Berges, wenn es dein Wille ist, dann würden Finn und seine Männer gerne das wunderbare Tier sehen, denn sie sind ihm lange gefolgt, und das hat sie hierher geführt.«

Da schlug der König gegen seinen goldenen Stuhl, und eine Tür öffnete sich hinter ihm, und das Tier trat ein und stellte sich vor den König. Und es verneigte sich vor ihm und sagte: »Ich gehe jetzt weiter zu meinem eigenen Land; es gibt auf der ganzen Welt keinen Läufer, der so gut ist wie ich, und das Meer ist für mich das gleiche wie das Land. Und wer auch immer es mit mir aufnehmen kann, den laß jetzt kommen, denn ich gehe jetzt.«

Und dann lief das Tier aus dem Berg hinaus, so schnell wie ein Windstoß, und alle Leute, die darinnen waren, liefen hinter ihm her. Es dauerte nicht lange, bis Finn und seine Männer den übrigen voraus waren, an der Spitze der Jagdgesellschaft, und sie holten das Tier ein.

Und um Mittag zwang Bran das Tier, sich umzudrehen, und dann zwang sie es ein zweites Mal, sich umzudrehen, und es begann Schreie auszustoßen, und es dauerte nicht lange, bis seine Kraft zu erlahmen begann; und endlich, gerade als die Sonne unterging, fiel es tot um, und Bran war an seiner Seite, als es fiel.

Dann kamen Finn und seine Männer herbei, doch an Stelle des Tieres sahen sie einen hochgewachsenen Mann, der tot vor ihnen lag. Und die Rote Frau kam zur gleichen Zeit heran, und sie sagte: »Hoher König der Fianna, das ist der König der Firlbogs, den ihr getötet habt; und sein Volk wird in künftiger Zeit großes Unglück über dieses Land bringen, wenn dich, Finn, und dein Volk die Erde bedeckt. Und ich selbst gehe jetzt zu dem Land der Jugend, und ich werde euch mitnehmen, wenn euch der Sinn danach steht zu kommen.«

»Wir sagen dir unseren Dank dafür«, erwiderte Finn, »aber wir würden unser eigenes Land nicht aufgeben, und wenn wir die ganze Welt zum Erbe erhalten würden und das Land der Jugend noch dazu.«

»Das ist recht«, meinte die Rote Frau, »aber ihr werdet nach der Jagd mit leeren Händen nach Hause kommen.«

»Wahrscheinlich werden wir in Gleann-na-Smol einen Hirsch finden«, sagte Finn.

»Da steht ein schöner Hirsch am Fuße jenes Baumes dort drüben, und ich will ihn für euch aufscheuchen.« Die Rote Frau stieß einen Schrei aus, und das Tier sprang auf und davon und Finn und seine Männer hinterher, und es blieb nicht stehen, bis es zum Gleann-na-Smol kam, doch sie konnten es nicht einholen. Dann kam die Rote Frau zu ihnen, und sie sagte: »Ich glaube, ihr seid jetzt müde, dem Hirsch zu folgen; ruft jetzt eure Hunde zurück, ich werde meinen eigenen kleinen Hund auf ihn loslassen.«

So blies Finn in ein kleines Horn, das er an seiner Seite trug, und augenblicklich kamen die Hunde zu ihm zurück. Und dann rief die Rote Frau einen kleinen Hund, so weiß wie der Schnee der Berge, und schickte ihn nach dem Hirsch; und es dauerte nicht lange, da hatte er den Hirsch eingeholt und getötet, und dann kam er zurück und sprang mit einem Satz unter den Mantel der Roten Frau. Und Finn wunderte sich sehr; doch bevor er der Roten Frau eine Frage stellen konnte, war sie verschwunden. Und was den Hirsch betraf, so wußte Finn, daß ein Zauber auf ihm lag, und so ließ er ihn dort liegen. Und müde und mit leeren Händen, wie sie war, ging die Fianna noch in derselben Nacht nach Almhuin zurück.

Die Frau, die ihren Mann in eine Schlange verwandelte

Nordamerikanisch, Cochiti

In Cochiti lebten vier Schwestern. Sie lebten alle beisammen. Die älteste war verheiratet. Der Ehemann schlief in der einen Nacht mit seiner Frau. In der folgenden Nacht schlief er mit ihrer Schwester. In der dritten Nacht mit der dritten Schwester, in der vierten mit der vierten. Als die vierte Nacht vorüber war, hatte er mit allen vier Schwestern geschlafen. Und alle waren schwanger. Die Leute redeten darüber. »Wer wohl bei diesen Mädchen gelegen hat?« Selbst seine Frau wußte nicht, wer ihre Schwestern geschwängert hatte.

Als ihre Kinder geboren wurden, kamen alle vier zur selben Zeit auf die Welt. Es waren sehr kleine Kinder, und alle sahen genau wie der Schwager aus. Die Leute redeten darüber: »Der Ehemann der ältesten Schwester hat bei diesen Mädchen gelegen.«

Das hörte seine Frau. »Ich wußte nicht, daß mein Mann bei allen meinen Schwestern gelegen hat. Er hat keinen Verstand.« Sie war wütend. »Ich werde ihm etwas antun.« Sie hatte einen Medizinstein. Sie erzählte niemand, was sie vorhatte.

Sie ging mit ihrem Mann weg, und sie kamen an das Ufer eines Arroyo. »Schau, ich habe etwas Hübsches gefunden.«

»Laß mich mal sehen.«

»Ich habe ihn gefunden.«

Der Stein gefiel ihm, und sie sagte: »Stell dich dort drüben hin. Wenn du ihn erwischst, darfst du ihn behalten.«

Sie schubste den Stein an, und er rollte zielstrebig in

seine Richtung. Er stürzte sich ihm entgegen, und es gelang ihm, den Stein zu erhaschen. Sobald er ihn aber berührte, verwandelte er sich in eine Schlange. Sie rief: »Geh weg! Sieh, ob du irgendwo Glück hast. Ich wußte nicht, daß du mich so behandelst, wie du es getan hast. Jetzt kannst du nur noch Maismehl und Pollen essen.«

Die Frau kehrte zu ihrem Haus zurück. Sie verließ ihre Schwestern. Und niemand wußte, wohin sie gegangen war.

Klong

Chinesisch

Vor langer Zeit lebte in Suzhou ein Bauer, der war so fleißig, daß er nicht nur seine Felder und Weiden, sondern auch sein Haus in musterhafter Ordnung hielt. Die Leute im benachbarten Dorf lachten und sagten, er brauche keine Frau. Die einzige Arbeit, die er jemand anderem zuwies, war das Reinigen seines Wasserfasses, und dafür hielt er sich eine große Schnecke, sozusagen als »Hausmädchen«. Es gab jedoch Zeiten, da wurde der Bauer verdrießlich und wünschte sich jemanden, der sein Leben mit ihm teilte, jemand, der ihn am Ende des Tages erwartete und sich freute, ihn daheim willkommen zu heißen.

An einem klaren Morgen während der Herbsternte hatte er keine Zeit, sein Geschirr abzuwaschen oder das Haus aufzuräumen, bevor er auf die Felder ging. Als er am Abend nach Hause kam, war er erstaunt, das Geschirr sauber, das Haus in Ordnung und dazu noch einen Topf mit dampfend heißem Reis auf dem Ofen vorzufinden.

»Das ist nicht möglich!« rief er aus. »Ich habe bestimmt die Tür abgeschlossen, als ich heute morgen das Haus verließ! Wer könnte hereingekommen sein, um das zu tun?« Er durchsuchte das Haus, aber er konnte niemanden finden. »Das ist aber eine feine Sache«, dachte er. »Wenn ich an Feenwesen glauben könnte, dann würde ich denken ...«

Aber er dachte nicht sehr lange, denn er war erschöpft nach dem harten Tagewerk, und nachdem er zu Abend gegessen hatte, ging er zu Bett und schlief bald ein.

Am nächsten Morgen stand er wie gewöhnlich beim Hahnenschrei auf. Doch jemand oder etwas war schon vor ihm dagewesen. Als er in die Küche kam, war das Frühstück fertig zubereitet und sein Mittagessen fürsorglich in einen Korb gepackt. Wieder durchsuchte er das Haus, aber er fand nichts und niemanden. Er ging nachdenklich fort auf das Feld und ließ sein Haus in Unordnung, doch er verschloß sorgfältig die Tür.

Bei seiner Rückkehr war das Haus aufgeräumt und das Abendessen gerichtet wie zuvor. Von diesem Tag an mußte er nie wieder sein Haus saubermachen oder aufräumen oder sein Essen kochen. Alles wurde von seinem geheimnisvollen Helfer für ihn erledigt.

Eines Morgens erwachte er vor Tagesanbruch, bevor der Hahn krähte, und er lag da und dachte an das Frühstück, das er sicherlich auf dem Herd finden würde, als er Geräusche aus der Küche hörte. Leise stand er auf und schlich an die Küchentür. Dort stand am Ofen, mit dem Rücken zu ihm, die anmutige Gestalt einer jungen Frau.

Er rieb sich die Augen, um besser sehen zu können, und bewegte sich vorwärts – unvorsichtigerweise. Er fiel über einen niedrigen Schemel. Das Mädchen floh in den Hof, ohne einen Blick zurückzuwerfen. Er lief ihm nach, so schnell er konnte, doch da war nur ein lautes, hohles »Klong« über dem nahen Wasserfaß, und nicht einmal der Schatten des Mädchens. Obwohl er sorgfältig jeden Zentimeter Boden untersuchte, konnte er nicht die kleinste Spur von ihm entdecken. Da wußte er, daß es ein Feenwesen gewesen war.

Das grinsende Gesicht einer alten Frau

Japanisch

In einem alten Teich in den Minase-Hügeln gab es Schwärme von Wasservögeln, und oft gingen die Leute dorthin zur Jagd, doch in dem Teich war etwas, das die Jäger fing, und viele von ihnen starben.

Drei Brüder, Leibwächter im Palast des ehemaligen Kaisers am Minase-Fluß, wollten gerade zur Jagd aufbrechen, als jemand sie warnte, nicht zum Teich zu gehen. Einer der drei, Nakatoshi, weigerte sich, die Geschichte zu glauben, und überhaupt hielt er es für seiner unwürdig, nicht den Gefahren des Teiches zu trotzen, und er brach unverzagt auf, mit nur einem jungen Begleiter.

Es war Abend und zu dunkel, um auch nur den Pfad zu sehen, doch Nakatoshi gelangte über die Hügel, fand den Teich und wartete am Ufer unter den herabhängenden Zweigen einer Kiefer. Tief in der Nacht erzitterte das Wasser, und Wellen rollten über den Teich. Nakatoshi, der sich fürchtete, legte einen Pfeil an seine Bogensehne. Dann stieg eine leuchtende Masse aus dem Teich auf und flog hinüber zu der Kiefer. Sobald Nakatoshi seinen Bogen spannte, flog das Ding zurück zum Teich und kam erst wieder, als Nakatoshi seinen Griff lockerte und den Pfeil von der Sehne nahm. Dies geschah mehrere Male, bis Nakatoshi einsah, daß sein Bogen ihm nichts nützte. Er legte ihn beiseite und zog statt dessen sein Schwert. Diesmal kam die leuchtende Masse so nahe, daß Nakatoshi im Licht das grinsende Gesicht einer alten Frau sah.

Als das Licht so unerwartet nahe war und die Gestalt darin so deutlich, ließ er sein Schwert fallen und griff sie mit seinen bloßen Händen an. Als das Ding versuchte, ihn in den Teich zu zerren, stemmte er sich gegen die Wurzeln der Kiefer und leistete Widerstand, bis er seinen Dolch ziehen und zustoßen konnte. Das Licht erlosch.

Ein haariges Tier lag tot zu Nakatoshis Füßen. Es war ein Dachs. Nakatoshi trug ihn nach Hause in sein Zimmer im Minase-Palast und ging zu Bett. Am nächsten Morgen kamen seine Brüder, um zu sehen, wie seine Expedition verlaufen war.

»Seht euch das an!« rief Nakatoshi und warf ihnen den Dachs vor die Füße.

Sie waren tief beeindruckt.

Die Rote Frau

Irisch

Einstmals war die ganze Fianna von Irland in Almhuin und hatte nichts Wichtiges zu tun, und da kam ein sehr nebliger Morgen, und Finn fürchtete, daß Trägheit seine Männer befallen würde, und er erhob sich, und er sagte: »Macht euch bereit, und wir werden nach Gleann-na-Smol zur Jagd gehen.«

Sie alle meinten, der Tag sei zu neblig, um jagen zu gehen, doch das Reden nützte ihnen nichts: Sie mußten tun, was Finn ihnen befahl. So machten sie sich fertig und brachen auf nach Gleann-na-Smol; und sie waren noch nicht weit gekommen, als der Nebel sich lichtete und die Sonne strahlend hervorkam.

Und als sie am Rande eines Wäldchens ankamen, sahen sie ein seltsames Tier, das mit Windeseile auf sie zu lief, und eine Rote Frau folgte ihm. Schmale Füße hatte das Tier, und einen Kopf wie der Kopf eines Ebers mit langen Stoßzähnen; doch alles andere an ihm war wie ein Hirsch, und an seinen beiden Seiten war je ein leuchtender Mond.

Finn blieb stehen, und er sagte: »Fianna von Irland, habt ihr jemals zuvor ein Tier wie dieses gesehen?« – »Fürwahr, das haben wir nicht«, erwiderten sie, »und wir würden gerne die Hunde darauf hetzen.« – »Wartet noch ein wenig«, sagte Finn, »bis ich mit der Roten Frau gesprochen habe; aber laßt das Tier nicht an euch vorüberlaufen«, sagte er. Da wollten sie es aufhalten und stellten sich ihm in den Weg; doch sie waren nicht fähig, das Tier wirklich aufzuhalten, und es lief schnell zwischen ihnen hindurch und davon.

Und als die Rote Frau zu ihnen gelangt war, fragte Finn sie, wie der Name des Tieres laute, dem sie folgte. »Das weiß ich nicht«, sagte sie, »obwohl ich auf seiner Spur bin, seit ich vor einem Monat die Grenze von Loch Dearg überschritten habe, und ich habe es seitdem nie aus den Augen verloren; und die zwei Monde, die an seinen beiden Seiten sind, leuchten zur Nachtzeit durch das ganze Land. Und ich muß ihm folgen, bis es niederfällt, oder ich werde mein Leben verlieren und die Leben meiner drei Söhne, die die besten Kämpfer auf der ganzen Welt sind«, fügte sie hinzu.

»Wir fangen das Tier für dich, wenn es dir recht ist«, sagte Finn.

»Versucht nicht, das zu tun«, entgegnete sie, »denn ich bin schneller als ihr alle, und ich kann schon nicht mit ihm Schritt halten.«

»Wir werden es nicht entkommen lassen, bis wir wissen, was das für ein Tier ist«, sagte Finn.

»Wenn du oder deine Männer es verfolgen, werde ich euch an Händen und Füßen fesseln«, drohte sie.

»Deine Worte sind zu stark. Und du kennst mich nicht«, sagte er, »ich bin Finn, der Sohn des Cumhal; und achtzig Kämpfer begleiten mich, die noch nie geschlagen worden sind.«

»Ich gebe wenig auf dich und deine Männer«, erwiderte

die Rote Frau, »und wenn meine drei Söhne hier wären, würden sie sich gegen euch behaupten.«

»Das wäre in der Tat ein schlimmer Tag«, sagte Finn, »wenn die Drohung einer Frau mich oder die Fianna von Irland in Angst versetzen würde.« Und damit blies er in sein Horn, und er befahl: »Laßt uns nun alle, Männer und Hunde, das Tier verfolgen, das wir gesehen haben.«

Kaum hatte er das Wort ausgesprochen, als die Frau sich in einen großen Wasserwurm verwandelte und Finn angriff, und sie hätte ihn auf der Stelle getötet, wenn Bran nicht bei ihm gewesen wäre. Bran ergriff den Wurm und schüttelte ihn, und dann wand der Wurm sich um Brans Körper, und er hätte das Leben aus ihr herausgepreßt, doch Finn stieß dem Wurm rasch sein scharfes Schwert in die Kehle.

»Nimm deine Hand weg«, sagte da der Wurm, »wenn du nicht den Fluch einer einsamen Frau auf dich laden willst.«

»Ich glaube«, entgegnete Finn, »daß du mir mein Leben nicht lassen würdest, wenn du es mir nehmen könntest, aber nun geh mir aus den Augen. Ich will dich nie wiedersehen.«

Da verwandelte sich der Wurm wieder in eine Rote Frau und ging fort in den Wald.

Die Fianna war den Spuren des Tiers gefolgt, während Finn mit der Roten Frau gesprochen und gekämpft hatte; und Finn wußte nicht, an welchem Ort sie waren, doch sie folgten ihnen, er und Bran. Es war spät am Abend, als Finn eine Schar fand, die noch immer den Spuren des Tieres folgte. Die Dunkelheit der Nacht kam heran, doch die Monde an den Seiten des Tieres gaben ein helles Licht, und sie verloren es nie aus den Augen. Sie folgten ihm immerzu; und um Mitternacht bedrängten sie es, und es begann, Blut zu verspritzen, und es dauerte nicht lange, bis Finn und seine Männer von Kopf bis Fuß rot waren. Aber das hinderte sie nicht, und sie folgten ihm weiter, bis sie es bei Tagesanbruch am Fuße des Cnoc-na-righ in den Berg hineingehen sahen.

Als sie zum Fuße des Berges kamen, stand die Rote Frau vor ihnen. »Ihr habt das Tier nicht gefangen«, sagte sie.

»Wir haben es nicht gefangen, aber wir wissen, wo es ist«, erwiderte Finn.

Da nahm sie einen Druidenstab und schlug damit an die Bergflanke, und augenblicklich öffnete sich eine große Tür, und sie hörten liebliche Musik aus ihr herauskommen. »Kommt nun herein«, sagte die Rote Frau, »bis ihr das wunderbare Tier seht.«

»Unsere Kleider sind nicht sauber«, meinte Finn, »und wir möchten uns, so wie wir sind, nicht in Gesellschaft zeigen.«

Sie setzte ein Horn an ihren Mund und blies, und sofort kamen zehn junge Männer zu ihr. »Bringt Wasser zum Waschen«, sagte sie, »und vier mal zwanzig Gewänder, und ein schönes Gewand und eine Krone mit schimmernden Steinen für Finn, den Sohn des Cumhal.« Da gingen die jungen Männer fort und kamen nach einer Minute zurück mit Wasser und Kleidung.

Als alle Männer der Fianna gewaschen und angezogen waren, brachte die Rote Frau sie in einen großen Saal, wo der Glanz der Sonne und des Mondes an allen Seiten war. Von dort führte sie sie in einen anderen großen Raum; und obwohl Finn und seine Männer bis dahin viele großartige Dinge gesehen hatten, hatten sie doch nie etwas so Prachtvolles erblickt wie das, was sie an diesem Ort sahen. Da saß ein König auf einem goldenen Stuhl, der trug Kleider von Gold und Grün, und seine wichtigsten Leute saßen um ihn herum, und seine Musikanten spielten. Und niemand hätte sagen können, von welcher Farbe die Kleider der Musikanten waren, denn sie hatten alle Farben des Regenbogens. Und ein großer Tisch war in der Mitte des

Der Bauer hatte eine betagte Tante, die sich gut mit den Gewohnheiten von Feen, Kobolden und dergleichen Geschöpfen auskannte, und er erinnerte sich, wie sie ihm einmal erzählt hatte, daß Feen, die eine menschliche Gestalt annahmen, menschlich bleiben würden, wenn man ihnen Menschennahrung gab. Es könnte nichts schaden, es auszuprobieren.

Also blieb er die ganze Nacht auf und verbarg sich hinter der Küchentür und wartete. Ganz früh am nächsten Morgen hörte er ein Geräusch vom Hof, und im nächsten Moment sah er das Mädchen in die Küche treten. Sobald es seine Aufmerksamkeit völlig auf das Essen konzentrierte, das es bereitete, schlich er auf Zehenspitzen aus seinem Versteck und schlang die Arme um das Mädchen. Ohne ein Wort stieß er ihm eine Reiskugel zwischen die Lippen und zwang es, die Kugel hinunterzuschlucken.

»Du Wesen! Liebes Elfenwesen!« rief er.

»Laß mich los«, sagte das Mädchen leise, »oder ich werde nie wiederkommen.«

»Versprichst du mir dann, nicht zu verschwinden?«

»Ja, gut.«

Beruhigt ließ er es los, und es drehte sich um und sah ihn an. Er war hocherfreut zu sehen, daß es sehr schön war, und er starrte es lange an, bevor er sich wieder fassen konnte. Dann, mit einem Ruck, sagte er mit äußerster Höflichkeit: »Liebes Feenwesen, bitte setz dich.«

»Ich bin weder eine Fee noch eine Elfe«, sagte es trokken »und ich mag nicht ›Wesen‹ genannt werden. Ich bin hier, um dir zu helfen, doch wenn du mich jemals schlecht behandelst, werde ich dich sofort verlassen.«

»Oh nein! Bitte nicht!« Er fiel auf die Knie. »Bitte geh nicht fort. Bleib hier und leiste mir Gesellschaft für immer!«

»Nur wenn du genau das tust, was ich dir sage. Zuerst steh auf von deinen Knien.« Er rappelte sich auf und stand vor dem Mädchen, beflissen, seinen kleinsten Befehl zu befolgen. »Jeden Tag«, sagte es, »wirst du wie gewöhnlich zur Arbeit gehen. Wenn du fortgehst, schließe die Tür, wie du es immer getan hast. Ich werde für dich und dein Haus sorgen, solange du über meine Existenz stillschweigst. Verstehst du?«

»Ja, ja, alles was du sagst!« versprach er. »Alles!«

»Du darfst niemals irgendeinem Menschen von mir erzählen!«

»Bestimmt nicht! Niemandem! Ich verspreche es dir!«

Von da an war er nie mehr einsam. Das Mädchen brachte ihm Lieder bei, und er sang sie, wenn er auf dem Feld arbeitete. Es unterhielt ihn mit bezaubernden Geschichten. Seine Kleider – Jacke, Hosen, Schuhe, Socken – wurden frisch und sauber gehalten und so sorgfältig geflickt, daß die Stiche nicht sichtbar waren. Er lachte jetzt leicht und scherzte so bereitwillig mit seinen Freunden und Nachbarn, daß sie ihn für einen guten Kameraden hielten anstatt für den alten komischen Kauz, der er früher gewesen war. Sie begannen ihn einzuladen, mit ihnen ins Wirtshaus zu gehen, doch er widerstand immer ihrem Drängen, um statt dessen nach Hause zu seinem Mädchen zu gehen.

Eines Abends jedoch ging er mit mehreren Freunden in ein Wirtshaus, um mit ihnen die Geburt des Enkels eines Nachbarn zu feiern. Der Wein floß, und zu viel davon floß dem Bauern die Kehle hinunter und lockerte seine Stimme. Bevor er wußte, was geschah, erzählte er seinen Freunden die ganze Geschichte von dem geheimnisvollen Mädchen, das ihm den Haushalt führte.

Sobald er damit fertig war, erkannte er seinen entsetzlichen Fehler und bat seine Freunde, die Geschichte nicht weiterzuerzählen. »Denn es wird mir schlecht gehen, wenn es sich herumspricht.«

Seine Freunde schüttelten die Köpfe in ernstem Zweifel. »Wieso denkst du, daß die Frau ein *guter* Geist ist? Angenommen, sie ist böse? Bruder, überleg dir das einmal! Dein ganzes Leben kann zerstört werden durch diese Verliebtheit!«

»Geister sind gefährlich!« sagte einer seiner Freunde sehr ernst. »Selbst den besten von ihnen ist kaum zu trauen, nicht, wenn sie im eigenen Haus leben und einem das Essen kochen. Wer weiß, wann sie sich entschließen, ein wenig, nun, einen kleinen Fluch zum Beispiel hineinzurühren oder etwas, was dich in einen Geist verwandelt, genau wie sie selbst?«

»Ja«, sagte ein anderer. »So wie du sie gezwungen hast, die Reiskugel hinunterzuschlucken, wer weiß, wann sie dich etwas noch Schlimmeres zu schlucken zwingt?«

»Man kann ihr nicht trauen!« sagten alle einmütig.

Beunruhigt ging der Bauer nach Hause. Er hatte das Mädchen gegen die mißtrauischen Fragen seiner Freunde in Schutz genommen, doch nagte der Zweifel an ihm.

Er begann jede Bewegung des Mädchens genau zu beobachten und zu ungewöhnlichen Zeiten nach Hause zu kommen und sehr früh aufzustehen, um es zu überraschen. Doch mit seinem Spionieren und Herumschleichen konnte er nur ein kleines Ergebnis erzielen: Wann immer das Mädchen im Hof verschwand, hörte er ein leises »Klong«, als ob etwas in das Wasserfaß gefallen wäre.

Das nächste Mal, als er das »Klong« hörte, ging er hin und sah in das Faß. Da war nur eine große Schnecke, die träge auf dem Boden herumkroch.

»O nein!« flüsterte er entsetzt. »Sie kann doch nicht der Geist der Schnecke sein? Verhext von einer Schnecke? O nein!«

Er machte sich sofort auf, um seine alte Tante zu besuchen. Er erzählte ihr alles und bat sie um Rat, wie er sich von dem Schneckengeist befreien könnte. Seine Tante, eine weise alte Frau, riet ihm zur Vorsicht in dieser Angelegenheit, doch ihr Neffe bestand darauf, daß der Gedanke, eine Schnecke zur Gefährtin zu haben, so abstoßend sei, daß er es nicht mehr ertragen könne, sie anzusehen, denn er müsse immer nur an Schneckenschleim denken.

Seine Tante seufzte. »Dann hast du meine Weisheit nicht nötig«, sagte sie. »Du weißt bereits, daß, wenn du Salz auf eine Schnecke streust, es sie töten wird.«

Er starrte sie einen Moment lang an, und dann drehte er sich um und lief zur Tür hinaus.

Zuhause tat er so, als ob alles wie gewöhnlich wäre. Als es Nacht wurde, verschwand das Mädchen im Hof. Und als der Bauer das »Klong« hörte, stürzte er mit einem Becher Salz zum Wasserfaß ... doch die Schnecke war fort!

Verwirrt zog er sich langsam aus und ging zu Bett, und er wagte zu hoffen, daß seine Freunde unrecht hatten.

Kurz nach Mitternacht wurde er von einem Klopfen an der Tür geweckt. Das Mädchen stand auf der Schwelle!

Er vergaß vollkommen seinen früheren Verdacht und empfing es mit Freuden – doch das Mädchen wich mit einem Schaudern von ihm zurück. »Elender Mann!« sagte es, und seine Stimme drang ihm kalt ins Herz. »Ich bin nur gekommen, um mich von dir zu verabschieden.«

»Nein!« schrie er. »Sag das nicht!«

Tränen des Zorns und des Schmerzes stiegen in den Augen des Mädchens auf und strömten ihm übers Gesicht. »Ich bin zu dir gekommen, um dir zu helfen, weil du ein freundlicher, guter Mann warst; ich bat dich nur, es niemandem zu erzählen. Du hast das Versprechen gebrochen, und wegen deiner losen Zunge hast du dann versucht, mir etwas anzutun. Du hast meine freundlichen Dienste mit gemeiner Bosheit belohnt. Du hast das Band zwischen uns zerrissen, und es kann nicht wie ein zerrissenes Hemd wieder geflickt werden.«

Der Bauer kämpfte mit sich, das Mädchen um Verzeihung zu bitten, seine Entschuldigungen anzubieten, es anzuflehen zu bleiben, doch bevor er ein einziges Wort über die Lippen brachte, erkannte er, daß es zu spät war.

Es war verschwunden.

Der Bauer nahm sein einsames Leben wieder auf, kochte sich sein Essen und putzte das Haus und flickte seine eigenen Kleider, wenn er nicht auf dem Feld war, doch jetzt hatte er eine neue Beschäftigung. Zur Erinnerung an den Schneckengeist zog er viele Schneckenfamilien in seinem Wasserfaß auf und hoffte inständig, daß er eines Tages wieder ein fröhliches »Klong« in seinem Hof hören würde.

Falls dies geschah, hat er es natürlich niemandem erzählt.

Der Junge und der Hase

Irisch

Und hier ist noch eine Geschichte über ... das war vor vielen Jahren, als den Grundbesitzern, den Gages, die Insel gehörte. Sie brachten Freunde vom Festland zum Jagen mit auf die Insel. Du weißt schon – Enten schießen und Hasen schießen. Und Fasane und sowas gab's auch auf der Insel. Da war ganz schön was los. Und dann zogen sie gegen Norden, um Hasen zu schießen. Auf dem Weg dorthin trafen sie einen kleinen Jungen, und sie sagten ihm, sie hätten Hunde dabei, und: »Wenn du einen Ginsterbusch mit einem Hasen drin findest, sag's uns, und wir geben dir ein Halbkronenstück.«

Also damals war ein Halbkronenstück noch ein kleines Vermögen. Der kleine Junge ging nach Hause und erzählte seiner Oma von der ganzen Geschichte, und die sagte zu ihm: »Auf dem Weg gegen Norden ist ein kleiner Hügel, der Doads heißt. Du gehst rauf zum Doads und wartest, bis sie zurückkommen. Du kennst doch den Busch, den Ginster, der an der Straße wächst?« fragte sie und fügte hinzu: »Im Ginsterbusch findest du dann einen Hasen.« Der kleine Junge machte also, was sie gesagt hatte, und wartete. Aber er hatte seiner Oma vergessen zu erzählen, daß die Gages Hunde dabei hatten, um die Hasen zu jagen. Als die Jäger zurückkamen, zeigte ihnen der Junge, wo der Busch mit dem Hasen drin war. Und sie umstellten den Busch mit den Hunden, und der Hase sprang raus, und die Hunde hetzten hinterher. Der Hase rannte den Hügel runter, den ganzen Doads runter, wo die Kirche steht, und immer weiter runter und verschwand durch die Tür von der Oma des kleinen Jungen. Und als die Jäger endlich auch unten waren, bellten die Hunde wie verrückt, weil die Tür zu war. Und die Gages liefen hin und machten die Tür auf, und da saß die Oma völlig außer Atem am Feuer und japste, und der kleine Junge sagte zu ihr: »Alle Achtung, Oma, du warst schneller als die Hunde, und ich hab die halbe Krone.« Die Oma konnte sich nämlich in einen Hasen verwandeln, verstehst du? Das war also wieder so eine Geschichte.«

Der Liebste Roland

Deutsch

Es war einmal eine Frau, die war eine rechte Hexe und hatte zwei Töchter, eine häßlich und böse, und die liebte sie, weil sie ihre rechte Tochter war, und eine schön und gut, die haßte sie, weil sie ihre Stieftochter war. Zu einer Zeit hatte die Stieftochter eine schöne Schürze, die der anderen gefiel, so daß sie neidisch war und ihrer Mutter sagte, sie wollte und müßte die Schürze haben.

»Sei still, mein Kind«, sagte die Alte, »du sollst sie auch haben. Deine Stiefschwester hat längst den Tod verdient, heute Nacht, wenn sie schläft, so komm ich und haue ihr den Kopf ab. Sorge nur, daß du hinten ins Bett zu liegen kommst, und schieb sie recht vorne hin.«

Um das arme Mädchen war es geschehen, wenn es nicht gerade in einer Ecke gestanden und alles mitangehört hätte. Es durfte den ganzen Tag nicht zur Tür hinaus, und als Schlafenszeit gekommen war, mußte es zuerst ins Bett, damit sie sich hinten hinlegen konnte; als sie aber eingeschlafen war, da schob es sie sachte vorne hin und nahm den Platz hinten an der Wand. In der Nacht kam die Alte geschlichen, in der rechten Hand hielt sie eine Axt, mit der linken fühlte sie erst, ob auch jemand vorne lag, und dann faßte sie die Axt mit beiden Händen, hieb und hieb ihrem eigenen Kinde den Kopf ab.

Als sie fort gegangen war, stand auch das Mädchen auf und ging zu seinem Liebsten, der Roland hieß, und klopfte an seine Türe. Als er herauskam, sprach sie zu ihm: »Höre, liebster Roland, wir müssen eilig flüchten, die Stiefmutter hat mich totschlagen wollen, hat aber ihr eigenes Kind getroffen. Kommt der Tag, und sie sieht, was sie getan hat, so sind wir verloren.«

»Aber ich rate dir«, sagte Roland, »daß du erst ihren Zauberstab wegnimmst, sonst können wir uns nicht retten, wenn sie uns nachsetzt und verfolgt.«

Das Mädchen holte den Zauberstab, und dann nahm es den toten Kopf und tröpfelte drei Blutstropfen auf die Erde, einen vors Bett, einen in die Küche und einen auf die Treppe. Darauf eilte es mit seinem Liebsten fort.

Als nun am Morgen die alte Hexe aufgestanden war, rief sie ihrer Tochter und wollte ihr die Schürze geben, aber sie kam nicht. Da rief sie: »Wo bist du?«

»Ei, hier auf der Treppe, da kehr ich«, antwortete der eine Blutstropfen. Die Alte ging hinaus, sah aber niemand auf der Treppe und rief abermals: »Wo bist du?«

»Ei, hier in der Küche, da wärm ich mich«, rief der zweite Blutstropfen. Sie ging in die Küche, aber sie fand niemand. Da rief sie noch einmal: »Wo bist du?«

»Ach hier im Bette, da schlaf ich«, rief der dritte Blutstropfen. Sie ging in die Kammer ans Bett. Was sah sie da? Ihr eigenes Kind, das in seinem Blute schwamm und dem sie selbst den Kopf abgehauen hatte.

Die Hexe geriet in Wut, sprang ans Fenster, und da sie weit in die Welt schauen konnte, erblickte sie ihre Stieftochter, die mit ihrem Liebsten Roland fort eilte. »Das soll euch nichts helfen«, rief sie, »wenn ihr auch schon weit weg seid, ihr entflieht mir doch nicht.« Sie zog ihre Meilenstiefel an, in welchen sie mit jedem Schritt eine Stunde machte, und es dauerte nicht lange, so hatte sie beide eingeholt. Das Mädchen aber, wie es die Alte daher schreiten sah, verwandelte mit dem Zauberstab seinen Liebsten Roland in einen See, sich selbst aber in eine Ente, die mitten auf dem See schwamm. Die Hexe stellte sich ans Ufer, warf Brotbrocken hinein und gab sich alle Mühe, die Ente herbeizulocken, aber die Ente ließ sich nicht locken, und die Alte mußte abends unverrichteter Sache wieder umkehren.

Darauf nahm das Mädchen mit seinem Liebsten Roland wider die natürliche Gestalt an, und sie gingen die ganze Nacht weiter bis zum Tagesanbruch. Da verwandelte sich das Mädchen in eine schöne Blume, die mitten in einer Dornhecke stand, seinen Liebsten Roland aber in einen Geigenspieler. Nicht lange, so kam die Hexe herangeschritten und sprach zu dem Spielmann: »Lieber Spielmann, darf ich mir wohl die schöne Blume abbrechen?«

»O ja«, antwortete er, »ich will dazu aufspielen.«

Als sie nun mit Hast in die Hecke kroch und die Blume brechen wollte, denn sie wußte wohl, wer die Blume war, so fing er an aufzuspielen, und, sie mochte wollen oder nicht, sie mußte tanzen, denn es war ein Zaubertanz. Je schneller er spielte, desto gewaltigere Sprünge mußte sie machen, und die Dornen rissen ihr die Kleider vom Leibe, stachen sie blutig und wund, und da er nicht aufhörte, mußte sie so lange tanzen, bis sie tot liegen blieb.

Als sie nun erlöst waren, sprach Roland: »Nun will ich zu meinem Vater gehen und die Hochzeit bestellen.«

»So will ich derweil hierbleiben«, sagte das Mädchen, »und auf dich warten, und damit mich niemand erkennt, will ich mich in einen roten Feldstein verwandeln.«

Da ging Roland fort, und das Mädchen stand als ein roter Stein auf dem Felde und wartete auf seinen Liebsten. Als aber Roland heimkam, geriet er in die Fallstricke einer anderen, die es dahin brachte, daß er das Mädchen vergaß. Das arme Mädchen stand lange Zeit, als er aber endlich gar nicht wiederkam, so ward es traurig und verwandelte sich in eine Blume und dachte: »Es wird ja wohl einer daher gehen und mich umtreten.«

Es trug sich aber zu, daß ein Schäfer auf dem Felde seine Schafe hütete und die Blume sah, und weil sie so schön war, so brach er sie ab, nahm sie mit sich, und legte sie in seinen Kasten.

Von der Zeit ging es wunderlich in des Schäfers Hause zu. Wenn er morgens aufstand, so war schon alle Arbeit getan: die Stube war gefegt, Tisch und Bänke abgeputzt, Feuer auf dem Herd gemacht und Wasser getragen; und Mittags, wenn er heim kam, war der Tisch gedeckt und ein gutes Essen aufgetragen. Er konnte nicht begreifen, wie das zuging, denn er sah niemals einen Menschen in seinem Haus, und es konnte sich auch niemand in der kleinen Hütte versteckt haben. Die gute Aufwartung gefiel ihm freilich, aber zuletzt ward ihm doch angst, so daß er zu einer weisen Frau ging und sie um Rat fragte.

Die weise Frau sagte: »Es steckt Zauberei dahinter; gib einmal Morgens in aller Frühe acht, ob sich etwas in der Stube regt, und wenn du etwas siehst, es mag sein, was es will, so wirf schnell ein weißes Tuch darüber, dann wird der Zauber gehemmt.«

Der Schäfer tat, wie sie gesagt hatte, und am andern Morgen, eben als der Tag anbrach, sah er, wie sich der

Kasten auftat und die Blume herauskam. Schnell sprang er hinzu und warf ein weißes Tuch darüber. Alsbald war die Verwandlung vorbei, und ein schönes Mädchen stand vor ihm, das bekannte ihm, daß es die Blume gewesen wäre und seinen Haushalt bisher besorgt hätte. Es erzählte ihm sein Schicksal, und weil es ihm gefiel, fragte er, ob es ihn heiraten wollte, aber es antortete nein, denn es wollte seinem Liebsten Roland, obgleich er es verlassen hatte, doch treu bleiben: aber es versprach, daß es nicht weggehen, sondern ihm fernerhin Haus halten wollte.

Nun kam die Zeit heran, daß Roland Hochzeit halten sollte: da ward nach altem Brauch im Lande bekannt gemacht, daß alle Mädchen sich einfinden und zu Ehren des Brautpaars singen sollten. Das treue Mädchen, als es davon hörte, ward so traurig, daß es meinte, das Herz im Leib würde ihm zerspringen, und wollte nicht hingehen, aber die andern kamen und holten es herbei. Wenn aber die Reihe kam, daß es singen sollte, so trat es zurück, bis es allein noch übrig war, da konnte es nicht anders. Aber wie es seinen Gesang anfing und er zu Rolands Ohren kam, so sprang er auf und rief: »Die Stimme kenne ich, das ist die rechte Braut, eine andere begehr ich nicht.«

Alles, was er vergessen hatte und ihm aus dem Sinn verschwunden war, das war plötzlich in sein Herz wieder heimgekommen. Da hielt das treue Mädchen Hochzeit mit seinem Liebsten Roland, und war sein Leid zu Ende und fing seine Freude an.

Die Schlangenfrau

Japanisch

Im Hause eines Mannes, der um den Tod seiner Frau trauerte, erschien eine schöne Frau. Sie heirateten, und bald sollte ein Kind geboren werden.

Als die Zeit kam, bat die Frau ihren Mann, unter keinen Umständen hinzuschauen. Nachdem sie sich doppelt vergewissert hatte, ging sie in ihr Zimmer, um ihr Kind zur Welt zu bringen.

Der Mann aber machte sich große Sorgen und blickte heimlich hinein. Da sah er eine große Schlange, die sich um das Kind gewunden hatte. Er war verblüfft, doch er zog sich zurück und sagte nichts darüber.

Die Frau kam am siebten Tag heraus und trug einen reizenden kleinen Jungen, doch sie weinte bitterlich. Sie sagte, sie könne nicht länger bleiben, da ihre wahre Gestalt gesehen worden sei.

Sie schälte ihr linkes Auge heraus und gab es ihrem Mann. Sie sagte, er solle das Kind daran saugen lassen, wenn es schreie. Er versorgte das Kind, indem er es an dem Auge saugen ließ, doch nach einer Weile wurde das Auge kleiner, bis es ganz verschwand. Der Vater nahm sein Kind auf den Rücken und ging zu dem Teich in den Hügeln, um nach seiner Frau zu suchen. Die große Schlange erschien, nahm ihr anderes Auge heraus und gab es ihm. Sie verlangte, daß eine Glocke beim See aufgehängt und zur sechsten Stunde morgens und abends geläutet werde. Sie verbarg sich wieder im See. Der Vater brachte in dem Tempel beim Teich eine Glocke an und sorgte dafür, daß sie die Uhrzeit angab.

Als der Junge erwachsen wurde, erfuhr er von seiner

Geburt und ging zum Teich, um seine Mutter zu sehen. Sie erschien in menschlicher Gestalt als eine blinde Frau. Er nahm sie auf den Rücken und trug sie nach Hause und lebte mit ihr als ein pflichtbewußter Sohn.

Die Alte im Wald

Deutsch

Es fuhr einmal ein armes Dienstmädchen mit seiner Herrschaft durch einen großen Wald, und als sie mitten darin waren, kamen Räuber aus dem Dickicht hervor und ermordeten, wen sie fanden. Da kamen alle miteinander um bis auf das Mädchen, das war in der Angst aus dem Wagen gesprungen und hatte sich hinter einen Baum verborgen. Wie die Räuber mit ihrer Beute fort waren, trat es herbei und sah das große Unglück. Da fing es an bitterlich zu weinen und sagte: »Was soll ich armes Mädchen nun anfangen, ich weiß nicht aus dem Wald heraus zu finden, keine Menschenseele wohnt darin, so muß ich gewiß verhungern.«

Es ging herum, suchte einen Weg, konnte aber keinen finden. Als es Abend war, setzte es sich unter einen Baum, befahl sich Gott und wollte da sitzen bleiben und nicht weggehen, möchte geschehen, was immer wollte. Als es aber eine Weile da gesessen hatte, kam ein weißes Täubchen zu ihm geflogen und hatte ein kleines goldenes Schlüsselchen im Schnabel. Das Schlüsselchen legte es ihm in die Hand und sprach: »Siehst du dort den großen Baum, daran ist ein kleines Schloß, das schließ mit dem Schlüsselchen auf, so wirst du Speise genug finden und keinen Hunger mehr leiden.« Da ging es zu dem Baum und schloß ihn auf und fand Milch in einem kleinen Schüsselchen und Weißbrot zum Einbrocken dabei, daß es sich satt essen konnte. Als es satt war, sprach es: »Jetzt ist es Zeit, wo die Hühner daheim auffliegen, ich bin so müde, könnt' ich mich doch auch in mein Bett legen.«

Da kam das Täubchen wieder geflogen und brachte ein anderes goldenes Schlüsselchen im Schnabel und sagte: »Schließ dort den Baum auf, so wirst du ein Bett finden.« Da schloß es auf und fand ein schönes weiches Bettchen: da betete es zum lieben Gott, er möchte es behüten in der Nacht, legte sich und schlief ein.

Am Morgen kam das Täubchen zum drittenmal, brachte wieder ein Schlüsselchen und sprach: »Schließ dort den Baum auf, da wirst du Kleider finden.« Und wie es aufschloß, fand es Kleider mit Gold und Edelsteinen besetzt, so herrlich, wie sie keine Königstochter hat. Also lebte es da eine Zeit lang, und kam das Täubchen alle Tage und sorgte für alles, was es bedurfte, und war das ein stilles, gutes Leben.

Einmal aber kam das Täubchen und sprach: »Willst du mir etwas zuliebe tun?«

»Von Herzen gerne«, sagte das Mädchen.

Da sprach das Täubchen: »Ich will dich zu einem kleinen Häuschen führen, da geh hinein, mittendrin am Herd wird eine alte Frau sitzen und guten Tag sagen. Aber gib ihr beileibe keine Antwort, sie mag auch anfangen, was sie will, sondern geh zu ihrer rechten Hand weiter, da ist eine Türe, die mach auf, so wirst du in eine Stube kommen, wo eine Menge von Ringen allerlei Art auf dem Tisch liegt, darunter sind prächtige mit glitzerigen Steinen, die laß aber liegen und suche einen schlichten heraus, der auch darunter sein muß, und bring ihn zu mir her, so geschwind du kannst.«

Das Mädchen ging zu dem Häuschen und trat zu der Türe ein: da saß eine Alte, die machte große Augen, wie sie es erblickte und sprach: »Guten Tag, mein Kind.« Es gab ihr aber keine Antwort und ging auf die Tür zu. »Wo hinaus?« rief sie und faßte es beim Rock und wollte es festhalten, »das ist mein Haus, da darf niemand herein, wenn ichs nicht will.« Aber das Mädchen schwieg still, machte sich von ihr los und ging gerade in die Stube hinein. Da lag nun auf dem Tisch eine übergroße Menge von Ringen, die glitzerten und glimmerten ihm vor den Augen: es warf sie herum und suchte nach dem schlichten, konnte ihn aber nicht finden. Wie es so suchte, sah es die Alte, wie sie daher schlich und einen Vogelkäfig in der Hand hatte und damit fort wollte. Da ging es auf sie zu und nahm ihr den Käfig aus der Hand, und wie es ihn aufhob und hineinsah, saß ein Vogel darin, der hatte den schlichten Ring im Schnabel. Da nahm es den Ring und lief ganz froh damit zum Haus hinaus und dachte, das weiße Täubchen würde kommen und den Ring holen, aber es kam nicht. Da lehnte es sich an einen Baum und wollte auf das Täubchen warten, und wie es so stand, da war es, als wäre der Baum weich und biegsam und senkte seine Zweige herab. Und auf einmal schlangen sich die Zweige um es herum, und waren zwei Arme, und wie es sich umsah, war der Baum ein schöner Mann, der es umfaßte und herzlich küßte und sagte: »Du hast mich erlöst und aus der Gewalt der Alten befreit, die eine böse Hexe ist. Sie hatte mich in einen Baum verwandelt, und alle Tage ein paar Stunden war ich eine weiße Taube, und so lang sie den Ring besaß, konnte ich meine menschliche Gestalt nicht wieder erhalten.« Da waren auch seine Bediensteten und Pferde vom Zauber frei, die sie auch in Bäume verwandelt hatte, und standen neben ihm. Da fuhren sie fort in sein Reich, denn er war eines Königs Sohn, und sie heirateten sich und lebten glücklich.

Die Leopardenfrau

Liberia

Ein Mann und eine Frau gingen einmal durch den Busch. Die Frau hatte sich ihr Kind auf den Rücken gebunden, und sie gingen den holprigen Pfad entlang, der von Schlingpflanzen und Gestrüpp überwuchert war. Sie hatten nichts zu essen dabei, und mit der Zeit wurden sie sehr hungrig.

Als sie aus dem dichten Wald traten, kamen sie in eine grasbewachsene Ebene und stießen plötzlich auf eine Herde Buschkühe, die friedlich weideten.

Der Mann sagte zur Frau: »Du hast die Macht, dich verwandeln zu können, in was du willst. Verwandle dich jetzt in einen Leoparden und fang eine der Buschkühe, damit ich zu essen habe und nicht zu Grunde gehe.«

Die Frau sah ihren Mann vielsagend an und sagte: »Meinst du wirklich, was du sagst, oder machst du nur Spaß?«

»Ich meine, was ich sage«, sagte der Mann, denn er hatte großen Hunger.

Die Frau nahm das Kind vom Rücken und legte es auf den Boden. Haare wuchsen ihr aus Nacken und Körper. Sie ließ ihren Lendenschurz fallen, und ihr Gesicht veränderte sich. Ihre Hände und Füße verwandelten sich in Krallen. Und in wenigen Augenblicken stand ein wilder Leopard vor dem Mann und starrte ihn mit feurigen Augen an.

Der arme Mann erschrak fast zu Tode und kletterte so schnell er konnte auf einen Baum. Als er die Spitze beinah erreicht hatte, sah er, daß das arme kleine Kind schon fast im Rachen des Leoparden war, aber er fürchtete sich so sehr, daß er sich nicht dazu bringen konnte, herabzuklettern und es zu retten.

Als die Leopardenfrau sah, daß sie den Mann schön erschreckt hatte, lief sie zur Viehherde und tat, worum er sie gebeten hatte. Sie schnappte sich eine große junge Färse und zerrte sie zurück zum Baum. Der Mann, der immer noch so hoch oben war, wie er klettern konnte, schrie und bat kläglich, der Leopard möge sich wieder in seine Frau verwandeln.

Langsam ging das Haar zurück, und die Krallen verschwanden, bis schließlich die Frau wieder vor dem Mann stand. Aber er war immer noch so ängstlich, daß er sich nicht herunterzuklettern traute, bis er sah, daß sie ihre Sachen aufhob und sich das Kind wieder auf den Rücken band. Dann sagte sie zu ihm: »Verlange niemals wieder von einer Frau, die Arbeit eines Mannes zu tun.«

Frauen müssen sich um den Hof kümmern, Brotgetreide anbauen, fischen und so weiter, aber es ist die Aufgabe des Mannes, auf die Jagd zu gehen und für die Familie das Fleisch anzubringen.

Die drei Alten

Venedig

Es waren einmal drei Schwestern, die waren alle drei noch recht jung: die eine war siebenundsechzig, die andere fünfundsiebzig und die dritte vierundneunzig. Diese drei jungen Mädchen also hatten ein Haus mit einem schönen Balkon, und dieser Balkon hatte mitten im Boden ein Loch, durch das man die Leute sehen konnte, die auf der Straße unten vorbeigingen.

Die Vierundneunzigjährige sah einen schönen Jüngling kommen; rasch nahm sie ihr feinstes, am zartesten duftendes Tüchlein, und als der Jüngling unter dem Balkon durchging, ließ sie es fallen. Der Jüngling hob das Tüchlein auf, roch den zarten Duft und dachte bei sich: »Das muß ein wunderschönes Mädchen sein.« Er ging ein paar Schritte weiter, machte dann kehrt und läutete an dem Haus. Eine der drei Schwestern kam an die Tür, und der Jüngling fragte sie: »Bitte sehr, wohnt hier vielleicht eine junge Dame?«

»Gewiß, mein Herr, und nicht nur eine!«

»Tut mir einen Gefallen: Ich würde gern diejenige sehen, die dieses Tüchlein hier verloren hat.«

»Nein, das geht leider nicht«, erwiderte die Alte. »In diesem Haus ist es Brauch, daß eine noch Unverheiratete nicht gesehen werden darf.«

Dem Jüngling hatte die Vorstellung von der Schönheit des Mädchens schon so sehr den Kopf verdreht, daß er sagte: »Ja, ja, schon recht. Ich heirate sie, auch ohne sie vorher gesehen zu haben. Jetzt laufe ich zu meiner Mutter und sage ihr, daß ich eine wunderschöne junge Dame gefunden habe und sie heiraten möchte.«

Er lief nach Hause und erzählte seiner Mutter alles. Die sprach zu ihm: »Lieber Sohn, gib acht, was du tust, damit du nicht übers Ohr gehauen wirst. Überleg dir's gut, bevor du etwas unternimmst.«

Darauf er: »Ja, ja, schon recht. Das Wort eines Königs wird nicht zurückgenommen.« Denn dieser junge Mann war ein König.

Er ging zurück zum Haus seiner Braut, läutete und trat ein. Die Alte vom letzten Mal kam herbei, und er fragte sie: »Mit Verlaub, Ihr seid wohl die Großmutter?«

»Gewiß, gewiß, die Großmutter.«

»Wenn Ihr die Großmutter seid, so tut mir doch bitte einen Gefallen und zeigt mir wenigstens einen Finger von Eurer Enkelin.«

»Heute nicht. Kommt morgen wieder.«

Der Jüngling verabschiedete sich und ging. Kaum war er draußen, bastelten die drei Alten einen künstlichen Finger, der aus einem Handschuhfinger und einem wächsernern Nagel bestand. Unterdessen konnte der junge König vor lauter Begierde, diesen Finger zu sehen, die ganze Nacht nicht schlafen. Als es hell wurde, zog er sich an und eilte zu dem Haus.

»Gnädige Frau«, sagte er zu der Alten, »da bin ich. Ich bin gekommen, um den Finger von meiner Braut zu sehen.«

»Ja, ja«, sagte sie, »gleich, gleich. Ihr werdet ihn durch dieses Loch in der Türe sehen.«

Die Braut steckte nun den künstlichen Finger durch das Schlüsselloch. Der Jüngling sah, daß es ein wunderschöner Finger war, gab ihm einen Kuß und steckte ihm einen Diamantring an. Dann sagte er glühend verliebt zu der Alten: »Großmutter, Ihr müßt wissen, ich möchte so bald wie möglich heiraten, ich kann nicht mehr warten.«

Darauf sie: »Morgen schon, wenn Ihr wollt.«

»Gut! Ich heirate morgen. Das Wort eines Königs!«

Reich, wie sie waren, konnten sie die Hochzeit von einem Tag auf den andern ausrichten, ohne daß etwas fehlte, und am nächsten Tag machte sich die Braut mit Hilfe ihrer zwei Schwestern bereit. Es kam der König und sagte: »Da bin ich, Großmutter.«

»Wartet einen Moment, wir bringen sie Euch.«

Und die beiden Alten führten die dritte herbei, die unter sieben Schleiern verborgen war. »Denkt daran«, erinnerten sie den Bräutigam, »Ihr dürft sie nicht sehen, bevor Ihr nicht im Brautgemach seid!«

Sie begaben sich in die Kirche und heirateten. Dann wollte der König, daß man zum Festmahl schreite, aber die Alten erlaubten es nicht. »Ihr müßt wissen, die Braut ist nicht an diese Dinge gewöhnt.« Und so mußte der König sich fügen. Er konnte es kaum erwarten, daß es Abend wurde und er mit seiner Braut allein bleiben durfte. Doch die beiden Alten begleiteten die Braut ins Schlafzimmer und ließen ihn nicht herein, weil sie ihre Schwester erst ausziehen und ins Bett legen mußten. Schließlich aber trat der König ein, immer mit den beiden Alten im Schlepptau, und die Braut lag unter den Decken. Er begann sich auszuziehen, und die beiden Alten gingen hinaus, wobei sie das Licht fortnahmen. Aber er hatte sich in der Rocktasche eine Kerze mitgebracht. Die zündete er nun an, und was sah er? Eine verfallene und verschrumpelte alte Vettel!

Zuerst war er ganz starr und sprachlos vor Schreck. Dann packte ihn die Wut, und er wurde so wütend, daß er die Braut ergriff, sie in die Luft hob und aus dem Fenster warf.

Unter dem Fenster befand sich eine Weinlaube. Die Alte brach durch das Laubendach und blieb mit einem Zipfel ihres Nachthemds an einer Latte hängen.

In jener Nacht gingen nun drei Feen im Garten spazieren. Als sie an der Laube vorbeikamen, sahen sie die Alte dort baumeln. Bei dem unerwarteten Anblick brachen alle drei Feen in ein Gelächter aus und lachten so laut und so lange, daß sie am Ende Seitenstechen bekamen. Doch als sie schließlich genug gelacht hatten, sprach eine von ihnen: »Jetzt, da wir so viel auf ihre Kosten gelacht haben, muß sie zum Ausgleich etwas bekommen.«

»Gewiß, sie muß etwas bekommen«, sagt die eine der Feen. »Zauber, zauber: ich befehle, du sollst die schönste Jungfrau werden, die man je mit zwei Augen gesehen.«

»Zauber, zauber«, sprach die andere Fee, »ich befehle, du sollst einen wunderschönen Gatten bekommen, der dich innig liebt und dein Bestes will.«

»Zauber, zauber«, sprach die dritte, »ich befehle, du sollst dein Leben lang eine große Dame sein.«

Und damit verschwanden die drei Feen.

Sobald es hell wurde, wachte der König auf und erinnerte sich an alles. Um sich zu vergewissern, daß nicht nur alles ein böser Traum gewesen war, machte er das Fenster auf, um das Scheusal zu sehen, das er am Abend zuvor hinausgeworfen hatte. Was aber sah er da auf der Weinlaube sitzen? Eine wunderschöne Jungfrau. Er raufte sich die Haare.

»Ich Unseliger, was habe ich getan!« Er wußte nicht, wie er sie zu sich heraufziehen sollte; schließlich nahm er ein Laken aus dem Bett, warf ihr ein Ende zu, damit sie sich daran festhalten konnte, und zog sie herauf. Und als er sie bei sich im Zimmer hatte, begann er, glücklich und zugleich voller Gewissensbisse, sie um Verzeihung zu bitten. Die Braut verzieh ihm, und so lagen sie freudig beisammen.

Nach einer Weile hörten sie's klopfen. »Das ist die Großmutter«, sagte der König. »Herein!«

Die Alte trat ein und sah im Bett anstelle der vierundneunzigjährigen Schwester eine wunderschöne junge Frau liegen. Und diese wunderschöne junge Frau sprach zu ihr, als ob nichts wäre: »Clementina, bring mir bitte den Kaffee.«

Die Alte schlug sich eine Hand vor den Mund, um einen Überraschungsschrei zu ersticken; sie ließ sich nichts anmerken und holte den Kaffee. Doch kaum war der König fortgegangen, um sich seinen Geschäften zu widmen, lief sie zur Braut und fragte sie: »Aber wie kommt es, wie kommt es nur, daß du so jung geworden bist?«

Darauf die Braut: »Still, still, um Gottes willen! Wenn du wüßtest, was ich getan habe! Ich habe mich hobeln lassen!«

»Hobeln? Rasch, sag mir: Von wem? Ich will mich auch hobeln lassen.«

»Vom Schreiner!«

Die Alte lief sofort zum Schreiner. »Schreiner, wollt Ihr mich hobeln?«

Darauf der Schreiner: »Oje! Ihr seid schon so dürr wie eine Spindel! Wenn ich Euch hoble, geht Ihr ins Jenseits hinüber!«

»Macht Euch darum keine Gedanken.«

»Wie? Keine Gedanken machen? Und wenn ich Euch umbringe?«

»Ich sage Euch, macht Euch darum keine Gedanken. Ich gebe Euch einen Taler.«

Als er das Wort »Taler« hörte, überlegte der Schreiner sich's anders. Er nahm den Taler, sagte: »Legt Euch hier auf die Bank, ich werde Euch hobeln, soviel Ihr wollt«, und fing an, eine Backe zu hobeln.

Die Alte schrie auf.

»Was ist? Wenn Ihr schreit, wird's nichts werden.«

Sie drehte sich auf die andere Seite, und der Schreiner hobelte die andere Backe. Die Alte schrie nicht mehr – sie war bereits mausetot.

Von der anderen Alten hat man nie gehört, welches Ende sie genommen hat – ob sie ertrunken, abgestochen worden, in ihrem Bett oder sonstwo gestorben ist, man hat es nie herausbekommen.

Die Braut aber blieb allein im Haus mit dem jungen König, und sie sind immer glücklich gewesen.

Fünfter Teil

Hüterinnen der Jahreszeiten und der Elemente

Die ersten Menschen und der erste Mais

Nordamerika, indianisch

Vor langer Zeit lebte Klos-kur-beh, der Große Lehrer, im Land, in dem keine Menschen lebten. Eines Tages zur Mittagszeit kam ein junger Mann zu ihm und nannte ihn »Mutters Bruder«.

Als er vor Klos-kur-beh stand, sagte er: »Ich wurde aus dem Schaum der Gewässer geboren. Der Wind blies, und die Wellen schlugen sich zu Schaum. Die Sonne schien auf den Schaum und wärmte ihn, und die Wärme schuf Leben, und das Leben war ich. Sieh, ich bin jung und flink, und ich bin gekommen, um bei dir zu bleiben und dir bei allem, was du tust, zu helfen.«

An einem anderen Tag zur Mittagszeit kam eine junge Frau, stellte sich vor beide hin und nannte sie »meine Kinder«.

»Meine Kinder, ich bin gekommen, um bei euch zu bleiben, und habe Liebe mitgebracht. Ich will sie euch geben, und wenn ihr mich liebt und mir meinen Wunsch erfüllt, wird mich die ganze Welt lieben, selbst die Tiere. Kraft ist mein, und ich gebe sie dem, der mich bekommt. Auch Trost ist mein, denn wenn ich auch jung bin, wird meine Kraft doch auf der ganzen Erde zu spüren sein. Ich wurde aus der Schönen Pflanze der Erde geboren. Denn der Tau fiel auf das Blatt, und die Sonne wärmte den Tau, und die Wärme war Leben, und dieses Leben bin ich.«

Dann hob Klos-kur-beh die Hände zur Sonne und pries den Großen Geist. Danach wurden der Jüngling und das Mädchen Mann und Frau, und sie wurde die erste Mutter. Klos-kur-beh lehrte ihre Kinder und tat große Werke für sie. Als seine Werke getan waren, ging er fort, um im

Nordland zu leben, bis es Zeit für ihn wäre, zurückzukehren.

Der Menschen wurden immer mehr, bis es unzählige waren. Als eine Hungersnot ausbrach, machte sich die erste Mutter große Sorgen. Jeden Tag zur Mittagszeit verließ sie die Hütte ihres Mannes und blieb ihm fern, bis die Schatten lang waren. Ihr Mann, der sie von Herzen liebte, war traurig, weil sie sich sorgte. Eines Tages folgte er ihrer Fährte bis zur Furt des Flusses, und dort wartete er auf ihre Rückkehr.

Als sie kam und den Fluß zu durchwaten begann, sang sie, und solange ihre Füße im Wasser waren, schien sie froh zu sein. Der Mann sah etwas, das hinter ihrem rechten Fuß wie ein langes grünes Blatt nachzuschleifen schien. Als sie aus dem Wasser kam, bückte sie sich und warf das Blatt weg. Dann schien sie wieder bedrückt zu sein.

Der Mann folgte ihr nach Hause, während die Sonne unterging, und er bat sie, herauszukommen und sich die schöne Sonne anzuschauen. Als sie so nebeneinander standen, kamen sieben kleine Kinder an. Sie stellten sich vor das Paar, blickten in das Gesicht der Frau und sagten: »Wir haben Hunger, und die Nacht wird bald da sein. Wo ist das Essen?«

Tränen liefen über das Gesicht der Frau, als sie sagte: »Seid still, ihr Kleinen. In sieben Monden werdet ihr satt sein und nie mehr Hunger leiden.«

Ihr Mann streckte die Hand aus, wischte ihr die Tränen aus dem Gesicht und sagte: »Meine Frau, was kann ich tun, um dich glücklich zu machen?«

»Nichts anderes«, sagte sie, »nichts anderes macht mich glücklich.«

Dann ging der Mann nach Nordland, um Klos-kur-beh um Rat zu fragen. Beim Aufgehen der siebten Sonne kehrte er zurück und sagte: »O Frau, Klos-kur-beh hat mir gesagt, ich solle tun, worum du mich bittest.«

Die Frau freute sich und sagte: »Wenn du mich erschlagen hast, sollen zwei Männer meine Haare ergreifen und meinen Körper über ein Feld ziehen. Wenn sie in der Mitte angekommen sind, sollen sie meine Knochen vergraben. Dann müssen sie fortgehen. Wenn sieben Monate vergangen sind, sollen sie wieder zum Feld kommen und alles, was sie finden, einsammeln. Sag ihnen, sie sollen es essen. Es ist mein Fleisch. Einen Teil davon mußt du aufbewahren und wieder in die Erde tun. Meine Knochen kannst du nicht essen, aber du darfst sie verbrennen. Der Rauch wird dir und deinen Kindern Frieden bringen.«

Am nächsten Tag, als die Sonne aufging, erschlug der Mann seine Frau. Wie sie es angeordnet hatte, zogen zwei Männer ihren Körper über ein offenes Feld, bis nur noch ihre Knochen da waren, die sie in der Mitte des Feldes vergruben.

Als sieben Monde vergangen waren und der Mann wieder an den Ort kam, sah er, daß er voll schöner hoher Pflanzen stand. Er kostete die Frucht der Pflanze und fand sie süß. Er nannte sie Skar-mu-nal – Mais. Und an der Stelle, an der die Knochen seiner Frau vergraben worden waren, sah er eine Pflanze mit breiten Blättern, die bitter schmeckten. Er nannte sie Utar-mur-wa-yeh – Tabak.

Da waren die Menschen von Herzen froh und kamen zum Ernten. Aber als die Früchte alle gepflückt waren, wußte der Mann nicht, wie er sie verteilen sollte. So schickte er nach dem Großen Lehrer Klos-kur-beh um Rat.

Als Klos-kur-beh kam und die große Ernte sah, sagte er: »Jetzt sind die ersten Worte der ersten Mutter in Erfüllung gegangen, denn sie sagte, sie sei aus dem Blatt der Schönen Pflanze geboren. Sie sagte auch, daß die ganze Welt ihre Kraft spüren und alle Menschen sie lieben sollten. Und jetzt, da dies aus ihr geworden ist, gebt acht, daß der zweite Same der ersten Mutter stets bei euch ist, denn er ist ihr

Fleisch. Auch ihre Knochen sind zu eurem Nutzen gegeben worden. Verbrennt sie, und der Rauch wird euren Verstand erfrischen. Und da diese Dinge aus der Güte eines Frauenherzens gekommen sind, seht zu, daß ihr euch immer an sie erinnert. Denkt an sie, wenn ihr eßt. Denkt an sie, wenn der Rauch ihrer Knochen vor euch aufsteigt. Und weil ihr alle Brüder seid, teilt ihr Fleisch und ihre Knochen miteinander. Teilt alles gerecht auf, denn so erfüllt sich die Liebe der ersten Mutter.«

Die Gebieterin des Feuers

Sibirisch

Diese Geschichte begann vor langer Zeit, als alle Selkups in vier großen Zelten auf einem einzigen Lagerplatz lebten.

Eines Tages gingen die Männer in den Wald zur Jagd und ließen die Frauen und Kinder in den Zelten zurück. Am Ende von drei Tagen waren die Jäger noch immer nicht zurückgekehrt, und eine der Frauen kam aus ihrer Jurte, um Brennholz zu hacken. Sie trug Scheite in das Zelt, warf sie auf die Feuerstelle und zündete das Feuer an, dann setzte sie sich mit ihrem Kind an der Brust nahe ans Feuer. Bald knisterte das Feuer lustig, und die Mutter wärmte ihr Kind an seiner Glut.

Ganz plötzlich flog ein Funke auf, fiel auf das Kind und verbrannte es. Das Kind schrie vor Schmerz, und die Mutter sprang auf und war sehr böse auf das Feuer.

»Undankbares Feuer!« rief sie. »Ich gebe dir Scheite zum Brennen, und du tust meinem Kind weh. Du wirst nichts mehr von mir bekommen. Ich werde dich zerhacken, Wasser auf dich schütten und dich löschen.«

Sie legte das Kind in sein Bettchen und nahm eine Axt. Zuerst hackte sie auf die Flammen ein, und dann nahm sie einen Topf voll Wasser und schüttete es auf die brennende Glut.

»Nun versuch mal, jemanden zu verbrennen!« rief sie. »Ich hab dich gründlich ausgemacht; kein Funke ist geblieben.«

Das Feuer brannte nicht mehr. Es war jetzt dunkel im Zelt und so kalt, daß das Kind noch lauter heulte als zuvor. Die Mutter begann sich vor dem, was sie getan hatte, zu fürchten, und wollte das Feuer wieder anfachen; doch obwohl sie alles versuchte, blies und pustete, war all ihre Mühe vergeblich.

Als das Kind immer noch schrie, rannte sie zu ihren Nachbarn, um ein Licht zu holen. Doch in dem Augenblick, in dem sie die Zeltklappe öffnete, ging das Feuer im Herd ihrer Nachbarn aus und konnte nicht wieder entfacht werden. Das gleiche geschah in jedem Zelt, obwohl sie die Zeltklappe nur einen Spalt öffnete: In dem Augenblick, als sie erschien, zischten und rauchten die Feuer, und dann gingen sie ganz aus.

Alle ihre Verwandten schimpften sie aus, und eine alte Frau sagte zu ihr, sie habe offensichtlich die Gebieterin des Feuers beleidigt.

Die Mutter begann zu weinen über ihr Unglück: Es gab nun überall im Lager kein Feuer mehr, niemand konnte eines anzünden, und in allen Zelten war es dunkel und kalt.

»Komm, laß uns in dein Zelt gehen, Mädchen«, sagte die alte Frau. »Ich möchte sehen, was du getan hast, um die Gebieterin des Feuers so zu verärgern.«

Als sie wieder in ihr eigenes Zelt kam, schrie das Kind noch ärger als zuvor, und es war kälter als irgendwo anders im Lager. Die alte Frau nahm zwei Holzscheite und rieb sie aneinander und versuchte, ein Feuer anzuzünden; doch obwohl sie sich geduldig abmühte, ein Feuer zu entfachen, führte es zu nichts. Doch dann sah sie zu ihrer Überraschung, wie ein schwaches Licht auf der Feuerstelle erschien; sie beugte sich nieder und starrte angestrengt. Zuerst konnte sie kaum etwas sehen, weil es so dunkel war; dann allmählich erkannte sie die Gestalt einer alten Hexe, die dort kauerte. Während die Frau starrte, wurde das zerfurchte und welke Gesicht der alten Hexe leuchtend und rosig, und es schien zu glühen wie ein Feuer.

Und dann sprach die alte Hexe: »Versuche nicht, ein Feuer anzuzünden, denn es wird dir nicht gelingen. Die Herrin dieses Zeltes hat mich schwer beleidigt, und ich kann ihr nicht verzeihen. Sie hat auf meinen Kopf geschlagen und Wasser in mein Gesicht geschüttet.«

»Ich wußte doch, daß das törichte Mädchen etwas Böses getan hat«, sagte die alte Frau. »Bitte sei nicht zornig auf uns alle, Gebieterin des Feuers, das Mädchen ist jung und dumm und hat uns allen großes Leid gebracht. Gib uns Feuer, ich bitte dich.«

Die Gebieterin des Feuers schwieg, ungerührt von der Bitte der Frau. Nach einer langen Pause sprach sie endlich wieder: »Gut, ich werde euch Feuer geben unter einer Bedingung: Das dumme Mädchen muß mir seinen Sohn geben. Von dessen Herzen werde ich eine Flamme entfachen. So wird die junge Frau das Feuer immer achten und es nie wieder gedankenlos behandeln.«

Die alte Frau wandte sich an die junge Mutter und sagte: »Deinetwegen haben alle sieben Stämme der Menschen kein Feuer. Wie sollen sie überleben? Da hilft alles nichts: Das Urteil ist zwar hart, aber du mußt deinen Sohn aufgeben, um uns alle zu retten!«

Die Mutter weinte, sie bereute ihr unüberlegtes Handeln und war untröstlich über die Strafe, die sie dafür erleiden mußte. Doch da half alles nichts: Wenn die Stämme der Menschen gerettet werden sollten, mußte sie ihr Kind opfern. Und so tat sie es.

Als die junge Mutter ihr Kind aufgegeben hatte, stieg die

Gebieterin selbst über ihr auf wie eine riesige Flamme und sprach die folgenden Worte: »Wisset nun, o ihr Selkups, daß ihr niemals Feuer mit einem eisernen Werkzeug berühren dürft, es sei denn, ihr wäret in großer Not. Und dann müßt ihr zuerst um meine Erlaubnis bitten. Merkt euch meine Worte gut.«

Dann berührte sie die Scheite mit ihren Fingerspitzen und entfachte sie. Sogleich schossen die Flammen empor und wirbelten höher und höher, bis zum Dach des Himmels, und die Gebieterin des Feuers riß das Kind an sich und verschwand mit ihm in den Flammen. Und weder sie noch das Kind wurde je wieder gesehen.

»Heute ist eine Legende geboren«, sagte die alte Frau zu der trauernden Mutter. »Von Mund zu Mund wird die Geschichte getragen werden, wie ein Feuer vom Herzen deines Kindes entzündet wurde. Und das geschah, um die Stämme der Selkups zu retten.«

Anansi und der verborgene Garten

Afro-karibisch

Der Garten gehört der alten Schwester Hexe. Niemand soll diesen Garten sehen. Aber Anansi hört andauernd von dem Garten, der auf Steinen wächst. »Es ist der prächtigste Garten auf der ganzen Welt«, flüstern die Leute Anansi zu. »Wenn überhaupt, dann darf höchstens ein einziger Fremder den Garten jemals sehen«, flüstern sie auch.

Anansi macht sich allein auf den Weg, um den Garten zu finden.

Anansi findet sich in einer Steinwüste wieder. Und er klettert auf einen Berg aus Steinen. Beim Klettern schnauft Anansi wie ein Pferd, das viel zu ziehen hat. Auf dem flachen Gipfel des Berges breitet sich der Garten bis zum blauen Himmel aus. Anansi ist starr vor Staunen. Er wundert sich.

»Wie wahr! Dies ist der herrlichste Garten auf Erden!« flüstert Anansi sich selbst zu. »Der Garten gedeiht, trägt Früchte, blüht und wächst! Schau dir die dicksten Gemüse an! Schau dir die glänzenden Früchte und leuchtenden Blumen an! Schau dir den Garten in all seinen Rot-, Orange- und Brauntönen, in seinem Gelb und Lila an!«

Anansi geht am Rand des Gartens spazieren. Anansi kann es nicht lassen, immer wieder mit sich selbst zu reden. »Was für ein Garten mit all dem dicken Gemüse! Was für ein Garten mit all seinen Blumen, an denen man sich nicht satt sehen kann! Was für ein Garten mit all seinen Obstbäumchen, die blühen und reifen! Was für ein Garten in seiner süß duftenden Fülle!«

Anansi bückt sich. Er untersucht den steinigen Boden. Wurzeln haben sich in die Tiefe gegraben, unter Steinen verborgen, die wie sanfte Erdhügel aussehen.

Anansi richtet sich auf. Er betrachtet verwundert den bunten Garten im hellen Sonnenschein. Anansi flüstert: »Sonnenschein schlägt Wurzeln. Sonnenschein schlägt Wurzeln und wächst wie ein Garten.«

Anansi dreht sich um. Er geht den steinigen Berg wieder hinunter und singt:

Sonnenschein auf Steinen verkleidet sich wie Garten.
Sonnenschein auf Steinen verkleidet sich wie Garten.
Samen bekommen Flügel im Wind.
Samen bekommen Flügel im Wind.
Fang sie, steck sie ein, pflanz sie hinterm Haus, Oh!
Stück-Stück Glück kommt still in einem-einem.
Windsamen lassen Steinland wachsen!
Oh, fang sie, steck sie ein, pflanz sie hinterm Haus.
Oh, fang sie, steck sie ein, pflanz sie hinterm Haus.
Sonnenschein auf Steinen verkleidet sich wie Garten, Oh!

Anansi hört auf zu singen. Und während er so dahingeht, denkt er wieder, wie prächtig und reich und bunt der Garten ist.

Anansi fängt an zu denken, der Garten müsse ihm gehören. Er fängt an zu fühlen, wie es sich anfühlt, den Garten zu haben. Anansi fängt an, sich auszurechnen, was der Garten für ihn tun kann. Er rechnet sich aus, daß der Garten ihm Berge von Ruhm einbringen könnte. Und in der Hitze des Tages könnte er sich in dem wunderschönen Garten in den Schatten legen. Dort könnte er bleiben, den Vögeln beim Singen zuhören und einschlafen.

»Alte Schwester Hexe braucht nichts Schönes!« sagt Anansi laut. Dann lacht Anansi ein komisches, aufgeregtes Lachen. Im Innern spürt er jetzt, weiß er, daß der verborgene Garten ihm – Anansi – gehören wird!

Aber Anansi erinnert sich: Niemand kann ihr den Garten einfach wegnehmen. Zum einen hat der Garten einen Gärtnermeister. Er kümmert sich um den Garten. Er ist auch der Wächter des Gartens. Und außerdem ist Geheimnisvolles am Werk im Garten, das sich nicht erklären läßt. Alles, was aus dem Garten gestohlen wird, macht den Esser krank, bis der Räuber gefunden wird. Und was ganz-ganz wichtig ist – da ist das Flötenspiel des Gärtnermeisters, der mit einem Stock umhergeht, der größer ist als er selber.

Mit diesem Stock, der neben ihm liegt, sitzt der Gärtnermeister jeden Abend bei Sonnenuntergang auf einem bequemen Steinhaufen. Wie er so dasitzt, spielt er dem Garten auf seiner Flöte vor. Er schenkt dem Garten seine Musik, bis ihn die Dunkelheit einhüllt. Wenn die Flöte spielt, kommt die alte Schwester Hexe und hört zu. Ganz in Rot gekleidet, kriecht die alte Schwester Hexe unsichtbar in den Garten. Manchmal lauscht sie nur und geht wieder weg.

An anderen Tagen beginnt sie sofort auf einem flachen Stein in der Mitte des Gartens zu tanzen. Aber es gibt eine wichtig-wichtige Regel – weißt du –, die eingehalten werden muß.

Der Gärtnermeister darf nie-nie länger als eine bestimmte Zeit spielen. Wenn der Gärtnermeister länger als eine bestimmte Zeit spielt, kann er nie mehr aufhören. Und wenn die alte Schwester Hexe zufällig tanzt, kann auch sie nie mehr damit aufhören.

Anansi geht zu seinem Sohn. »Tacuma«, sagt er, »geh und sag Bruder Amsel-Sing-Sing, er soll neun Amsel-Sing-Sing-Vettern zusammenrufen. Ich will, daß sie etwas ganz-ganz Schlaues machen. Ich will, daß sie sich verstecken, lauschen und die Flötenmusik des Gärtnermeisters ganz-ganz genau lernen. Ich will, daß sie auch das kleinste-kleinste bißchen lernen und sich einprägen.«

Das Amselvolk flattert heran und lauscht heimlich, wie es Anansi will. Bruder Amsel-Sing-Sing und seine Vettern haben ein feines Gehör. Sie nehmen schnell-schnell jeden Ton der Flötenmusik des Gärtnermeisters in sich auf.

Anansi schickt dem Gärtnermeister eine Nachricht. Mit der Nachricht lädt er den Gärtnermeister zum Essen ein. Und Anansi geht und holt den Gärtnermeister selbst ab. Weil er dem Gärtnermeister nämlich eine Falle stellt. Hör nur, was dieser Anansi sagt: »Ach, Herr Gärtnermeister, ich bin gerade hier vorbeigegangen. Und mein gutes Gedächtnis sagt mir, daß wir zusammen essen wollten. Und wie du weißt, ist Bruder Anansi kein Mann, der es ohne ein bißchen freundliche Gesellschaft lange aushält. Also bin ich gekommen, um dich abzuholen.«

Der Gärtnermeister geht mit seinem Stock, der größer ist als er selbst, neben Anansi zum Haus von Anansi. Und genau in diesem Augenblick ist Anansis Sohn Tacuma auf dem Weg zum verborgenen Garten.

Schnell-schnell. Tacuma holt Früchte aus dem Garten. Die Sonne geht unter. Das Amselvolk kommt und sitzt auf dem Steinhaufen des Gärtnermeisters. Das Amselvolk beginnt, dem Garten das Flötenspiel des Gärtnermeisters vorzusingen.

Das Vogelvolk singt in Dreiergruppen. Wenn eine Gruppe aufhört, fängt die andere Gruppe an – schlau-schlau. So singt das Vogelvolk die Musik des Gärtnermeisters immer weiter und weiter – genau-genau. Mit wirklich süßen Flötentönen singt das Amselvolk für den Garten. Flötenmusik erfüllt den Garten und den ganzen Abendsonnenuntergang, süßer als sie der Gärtnermeister selbst spielte.

Ganz in Rot gekleidet – langsam-langsam – kommt die alte Schwester Hexe in den Garten gekrochen. Auf ihrem flachen Stein beginnt die alte Schwester Hexe zu tanzen – langsam-langsam. Ihr langer roter Rock schwingt zuerst ein bißchen. Der Rock beginnt schneller zu schwingen. Dann fängt der Rock an zu wirbeln und zu wirbeln. Vom Kopf bis zu den Zehen, die Arme weit ausgebreitet, dreht und dreht und dreht sich die alte Schwester Hexe. Die Dunkelheit senkt sich auf den Garten. In der Dunkelheit dreht sich die alte Schwester Hexe schnell wie ein Karussell.

Als letzter singt Bruder Sing-Sing allein und übernimmt die Flötenmusik. Während Bruder Sing-Sings Stimme durch den Garten weht, fällt die alte Schwester Hexe tot um – fällt in einem Haufen roter Kleider zusammen. Im Haus von Anansi ißt der Gärtnermeister allein von den gestohlenen Früchten aus dem Garten. Und zur selben Zeit wie die alte Schwester Hexe fällt auch der Gärtnermeister tot um.

Anansi hat viel zu tun. Anansi paßt auf, daß die alte Schwester Hexe und der Gärtnermeister so weit voneinander entfernt wie möglich begraben werden. Er paßt auf, daß der Stock des Gärtnermeisters mit ihm begraben wird.

Dann hopst Anansi herum. Tanzend singt er:

Sonnenschein auf Steinen verkleidet sich wie Garten.
Fang sie, steck sie ein, pflanz sie hinterm Haus, Oh!

Anansi macht Pläne für ein großes Fest für sich, seine Familie und Freunde. Er macht Pläne, wie er Bruder Hund, Bruder Schwein und Bruder Esel im Garten arbeiten lassen kann.

Am nächsten Tag, früh-früh, macht sich Anansi auf den Weg mit Hund, Schwein, Esel und anderen, um den verborgenen Garten anzuschauen. Sie kommen zum Garten. Anansi traut seinen Augen nicht. Jede Frucht, jedes Gemüse, jede Blume und Blüte sind vertrocknet. Jedes Blatt ist zusammengeschrumpft und gekräuselt. Anansi flüstert: »Der ganze Garten ist vertrocknet. Der verborgene Garten ist tot. Tot! Wirklich tot!« Und er singt:

Whai-o, Geschichte aus, Oh!
Whai-o, Geschichte aus, Oh.
Der Garten tot.
Der Garten tot.
Der Garten tot, Oh!

Alle sind traurig. Auch die Leute, die den Garten nie gesehen haben, sind traurig, sehr traurig. »Das darf nie wieder passieren«, sagen die Leute.

Niemand mag Leute, die andern böse Streiche spielen.

Johnny, zieh das Messer raus

Irisch, mündliche Überlieferung

Es heißt immer, und das ist eine Tatsache – erst kommen drei sehr große Wellen, dann ist es ruhig, und dann kommen drei kleine Wellen. Immer in Dreiern. An der Westküste, wo ich Leute kenne, kommt alles siebenmal hintereinander. Zuerst sieben sehr große Wellen, dann sieben kleinere. Aber hier oben, in diesem Teil der Welt, kriegt man immer drei sehr große. Es heißt, wenn man davon erwischt wird – also auf der anderen Seite der Insel, wo es große Felsenriffe gibt, die wir »Bogen« nennen –, wenn du also mit jemand sprichst, der sagt, er habe einen »Bogen« brechen sehen, meint er eigentlich, daß er gesehen hat, wie sich die hohen Wellen an einem der Riffe brechen.

Auf der anderen Seite der Insel war also ein Bogen, und drei Fischer waren auf See und fischten, und statt um diesen Bogen herumzurudern, beschlossen sie, unten durchzufahren. Eine Abkürzung. Wie ich schon sagte, kommen die Wellen immer in Dreiern, drei große und drei kleine, aber irgendwie verzählten sie sich, und es heißt, wenn man sich verzählt, kann man sich auf eine bestimmte Weise retten. Wenn das Meer einen überwältigt – was es ja tut, wenn eine sehr große Welle kommt –, wenn du dann ein Taschenmesser dabei hast, irgendwas Scharfes aus Stahl, weißt du, etwas, was ins Fleisch dringt, und mitten in die Welle hinein schleuderst, dann bist du in Sicherheit.

Diese drei Männer waren also draußen beim Fischen, auf der anderen Seite der Insel, und sie hatten sich verrechnet, und statt drei große Wellen zu zählen, zählten sie nur zwei. Da waren sie also unter dem Riff, und sie sahen, wie die dritte Welle anrollte, und merkten, daß sie sich verrechnet hatten, und wußten, daß sie überwältigt würden. Deshalb sagte John zu seinem Vater (im Boot waren Vater, Sohn und Nachbar): »Wir sind erledigt. Hier kommen wir nicht raus. Rudern hat keinen Sinn. Wir kommen nicht raus.« Und der Vater sagte zu ihm: »Doch, doch, ruder drauflos!« Der Vater saß am Steuer, und die See stürzte auf sie zu, und das Boot lag davor, und sie konnten es unmöglich schaffen. Deshalb sagte der Vater: »Macht euch keine Sorgen, es wird alles gutgehen.« Und er steckte die Hand in die Hosentasche und nahm sein Messer raus und öffnete es, und gerade, als die See ihn überwältigen wollte, schmiß er das Messer mitten in die Welle hinein, und sie rollte einfach an ihnen vorbei, und sie waren in Sicherheit. Aber als die Welle vorbeirollte, tauchte hinter ihr eine Frau auf, und gerade als die Welle vorbeirollte (die Frau erschien, und das Messer stak in ihrer Brust), sagte sie zum Vater: »Johnny«, sagte sie, »zieh das Messer raus.« Und er sagte: »Tu ich nicht.« Und sie sagte: »John, zieh das Messer raus.« Und er sagte: »Tu ich nicht.«

Die Sache ging also gut aus. Der Vater fuhr nicht mehr aufs Meer, und deshalb erklärte er alles seinem Sohn – daß die nächste Welle sie erwischt hätte. Er sagte also zu ihm, er könne nicht zurück, weil ihm sonst im Boot ein Unglück geschähe, daß er nur die eine Chance gehabt hätte, und er habe sie ergriffen, er habe sein Glück verwirkt und könne es nicht noch einmal tun. Dafür müsse er zahlen. Wäre er wieder aufs Meer gefahren, heißt es, wäre das Boot vielleicht gekippt, oder das Meer hätte sie sich geholt, und darum wollte er nicht mehr hinaus.

Also, wenn so etwas passiert, so heißt es, soll man sein Messer rausziehen und es mitten in die Welle schleudern. Man rettet sich und alle anderen im Boot, aber es ist eine Buße zu zahlen – du mußt das Fischen lassen.

Die Schneetochter und der Feuersohn

Isländisch

Vor langer Zeit waren einmal ein Mann und seine Frau, und sie hatten keine Kinder, was ihnen großen Kummer bereitete. An einem Wintertag, als die Sonne strahlend schien, stand das Paar vor seiner Hütte, und die Frau betrachtete all die kleinen Eiszapfen, die vom Dach herabhingen. Sie seufzte und sagte zu ihrem Mann: »Ich wünschte, ich hätte so viele Kinder wie die Eiszapfen, die da hängen.«

»Nichts würde auch mich glücklicher machen«, erwiderte ihr Mann.

Da löste sich ein winziger Eiszapfen vom Dach und fiel in den Mund der Frau, die ihn lächelnd verschluckte und sagte: »Vielleicht werde ich jetzt ein Schneekind gebären!« Ihr Mann lachte über den seltsamen Einfall seiner Frau, und sie gingen zurück ins Haus.

Doch nach kurzer Zeit gebar die Frau ein kleines Mädchen, das war so weiß wie Schnee und so kalt wie Eis. Wenn sie das Kind irgendwo in die Nähe des Feuers brachten, schrie es laut, bis sie es wieder an einen kühlen Platz trugen. Das kleine Mädchen gedieh prächtig, und nach ein paar Monaten konnte es umherlaufen und sprechen. Doch es war nicht ganz einfach, es großzuziehen, und es machte seinen Eltern viel Kummer und Sorgen, denn es wollte den ganzen Sommer im Keller verbringen, und im Winter wollte es draußen im Schnee schlafen, und je kälter es war, um so glücklicher schien das Mädchen zu sein. Ihr Vater und ihre Mutter nannten sie schlicht »Unsere Schneetochter«, und dieser Name blieb ihr fürs ganze Leben.

Eines Tages saßen ihre Eltern beim Feuer und sprachen über das ungewöhnliche Benehmen ihrer Tochter, die sich in dem Schneesturm vergnügte, der draußen wütete. Die Frau seufzte tief und sagte: »Ich wünschte, ich hätte einen Feuersohn geboren!« Als sie diese Worte aussprach, flog ein Funke von dem großen Holzfeuer in den Schoß der Frau, und sie sagte lachend: »Jetzt werde ich vielleicht einen Feuersohn gebären!« Der Mann lachte über die Worte seiner Frau und dachte, das sei ein guter Witz. Aber er merkte, daß es kein Scherz war, als seine Frau kurz danach einen Jungen gebar, der vor Vergnügen quietschte, wenn man ihn ganz dicht zum Feuer brachte, und der sich fast die Lunge aus dem Hals schrie, wenn die Schneetochter irgendwo in seine Nähe kam. Die Schneetochter selbst mied ihn, so gut sie konnte, und kroch immer in eine möglichst weit von ihm entfernte Ecke. Die Eltern nannten den Jungen einfach »Unser Feuersohn«, ein Name, der ihm sein ganzes Leben lang blieb. Sie hatten auch mit ihm viel Kummer und Sorgen; doch er gedieh und wuchs sehr schnell, und bevor er ein Jahr alt war, konnte er umherlaufen und sprechen. Er war so rot wie Feuer und ebenso heiß, wenn man ihn berührte, und er saß immer am Ofen, ganz nah beim Feuer, und klagte über die Kälte; wenn seine Schwester im Zimmer war, kroch er fast in die Flammen, während das Mädchen ihrerseits immer über die große Hitze klagte, wenn ihr Bruder irgendwo in der Nähe war. Im Sommer lag der Junge immer draußen in der Sonne, während das Mädchen sich im Keller versteckte; so geschah es, daß die Geschwister nur sehr wenig miteinander in Berührung kamen, und sie vermieden es auch nach Möglichkeit.

Als das Mädchen eben zu einer schönen Frau herangewachsen war, starben die Eltern beide kurz nacheinander. Da sagte der Feuersohn, der inzwischen zu einem ansehnlichen, kräftigen jungen Mann herangewachsen war, zu seiner Schwester: »Ich gehe hinaus in die Welt, denn wozu sollte ich noch hierbleiben.«

»Ich werde mit dir gehen«, erwiderte sie, »denn außer dir habe ich niemanden auf der Welt, und ich habe das Gefühl, daß wir, wenn wir zusammen fortgehen, Glück haben werden.«

Der Feuersohn sagte: »Ich liebe dich von ganzem Herzen, doch gleichzeitig friere ich immer, wenn du in meiner Nähe bist, und du stirbst fast vor Hitze, wenn ich mich dir nähere! Wie sollen wir zusammen reisen, ohne einander verhaßt zu sein?«

»Mach dir deshalb keine Sorgen«, erwiderte das Mädchen, »denn ich habe über alles nachgedacht und habe eine Möglichkeit gefunden, wie wir beide einander ertragen können! Sieh, ich habe für jeden von uns einen Pelzmantel machen lassen, und wenn wir die Mäntel anziehen, werde ich die Hitze nicht so sehr spüren und du die Kälte nicht.« Also zogen sie ihre Pelzmäntel an und machten sich vergnügt auf den Weg, und zum ersten Mal in ihrem Leben waren sie sehr glücklich, zusammenzusein.

Lange Zeit wanderten der Feuersohn und die Schneetochter durch die Welt, und als sie zu Anfang des Winters zu einem großen Wald gelangten, beschlossen sie, bis zum Frühling dort zu bleiben. Der Feuersohn baute sich eine Hütte, in der er immer ein riesiges Feuer brennen ließ, während seine Schwester, nur ganz leicht bekleidet, Tag und Nacht draußen blieb. Nun geschah es eines Tages, daß der König des Landes eine Jagd in diesem Wald veranstaltete, und er sah die Schneetochter im Freien umherwandern. Er hätte gar zu gerne gewußt, wer das schöne Mädchen in so leichten Kleidern sein könnte, und er hielt an und sprach mit ihm. Bald erfuhr er, daß es keine Hitze aushielt und daß sein Bruder keine Kälte ertrug. Der König war so bezaubert von der Schneetochter, daß er sie bat, seine Frau zu werden. Das Mädchen willigte ein, und die Hochzeit wurde mit viel Prunk gefeiert. Der König ließ für seine Frau ein riesiges Haus aus Eis unter der Erde bauen, so daß es selbst im Sommer nicht schmolz. Für seinen Schwager hingegen ließ er ein Haus mit riesigen Öfen rund herum bauen, die Tag und Nacht geheizt wurden. Der Feuersohn war begeistert, doch die unaufhörliche Hitze, in der er lebte, machte seinen Körper so heiß, daß es gefährlich war, ihm nahe zu kommen.

Eines Tages gab der König ein großes Festmahl und lud auch seinen Schwager ein. Der Feuersohn erschien erst, als alle anderen Gäste versammelt waren, und als er eintrat, flohen alle hinaus ins Freie, so intensiv war die Hitze, die er ausstrahlte.

Da war der König sehr zornig und sagte: »Wenn ich gewußt hätte, wie viel Ärger du verursachen würdest, hätte ich dich nie in mein Haus genommen.« Und der Feuersohn erwiderte lachend: »Sei nicht böse, lieber Bruder! Ich liebe die Hitze, und meine Schwester liebt die Kälte. Komm her und laß dich von mir umarmen, und dann geh ich sofort nach Hause.« Und bevor der König Zeit hatte zu antworten, schloß der Feuersohn ihn fest in seine Arme. Der König schrie laut auf vor Qual, und als seine Frau, die Schneetochter, die vor ihrem Bruder in das nächste Zimmer geflohen war, zu ihm eilte, lag der König tot am Boden, zu Asche verbrannt. Als die Schneetochter das sah, warf sie sich auf ihren Bruder.

Da begann ein Kampf, wie man ihn auf Erden nie zuvor gesehen hatte. Als die Leute, von dem Lärm angezogen, herbeieilten, sahen sie die Schneetochter zu Wasser schmelzen und den Feuersohn zu Asche verbrennen. Und so endeten die unglücklichen Geschwister.

Frau Holle

Deutsch

Eine Witwe hatte zwei Töchter, davon war eine schön und fleißig, die andere häßlich und faul. Sie hatte aber die häßliche und faule, weil sie ihre rechte Tochter war, viel lieber, und die andere mußte alle Arbeit tun und der Aschenputtel im Hause sein. Das arme Mädchen mußte sich täglich auf die große Straße bei einem Brunnen setzen und mußte so viel spinnen, daß ihm das Blut aus den Fingern sprang. Nun trug es sich zu, daß die Spule einmal ganz blutig war, da bückte es sich damit in den Brunnen und wollte sie abwaschen: sie sprang ihm aber aus der Hand und fiel hinab. Es weinte, lief zur Stiefmutter und erzählte ihr das Unglück. Sie schalt es aber so heftig und war so unbarmherzig, daß sie sprach: »Hast du die Spule hinunterfallen lassen, so hol sie auch wieder herauf.«

Da ging das Mädchen zu dem Brunnen zurück und wußte nicht, was es anfangen sollte: und in seiner Herzensangst sprang es in den Brunnen hinein, um die Spule zu holen. Es verlor die Besinnung, und als es erwachte und wieder zu sich selber kam, war es auf einer schönen Wiese, wo die Sonne schien und viel tausend Blumen standen.

Auf dieser Wiese ging es fort und kam zu einem Backofen, der war voller Brot; das Brot aber rief: »Ach, zieh mich raus, zieh mich raus, sonst verbrenn ich: ich bin schon längst ausgebacken.« Da aber trat es herzu und holte mit dem Brotschieber alles nach einander heraus. Danach ging es weiter und kam zu einem Baum, der hing voll Äpfel, und rief ihm zu: »Ach schüttel mich, schüttel mich, wir Äpfel sind alle miteinander reif.« Da schüttelte es den Baum, daß die Äpfel fielen, als regneten sie, und schüttelte bis keiner mehr oben war; und als es alle in einen Haufen zusammengelegt hatte, ging es wieder weiter.

Endlich kam es zu einem kleinen Haus, daraus guckte eine alte Frau, weil sie aber so große Zähne hatte, ward ihm angst, und es wollte fortlaufen. Die alte Frau aber rief ihm nach: »Was fürchtest du dich, liebes Kind? Bleib bei mir, wenn du alle Arbeit im Hause ordentlich tun willst, so soll dirs gut gehn. Du mußt nur achtgeben, daß du mein Bett gut machst und es fleißig ausschüttelst, daß die Federn fliegen, dann schneit es in der Welt; ich bin die Frau Holle.«

Weil die Alte ihm so gut zusprach, so faßte sich das Mädchen ein Herz, willigte ein und begab sich in ihren Dienst. Es versorgte auch alles nach ihrer Zufriedenheit, und schüttelte ihr das Bett immer gewaltig, auf daß die Federn wie Schneeflocken umher flogen; dafür hatte es auch ein gut Leben bei ihr, kein böses Wort, und alle Tage Gesottenes und Gebratenes.

Nun war es eine Zeitlang bei der Frau Holle, da ward es traurig und wußte anfangs selbst nicht, was ihm fehlte, endlich merkte es, daß es Heimweh war; ob es ihm hier gleich viel tausendmal besser ging als zu Haus, so hatte es doch ein Verlangen dahin. Endlich sagte es zu ihr: »Ich habe den Jammer nach Haus kriegt, und wenn es mir auch noch so gut hier unten geht, so kann ich doch nicht länger bleiben, ich muß wieder hinauf zu den Meinigen.«

Die Frau Holle sagte: »Es gefällt mir, daß du wieder nach Hause verlangst, und weil du mir so treu gedient hast, so will ich dich selbst wieder hinauf bringen.«

Sie nahm es darauf bei der Hand und führte es vor ein großes Tor. Das Tor ward aufgetan, und wie das Mädchen gerade darunter stand, fiel ein gewaltiger Goldregen, und alles Gold blieb an ihm hängen, so daß es über und über davon bedeckt war. »Das sollst du haben, weil du so fleißig gewesen bist«, sprach die Frau Holle und gab ihm auch die Spule wieder, die ihm in den Brunnen gefallen war. Darauf ward das Tor verschlossen, und das Mädchen befand sich oben auf der Welt, nicht weit von seiner Mutter Haus: und als es in den Hof kam, saß der Hahn auf dem Brunnen und rief:

Kikeriki,
unsere goldene Jungfrau ist wieder hie.

Da ging es hinein zu seiner Mutter, und weil es so mit Gold bedeckt ankam, ward es von ihr und der Schwester gut aufgenommen.

Das Mädchen erzählte alles, was ihm begegnet war, und als die Mutter hörte, wie es zu dem großen Reichtum gekommen war, wollte sie der andern, häßlichen und faulen Tochter gerne dasselbe Glück verschaffen. Sie mußte sich an den Brunnen setzen und spinnen; und damit ihre Spule blutig ward, stach sie sich in die Finger und stieß sich die Hand in die Dornhecke. Dann warf sie die Spule in den Brunnen und sprang selber hinein.

Sie kam, wie die andere, auf die schöne Wiese und ging

auf demselben Pfade weiter. Als sie zu dem Backofen gelangte, schrie das Brot wieder: »Ach, zieh mich raus, zieh mich raus, sonst verbrenn ich, ich bin schon längst ausgebacken.« Die Faule aber antwortete: »Da hätt ich Lust, mich schmutzig zu machen«, und ging fort. Bald kam sie zu dem Apfelbaum, der rief: »Ach, schüttel mich, schüttel mich, wir Äpfel sind alle miteinander reif.« Sie antwortete aber: »Du kommst mir recht, es könnte mir einer auf den Kopf fallen«, und ging damit weiter.

Als sie vor der Frau Holle Haus kam, fürchtete sie sich nicht, weil sie von ihren großen Zähnen schon gehört hatte, und verdingte sich gleich bei ihr. Am ersten Tag tat sie sich Gewalt an, war fleißig und folgte der Frau Holle, wenn sie ihr etwas sagte, denn sie dachte an das viele Geld, das sie ihr schenken würde; am zweiten Tag aber fing sie schon an zu faulenzen, am dritten noch mehr, da wollte sie morgens gar nicht aufstehen. Sie machte auch der Frau Holle das Bett nicht wie sichs gebührte, und schüttelte es nicht, daß die Federn aufflogen. Das ward die Frau Holle bald müde und sagte ihr den Dienst auf. Die Faule war das wohl zufrieden und meinte, nun würde der Goldregen kommen; die Frau Holle führte sie auch zu dem Tor, als sie aber darunter stand, ward statt des Goldes ein großer Kessel voll Pech ausgeschüttet.

»Das ist die Belohnung deiner Dienste«, sagte die Frau Holle und schloß die Tür zu.

Da kam die Faule heim, aber sie war ganz mit Pech bedeckt, und der Hahn auf dem Brunnen, als er sie sah, rief:

Kikeriki,
unsere schmutzige Jungfrau ist wieder hie.

Das Pech aber blieb stets an ihr hängen und wollte, so lange sie lebte, nicht abgehen.

Sechster Teil

Hexengeräte: Kessel, Besenstiel und Stelldichein mit dem Teufel

Huuch nach Skye!

Schottisch

Jack lebte mit seiner Mutter in dieser kleinen Kate weit draußen im Westen von Skye. Und er arbeitete hier und da ein bißchen um die Kate herum. Und bei seinen Besuchen im Dorf sah er gewöhnlich diese alte Frau am Stand, wenn er zu dem kleinen Stand in der Markthalle ging. Sie verkaufte immer Eier und so Sachen, und eines Tages begann er mit ihr zu sprechen. Sie fragte ihn nach seinem Namen.

Er sagt: »Jack werd ich genannt.«

»Und wo wohnst du?«

»Ich wohn da unten am Ende der Insel mit meiner Mutter.«

Und sie fragt: »Was macht deine Mutter?«

»Meine Mutter«, sagt er, »hat eine kleine Kate da unten.«

»O ja, ich kenne deine Mutter. Ich sag dir was, hast du viel zu tun?«

»Nein«, sagt er, »das klein bißchen Heu meiner Mutter ist gemäht, und sie macht jetzt nicht viel.«

»Hör mal«, sagt sie, »meine alte Schwester und ich leben ganz da drüben am Ende der Insel, um die zehn Meilen von hier. Wenn du heimgehst, würdest du deine Mutter fragen, ob sie dich ein paar Tage fortgehen läßt, damit du rüberkommen und uns ein bißchen helfen könntest mit dem Heu? Wir haben nämlich eine Menge Heu dieses Jahr, und wir können es nicht allein schaffen, weil meine alte Schwester schlecht auf den Beinen ist.«

»In Ordnung«, sagt er, »ich frag meine Mutter.«

»Ich kenn deine Mutter gut, aber ich hab sie seit Jahren nicht mehr gesehen«, sagt sie.

Na gut, Jack ging wieder nach Hause mit der Nachricht für seine Mutter. Ging wieder zu der kleinen Kate, ging ins Haus, und seine Mutter sagt: »Na, Kleiner, bist du wieder daheim.«

»Ja«, sagt Jack, »ich bin daheim, Mutter. Aber, Mutter, was Komisches ist mir heut passiert unten an dem kleinen Stand, als ich in der Markthalle war. Ich hab eine alte Freundin von dir getroffen, sie ist eine alte Frau.«

»Oh, die kenn ich, die du getroffen hast – die alte Maggie. Und sie hat eine alte Schwester, Jeannie. Ich hab sie seit Jahren nicht mehr gesehen. Jack, was hat sie zu dir gesagt? Ich weiß, man erzählt sich auf der Insel eine Menge Geschichten über die zwei.«

»Ach, Mutter«, sagt er, »sie ist eine nette alte Frau, die netteste alte Frau! Sie möchte nämlich, daß ich komme und bei ihr arbeite.«

»Was?« sagt die Mutter, »hingehn und bei ihr arbeiten? Also Jack, Jungchen, du kannst machen, was du willst, hingehn und bei ihr arbeiten oder auch nicht. Aber nach dem, was ich gehört habe an Klatsch und Geschichten, sollen sie Hexen sein, die beiden. Und wenn du hingehst …«

»Mutter, es wird nichts schaden. Die alte Frau möchte nur, daß ich hinkomme und ein paar Tage bei ihnen das Heu mache. Du weißt, ich hab hier nicht viel zu tun.«

»Naja, das ist deine Sache! Aber«, sagt sie, »ich sag dir, sei lieber vorsichtig und paß auf, was sie dir zu essen geben, und paß auf, was sie dich tun heißen. Und gib acht, denn sie sind bestimmt Hexen!«

»Ach, Mutter«, sagt er, »Hexen! Heutzutage gibt es doch gar keine Hexen mehr.«

Am nächsten Morgen machte seine Mutter ihm ein bißchen was zu essen, er mußte ein gutes Stück zu Fuß gehen, einen Weg von etwa zehn Meilen bis zum Ende der Insel. Und er ging fort, wanderte weiter und weiter und immer weiter; es war ein herrlicher Tag, die Sonne schien. Er ging weiter, ging durch das kleine Dorf und kam dann zu der kleinen Kate an der Küste. Er klopfte an die Tür. Die alte Frau kam heraus zu ihm.

»Oh, du bist es, John.« (Anfangs nannte sie ihn John.) »Komm herein! Ich wecke nur gerade meine alte Schwester und mache ihr das Frühstück.« Dann setzte sie ihn an den Tisch und gab ihm ein gutes Frühstück. »Geh zum Schuppen und hol dir eine Sense.« In alten Zeiten benutzten sie nur diese Sensen, um ihr Heu zu mähen. »Und da ist ein Schleifstein, um sie zu wetzen, der in einer Ledertasche vom Dachbalken hängt. Du wirst die Rechen und Heugabeln und alles, was du sonst noch brauchst, im Schuppen finden. Ich werde dich rufen, wenn es Mittagessen gibt.«

»In Ordnung«, sagt Jack.

Jack war die Landarbeit gewohnt, er kannte sich damit aus. Es waren nur zwei oder drei Morgen Heu. Sie hielten sich eine Kuh und ein paar Hühner, diese beiden alten Schwestern; sie verkauften Eier und so Sachen. Er arbeitete den ganzen Tag, mähte das viele Heu für sie. Er wurde fast damit fertig.

Die alte Schwester kam heraus und rief ihn: »Komm herein, Jack! Es ist Essenszeit!«

Er ging hinein und setzte sich hin. Er hatte die andere alte Schwester noch nie gesehen, aber sie saß am Tisch. Und er guckte sie an.

»Ach«, sagt Maggie, »du hast meine Schwester noch nicht kennengelernt, Jack. Das ist meine Schwester Jeannie. Sie ist ein bißchen taub, sie kann dich nicht hören. Sie ist zwei, drei Jahre älter als ich. Sie ist nicht gut auf den Beinen.«

»Also«, sagt er, »ich bin noch nicht fertig mit eurem Heu. Ich wußte nicht, ob es Regen geben würde oder nicht. Und da ist eine Menge …«

»Mach dir keine Sorgen, Jungchen! Du brauchst heut abend nicht nach Hause zu gehen«, sagt Maggie. »Es ist genug Platz da für dich. Du kannst hier bleiben. Ich mach dir ein schönes Bett beim Küchenfeuer. Deine Mutter wird wissen, wo du bist. Sie wird sich keine Sorgen um dich machen.«

»Gut«, sagt Jack und ging wieder hinaus und arbeitete noch einen halben Tag.

Aber er dachte: »Da ist doch etwas komisch mit ihrer alten Schwester. Sie sagt, sie ist älter als sie, aber sie sieht jünger aus als sie. Und ich hab gesehen, wie sie ihre Füße unter dem Tisch bewegt hat, ihre Beine können nicht so schlimm sein! Und sie hat keinen Stock benutzt, denn kein Stock lehnte am Tisch. Etwas ist irgendwie komisch, ich kann es mir nicht erklären. Jedenfalls werde ich daran denken, was meine Mutter mir erzählt hat.« So dachte er.

Und er arbeitete weiter bis fünf Uhr. Die alte Frau rief ihn, holte ihn herein, gab ihm sein Abendessen. Es war nun aber schon spät im Jahr, das Heu war spät, es war der Septembermonat. Die Nächte kamen früher. Die beiden alten Frauen machten ein Bett für Jack vor dem Feuer und machten ein großes Torffeuer. Und sie gingen die Treppen hinauf und in ihr eigenes Bett. Jack schlief ein.

Er lag da, und das Feuer brannte herunter, wenn der Torf weit herunterbrennt, ist er nur ein rotes Grìosach, ein rotes Feuer. Und er hörte die Füße herunterkommen, die zwei alten Schwestern kamen die Treppe herunter. Sie kamen bis zum Feuer. Und die alte Jeannie, diejenige, die angeblich nicht gut auf den Beinen war, sagte: »Er schläft, er wird dich nicht hören, er schläft.«

Jack lag da, und er hob die Decke ein kleines bißchen, er lugte heraus. Da waren die zwei alten Schwestern, und die andere lief so gut wie du und ich! Sie gingen hinüber zur anderen Seite des Kamins, wo ein Backofen stand. Sie öffneten die Tür des Ofens und nahmen rote Kapuzen heraus. (Eine Art wollene Kappe oder Kapuze mit einer langen Quaste daran.) Und beide zogen sich die Kapuzen über den Kopf. Und sie riefen: »Huuch nach London!« Und fort waren sie – beide waren sie einfach fort!

Jack stand auf, wanderte im Haus herum, zündete eine Lampe an, durchsuchte das Haus von oben bis unten, von innen nach außen, aber nichts! Er ging um die Ecke herum zum Kuhstall, da stand die Kuh und fraß hinter dem Kuhstall. Dann aufs Heufeld, er durchsuchte das ganze Anwesen. Die zwei alten Schwestern waren fort, kein Zipfel von ihnen war zu sehen! Und er durchsuchte jeden Stall, jeden Winkel, suchte im Hühnerstall, auf den Feldern, unten am Brunnen – keine Seele war zu sehen. Die beiden alten Schwestern waren verschwunden, er konnte sie nirgends finden.

Er ging zurück ins Haus, fachte das Feuer an und machte sich eine Tasse Tee. »Mann«, sagte er zu sich selbst, »ich bin nicht sicher, ob meine Mutter recht hatte. Wohin könnten diese zwei alten Frauen zu dieser nachtschlafenden Zeit gehen?« Er sah auf die Uhr. Es war Schlag zwölf gewesen, als sie fortgegangen waren, und jetzt war es fast ein Uhr morgens. Und noch immer keine Spur von ihnen. »Ach«, dachte er, »ist ja egal. Ich kann es mir nicht erklären. Vielleicht wird meine Mutter es mir sagen. Aber was auch immer, ich werde nicht aufgeben. Ich werde herauskriegen, was hier vorgeht. Ich geh nicht nach Hause, bis ich sehe, was los ist.«

Und er legte noch ein paar Torfstücke auf das Feuer, legte sich wieder ins Bett und deckte sich zu. Aber er mußte wohl eingeschlafen sein. Er schlief etwa zwei Stunden, als er hörte, wie die Tür sich öffnete. Herein kam zuerst die erste Schwester, und dann die zweite Schwester – und lief so gut wie ich und du! Jede hatte einen Beutel in der Hand, einen Lederbeutel. Sie legten sie auf den Tisch. Und es machte »kling«. So wie es klang, war es Geld, das in ihren Beuteln war.

Und Maggie sagt: »Jeannie, einen für dich, einen für

mich. Leg sie wieder an denselben Platz, wo wir die anderen hingetan haben!«

»Gut!« Fort ging die alte Jeannie, die Treppe hinauf mit den zwei Beuteln und verstaute sie.

Jack lag da, und er sagte kein einziges Wort. Die andere alte Schwester kam herüber, und sie stand beim Feuer, sie lauschte, um festzustellen, ob er sie hören konnte. Sie sagt zu sich selbst: »Er schläft, er ist nicht wach geworden, er wird nichts gemerkt haben.« Sie ging die Treppe hinauf, schloß die Tür, und alles war still.

Jack schlief ein, und er mußte wohl durchgeschlafen haben. Das erste, was ihn weckte, war die alte Frau, die ihn am Morgen rief: »Jack, Zeit zum Aufstehn, sieben Uhr, steh auf und iß dein Frühstück!«

»In Ordnung«, sagt er, »ich steh auf.« Jack stand auf, zog seine Kleider an und wusch sich. Die alte Frau gab ihm ein gutes Frühstück, Porridge und Milch und Eier.

»Wie geht es dir heute morgen, Jack? Hast du letzte Nacht gut geschlafen? Hat dich etwas gestört während der Nacht?«

»Nichts hat mich gestört in der Nacht«, sagt er. »Ich hab die ganze Nacht hindurch geschlafen wie ein Lamm.«

»Das ist gut«, sagt sie, »du hast sicher schwer gearbeitet.«

Jack ging hinaus und wetzte seine Sense. Hinaus ins Feld, und er fing wieder mit der Arbeit an, mähte und mähte und wurde fertig mit dem Heu. Das ganze Heu lag da.

Die alte Maggie kam heraus und rief ihn wieder. »Komm herein, Jack, es ist Essenszeit!«

Er ging, aß sein Essen, saß und schwatzte mit ihnen eine lange, lange Zeit. Sie fragten ihn nach seiner Mutter und nach seiner Kate, nach diesem und jenem, bis die Essenszeit vorbei war. »Na ja,« sagt er, »ich muß wieder hinaus und mit der Arbeit weitermachen.«

So ging er hinaus und fing an, das Heu zu wenden. Es

war ein schöner, sonniger Tag. Er arbeitete wieder bis zum Abend. Er ging hinein und aß sein Abendessen. Und es wurde wieder Schlafenszeit. Die zwei alten Schwestern wünschten ihm Gute Nacht. Jack machte sein Bett beim Feuer und legte sich hin. Er sah auf die Uhr, eine alte Pendeluhr hatten sie an der Wand. Halb zwölf ... Jack lag gemütlich im Bett.

Aber beim Schlag zwölf hörte er wieder die Füße die Treppe herunterkommen. Sie kamen herunter. Die eine sagte zur anderen: »Schläft er?«

»Er schläft fest. Er hat wohl schwer gearbeitet heute, aber wir werden es ihm vergelten. Wir werden ihn gut bezahlen.«

Da lag er, da lag Jack, er hörte jedes Wort. Wieder gingen sie zum Kamin, öffneten die Tür des Backofens, nahmen die beiden Kapuzen und setzten sie auf. »Huuch nach London!« Und fort waren sie, fort!

Und es war wieder das gleiche. Jack stand auf, durchsuchte das Haus, ging die Treppe hinauf. Die Tür zu ihrem Schlafzimmer war verschlossen. »Na«, dachte er, »ich kann die Tür nicht aufbrechen – dann wüßten sie, daß ich oben war.«

Er durchsuchte das Haus von oben bis unten, und er fand den Schlüssel. Er probierte ihn, und die Tür öffnete sich. Er ging ins Schlafzimmer und schaute sich überall im Zimmer um. Unter dem Bett zog er eine große Kiste hervor, eine lederbezogene Truhe. Sie war vollgestopft mit kleinen Beuteln, und jeder einzelne Beutel war voller Sovereigns, goldener Sovereigns! »Hmm«, dachte er, »da ist so viel Geld drin, daß es genug wäre für die ganze Isle of Skye!« Und er schob die Truhe wieder unter das Bett, schloß die Tür ab, legte den Schlüssel wieder dahin, wo er ihn gefunden hatte. Er ging hinunter, legte sich ins Bett und schlief fest ein. Er hörte nicht, wie die beiden alten Schwestern zurückkamen.

Am nächsten Morgen kam Maggie herunter und weckte ihn. »Hast du letzte Nacht gut geschlafen, Jack?«

»Oh, ich hab geschlafen«, sagt er, »ich war müde, todmüde. Ich mach das Heu heute fertig und ...«

»Oh, aber du mußt es für uns aufschichten«, sagt sie, »denn es wird naß werden, wenn es liegenbleibt, und dann mußt du es in den Schober bringen und ein paar Reparaturen machen, bevor du wieder nach Hause gehst, Zäune flicken und so. Ich kann dich eine Woche beschäftigen, du kannst eine Woche bleiben. Deine Mutter weiß, wo du bist, sie wird sich keine Sorgen um dich machen.«

Da dachte er für sich: »Wo die heute Nacht hingehen, da gehe ich mit!«

»Oh, noch eins«, sagt sie, »ich hab vergessen, dir zu sagen, Jack, wir haben hier eine Menge Kleider etwa von deiner Größe, die meinem Bruder gehört haben. Er war gerade in deinem Alter, als er getötet wurde, und hier sind eine Menge Sachen, die ich und meine alte Schwester nicht gebrauchen können. Wir suchen sie für dich heraus, und du kannst sie mit nach Hause nehmen und zur Arbeit anziehen. Mein Bruder ist getötet worden.«

Er fragt: »Was ist deinem Bruder passiert?«

»Oh, er ist in London ums Leben gekommen. Aber wir sprechen nicht gern darüber.«

Und Jack arbeitete den ganzen Tag, ging ins Haus, aß zu Mittag. Arbeitete am Nachmittag weiter und aß sein Abendessen. Und er kam wieder ins Haus und legte sich ins Bett. Um zwölf Uhr hörte er Füße die Treppe herunterkommen. Er dachte: »Wo die heute Nacht hingehen, da gehe ich mit!«

Eine alte Schwester sagte zur anderen: »Ich glaube, er schläft, er bewegt sich nicht.« Sie gingen hinüber zur Seite des Feuers, öffneten die Tür neben dem kleinen Rost, zogen die Kapuzen heraus – und über die Köpfe: »Huuch nach London!«

Jack stand auf, rannte zum Feuer, öffnete den Backofen, und da lag noch eine rote Kapuze. Er zog sie sich über den Kopf: »Huuch nach London!« rief er. »Huuch nach London!«

Er flog durch die Luft mit etwa hundert Meilen die Stunde, mit der Kapuze über dem Kopf und den beiden Schwestern vor sich. Sie umkreisten London, und dann hinunter – und durch ein Fenster! Die beiden alten Schwestern kannten natürlich Sprüche, um den Stoß beim Aufprallen abzufangen, aber die kannte Jack nicht. So landete er nach ihnen mit einem heftigen Aufprall und blieb bewußtlos liegen. Als er aufwachte, wißt ihr, wo er lag? Er lag in einem Keller des Königlichen Münzamts, und er war umgeben von Tausenden von Säcken mit goldenen Sovereigns! Und seine Kapuze war verschwunden. Und ebenso die beiden alten Schwestern. Sie waren fort. Aber hierher waren sie also gekommen und hatten jede Nacht das Münzamt bestohlen. Zwei Hexen!

Jack suchte überall nach einem Ausgang. Das Münzamt war verschlossen, er konnte nicht hinaus – unmöglich! Und am Morgen, als die Wachmänner kamen, fanden sie ihn im Keller sitzen. Das war also ihrem Bruder passiert, dem Bruder der alten Schwestern. Oh, Jack war jetzt in einer schrecklichen Situation – er wußte nicht, was tun!

Und die Wachmänner fragten ihn, wie er hereingekommen sei. Aber er konnte es nicht erklären, er sagte, er wisse nicht, wie er hereingekommen sei. Damals war die Strafe für das Berauben des Münzamts der Tod. Man wurde nach einer öffentlichen Gerichtsverhandlung draußen auf dem Platz aufgehängt. Jack wurde festgenommen, vor Gericht gestellt und verurteilt. Er sollte wegen Beraubung des Königlichen Münzamts öffentlich gehängt werden. Und die vielen Dutzend Säcke mit Gold, die verschwunden waren – auch daran wurde ihm die Schuld gegeben.

Drei Tage saß er im Gefängnis, bis zu dem Tag, an dem

er aufgehängt werden sollte. Dann wurde er herausgeholt, die Stufen hinaufgeführt, die dreizehn Stufen zum Galgen, und an den Galgen gestellt. Der Henker kam und legte ihm den Strick um den Hals. Und der Pfarrer kam, um ein paar Worte zu ihm zu sagen, bevor sie ihn hängten.

Der Pfarrer sagt gerade zu Jack: »John, du bist zum Tode verurteilt worden, weil du das Königliche Münzamt beraubt hast. Hast du etwas zu sagen, bevor du gehängt wirst?« Da kam eine alte Frau die Stufen hinaufgerannt!

Sie sagt zu dem Henker: »Ja, ich muß etwas sagen!« Und sie zog die Kapuze über Jacks Kopf. »Huuch nach Skye!« rief sie. Und die beiden waren auf und davon!

Als Jack aufwachte, lag er beim Feuer in der Kate der beiden alten Schwestern. Die alte Schwester rief ihm zu: »Jack, steh auf! Es ist Zeit, daß du wieder an die Arbeit gehst!«

Und Jack arbeitete die ganze Woche für die beiden alten Schwestern, und er dachte nicht mehr daran. Er dachte: »Ich muß geträumt haben ... das ist mir nicht wirklich passiert ... ich muß geträumt haben. Oder hat meine Mutter recht gehabt ... hab ich geträumt, oder ist es wirklich passiert? Jedenfalls muß ich die beiden alten Schwestern fragen!« Und am Ende der Woche fragt er die alte Maggie: »War ich jemals fort von hier?«

»Nein, Jack, du warst nicht fort von hier. Du hast gut gearbeitet. Du bist der beste Arbeiter, den wir je hier gehabt haben, du hast alles geschafft!«

»Aber«, sagt er, »war ich nicht fort von hier, diesem Haus, während der Nacht oder so? Ist irgend etwas Komisches passiert?«

»Nein! Du hast wie ein Lamm Gottes geschlafen. Du bist nie fort von hier gewesen. Jeden Morgen, wenn wir zur Frühstückszeit heruntergekommen sind, hast du in deinem Bett gelegen, und du hast in deinem Bett gelegen, wenn wir abends in unser eigenes Bett gegangen sind. Du hast dieses Haus nicht verlassen, seit du gekommen bist – eine ganze Woche lang.«

»Ach, das ist komisch … ach«, sagt er, »da muß ich wohl geträumt haben. Ich hab geträumt, ich landete in …« Und er erzählte ihr die ganze Geschichte, wie er im Münzamt landete und aufgehängt werden sollte. »Und dann«, sagt er, »bist du gekommen.«

»Ach, Jack«, sagt Maggie, »du hast geträumt! Das gleiche ist meinem armen Bruder passiert, er hatte auch so einen Traum. Aber seitdem haben wir ihn nie mehr gesehen.«

Und die alte Schwester ging hinaus, um für Jack etwas zum Frühstück zu holen. Er öffnete den Backofen und glupschte hinein, und im Ofen lagen drei Kapuzen. Er dachte: »Ich hab nicht geträumt«, und schloß die Tür. Und die alte Schwester kam wieder herein.

»So«, sagt er zu ihr, »jetzt hab ich euch die ganze Arbeit gemacht. Ich glaube, jetzt wird es Zeit, daß ich nach Hause gehe und sehe, wie es meiner alten Mutter geht.«

»Ach, aber Jack, meine Schwester hat das Bündel mit Kleidern für dich zurechtgemacht, die meinem Bruder gehört haben. Ich denke, sie werden dir passen, ganz genau, du hast etwa die gleiche Figur. Warte, ich geh und hole dir deinen Lohn!«

Und sie gab ihm das große Bündel Kleider, die er für seine Arbeit mitnehmen sollte. Die beiden Schwestern gingen die Treppe hinauf, und dann kam eine wieder herunter. Sie trug zwei Lederbeutel in der Hand. »Da«, sagt sie, »Jack, das ist dein Lohn. Und das ist so viel, daß es dich und deine alte Mutter bis ans Ende eurer Tage erhalten wird.«

Und Jack ging nach Hause zu seiner Mutter und war von der Zeit an immer glücklich. Und das ist das Ende der kleinen Geschichte!

Der Kessel-Geborene

Walisisch

Ich bin Taliesin, und ich bin ein Dichter. Als solcher weiß ich um die Macht der Wörter, weiß, wie man eine Silbe auf der anderen aufbaut, wie man die Worte in eine bestimmte Ordnung bringt, so daß sie eine einzige, unumstößliche Wahrheit ausdrücken …

Einst, bevor dies alles geschah, hatte ich einen anderen Namen. Man nannte mich Gwion, und ich war der Diener der *Alten.* Keine Arbeit war zu schmutzig und zu gering für Gwion, sei es das Aufwischen hinter ihrem schwachsinnigen Sohn Afagddu oder das Rühren in dem schwarzen Topf, der über dem Feuer hing, wenn sie eine neue Bosheit zusammenbraute, um die Menschenwelt damit zu quälen. Ich glaubte damals, daß alles Böse der Welt aus diesem Kessel käme; heute weiß ich, daß nur die Wahrheit innerhalb seines kalten Randes zu finden ist – eine Wahrheit, die zu sehen immer furchtbar ist, sei sie nun willkommen oder nicht. Doch ist sie weder gut noch böse, sie ist einfach da, leidenschaftslos, und doch wie ein klares Glas, oder ein stiller Teich zwischen weißen Bäumen …

Eines Tages kam die *Alte* in die Hütte, wo sie ihre paar ausgemergelten Schweine, ihren Hexenkessel und mich untergebracht hatte, gab mir eins um die Ohren und befahl mir, ein Feuer anzuzünden und den Kessel aufzusetzen für eine neue Arbeit, die sie jetzt gleich beginnen wollte. »Also verschwende keine Zeit, Junge, oder du wirst sehen, wie ich dich belohne!«

Mit solchen Liebesbekundungen war ich gut vertraut, und ich hätte nicht gewagt, sie zu mißachten. Ich mühte mich ab, den riesigen schwarzen Topf auf seinen Dreifuß zu stellen, und dann begann ich ein Feuer anzuzünden. Dann füllte ich den Kessel mit Wasser, wie ich es gelehrt worden war, und dann ging ich so weit aus dem Weg, wie ich konnte, in die Ecke der Hütte, bis ich wieder gebraucht wurde.

Die *Alte* brauchte fünf Tage, um alle notwendigen Zutaten zu diesem neuen Getränk zu sammeln, und während sie hinausging, um sie zu besorgen, mußte ich es auf kleiner Flamme kochen lassen. Am Ende von neun Tagen füllte eine stinkende, zähe Flüssigkeit den Kessel, und die *Alte* verließ mich wieder mit genauen Anweisungen, die Mischung nicht überkochen zu lassen oder irgend etwas anderes daran zu machen. »Und rühr nichts davon an, oder du wirst es bereuen«, sagte sie – warum sie aber dachte, es würde mich danach gelüsten, war mir rätselhaft.

Ich hatte gewiß nicht die Absicht, ungehorsam zu sein. Ich hatte ihren Zorn schon früher zu spüren bekommen und wußte, daß ihre wohlgeformten weißen Hände größere Qualen verursachen konnten, als man es irgend jemandem zutrauen würde – geschweige denn jemandem, der so schön war wie sie, mit ihrer weißen, weißen Haut und ihrem schwarzen Haar ... Doch ich hatte wohl zu viel Anmachholz unter den Kessel gelegt, denn plötzlich begann es darin zu brodeln, und als ich das Feuer ersticken wollte und mich dem Topf näherte, platzten einige Blasen, und ein paar Tropfen – vielleicht waren es drei – spritzten auf meine Hand.

Sie waren siedend heiß, und ich heulte auf vor Schmerz und nahm die Hand an meinen Mund, um sie abzulecken. Sogleich drehte sich die Welt um mich, und ich stürzte hinab an einen dunklen, donnernden Ort, wo die Geräusche und Sinneseindrücke unerträglich waren und wo ich, Gwion, mich verlor – um nie mehr zurückzukehren. Und was ich dort sah, das muß ich berichten, denn der Trunk war der Trunk der Einweihung, gebraut für den abscheulichen Sohn der *Alten*; und in seiner schwarzen Galle schmeckte und sah ich all die Krankheit und allen Unrat der Welt und das lange, langsam wirkende Gift der Seele der Menschheit. Und dort sah ich auch den Schimmer der Hoffnung, das Kommen des Einen, dessen Erscheinen die Welt für alle Zeiten verändern würde – ja, selbst bis an ihr Ende –, obwohl ich damals nichts davon wußte, lange danach noch nicht.

Empfindungen. Schmerz. Angst. Entsetzen. Eine Angst, die einen in Kälte hüllt wie ein Nebel: verschwommen, namenlos und gestaltlos, doch wirklich wie der Schmerz von Geburt und Tod. Schmerz zerrte mich hinab in ein bodenloses Dunkel, wo es keinen Sinn mehr gab und wo die Identität, die mich zu Gwion machte, aufhörte zu existieren. Grauen der Dunkelheit, Leere, vernichtender Schrekken, der ein Ende des Lebens, der Hoffnung, des Glaubens an irgend etwas bedeutet, überfluteten mich.

Dann Licht. Ein Hervorbrechen von solcher Helligkeit, daß man, wenn man unvorbereitet hineinsah, geblendet wurde. Ich war darauf nicht vorbereitet, doch ich war so geistesgegenwärtig wegzusehen, es in den Spiegelungen des Auges zu beobachten – ein Halb-Licht und eine Halb-Wahrheit, die alles waren, was ich ertragen konnte.

Gesichter schwammen aus dem Licht auf mich zu. Einige lächelten. Einige blickten finster. Ich erkannte keines von ihnen. Ich sah Männer in Todespein, Männer verwandelt, Männer, die über das Leben weinten und lachten. Und ich sah Frauen von überirdischer Schönheit, deren Anblick mich um meine Seele fürchten ließ, und ich versuchte wegzusehen.

Dann hörte ich Stimmen. Rufend. Schreiend. Brüllend. Die Klänge der Schlacht und der Liebe, Klänge von Geburt und Tod und Qual und Lust, von Freude und Angst. Ich schloß meine lichtgeblendeten Augen und versuchte, die

Geräusche auszuschalten. Doch es half nichts, und ich begriff, daß ich es nur ertragen konnte, indem ich mich allem aussetzte. Ich ließ mich mit Klang und Licht und Bewegung füllen – alle diese Empfindungen taten sich in einer Dimension des Verstehens kund, die mich ihrer in einem fast unerträglichen Grade bewußt werden ließ.

So standen die Dinge. Nur für einen Augenblick. Für die Zeit, die es braucht, um mit dem Auge zu zwinkern, war ich im Besitz alles Wissens und Verstehens. Und als ich in diesen Bereich unendlicher Möglichkeiten eindrang, wußte ich, daß die *Alte* mich bemerkte und wußte, was geschehen war. Denn nun kannte ich einen Teil ihres Wissens und ihres Lebens.

Sie verfolgte mich.

Ich floh durch eine zeitlose Landschaft – Berg, Fluß und Wald schwebten vorüber und um mich herum, als wären sie körperlos, und ich watete in ihnen. Die ganze Zeit spürte ich die Gegenwart der *Alten* wie ein Schatten, der über die Erde flog, dichter und immer dichter hinter mir.

Um meine Flucht zu erleichtern, zog ich die Läufe und Ohren des Hasen an und rannte mit der Geschwindigkeit des Hasen; doch ich wußte, daß sie mir noch immer folgte mit der Zunge und den Zähnen des Windhundes, der so schnell lief wie ich. Und ich legte die Füße und den Schwanz des Otters an und flitzte durch die wässrige Welt, wo aufgescheuchte Fische zu beiden Seiten meines Kopfes emporschnellten. Doch als ein Hund witterte sie meinen Lauf und verfolgte mich, so daß ich gezwungen war, die Flügel eines Vogels anzunehmen. Doch auch hier erreichte sie mich: ein Habicht hieb mir auf den gefiederten Rükken. Und so wurde ich, um ihr endlich auszuweichen, ein Weizenkorn in einem Haufen Spreu. Doch in meiner seltsamen neuen Bewußtheit begriff ich, daß ich gefangen war; und tatsächlich pickte mich die *Alte* mit einem Hühnerschnabel auf und verschluckte mich. Dann wurde sie wieder sie selbst, und ich fand mich schlafend in der flüssigen Dunkelheit ihres Bauches. In dieser Dunkelheit begann ich zu träumen.

Von einem Schatten, der Licht abgab und mir einen verwüsteten Ort zeigte, wo kein Gras wuchs, wo die Bäume blattlos waren und der Boden rissig und trocken. Dann, in dieser Einöde, kam eine grüne Ranke, die Triebe aussandte, bis ein Spinnennetz von Grün über der toten Erde lag ...

Von einem Mann, der eine Wendeltreppe hinabstieg, tiefer und tiefer, unter die Welt des Lichts und des Tages. In seiner Hand eine flackernde Laterne, die nur verschimmelte Mauern zeigte. Am Grund des Schachts ein Raum voll von menschlichem Unrat, und zwischen diesem kroch eine alte blinde Frau, todlos und häßlich, obszön, kroch und kroch und verlangte, daß er ihr zerschundenes Gesicht und die triefenden Wunden küsse. Saugte ihm das Leben aus wie eine schreckliche Spinne ...

Von der Erde selbst: der große Mutterleib, wimmelnd von all diesen Bildern und mehr, viel mehr als ich sagen kann. Blind und dunkel kroch ich durch die heißen Gänge in ihrem riesigen, massigen Körper, meine Hände stießen auf namenlose Dinge, die sich unter mir bewegten ...

Dann plötzlich fehlte die Dunkelheit, in die ich stolperte, blind. Zuerst kein Unterschied, nichts, das ich als Licht bezeichnen konnte. Doch eine warme Hand, voller Leben, hob mich auf; Flügel (oder Blütenblätter) umschlossen mich, und eine Wärme, die zugleich eine Stimme war, weder männlich noch weiblich, irgendwie im Innern meines Kopfes, äußerte Worte, die augenblicklich in Bilder verwandelt wurden. Eine Erfahrung der Schmerzen der Schöpfung, die ebenso Dunkel wie Licht enthielt – Zartheit und Reinheit heraufbeschworen ...

Alle diese Dinge wirbelten durcheinander. Und mehr. Und noch mehr. Und immer noch mehr – alle verschieden, alle gleich, Mann und Frau gleich, Tod und Geburt das Gleiche. Ein großes Einswerden. Eine Geburt. Mein eigener Geburtsschrei im Himmel, als ich aus dem Schoß der *Alten* in das Licht der Welt fiel, deren Seele ich sterben und wiedergeboren werden sah …

Und erwachend, erschauernd am Berghang, den Becher noch von meinen tauben Fingern umklammert, kam das kreisende Labyrinth endlich unter meinem Blick zum Stillstand …

Diese Dinge sind es, die die Lippen der Eingeweihten versiegeln, nicht das Versprechen, das an dem Tor der Mysterien abgelegt wird. Ich, Taliesin, einst Gwion, jetzt wiedergeboren, aus dem Kessel der *Alten* geboren, deren Gebaren keine Schrecken mehr für mich hat, und geboren aus dem Trunk, den alle trinken müssen, weiß um diese Dinge.

Die Reise im Braukessel

Norwegisch

Es war einmal eine Frau auf einem Hof auf Dovre, die war eine Hexe. Es war an einem Julibend. Ihre Magd war gerade dabei, einen Braukessel zu waschen. Inzwischen nahm die Frau ein Horn hervor und rieb den Besen ein, und sogleich fuhr sie durch den Schornstein davon. Das Mädchen fand, das sei eine leichte Kunst, und rieb ein wenig von der Salbe an den Kessel. Nun fuhr es auch davon, und es gab kein Anhalten, bis es an die Blaukuppe kam. Da fand es eine ganze Menge Trollhexen und auch Herrn Urian selbst, und er hielt ihnen eine Predigt, und als sie damit fertig waren, wollte Herr Urian sie zählen, ob sie alle da seien. Da erblickte er das Mädchen, das im Braukessel saß. Das kannte er nicht, denn es hatte sich nicht bei ihm eingeschrieben. Und er fragte die Frau, mit der es gekommen war, ob es sich einschreiben wolle. Die Frau war dafür, und Herr Urian gab dem Mädchen ein Buch und hieß es seinen Namen einschreiben. Aber es schrieb, was die Schulkinder auf dem Lande gewöhnlich schreiben, wenn sie Federn ausprobieren: »Gott ist mein Vater, in Jesu Namen!« Deshalb durfte das Mädchen das Buch behalten, denn der Teufel wagte nicht, es wieder zurückzunehmen.

Aber nun gab es Lärm und Getöse auf dem Berge, könnt ihr euch denken. Die Hexen nahmen Peitschen und schlugen auf die Sachen, die ihre Pferde vorstellen mußten, und auf einmal fuhren sie auf und davon in die Luft hinauf. Das Mädchen war auch nicht faul, nahm auch eine Peitsche und hieb auf den Braukessel ein und flog hinter ihnen drein. Einmal kamen sie aus der Luft herunter und machten auf einem hohen Berge halt. Unten war ein breites Tal mit einem großen Wasser, und auf der anderen Seite war wiederum ein hoher Berg. Als die Trollhexen ausgeruht hatten, schlugen sie wieder mit den Peitschen und ritten weiter. Das Mädchen fragte sich, ob es wohl auch hinüberkommen werde. Schließlich hieb es auch auf den Braukessel ein und kam gut und richtig auf die andere Seite hinüber.

»Das war ein ganz verteufelter Sprung für einen Braukessel«, sagte sie, aber in diesem Augenblick verlor es das Buch und fiel zur Erde und kam nicht weiter, weil es vom Teufel gesprochen und ihn genannt hatte und doch nicht im Buche eingeschrieben war. Den Rest des Weges mußte es gehen und im Schnee waten, denn freie Fahrt hatte es auch nicht mehr, und der Weg war noch viele Meilen weit.

Der Birkenbesen

Schottisch

Als ich einmal in Irland war und meinen Wagen in einer Seitenstraße bei Letterkenny abgestellt hatte und mich dort ein paar Nächte aufhielt, da machte ich gerade mein Abendessen, als ein alter Mann vorüberging. »Hallo«, sagt er, »wie geht's denn? Du hast ein schönes Feuer da drinnen.«

»Nicht schlecht, Mann«, sag ich. »Setz dich doch ein bißchen.« Und ich gab ihm eine Tasse Tee, und er setzte sich, und ich frag ihn: »Wohnst du hier?«

»Oh ja«, antwortet er, »ich wohne oben in der Stadt. Ich bin ein Hufschmied, und ich hab eine Schmiede.«

»Oh«, sag ich.

»Und es war eine komische Sache, wie ich zu der Schmiede gekommen bin.«

»Wie meinst du?« sag ich.

»Das war so«, sagt er, »als ich ein junger Bursch war, so wie du, da war ich auf Wanderschaft. Ich sah den Hufschmied, und ich hörte, wie er in seiner Schmiede hämmerte. Ich schlenderte hinüber, und ich sagte ihm guten Tag, und der Schmied guckte mich an und sagte: ›Guten Tag.‹ Und ich fragte ihn: ›Brauchst du jemand als Gehilfen?‹

›Bist du ein Hufschmied?‹ fragt er.

›Ja‹, sag ich, ›ich hab zwei Jahre in einer Schmiede gearbeitet.‹

›Oh, gut‹, sagt er, ›ich brauche allerdings einen Mann. Aber ich mache nicht besonders viel hier in der Schmiede. Nur ein paar Pferde hier und da, und auch mal den einen oder anderen Pflug.‹

›Ich brauch nicht viel‹, sag ich, ›ich hab kein Zuhause, und ich weiß nicht, wohin.‹

›Ich hab eine Wohnung nebenan. Es ist ein kleines Häuschen. Da kannst du unterkommen, und ich zahl dir zehn Schilling die Woche. Ist dir das recht?‹

›Oh‹, sag ich, ›das ist mir sehr recht.‹«

Nun, die Zeit verging, und er war ein sehr guter Hufschmied, dieser junge Bursche. Eines Nachts schrie der alte Mann. Da ging er hinein, und da lag der alte Mann auf dem Sofa, und er sah ihn an und sagt: »He, Paddy, was hab ich nur? Ich krieg keine Luft.«

»Was kann dir fehlen?« fragt der junge Mann. »Du warst doch tagsüber ganz in Ordnung.«

»Ich bin nicht mehr jung, wenn ich sterbe, dann vermache ich dir die Schmiede.«

»Also, so was«, sagt der junge Mann, »so was darfst du nicht sagen.«

Doch es ging ihm schlechter und schlechter, und der junge Mann schickte nach dem Arzt, und der Arzt schüttelte den Kopf. »Er hat eine schlimme Bronchitis. Jede Bronchie in seiner Brust ist verstopft, und ich kann ihn nicht heilen. Wir können es ihm leichter machen, aber heilen können wir ihn nicht.«

Ein paar Tage später starb der Schmied, und der junge Mann ließ ihn begraben, und er führte die Schmiede allein weiter. Jetzt gehörte ihm alles.

Der alte Mann, der mit mir sprach, erzählte mir, was dann geschah. »Genau dasselbe passierte wieder. Ich arbeitete in der Schmiede, und es war so um elf Uhr, als ein junger Bursche hereinkam, und er sagt: ›Hast du etwas zu tun, oder hast du ein Pferd zu beschlagen oder irgend etwas anderes?‹

›Nein‹, sag ich, ›hab ich nicht.‹

›Ich suche eine Arbeit‹, sagt er. ›Ich hab kein Zuhause, und ich hab keine Eltern mehr.‹

Da machte ich mit ihm aus, ihm zehn Schilling die Woche zu geben, und ich gab ihm das Haus nebenan, genau wie der alte Schmied es mit mir gemacht hatte.

›Oh, das ist prima‹, sagt der junge Mann und zog seine Jacke aus. ›Du kannst morgen anfangen‹, sag ich. ›Nein, nein‹, widerspricht er, ›ich fang heute noch an.‹

Er war der beste Hufschmied, den ich je gesehen habe. Er konnte alles, und er hieß Mick. Nun, so haben wir etwa fünf Jahre gearbeitet, und ich wurde älter. Ich sage zu Mick: ›Ich geh heute nach Belfast.‹

›Was willst du denn in Belfast?‹ fragt Mick.

›Ach, ehrlich gesagt, ich würd es niemand sonst sagen als dir. Ich geh und such mir eine Frau. Ich hab es satt, mir mein Abendessen und mein Mittagessen und mein Frühstück selber zu machen.‹«

Und der nächste Tag kam heran, und er ging rüber nach Belfast, und er ging zum Tanz und in Pubs und überall hin, bis er in ein Gasthaus kam, und die Wirtin fragt ihn: »Wo kommst du her, Paddy?«

»Ich komme aus Letterkenny«, sagt er.

»Oh, Letterkenny. Und was machst du hier? Du bist erst seit drei oder vier Tagen hier.«

»Ach, ehrlich gesagt, ich such mir eine Frau.«

»Ach, da hängen doch eine Menge herum. Wart nur ein paar Stunden, und ich bring dir eine«, versprach ihm die Wirtin.

Also saß er da und wartete, und da kam das Mädchen herein, und es kam herüber und sprach langsam zu ihm und hörte ihm zu. Die Wirtin fragt ihn: »Wie gefällt dir das Mädchen?«

»Du machst wohl Witze«, sagt er. »Die Frau würde mich doch nicht nehmen! Sie ist doch erst zwanzig oder einundzwanzig.«

»Macht doch nichts. Sie hat kein Zuhause und ist eine Waise.«

»Ach ja«, sagt er, »genau wie ich.«

Und sie ging hin und sprach mit dem Mädchen, und es kam herüber und sprach mit ihm, und die zwei taten sich zusammen, und das Mädchen ging mit ihm nach Hause nach Letterkenny. Mick arbeitete dort vor sich hin, und als der Hufschmied hereinkam, fragt Mick: »Na, hast du Glück gehabt?«

»Hab ich«, antwortet er, »sie ist eine Schönheit. Aber wir sind noch nicht verheiratet.«

Und Mick ging hin und besah sie sich. »Bei Gott«, sagt er, »wenn sie so gut ist, wie sie aussieht, wird sie klasse sein. Gewöhnlich, wenn sie so gut aussehen, sind sie schlechte Frauen.«

Paddy sagt: »Na, die weiß, wo die Tür ist, wenn sie nichts taugt.« Und sie gingen hin und heirateten am nächsten Tag mit einer Sondergenehmigung.

Die Zeit verging, und oh! sie war eine gute Frau, konnte gut backen und war eine gute Köchin. Eines Abends aber war sie in der Stadt gewesen und kam zurück, klatschnaß, das Wasser triefte an ihr herunter. »Mein Gott«, sagt Paddy, »warum bist du an einem solchen Tag ausgegangen? Hast du denn deinen Schirm nicht mitgenommen oder deinen Regenmantel?«

»Ach, hab ich vergessen«, antwortet sie. »Es war ein schöner Tag, als ich fortging.« Am nächsten Tag sagt sie: »Paddy, ich fühl mich nicht gut.«

Es ging ihr schlechter mitten in der Nacht, und sie riefen den Arzt. Der Arzt kam, und er sagt: »Meine Güte, sie hat eine Lungenentzündung. Hast du Wickel?« Damals waren es Hafermehlwickel, und sie machten die ganze Nacht Wickel, doch die Frau starb am nächsten Morgen.

Und Paddy geht zu Mick und sagt: »Sie ist tot.«

»Oh, nein«, sagt Mick.

»Doch«, entgegnet er. »Weil sie ausgegangen ist ohne Mantel, ohne Schal, ohne alles.«

Sie hielten drei Nächte Totenwache bei ihr und fuhren in einem zweirädrigen Karren zum Begräbnis.

Und Paddy fuhr heim und saß da und nickte, und er sagt: »Es war keine schlechte Beerdigung.«

»Oh«, sagt Mick, »es war eine schöne Beerdigung.«

So fuhren sie weiter, und Paddy war fast eingeschlafen, als Mick das Pferd anhielt. Er rief: »Paddy.«

Paddy sah zu ihm rüber. »Was ist los«, fragt er.

»Siehst du, was da kommt? Wenn ich mich nicht ganz und gar irre, dann geht da etwas Merkwürdiges vor.«

Und sie saßen da, und eine Person kam gerade auf sie zu. Es war Paddys Frau! Die sie heute begraben hatten! »Mein Gott«, sagt Paddy, »das kann sie doch nicht sein.«

»Doch, das ist sie wahrhaftig«, sagt Mick.

»Was macht ihr denn hier?« sagt sie. »Geht lieber ins Haus und setzt den Kessel auf.« Sie trug einen Korb voller Briefe an ihrem Arm, und sie gingen hinein und setzten den Kessel auf. Paddy ging zu ihr hin und befühlte ihre Arme und ihre Schultern, sie sagt: »Was machst du da?«

»Oh, nichts, gar nichts«, sagt er.

Mick nahm ihn beiseite, und er sagt: »Das Beste, was wir tun können, ist, zum Priester zu gehen.« Also gingen sie hinüber und erzählten ihm die ganze Geschichte. »Aber«, sagt der Priester, »das ist unmöglich! Ihr habt sie doch heute begraben. Sie kann nicht im Haus sein.«

»Nun«, sagt Paddy, »kommt herüber, und Ihr werdet sehen.« Und die drei kamen zum Haus, und sie ließen den Priester herein. »Guten Tag«, sagt er.

»Guten Tag, Vater«, sagt sie.

»Wie geht es dir?« fragt er.

»Oh, ausgezeichnet«, sagt sie. »Könnte gar nicht besser sein.«

Und sie gingen hinaus, und der Priester sagt zu Paddy und Mick: »Wartet bis morgen früh, und wir werden den Sarg heraufholen und sehen, was drin ist.«

Also gingen sie am nächsten Morgen zum Friedhof und holten den Totengräber, und sie gruben das Grab wieder auf. Und wißt ihr, was im Sarg lag? Ein Birkenbesen! Ja, ein Birkenbesen. Und diese Frau lebte danach noch zwölf Jahre.

Der Besen ist fleißig

Haiti

Boki sah zu, wie Alse Odjo den Boden mit einem Reisigbesen kehrte. Die Spitzen der Reiser brachen ab, und Alse Odjo kehrte sie auf. »Du verlierst deinen Besen über den ganzen Boden!« sagt Boki, »ich sehe, dieser Besen schafft sich seine eigene Arbeit!«

»So wie jeder auf dieser Insel!« gibt Alse Odjo zurück. »Das ist der Insel-Brauch«, doch sie lachte nicht. »Dieser Besen ist hier geboren und aufgewachsen, weißt du.«

Doch Boki war nicht nur zum Reden gekommen, er ging mit Alse Odjo zur Hütte der alten Boukinez, dieser Wahrsagerin, dieser Frau. Sie gingen hin, um ihr zwei ihrer Schicksalsdeutungen zurückzubringen. Sie gingen hin, um Boukinez zwei Deutungen zurückzubringen, denn niemand hatte sich bisher die Mühe gemacht, Deutungen zurückzubringen. Und hätte sie nicht gerne gewußt, ob sie nun richtig waren oder falsch, die Deutungen, und was aus ihnen geworden war? Sie kamen bei ihrer Hütte an.

Boki sagt zu ihr: »Wir sind zwei Deutungen und kommen zurück. Erinnerst du dich an mich, ich bin Boki?« Sie nickt, ja, das tue sie. »Erinnerst du dich, du hast mir eine Zukunft gedeutet, gekleidet in Glück und Gelächter?«

Sie nickt wieder ja und sagt: »Ja, ich wollte, daß das wahr wäre, ja.«

Boki sagt: »Nun, Frau, ich muß dir jetzt ehrlich sagen, ich bin auf dieser Insel arm seit vielen Jahren, oft sehe ich in einem Traum Wolken, die durch mein Herz ziehen, und dann sind sie Brot, so wahr ich es dir sage. Und jeden Morgen trage ich meine Lattenkiste auf die Veranda und setz mich drauf und versuche, glücklich zu sein. Ich brauch keine Butter zu kaufen für diese Sorte Frühstücksbrot, nein, nein!« Und er fragt Boukinez: »Wie ist die Welt so geworden, kannst du mir das erklären?«

Sie nickt ja und nein, dann tritt Alse Odjo an sie heran: »Und erinnerst du dich an mich, ich bin Alse Odjo?« Die alte Boukinez nickt wieder ja. »Du hast gedeutet, ich würde eine Musik finden, die uns alle heilt!« Boukinez nickt. »Also, Madam, ich muß dir sagen, viele Jahre sind durch meine Flöten gegangen, und sie sind müde, und alles, was ich tun kann, ist meinen einzigen Ziegenbock hinausschicken, damit er auf dem hölzernen Dock das Xylophon schlägt, um zu versuchen, uns alle zu kurieren, dieser komische Ziegenbock, sein einziges langes Zapfenhorn taugt nicht, um Wasser aus ihm zu schütten, und er hat noch ein kurzes Horn dazu! Sag mir, warum hat die Welt das so gemacht?«

Den ganzen Morgen sprachen sie auf Boukinez' Veranda über ihre Deutungen, sie erinnerten sich an weitere aus längst vergangenen Jahren, und sie sagten immer wieder zueinander: »Wie hat die Welt das so gemacht?« Ende des Morgens nickten sie alle miteinander, der Ziegenbock guckte sie verdutzt an. Und die ganze Zeit kehrte Alse Odjo die Veranda der alten Boukinez und verlor Reiser. Boukinez schloß die Augen und hörte die Reiser im Wind über den Verandaboden rollen. Sie lachte innerlich, denn sie wußte, daß sie später, nachdem Boki und Alse Odjo gegangen waren, versuchen würde, diese Reiser mit ihren Füßen zu fangen, während sie auf ihrem Stuhl sitzenblieb.

Die gehörnten Frauen

Irisch

Eine reiche Frau war eines Nachts noch spät auf und kämmte Wolle, während ihre Familie und alle Bediensteten schliefen. Plötzlich klopfte es an die Tür, und eine Stimme rief: »Mach auf! Mach auf!«

»Wer ist da?« fragte die Frau.

»Ich bin die Hexe mit einem Horn«, war die Antwort.

Die Hausherrin, die annahm, daß eine ihrer Nachbarinnen um Hilfe gerufen hatte, öffnete die Tür, und eine Frau trat ein, in der Hand ein Paar Wollkämme und auf der Stirn ein Horn, als ob es dort gewachsen wäre. Sie setzte sich schweigend ans Feuer und begann hastig Wolle zu kämmen. Plötzlich hielt sie in ihrer Arbeit inne und sagte laut: »Wo sind die Frauen? Sie kommen zu spät.«

Dann klopfte es ein zweites Mal an die Tür, und eine Stimme rief wie zuvor: »Mach auf! Mach auf!«

Die Hausherrin mußte aufstehen und die Tür öffnen, und sofort trat eine zweite Hexe ein, zwei Hörner auf der Stirn und in der Hand ein Spinnrad.

»Macht Platz«, sagte sie, »ich bin die Hexe mit zwei Hörnern.« Und sie begann blitzschnell zu spinnen.

Es klopfte immer wieder, die Tür wurde geöffnet, und die Hexen traten ein, bis schließlich zwölf Frauen ums Feuer saßen – die erste mit einem Horn, die letzte mit zwölf Hörnern. Und sie kämmten die Wolle und drehten ihre Spinnräder und wickelten und webten und sangen dazu einen uralten Reim, aber mit der Hausherrin sprachen sie kein Wort. Seltsam zu vernehmen und fürchterlich anzuschauen waren diese zwölf Frauen mit ihren Hörnern und ihren Spinnrädern. Und die Hausherrin fühlte sich dem Tode nahe und wollte aufstehen und Hilfe holen, aber sie konnte sich weder rühren, noch kam ein Wort oder ein Schrei über ihre Lippen, denn sie stand unter dem Zauberbann der Hexen.

Dann rief ihr eine auf irisch zu: »Steh auf, Frau, und backe uns einen Kuchen.«

Die Hausherrin suchte nach einem Gefäß, um Wasser vom Brunnen zu holen, das Wasser mit Mehl zu mischen und den Kuchen zu backen, aber sie konnte keines finden. Und die Hexen rieten: »Nimm ein Sieb und hol damit Wasser.«

Und sie nahm das Sieb und ging zum Brunnen, aber das Wasser tropfte heraus, und sie konnte kein Wasser für den Kuchen holen, und so setzte sie sich am Brunnen nieder und weinte. Dann hörte sie eine Stimme, die sagte: »Nimm gelben Lehm und Moos und verbinde beides miteinander und lege damit das Sieb aus, damit es kein Wasser mehr durchläßt.«

Sie tat es, und das Sieb hielt das Wasser für den Kuchen. Und die Stimme sprach wieder: »Geh zurück, und wenn du an die nördliche Ecke des Hauses kommst, rufe dreimal laut: ›Der Berg der fenischen Frauen und der Himmel darüber brennen.‹«

Und sie tat es.

Als die Hexen im Haus sie so rufen hörten, löste sich ein lauter, entsetzlicher Schrei von ihren Lippen, und sie kamen mit wildem Kreischen und Wehklagen angelaufen und flohen nach Slieve-namon, wo ihr Hauptsitz war. Und der Brunnengeist forderte die Hausherrin auf, einzutreten und ihr Heim gegen den Zauber der Hexen zu schützen.

Um den Bann zu brechen, sprenkelte sie zuerst Wasser, in dem sie die Füße ihres Kindes gewaschen hatte, vor der Tür auf die Schwelle. Dann nahm sie den Kuchen, den die Hexen in ihrer Abwesenheit aus Mehl und dem Blut, das sie der schlafenden Familie entzogen, gebacken hatten. Sie brach den Kuchen in kleine Stücke und steckte jedem Schlafenden eines in den Mund, und alle erholten sich. Dann nahm sie das Tuch, das die Hexen gewebt hatten, steckte es in die Truhe und ließ es halb nach innen und halb nach außen hängen. Zuletzt verriegelte sie die Tür mit einem starken Querbalken, der am Türpfosten befestigt war, so daß die Hexen nicht ins Haus konnten. Nachdem sie all dies getan hatte, wartete sie.

Es dauerte nicht lang, bis die Hexen zurückkamen. Sie schäumten vor Wut und schworen Rache. »Mach auf! Mach auf!« kreischten sie. »Mach auf, Fußwasser!«

»Ich kann nicht«, sagte das Fußwasser, »ich bin auf dem Boden verschüttet, und mein Weg führt hinunter zum See.«

»Macht auf, macht auf, Holz und Baum und Balken!« schrien sie die Tür an.

»Ich kann nicht«, erwiderte die Tür, »denn der Balken ist am Pfosten befestigt, und ich habe nicht die Kraft, ihn zu bewegen.«

»Mach auf, mach auf, Kuchen, den wir gebacken und mit Blut vermischt haben«, riefen sie wieder.

»Ich kann nicht«, sagte der Kuchen, »denn ich bin zerbrochen und zerquetscht, und mein Blut ist auf den Lippen der schlafenden Kinder.«

Da rauschten die Hexen mit lautem Geschrei durch die Luft, flohen zurück nach Slieve-namon und stießen seltsame Flüche gegen den Brunnengeist aus, der ihnen Vernichtung gewünscht hatte. Aber die Frau und das Haus ließen sie in Frieden. Als Zeichen des schrecklichen nächtlichen Wettstreits hängte die Hausherrin einen Mantel auf, den eine der Hexen beim Fortfliegen verloren hatte. Und dieser Mantel blieb noch fünfhundert Jahre lang, von einer Generation zur anderen vererbt, im Besitz der Familie.

Die Frau von Laggan

Schottisch

Eines schönes Tages machte sich Razay zur Insel Lewes auf, um Hirsche und Rehe zu jagen, die es dort reichlich gab. Er nahm sein Gefolge mit, die tapfersten jungen Männer. Es war ein wunderschöner Tag, und die Jagd verlief bestens. Es war noch nie so gut gegangen, und sie jagten bis zum Sonnenuntergang und verbrachten den Abend fröhlich in ihrer Jagdhütte, aßen gebratenes Wild und tranken Whisky, und sie sangen, musizierten und erzählten Geschichten bis tief in die Nacht hinein.

Aber während sie schliefen, kam ein starker Wind auf, und als sie aufwachten, erwartete sie ein stürmischer Tag. Razay wollte schnell nach Hause fahren und befahl der Mannschaft, das Boot bereit zu machen. Viele hatten wegen der Überfahrt Bedenken, doch die Gefahr spornte ihren Herrn nur an, und so führte er sie alle zum Bootssteg. Aber viele hatten immer noch Bedenken. Deshalb ließ Razay ein Fäßchen Whisky anstechen, und ihre Lebensgeister erwachten, obwohl einige immer noch Bedenken hatten. Während sie noch darüber sprachen, humpelte ein altes Weib auf sie zu, und Razay fragte, ob sie sich mit der See auskenne.

»Ja, ja«, sagte sie, »ich bin schon achtzig Jahre hier, und im Vergleich zu damals, als mein Vater übers Wasser fuhr und auch mein Ehemann und mein junger Sohn, ist die See heute so glatt wie Euer Handrücken, und sie sind doch alle wohlbehalten zurückgekehrt, als ob sie nur in der Wiege geschaukelt hätten. Aber es gibt keine richtigen Seeleute mehr, und alle haben schon Angst, wenn der Wind nur ein kleines bißchen pfeift. Ich habe gehört, daß

Razays Burschen die größten Feiglinge in ganz Schottland sind, und ich sehe, daß es wahr ist.«

Nach diesen spöttischen Worten hätte sich selbst der vorsichtigste unter den Männern nicht zurückhalten lassen – nicht um den Reichtum Indiens. Sie stießen sich von der Mole ab und hißten die Segel, und der Wind holte sie ein und schleuderte sie aufs Meer hinaus, während der Sturm immer heftiger brauste und es blitzte und donnerte und in Strömen goß, so daß sie die Küste nicht ansegeln konnten. Beherzt kämpfte sich Razay bis ans Ruder heran, und seine Mannschaft faßte neuen Mut, als er das Boot direkt auf Aird on Skye zusteuerte. Sie schöpften schon wieder Hoffnung, heil zurückzukehren, als eine große schwarze Katze aufs Boot kroch und auf den Mast zu klettern begann. Dann kam noch eine und noch eine, bis die Takelage voller Katzen und die Leeseite des Bootes schwarz von ihnen war. Zum Schluß tauchte ein riesiges Biest auf und kletterte auf den Hauptmast. Razay rief der Mannschaft zu, sie solle es töten, aber als sie auf das Tier zugingen, brachten die Katzen das Schiff zum Kentern, und alle Mann an Bord wurden vom Meer verschlungen und ertranken.

Am selben Tag wärmte sich einer von Razays besten Freunden, der wegen seiner Jagdkünste »Jäger der Berge« genannt wurde und wie Razay ein erklärter Feind der Hexen war, in seiner Jagdhütte im Wald von Gaich in Badenoch auf und lauschte dem Heulen des Sturms. Seine beiden Hunde lagen an seiner Seite neben dem Feuer, und sein Gewehr lehnte in einer Ecke der Hütte. Während er so dasaß und fast einnickte, öffnete sich die Tür einen winzigen Spalt, und eine arme, elende, völlig durchnäßte Katze schlich sich in den Raum. Mit gesträubtem Fell sprangen die Hunde auf und stürzten sich auf das Tier, aber zu seiner Überraschung sagte es mit menschlicher Stimme: »Oh, großer Jäger der Berge«, sagte es, »ich flehe Euch an, mich zu beschützen. Ich kenne Euren Haß auf meine Familie, aber verschont ein armes, erschöpftes Wesen, das zu Euch geflohen ist, um vor der Grausamkeit seiner Schwestern Schutz zu suchen!«

Der Jäger war gerührt. Obwohl er aus den Worten der Katze heraushörte, daß sie eine Hexe war, brachte er es nicht übers Herz, einen Feind zu quälen, dem es so schlecht ging. Er befahl seinen Hunden, sich niederzulegen, und forderte die Katze auf, sich ans Feuer zu setzen und sich trocknen zu lassen. Aber sie rührte sich nicht vom Fleck und zitterte. »Eure Hunde sind immer noch wütend«, sagte sie. »Ich habe Angst, daß sie mich in Stücke reißen. Ich habe hier ein langes Haar. Bitte legt es um die Hunde und bindet sie zusammen.« Der Jäger wurde noch mißtrauischer. Er nahm das seltsame lange Haar und tat, als ob er die Hunde festbinde, aber er wand es um zwei Balken der Hütte, und die Katze schlich sich heran und setzte sich ans Feuer. Sogleich bemerkte der Jäger, daß die Katze immer größer wurde.

»Einen schlimmen Tod für dich, du häßliches Biest«, sagte er lachend, »du wirst sehr groß.«

»Ja, ja«, sagte die Katze und lachte auch. »Meine Härchen bauschen sich, wenn sie trocknen.«

Der Jäger sagte nichts, beobachtete aber die Katze, die größer und größer wurde, bis er plötzlich die Frau von Laggan vor sich sitzen sah.

»Nun, Jäger der Berge«, sagte sie, »ist die Stunde der Abrechnung gekommen. Ihr, du und Macgillichallum von Razay, wart die größten Feinde meiner ergebenen Schwestern. Mit Razay haben wir bereits abgerechnet. Er liegt als lebloser Leichnam auf dem Meeresgrund. Und jetzt, Jäger der Berge, bist du an der Reihe.«

Und mit diesen Worten schien sie zu einer noch schrecklicheren Größe anzuwachsen und häßlich wie der Teufel zu werden, und sie stürzte sich auf ihn. Aber die

Hunde waren nicht mit dem Haar festgebunden und sprangen auf, um ihren Herrn zu verteidigen. Sie verbissen sich in der Brust der Hexe, die ihnen laut schreiend zu entkommen versuchte. »Fester, Haar! Fester!« kreischte sie, denn sie dachte, daß das Haar um die Hunde geschlungen sei. Das Haar zog sich fester zusammen, bis die beiden Balken, um die der Jäger es gewunden hatte, wie Reisig zerbrachen, aber immer noch rissen die Hunde an der Hexe, die sie mit sich aus dem Haus zerrte. Und sie ließen sie nicht eher los, als bis ihnen jeder Zahn aus dem Maul gezogen war. Nachdem die Hexe sich endlich befreit hatte, flog sie wie ein Rabe davon. Ihr Heulen erstarb, und die Hunde krochen zu ihrem Herrn zurück, und während er sie streichelte und lobte, leckten sie ihm die Hände und starben. Der Jäger beweinte ihren Tod, als ob es seine Kinder gewesen wären. Dann begrub er sie und ging traurig nach Hause.

Seine Frau war ausgegangen, und er wartete lange Zeit, bis sie heimkehrte. »Wo warst du, meine Liebe?« fragte er. »Ich hatte einen traurigen Gang zu machen«, antwortete sie. »Ich war bei der Frau von Laggan, die plötzlich krank geworden ist und die Nacht wohl nicht überstehen wird. Alle Nachbarn sind bei ihr.«

»Das ist eine traurige Nachricht«, sagte er. »Was fehlt denn der ehrwürdigen Frau?«

»Sie war wohl draußen im Moor und hat Torf gestochen, als das Gewitter losbrach, so daß sie völlig durchweicht wurde und plötzlich starke Schmerzen bekam.«

»Es gehört sich, daß ich sie aufsuche«, sagte der Jäger. »Laß uns schnell zu Abend essen und zu ihr gehen.«

Bald waren sie in der Kammer, in der sich alle Nachbarn um das Bett versammelt hatten und das Leiden einer Frau beklagten, die sie immer für eine gute Nachbarin und ehrenwerte Person gehalten hatten. Der Jäger bahnte sich einen Weg durch die Menge und schlug die Decken zurück, so daß alle die Abdrücke der Hundezähne auf ihrer Brust und ihren Armen sehen konnten. »Schaut euch diese widerliche Hexe an!« sagte er. »Heute hat sie Macgillichallum von Razay in den Tod getrieben und mich zu töten versucht.« Und er erzählte den Leuten, wie alles passiert war. Die Anwesenden staunten und glaubten ihm, denn die Spuren der Hundezähne waren auf ihrem Körper deutlich zu sehen. Da wollten die Leute sie aus dem Bett zerren und sogleich hinrichten. Aber die alte Hexe flehte die Leute an, sie mit menschlicher Rache zu verschonen, denn schreckliches Leiden erwarte sie vom Teufel, der sie betrogen und verführt habe und der sich jetzt über ihre Qualen lustig mache. »Seid gewarnt«, sagte sie, »und laßt euch nicht mit dem Meister ein, dem ich so lange gedient habe.« Und sie erzählte ihnen die ganze Geschichte. Sie berichtete von ihrer Lehrzeit, in der sie in das Böse eingeweiht wurde, und von allen schrecklichen Dingen, die sie getan hatte, und endete mit dem Tod von Razay und dem fehlgeschlagenen Versuch, auch seinen Freund zu töten. Und als sie alles gesagt hatte, starb sie.

In der selben Nacht war einer ihrer Nachbarn auf dem Heimweg von Strathdearn und betrat gerade den düsteren Wald von Monalea in Badenoch, als er einer schwarz gekleideten Frau begegnete, die eilig gelaufen kam, und als sie ihn erreicht hatte, fragte sie ihn, wie weit es bis zum Kirchhof von Dalarossie sei und ob sie ihn noch vor zwölf Uhr erreichen könne. Er sagte, er glaube, daß es ihr gelinge, wenn sie im gleichen Tempo weiterliefe. Jammernd eilte sie weiter. Nach wenigen Meilen kam ihm ein großer schwarzer Hund entgegen, der am Weg entlang schnupperte, und kurze Zeit später lief ein zweiter herbei. Gleich danach ritt ihm ein kräftiger schwarzer Mann auf einem schnellen schwarzen Pferd entgegen, der das Pferd zügelte und sich nach einer Frau erkundigte, die diesen Weg gegangen sei. Der Wanderer antwortete, er habe eine gesehen, die sehr schnell gelaufen sei. »Und waren zwei schwarze Hunde hinter ihr her?« fragte der dunkle Fremde.

»Ganz richtig«, erwiderte der Wanderer, »zwei große Hunde.«

»Und glaubt Ihr, daß die Hunde sie einholen, bevor sie den Kirchhof von Dalarossie erreicht?«

»Sie sind ihr jedenfalls auf den Fersen«, meinte der Wanderer. Da nahm der Fremde die Zügel in die Hand und galoppierte davon, und der Wanderer lief schnell nach Hause, denn es war eine unheimliche Begegnung an einem unheimlichen Ort gewesen. Er war jedoch nicht weit gekommen, als der schwarze Reiter ihn überholte. Die Frau lag über dem Sattelknauf, ein Hund hing an ihrer Brust und der andere an ihrem Schenkel. »Wo habt Ihr sie getroffen?« fragte der Wanderer. »Gerade, als sie den Kirchhof von Dalarossie betreten wollte«, sagte der schwarze Jäger und galoppierte davon.

Als der Wanderer nach Hause kam und die Geschichte von der Hexe von Laggan hörte, war er ganz sicher, daß die schwarz gekleidete Frau die Seele der Hexe gewesen war, die vor den Dämonen, an die sie sich verkauft hatte, floh, um im Kirchhof von Dalarossie Schutz zu suchen, der ein so heiliger Ort ist, daß jede Hexe, die ihn tot oder lebendig betritt, vom Bündnis mit dem Teufel befreit wird.

Baba Jaga

Russisch

Es lebten einmal ein Mann und eine Frau; als der Mann Witwer wurde, heiratete er eine andere, und von der ersten Frau blieb ein Töchterchen zurück. Die böse Stiefmutter liebte das Mädchen nicht, sie schlug es und sann darauf, wie sie es umbringen könnte. Eines Tages war der

Vater verreist, da sagte die Stiefmutter zu dem Mädchen: »Geh zu deiner Tante, meiner Schwester, bitte sie um Nadel und Faden, damit du dir ein Hemd nähen kannst!« Diese Tante aber war die Baba Jaga Beinernes Bein.

Aber das Mädchen war nicht dumm, es ging vorher zu seiner leiblichen Tante. »Guten Tag, liebe Tante!« – »Guten Tag, meine Gute! Weshalb kommst du?« – »Die Stiefmutter schickt mich zu ihrer Schwester um Nadel und Faden, damit ich mir ein Hemd nähen kann.« Die Tante lehrte sie: »Liebe Nichte, dort wird eine Birke mit ihren Zweigen dich in die Augen peitschen – du mußt sie mit einem Seidenband festbinden; dort wird ein Tor knarren und zuschlagen – du mußt ihm Öl unter die Fersen gießen; dort werden Hunde über dich herfallen – du mußt ihnen Brot zuwerfen; dort wird dir ein Kater in die Augen springen – du mußt ihm ein Stück Schinken geben.« Darauf ging das Mädchen weiter. Es ging und ging und kam schließlich an.

Da stand ein kleines Haus. In dem Haus saß die Baba Jaga Beinernes Bein und webte. »Guten Tag, liebe Tante!« – »Guten Tag, meine Gute!« – »Die Mutter schickt mich zu dir um Nadel und Faden, damit ich mir ein Hemd nähen kann.« – »Gut; setz dich einstweilen und webe ein bißchen.« Das Mädchen setzte sich an den Webstuhl, und die Baba Jaga sagte zu ihrer Magd: »Geh, heize die Badestube und bade meine Nichte. Bade sie aber ordentlich; ich möchte sie zum Frühstück essen.« Das Mädchen saß da, weder tot noch lebendig, fürchtete sich sehr und bat die Magd: »Meine Gute, schüre das Feuer nicht, sondern schütte Wasser darauf und trage das Wasser mit einem Sieb herbei.« Und es schenkte der Magd ein Tüchlein.

Die Baba Jaga wartete. Sie trat ans Fenster und fragte: »Webst du, meine Liebe?« – »Ich webe, liebe Tante, ich webe, meine Gute.« Die Baba Jaga ging wieder vom Fenster weg, und das Mädchen gab dem Kater ein Stück

Schinken und fragte: »Könnte ich nicht weglaufen?« – »Hier hast du einen Kamm und ein Handtuch«, sagte der Kater. »Nimm sie und lauf weg; die Baba Jaga wird dich verfolgen. Halte das Ohr an die Erde, und wenn du hörst, daß sie nicht mehr weit von dir ist, mußt du zuerst das Handtuch hinter dich werfen, ein breiter, breiter Fluß wird dann hinter dir fließen; wenn die Baba Jaga den Fluß überquert und dich weiter verfolgt, mußt du abermals das Ohr an die Erde halten, und sobald du hörst, daß sie nicht mehr weit von dir ist, den Kamm hinter dich werfen, und ein dichter, dichter Wald wird hinter dir emporwachsen. Durch diesen Wald wird die Hexe nicht hindurchkommen.«

Das Mädchen nahm das Handtuch und den Kamm und lief fort; die Hunde wollten sich auf das Mädchen stürzen, es warf ihnen Brot hin, und die Hunde ließen es durch; das Tor wollte vor ihm zuschlagen, es goß ihm Öl unter die Fersen, und die Torflügel ließen es durch. Die Birke wollte ihm in die Augen peitschen – es band sie mit einem seidenen Band fest, und die Birke ließ es durch. Der Kater aber setzte sich an den Webstuhl und webte: Er hat weniger gewebt, als die Fäden verwirrt. Die Baba Jaga trat an das Fenster und fragte: »Webst du auch, liebe Nichte? Webst du, meine Gute?« – »Ich webe, Tante! Ich webe!« antwortete der Kater verdrießlich.

Die Baba Jaga stürzte ins Haus, sah, daß das Mädchen fort war, und begann, den Kater zu prügeln und zu beschimpfen, weil er dem Mädchen nicht die Augen ausgekratzt hätte. »Ich diene dir schon lange, und du hast mir nie einen Knochen gegeben, aber von ihm habe ich Schinken bekommen.« Die Baba Jaga begann, alle zu beschimpfen und zu prügeln: die Hunde, die Torflügel, die Birke und die Magd. Die Hunde sagten: »Wir dienen dir schon so lange, du hast uns nicht einmal eine verbrannte Kruste gegeben, aber von ihm haben wir Brot bekommen.« Die

Torflügel sagten: »Wir dienen dir schon so lange, und du hast uns noch nie Wasser unter die Fersen gegossen, aber von ihm haben wir Öl bekommen.« Die Birke sagte: »Ich diene dir schon so lange, und du hast mich nicht einmal mit einem Strick festgebunden, aber von ihm habe ich ein seidenes Band bekommen.« Die Magd sagte: »Ich diene dir schon so lange, aber du hast mir noch nie ein Läppchen geschenkt, das Mädchen aber hat mir ein Tüchlein geschenkt.«

Die Baba Jaga Beinernes Bein stieg hurtig in den Mörser, trieb ihn mit dem Stößel an, wischte die Spur mit dem Ofenbesen aus und wollte das Mädchen einholen. Das Mädchen legte das Ohr an die Erde und hörte, daß die Baba Jaga ihm nachjagte. Als sie nicht mehr weit von ihm war, nahm es das Handtuch, warf es hinter sich, und schon strömte hinter ihm ein breiter, breiter Fluß! Die Baba Jaga kam an den Fluß und knirschte vor Wut mit den Zähnen; sie kehrte nach Hause zurück, holte ihre Ochsen und trieb sie an den Fluß. Die Ochsen tranken den ganzen Fluß bis auf dem letzten Tropfen aus. Die Baba Jaga nahm die Verfolgung wieder auf. Das Mädchen legte das Ohr an die Erde und hörte, daß die Baba Jaga nicht mehr weit von ihm war – da warf es den Kamm hinter sich: ein dichter, ein wilder Wald wuchs hinter ihm empor! Die Baba Jaga wollte sich durchnagen, aber wie sehr sie sich auch mühte, sie konnte sich nicht durchnagen und mußte unverrichteter Dinge nach Hause zurückkehren.

Der Mann aber war nach Hause gekommen und fragte: »Wo ist denn meine Tochter?« – »Sie ist zu ihrer Tante gegangen«, sagte die Stiefmutter. Es dauerte nicht lange, da kam das Mädchen gelaufen. »Wo warst du?« fragte der Vater. »Ach, Väterchen«, sagte das Mädchen, »die Mutter hatte mich zu der Tante geschickt um Nadel und Faden, damit ich mir ein Hemd nähen kann, aber die Tante, die Baba Jaga, wollte mich verschlingen.« – »Wie bist du ihr entkommen, Töchterchen?« Das Mädchen erzählte, wie sich alles zugetragen hatte. Als der Mann alles gehört hatte, geriet er in großen Zorn über seine Frau und schoß sie nieder; er lebte mit seiner Tochter glücklich und in Frieden, das Gute mehrte sich, auch ich bin dort gewesen, habe Met und Bier getrunken, alles lief den Schnurrbart hinunter und nicht ein Tropfen in den Mund.

Siebter Teil

Hungrige Hexen: Kannibalinnen und Blutsaugerinnen

Vikram und die Dakini

Indisch

Es lebte einmal ein König namens Vikram. Es war nicht dein König, und es war nicht mein König, aber es war ein berühmter König vor langer Zeit. Jeder kennt ihn, deshalb mußt du auch etwas über ihn wissen. Wenigstens seinen Namen. Einmal starb eine Frau unter seiner Obhut, während ihr Ehemann, ein Priester, auf Pilgerfahrt war. Als der Priester zurückkehrte, sagte Vikram: »Wache über ihren Körper, bis ich mit einem Gegenmittel gegen den Tod zurückkomme.«

Vikram durchquerte auf der Suche nach dem Geheimnis der Wiederbelebung Dschungel, Wildnis, Flüsse und Wüsten. In einer Wildnis kam ein altes häßliches Weib auf ihn zu, schlang weinend die Arme um ihn und sagte: »Ach, mein Sohn, ich habe dich so vermißt. Ich hätte nicht gedacht, daß ich dich je wiedersehe.«

Vikram sagte freundlich zu der Alten: »Ich bin nicht dein Sohn.«

»Arbeitest du nicht für den-und-den Raja?« fragte sie. Vikram verneinte und erklärte ihr, daß er nach dem Geheimnis der Wiederbelebung suche.

Die Alte sagte: »Wenn Yama jemanden mitnimmt, gibt er ihn nie mehr zurück. Es ist nahezu hoffnungslos. Aber du und mein Sohn habt das gleiche Gesicht. Nimm seinen Platz bei dem-und-dem Raja ein. Er lebt in dieser Richtung … und schicke mir meinen Sohn zurück. Tu es im Namen von Kali. Sie wird es dir vergelten.« Und sie stand da, schüttelte den Kopf und murmelte und brummte vor sich hin.

Es lag Vikram auf der Zunge, sie daran zu erinnern, daß

er bereits etwas anderes zu suchen habe, aber er hatte Mitleid mit der Alten und versprach zu tun, was sie verlangte.

So reiste Vikram noch elf Monate lang weiter, und obwohl er das Geheimnis, wie man Tote zum Leben erweckt, nicht entdeckte, fand er doch den Sohn der alten Frau. Der Mann, der das gleiche Gesicht hatte, erklärte, daß er Säcke mit Gold für den König zu tragen habe, das dieser jeden Morgen an sein Volk verteilen ließ. Es schien eine ehrenwerte Arbeit zu sein, und deshalb fragte Vikram: »Kann ich mit dir tauschen, weil deine Mutter schrecklich alt wird und dich bei sich haben will?«

Und so tauschten sie die Plätze, und Vikram begann, für den König zu arbeiten. Dabei bemerkte er, daß der König furchtbar blaß und erschöpft aussah und, sobald er die Säcke mit Gold an seine Untertanen verteilt hatte, in einen Tempel in der Nähe stolperte und in Schlaf fiel, der eher einer Bewußtlosigkeit als normalem Schlummer glich. Deshalb paßte Vikram gut auf den König auf. Er war ein gütiger Mann und wollte ihm helfen, wenn er konnte.

In der Nacht erwachte der König, wusch sich im heiligen Teich und reinigte sich wie vor dem Beten. Dann machte er sich auf den Weg an den Stadtrand. Dort befand sich der Verbrennungsort, und gleich dahinter lagen der Dschungel und der weiße Tempel der Kali, der in der Dunkelheit schimmerte. Also, du kannst mir glauben, Vikram bekam zum ersten Mal im Leben richtige Angst, als er sah, daß der König auf eine dunkle Gestalt zuging, die an einer Leiche in einem Baum am Rande des Krematoriums hing. Es war die Gestalt einer furchtbaren Frau. Gierig schmatzend und genüßlich jaulend und stöhnend trank sie wie ein Säugling an der Mutterbrust. Bei einem Kind, das seine Milch trinkt, ist es natürlich, aber dies war eine Dakini, die das Blut eines jungen Toten einsog. Und es war nicht irgendeine Dakini. Es war eine auserwählte Dienerin Ihrerselbst, der großmächtigen, schrecklichen

Kali. Aber Vikram wußte dies nicht, als der König sich der Hexe rasch näherte und sie bei ihrem Blutmahl unterbrach. Als die furchtbare Kreatur zurückwich, floß das Blut wie ein Gießbach aus der Öffnung in der Leiche und bespritzte das Gesicht und den Körper der Hexe, die sich gierig und enttäuscht jaulend die Tropfen ableckte. Als sie sah, daß es der König war, fing sie an zu wimmern und kauerte sich auf die Erde, bevor sie sich umdrehte, um ihn zu Kali zu führen. Du weißt ja wie alle anderen, daß Kali die Göttin der Dämoninnen und Hexen, aber auch der Heiligen und Könige und des gewöhnlichen Volks und der Armen ist. Sie ist jedermanns Göttin.

Wenn er Kali aufsucht, wird es ihm schon gut gehen, dachte Vikram. Weil alle Könige – wie du weißt – Kshatriyas sind, und Kshatriyas verehren Kali, die Göttin des Krieges. Entweder als Durga, wenn sie auf einem Tiger reitet, oder als Chandi, wenn sie Blutstropfen des Dämongenerals schluckt, oder als Kali, wenn sie berauscht vom Blut der Dämonen, die sie erschlagen hat, tanzt. Wie du sie auch nennen magst – sie ist die Macht. Aber wenn sie Kali oder Bhavani oder Chandi ist, liebt sie Blut. Du weißt schon, wenn du ihre Zunge heraushängen siehst, einen geköpften Dämon in der einen Hand, eine Kette aus Totenschädeln um den Hals, mit einem Rock aus abgetrennten Händen. Die Furchterregende, die Zerstörerin, die Menschenverschlingerin mit abgrundtiefen Rachen an beiden Enden. Und warum nicht – die Gebärmutter der Welt, die Schöpferin, was sie ausstoßen kann, kann sie auch einsaugen –, warum nicht? Ist es nicht so? Einmal verbarg sie ein Schwert da drin – weißt du –, aber ihr Herr Shiva verwandelte seine gewaltige Linga in einen Blitz! Was für einen Spaß die beiden haben! Sie bringen die Erde ins Wanken. Aber das ist eine andere Geschichte, obwohl Vikram vielleicht an solche Dinge gedacht hat, als er sah, was er sah …

Der König warf sich vor der Göttin zu Boden und bat um ihren Segen. Dann kletterte er auf die Plattform vor ihr. Sie senkte ihre Zähne in sein Herz und trank in großen Zügen von seinem Blut. Sie sog und atmete es ein, bis ihr Gesicht und ihre Hände blutig waren und ihre Kleidung befleckt. Vikram beobachtete alles in völliger Stille und behielt alles im Gedächtnis.

Er sah, wie Kali sich zurücklehnte und den König betrachtete, der immer noch ein wenig Leben in sich hatte. Die Dakinis strichen herum und hofften, ein paar Blutströpfchen eines lebenden Mannes von der Erde auflecken zu können. Abseits von Galgen und Hackblock des Scharfrichters war ihr Verlangen so riesig wie ihre Bäuche. Kali lehnte sich gesättigt zurück, die Augen verzückt geschlossen, und schmeckte noch das frische Blut und atmete seinen feinen Geruch ein, der in der Luft hing. Die Dakinis steckten den König in einen Kessel mit Öl und kochten ihn knusprig. Dann zogen sie ihn raus und servierten ihn Kali, die jeden Bissen von ihm verschlang. Aber sie aß nicht wild oder unbeherrscht. Sie achtete darauf, daß kein einziger Knochen splitterte. Bis sie mit dem Abnagen der Knochen, jedem Fleischfetzen, allen Muskeln und Innereien fertig war, dämmerte es. Dann breitete sie sein Skelett aus, und ihre Dakinis schlichen herum und wischten und säuberten es. In der Zwischenzeit langte Kali nach einem Krug mit einer goldenen Flüssigkeit und sprenkelte sie über seine Knochen. Ein paar Knorpel und Muskeln tauchten am Skelett auf. Dann verspritzte sie mehr von der Flüssigkeit, und er bekam Fleisch, bis alles wieder ganz normal gewachsen war und sich die Adern und Gefäße darin mit etwas Blut füllten.

Jedenfalls stand der König nach einer Weile vor Kali, verbeugte sich dann vor ihr und lobpries sie, und sie langte in ihr blutbefleckktes Gewand und zog ein zerknittertes blutiges Tuch heraus, das wie ein riesiges Taschentuch aussah, und faltete es auseinander. Während sie es ausschüttelte, fiel haufenweise Gold auf die Erde, und der König kniete nieder und schaufelte es in Säcke. Dann verbeugte er sich tief vor ihr und nahm Abschied. Bald versammelten sich seine Untertanen, und alles war wieder wie am Tag zuvor und am Tag vor diesem. Nur Vikram wußte, daß das nächtliche Geschehen sich nicht wiederholen würde. Er hatte nämlich einen Plan – weißt du? Vikram mischte am Abend etwas in das Getränk des Königs und machte sich auf den Weg zum Verbrennungsort. Aber zuvor schnitt er sich in Arme und Beine und tat Salz und Chilipaste in die Wunden, um wach zu bleiben, denn es waren inzwischen viele Stunden vergangen, seit er geschlafen hatte, und er wußte, daß er auf der Hut bleiben mußte, wenn sein Vorhaben gelingen sollte.

Er kam also zum Bestattungsplatz und fand eine jaulende, blutsaugende Dakini vor, die ihn zur weltgebärenden Kali brachte, um das Spiel zu beginnen. Bevor sie Gelegenheit hatte, ihn näher anzuschauen, sprang er mit einem großen Satz auf die Plattform, und sofort neigte sie den Kopf und senkte ihre Zähne in sein weiches Fleisch und schnupperte ein bißchen herum, bis sie die Stelle fand, wo sein Herz am vollsten war, und dann fing sie an zu saugen. Vikram spürte, daß er ohnmächtig wurde, aber die Schmerzen vom Salz und Chili in seinen Adern waren so heftig, daß sie selbst Tote wach gehalten hätten. So blieb er wach. Kali schmatzte und lehnte sich zurück.

Dieses Blut hat einen neuen, frischen Geschmack, dachte sie. So etwas habe ich bisher noch nie gekostet.

Während sie mit rotverschmiertem Gesicht dasaß und den Nachgeschmack von Vikrams Blut genoß, sprang er schnurstracks in den Kessel mit dem siedendheißen Öl. Er wollte nicht warten, bis sich diese Dakinis über ihn hermachten. Wer weiß, vielleicht erkannten sie ihn? Dann, als er gekocht und Kali serviert wurde und sie die Knochen abgenagt hatte und jedes Fetzchen Fleisch daran verschwunden war, reinigten die Dakinis das Skelett, und Kali langte nach dem Krug mit der goldenen Flüssigkeit. Als sie sich bereit machte, das Elixier auf seine Knochen zu sprenkeln, strich sie sich über den vollen Bauch und lächelte vor Freude über die Geheimnisse, die nur sie kannte.

»Ich habe dich seit elf Monaten gegessen, Raja«, sagte sie, »aber heute hast du etwas Saftiges und Pikantes an dir, das ich noch nie geschmeckt habe.« Sie lachte laut.

Die Dakinis hockten sich hin und lachten gackernd und gurgelnd, denn sie wußten, ihre Herrin triumphierte, aber sie kannten ihre Geheimnisse nicht.

»Da du heute so köstlich scharf und würzig warst«, sagte Kali gutgelaunt, »will ich dir einen Wunsch gewähren.«

»Drei Wünsche«, sagte Vikram schnell und freute sich, daß die Göttin auf seinen Trick hereinfiel.

Kali lachte. »Du bist so scharf wie du schmeckst. Das gefällt mir bei einem König. Also drei Wünsche. Was ist der erste?«

»Gib mir das Elixier des Lebens.«

Kali überschüttete Vikram mit der goldenen Flüssigkeit, und als er sich, wieder ganz geworden, aufsetzte, reichte sie ihm den Krug mit dem restlichen Elixier.

»Genug für ein Leben«, lachte sie. »Und jetzt der zweite Wunsch.«

»Gib mir deinen goldmachenden Schal«, verlangte Vikram.

»Du sollst ihn haben. Dein dritter Wunsch.«

Vikram holte tief Luft und raffte seinen ganzen Mut zusammen. »Segne dieses Königreich und seinen König, und dann geh für immer.«

Kali hatte über alle seine Bitten gelacht, als ob diese ihr durch und durch Spaß gemacht hätten. Jetzt war es ein noch tieferes, volles Lachen, und sie sagte: »Mein Werk ist hier getan, Vikram, ich wollte sowieso gehen.«

Und sie verschwand.

Da merkte Vikram, daß sie die ganze Zeit schon gewußt hatte, wer er war!

Und dann eilte Vikram ins Königreich zurück und gab dem König den Goldschal. Der König dankte ihm und gab ihm königliche Reiter, die ihn nach Hause geleiten sollten. Auf dem Heimweg hielt er an, um der alten Frau zu danken, die ihn zu diesen Aufgaben geschickt hatte.

Aber da war keine alte Frau. Es war von Anfang an Kali gewesen.

Weißt du, Vikram war sein Leben lang ein echter Diener Kalis gewesen, und als er in Schwierigkeiten geriet, tat sie all diese Dinge, um ihm zu helfen. Wieder einmal hatte sie damit dem gerissenen alten Todesgott Yama ein Schnippchen geschlagen. Und die Flüssigkeit im Krug erweckte die Frau des Priesters zu neuem Leben! Was für Spiele die da oben mit uns spielen! Manchmal überschütten sie uns mit Blumen, ein andermal lassen sie Pfeile auf uns niederhageln!

Die alte Würgadlerfrau

Aborigines, Australien

In der Traumzeit lebte eine alte Frau namens Ngarumba zwischen den Felsen. Sie gehörte zum Stamm der Maledna und war die Mutter von zwei Töchtern, die bei ihr lebten.

Die alte Frau trat aus den Felsen und fing an, ein Lied zu singen. Und die Mädchen tanzten und sandten eine Staubwolke zum Himmel.

Eines Tages kamen zwei junge Männer an diesen Ort und glaubten, Rauch zum Himmel aufsteigen zu sehen. Gegen Abend erreichten sie die Stelle, wo die Mädchen tanzten. Und die beiden Mädchen sahen die jungen Männer und sagten zu der alten Frau: »Mutter, hier sind zwei Jungen.«

»Ach«, meinte die Alte, »am besten, ihr geht hin und redet mit ihnen.« Und später sagte die Alte zu den beiden jungen Männern: »Ihr könnt heute nacht bei uns bleiben.« Und auf beiden Seiten des Feuers lag ein Junge mit einem Mädchen.

Um Mitternacht stand die Alte auf und nahm einen riesigen Stein und tötete die Jungen damit im Schlaf. Und in der Nacht erwachten die beiden Mädchen und riefen ihrer Mutter zu: »Mutter, wir wollen Fleisch essen.« Aber die alte Frau sagte zu ihnen: »Ihr müßt auf die Jagd gehen«, und schickte sie los.

Als die Mädchen fort waren, baute die Alte einen Erdofen und kochte die beiden Jungen darin, und dann aß sie beide auf. Und aus den Füßen machte sie Dingopfoten. Damit hinterließ sie im ganzen Lager und vom Lager wegführend Spuren. Und als die beiden Mädchen zurückkehrten, sagte sie ihnen, die wilden Hunde seien gekommen und hätten die beiden Jungen gefressen.

Die Alte befahl den Mädchen zu tanzen und eine Staubwolke zu machen, und für eine lange Zeit lockten sie damit viele junge Männer an ihr Lager. Und die alte Frau tötete und aß über hundert schwarze Burschen.

Als die Alte und die Mädchen nicht da waren, kamen zwei junge Männer vom Stamm der Kurrababa zum Lager. Und als sich die beiden umblickten, sahen sie, daß viele Geister von Schwarzen umherwanderten. Die beiden Jungen entfernten sich vom Lager und warteten, bis es spät wurde. Dann gingen sie zurück und wurden von den beiden Mädchen empfangen. Und die beiden Mädchen sagten, sie könnten bleiben.

In der Nacht standen die jungen Männer auf und legten neben jedes Mädchen einen hohlen Baumstamm. Dann setzten sie sich in den Schatten des flackernden Feuers und warteten. Und sie sahen, daß sich die Alte mit einem riesigen Stein in den Händen heranschlich. Und als sie an die Stelle kam, wo das erste Mädchen schlief, sprangen die beiden jungen Männer aus der Dunkelheit und stürzten sich mit ihren Bumerangs auf die alte Frau.

Und bevor die Alte tot war, sagte der ältere der beiden Jungen zu ihr: »Du hättest keine schwarzen Burschen essen sollen. Du hättest Goannas, Wallabys oder blauzüngige Eidechsen essen sollen.« Die beiden Brüder zerschmetterten die alte Frau mit dem Stein, den sie bei sich gehabt hatte. Und die alte Frau verwandelte sich in einen Würgadler.

Dann sagten die beiden Brüder: »Wir müssen uns in Flughunde verwandeln.« Aber die beiden Mädchen entgegneten: »Ihr sollt euch in zwei Papageien mit karmesinroten Flügeln verwandeln, und ihr sollt schreiend durch die Bäume fliegen und euch von Blumen ernähren.«

Die beiden Kinder und die Hexe

Portugiesisch

Es war einmal eine Frau, die hatte einen Sohn und eine Tochter. Eines Tages schickte die Mutter ihren Sohn aus, um für fünf Escudos Bohnen zu kaufen, und dann sagte sie zu den beiden: »Meine Kinder, geht auf der Straße so weit, wie ihr Bohnenhülsen auf den Pfad gestreut findet, und wenn ihr den Wald erreicht, werdet ihr mich dort beim Brennholzsammeln finden.«

Die Kinder taten, wie sie geheißen worden waren; und nachdem die Mutter gegangen war, folgten sie der Spur der Bohnen, die die Mutter der Straße entlang ausstreute, doch sie fanden sie weder im Wald noch sonst irgendwo. Als die Nacht gekommen war, sahen sie in der Dunkelheit ein

Licht, das in der Ferne leuchtete, leicht zu erreichen. Sie folgten ihm, und bald kamen sie zu einer alten Frau, die Pfannkuchen briet. Die alte Frau war auf einem Auge blind, und der Junge ging auf die blinde Seite und stahl einen Pfannkuchen, weil er so hungrig war. Sie glaubte, es sei ihre Katze gewesen, die den Pfannkuchen gestohlen hatte, und sagte: »Du diebische Katze! Laß meine Pfannkuchen in Ruhe; sie sind nicht für dich bestimmt!«

Der kleine Junge sagte jetzt zu seiner Schwester: »Geh du jetzt und nimm dir einen Pfannkuchen.«

Aber das kleine Mädchen antwortete: »Das kann ich nicht, weil ich sicher lachen muß.«

Doch als der Junge darauf bestand und die Schwester drängte, es zu versuchen, blieb ihr nichts anderes übrig, als es zu tun. So ging sie auf die Seite des blinden Auges der alten Frau und stahl noch einen ihrer Pfannkuchen.

Die alte Frau, die wieder dachte, es wäre ihre Katze, sagte: »Geh weg! Fort, du alte Mieze; diese Pfannkuchen sind nicht für dich bestimmt!«

Das kleine Mädchen bekam nun einen Lachkrampf, und die alte Hexe drehte sich um, bemerkte die beiden Kinder und redete sie folgendermaßen an: »Ach! Ihr seid es, meine lieben Enkelkinder? Eßt, eßt nur, und werdet fett!« Dann packte sie die Kinder und warf sie in eine große Kiste voller Kastanien und schloß sie darin ein. Am nächsten Tag kam sie zur Kiste und sprach zu ihnen folgendes: »Zeigt mir eure kleinen Finger, meine Liebchen, damit ich beurteilen kann, ob ihr fett und wohlgenährt geworden seid.« Die Kinder streckten ihre kleinen Finger aus, wie gewünscht. Doch am nächsten Tag fragte die alte Hexe sie wieder: »Zeigt mir eure kleinen Finger, meine kleinen Liebchen, damit ich sehen kann, ob ihr fett und mollig geworden seid!« Die Kinder zeigten ihr anstatt ihrer kleinen Finger den Schwanz einer Katze, den sie in der Kiste gefunden hatten. Da sagte die alte Hexe: »Meine Liebchen, ihr könnt jetzt herauskommen, denn ihr seid fett und mollig.« Sie holte sie aus der Kiste heraus und sagte, sie müßten mit ihr kommen und Stöckchen sammeln.

Die Kinder gingen in den Wald und suchten in einer Richtung, während die alte Hexe eine andere Richtung einschlug. Als sie an einem bestimmten Platz angekommen waren, begegnete ihnen eine Fee. Diese Fee sagte zu ihnen: »Ihr sammelt Stöckchen, meine Kinder, um den Ofen zu heizen, aber ihr wißt nicht, daß die alte Hexe euch darin backen will.« Weiter erzählte sie ihnen, daß die alte Hexe ihnen befehlen werde, sich auf den Brotschieber zu setzen, und dann sagen: »Setzt euch auf den Schieber, meine kleinen Schätzchen, damit ich euch im Ofen tanzen sehen kann«, aber sie sollten sie bitten, sich selbst zuerst darauf zu setzen, damit sie lernen würden, wie man es macht. Dann ging die Fee wieder fort.

Kurz nachdem sie diese gute Fee getroffen hatten, fanden sie die alte Hexe im Wald. Sie packten alles Feuerholz, das sie gesammelt hatten, in Bündel und trugen es nach Hause, um den Ofen zu heizen. Als sie den Ofen geheizt hatten, kehrte die alte Hexe ihn sorgfältig aus, und dann sagte sie zu den Kleinen: »Setzt euch hier hin, meine kleinen Lieblinge, auf diesen Brotschieber, damit ich sehen kann, wie hübsch ihr im Ofen tanzt!« Die Kinder antworteten der Hexe, wie die gute Fee es ihnen gesagt hatte: »Setz du dich hier drauf, Großmütterchen, damit wir dich zuerst im Ofen tanzen sehen können.« Da es die Absicht der Hexe war, die Kinder zu backen, setzte sie sich zuerst auf den Schieber, um sie zu überreden, es ihr nachzutun; aber im selben Moment, als die Kinder sie auf dem Schieber sahen, schoben sie den Schieber mit der Hexe darauf in den Ofen. Die alte Hexe erschrak sehr und war sofort danach zu Asche verbrannt. Die Kinder nahmen die Hütte und alles, was darin war, in Besitz.

Meine süße Hexe

Zentralafrikanisch, Kongo

Ein junger Mann, Matsona, liebte ein Mädchen, das Kitsumuna hieß. Jeden Abend brachte er ihm Palmwein. Eines Tages sagte es zu ihm: »Morgen darfst du nicht kommen. Komm übermorgen wieder.« Der junge Mann fand das seltsam, aber den wahren Grund, der viel schlimmer war, als er vermutete, kannte er nicht – seine Liebste war eine Hexe! Der junge Mann beschloß, sie trotzdem zu besuchen, nahm aber als Vorkehrung ein paar Palmnüsse mit und steckte sie in seinen Lendenschurz.

Dann ging er hinaus und klopfte an ihre Tür. Es schien ihr sehr peinlich zu sein, ihn zu sehen, aber sie mußte ihn einlassen. Also liebte er sie, aber mitten in der Nacht hörte er die Stimme ihres Vaters, des Dorfhäuptlings, von oben rufen. In Wirklichkeit war es der Geist des Häuptlings, der auf dem Dach hockte.

Der Häuptling betrat die Hütte, wie eine Fledermaus vom Dach fliegen würde. Kitsumunas Mutter folgte, und auch andere Dörfler flogen herein, alle körperlos. Als alle Geister versammelt waren, befahl der Häuptling seiner Tochter Kitsumuna, sich zu ihnen zu setzen. Es war ihr peinlich, weil sie wußte, daß ihr Liebster jedes Wort verstand, auch wenn keiner in der finsteren Nacht etwas sehen konnte, auch die Hexen nicht.

Ihr Vater, der Häuptling, gab ihr ein Stück Fleisch und forderte sie auf, es zu essen. Ungeschickt ließ sie es fallen, worauf auch die anderen ihr Hexenfleisch fallen ließen. Deshalb meinte der Hexenmeister, es schliefe nicht jeder im Dorf – irgendeiner belausche sie. Er erhob sich, flog aus der Hütte und übers Dorf und sprenkelte Schlafwasser über die Hütten, um ganz sicher zu sein, daß alle unschuldigen Menschen fest schliefen.

Nach seiner Rückkehr in den Schlupfwinkel der Hexen schien das Zauberwasser noch immer nicht bei allen gewirkt zu haben, denn als er versuchte, die Sauce aus menschlichem Blut auszugießen, verschüttete er sie. Dies war der Beweis, daß die schlaflose Person sich in der Hütte des Mädchens versteckt hielt. Sie durchsuchten die Hütte und fanden schließlich Kitsumunas Geliebten, Matsona.

Der Häuptling lud ihn ein, sich zu ihnen zu setzen, und Matsona bekam sofort ein Stück Fleisch. Er wußte sehr gut, was das bedeutete: bei einem zukünftigen Treffen hätte er einen Menschenkörper beizusteuern. Als Preis dafür, sich zu ihnen gesellen zu dürfen, müßte er zum Mörder werden. Aber als Preis dafür, sich ihnen nicht zugesellen zu müssen, würde er zum Opfer werden. Er hatte keine große Wahl. Schlau, wie er war, fand er aber einen Weg aus dieser verzwickten Lage. Als er sah, daß die Mutter seiner Freundin dazugehörte, sagte er als gut erzogener junger Mann: »Natürlich nehme ich das Fleisch mit Vergnügen an, aber ich kann es unmöglich in Gegenwart meiner Schwiegermutter essen.«

Alle waren sich einig, daß dies tatsächlich unhöflich wäre, sogar unter Hexen. So durfte er sich in einen Winkel hinter das Bett setzen und den anderen den Rücken zukehren. Dabei konnte er die Palmnüsse aus seiner Tasche ziehen und diese anstelle des Fleisches essen, und alle hörten ihn kauen. Seine Freundin war natürlich sehr glücklich, daß ihr Liebster sich zu den Hexen gesellt hatte. Sie wußte ja nicht, daß er das Fleisch, das sie ihm gegeben hatte, im Lehmboden der Hütte vergrub. Nach dem Essen sagte der Häuptling: »Jetzt mußt du uns einen deiner Familie, zum Beispiel deine Mutter oder deine Großmutter, überlassen.« Der junge Matsona sagte, er sei damit einverstanden, weil er wisse, daß es von ihm erwartet werde.

Kurz danach starb die Großmutter des Mädchens. Die Dorfbewohner vermuteten, daß sie nicht an Altersschwäche gestorben war, und verlangten vom Häuptling, er solle nach einem Wahrsager schicken.

Matsona wurde ausgesandt, einen Wahrsager zu finden, und auf seinem Weg kam er durch ein nahegelegenes Dorf, in dem sein zukünftiger Schwager, Kitsumunas Bruder, lebte. Matsona erklärte ihm, was sein Auftrag sei, daß man ihn losgeschickt habe, um einen Wahrsager zu finden, der den geheimnisvollen Tod von Kitsumunas Großmutter untersuchen solle.

Ihr Bruder sagte: »Sie ist auch meine Großmutter. Wenn ihr Tod durch Hexenzauber herbeigeführt worden ist, muß ich die Übeltäter aufspüren. Wie du weißt, bin ich selbst Wahrsager. Ich bin dankbar, daß du mir das alles gesagt hast, und gehe mit dir, und wenn wir im Dorf sind, werde ich zunächst einfach nur als dein zukünftiger Schwager bei dir wohnen, um die Lage in Ruhe zu erkunden und kein Mißtrauen zu erregen.«

Als der anberaumte Tag für das Wahrsageritual kam, ließ der Häuptling alle Bewohner auf dem Dorfplatz zusammentrommeln. Der Wahrsager bat sie dann, sich in Gruppen aufzustellen, freie Männer getrennt von Sklaven, Nachkommen von angeheirateten Verwandten, und so weiter. Der Häuptling fing an, sich unbehaglich zu fühlen, denn er ahnte, daß der weise Wahrsager erkannt hatte, wo die Wurzel des Übels lag. Deshalb brannte das Herz des Häuptlings vor Angst. Schließlich beschränkte sich der Kreis der Verdächtigen nur noch auf eine einzige Familie, und der Wahrsager sang dabei immerzu:

Bapfumu wau ntanda
Baana wau ntanda …
Freie Männer in ihre Reihe
Sklaven in ihre Reihe …

Auf diese Weise wählte er die Familie des Häuptlings aus und schickte alle anderen als Freigesprochene weg. Der Häuptling, seine Frau und die Mitglieder der Hexenversammlung mußten als göttliche Strafe Gift trinken, und alle starben, auch Kitsumuna.

Der Fluch

Armenisch

Vor langer Zeit ging der Vater des Großvaters meiner Großmutter durch die Stadt, gedankenverloren, als er plötzlich aufsah und eine Elk mit der Leber eines Menschen in ihren Händen vorbeirennen sah, und viele kleine Elk-Kinder rannten hinter ihr her und schrien nach Essen.

»Mama, Essen!« rief eines nach dem anderen.

»Schon gut, schon gut, wartet, bis ich zum Fluß komme, wo ich diese Leber ins Wasser tauchen kann. Ihr wißt doch, daß ihr sie so nicht essen könnt«, sagte die Mutter und rannte in die Richtung zum Fluß.

Nun war dieser Ahnherr von mir ein guter Mann, und bei diesem Anblick schauderte ihn. Er wußte, daß die Leber von einem Menschen stammte und daß – nach der Überlieferung – die Person, der sie gehörte, sofort starb, wenn die Leber ins Wasser getaucht wurde. Er mußte die Elk aufhalten – doch was sollte er tun? Plötzlich erinnerte er sich an Geschichten von Elks, und ihm fiel ein, daß man sie davon abhalten konnte, Böses zu tun, wenn man eine Nadel in ihre Kleider steckte.

Kaum gedacht, nahm dieser Ahnherr die Nadel, die seinen Turban zusammenhielt, und steckte sie in die Kleider der Elk-Mutter. Die Frau blieb auf der Stelle stehen. Als die Elk-Kinder sahen, daß ihre Mutter gefangen war, verließen sie sie und liefen geschwind davon.

»Nimm die Nadel weg, und ich werde alles tun, was du verlangst«, bat die Elk den Mann.

»Wessen Leber ist das?« fragte der Mann.

Die Elk antwortete nicht. Als er sie wieder fragte, sagte sie ihm, daß es die Leber einer der jungen Frauen der Stadt sei, die gerade ein Kind geboren hatte.

»Oh, du stiehlst die Leber einer unschuldigen jungen Frau, wenn du ganz genau weißt, daß diese, sobald du die Leber ins Wasser tauchst, sterben wird. Und trotzdem, wenn du erwischt wirst, erwartest du Mitleid. Warum sollte ich Mitleid mit dir haben? Nimm die Leber, und leg sie zurück in den Körper, aus dem du sie herausgerissen hast. Mach schnell, und wenn du das getan hast, komm wieder zu mir«, befahl er.

Die junge Frau, aus deren Körper die Leber gerissen worden war, litt große Qualen und war dem Tode nahe; doch als die Elk ihr die Leber wieder einsetzte, begann sie leicht zu atmen und erholte sich alsbald.

Die Elk kehrte zu dem Mann zurück, der sie gefangengenommen hatte, und bat ihn, sie freizulassen. »Laß mich frei. Ich habe Kinder zu ernähren; ich muß für sie sorgen.«

»Du bittest mich, dir deine Freiheit zu geben, damit du für deine Kinder sorgen kannst, doch du hättest dieses kleine neugeborene Kind zur Waise gemacht, um den Appetit deiner Kinder zu befriedigen.«

Die Elk mußte im Haus meines Ahnherrn Dienste verrichten. Sie tat alles, kochen, backen, saubermachen und bedienen. Da sie eine ausgezeichnete Arbeiterin war, versäumte sie nie ihre Pflichten, obwohl sie immer die Leute bat, die Nadel aus ihren Kleidern zu entfernen. Doch da jeder über ihre böse Tat Bescheid wußte, wollte niemand sie befreien. So arbeitete sie Jahr um Jahr und bat immer um ihre Entlassung. Schließlich, nach sieben Jahren, bat sie ihren Dienstherrn noch einmal: »Nimm die Nadel heraus und laß mich frei. Ich werde dich niemals belästigen, noch werde ich dir oder sieben Generationen deiner Familie Schaden zufügen«, versprach sie.

»Aber wenn ich dich freilasse, dann weiß ich, daß du uns auf irgendeine Weise Schaden zufügen wirst.«

»Wenn du mich freiläßt, werde ich sieben Generationen deiner Familie keinen Schaden zufügen. Ich werde nur machen, daß alle eure hölzernen Löffel leicht zerbrechen.«

Bald wurde die Elk-Mutter befreit, und sie hielt ihr Versprechen. Sie hat bisher den Leuten unserer Familie keinen Schaden zugefügt, aber getreu ihrem Fluch sind unsere Löffel in Armenien sehr zerbrechlich.

Zwei Kinder und eine Hexe

Melanesisch

Auf der Insel Mele in den Neuen Hebriden hatte ein Ehepaar zwei Kinder – einen Sohn und eine Tochter. Der Name des Jungen war Bogifini, und das Mädchen hieß Bogitini.

Eines Tages sagten die Eltern zu den Kindern: »Wir gehen jetzt im Garten arbeiten. Seid brave Kinder, während wir fort sind. Geht nicht ans Meer. Dort ist eine Hexe, Likele, die beim Salzwasser lebt und gerne kleine Jungen und Mädchen fängt. Paßt auf, oder sie wird euch holen.«

Die Kinder versprachen, brav zu sein und nicht nahe ans Meer zu gehen. Sie schauderten vor Angst bei dem Gedanken an Likele.

»Wir gehen nicht zum Salzwasser«, sagten die beiden.

Und die Mutter und der Vater nahmen ihre großen spitzen Grabstöcke, legten sie sich über die Schultern, und fort gingen sie zu ihrem Gemüsegarten.

Kaum waren sie gegangen, als ein schöner rotgoldener Schmetterling vorüberflatterte. Wie schön sah er aus in der strahlenden tropischen Sonne! Er flog im Kreis herum, ließ sich für einen Moment auf einer Blume nieder; dann flog er wieder auf und flitzte hierhin und dorthin.

Bogifini rief: »Guck, Bogitini, sieh nur diesen wunderschönen Schmetterling!«

Beide rannten sie hinter ihm her und versuchten, ihn zu fangen. Der Schmetterling setzte sich für einen Moment auf ein Blatt oder eine Blüte; dann flog er wieder fort, und fort liefen die Kinder, sprangen über Steine und kämpften sich durch das hohe Gras; weiter und weiter jagten sie den Schmetterling. Der Junge und das Mädchen vergaßen ihr Versprechen an ihre Eltern, und sie vergaßen ihre Angst vor Likele.

Und bald rannten die Kinder vergnügt auf den Strand zu. Weit hinaus über Tümpel in den Felsen flog der Schmetterling. Es war Ebbe. Da war Sand und da waren Steine und Korallen mit Wassertümpeln dazwischen.

Bald vergaßen die Kinder den Schmetterling.

»Sieh mal, Bogifini«, sagte Bogitini. »Sieh mal den schönen Fisch. Oh, so viele! Laß uns sie fangen!«

Sie fingen sie in ihren Händen: kleine Fische, drei Zentimeter lang.

»Oh, wir können sie nicht halten«, sagten sie. »Wir brauchen einen Korb.«

Und beide rannten fort nach Hause. Sie nahmen ihrer Mutter Fischkörbe – einen für jeden. Ihre Mutter hatte die Körbe zierlich aus Blättern gewoben und oben verschlossen, so daß kein Fisch herausspringen oder sich herauswinden konnte.

Bogitini und Bogifini hatten bald beide Körbe mit den winzigen Fischen gefüllt. Sie waren sehr glücklich. Ungezogene Kinder! Sie hatten ihr Versprechen ganz vergessen und auch ihre Angst vor Likele.

Als sie über die Felsen zurückgingen und vergnügt durch die flachen Tümpel patschten, erblickten sie mit Erschrecken die gefürchtete Hexe Likele, die auf einem Felsen lag und den Kopf nach hinten ins Wasser getaucht hatte. Sie wusch ihr Haar in einem Felsentümpel. Sie hatte langes krauses Haar. Sie hob den Kopf und schüttelte das Wasser heraus.

»Ha! Ha!« rief sie. »Was haben wir denn da? Kommt her, meine süßen kleinen Schätzchen! Kommt her!«

Die Kinder blieben vor Schrecken wie angewurzelt stehen.

»Kommt her!« wiederholte sie. »Was habt ihr denn in diesen Körben?«

Sie öffnete die Körbe, nahm alle Fische heraus, warf sie sich in den Schlund, schluckte sie alle hinunter, und dann hob sie die arme kleine Bogitini hoch und verschluckte sie – ganz und gar, bis auf einen von Bogitinis Fingern. Ein kleiner Finger, abgebissen von Likele, fiel unbemerkt in den Sand.

Bogifini rannte zu einer Kokospalme und stieg hinauf. Mit seinen Händen um den Stamm und den Fußsohlen gerade darunter lief er geschwind den Baum hinauf.

»Mutter! Vater!« rief er. »Mutter! Vater!«

»Ich glaube, ich höre eins unserer Kinder rufen, Mann«, sagte die Mutter.

»Unsinn!« sagte ihr Mann. »Ich kann nichts hören. Mach weiter mit deiner Arbeit, oder ich schlag dich mit einem Stock, du faule Frau!«

»Mutter! Vater!« kam der Ruf mit der Brise. Diesmal hörten sie es beide. Sie liefen, um zu sehen, was los war. Dann sah die Mutter ihren Sohn zwischen den Blättern einer Kokospalme.

»Oh, meine Eltern«, sagte Bogifini, »wir waren ungezogene Kinder.«

»Komm herunter!« riefen sie. Er glitt vom Baum herunter.

»Die Hexe hat meine Schwester verschluckt«, sagte der

Junge. Er begann zu schluchzen. Tränen rieselten dem Vater über die Wangen. Die Mutter war praktischer.

Sie hatte eine Steinaxt in der Hand. Sie begann, damit Blätter von ihren Yam-Pflanzen abzuschneiden.

»Wo ist diese Likele?« fragte sie. »Wir müssen sie finden.« Bald erblickte sie das schreckliche Geschöpf. »Ah! Likele, wo ist meine Tochter?«

»Deine Tochter?« sagte Likele. »Was redest du da über eine Tochter? Ich habe kein kleines Mädchen gesehen.«

Der Vater hatte aufgehört zu weinen. Er hatte einen langen Speer aus Schilfrohr in der Hand. Der hatte Spitzen, die aus Haizähnen gemacht waren.

»Lüg mich nicht an«, sagte er. Und er packte Likele mit seiner linken Hand, er hielt sie nieder, und mit seiner rechten Hand trieb er die Spitze seines Speers durch ihre Kehle.

Die Hexe war sofort tot. Die Mutter schlitzte mit der scharfen Schneide ihrer Axt Likeles Bauch auf. Heraus kam die liebe kleine Bogitini. Wie freuten sich alle, sie wiederzusehen! Sie waren sehr glücklich, wieder alle beisammenzusein.

El-Muzayyara

Ägyptisch

Eines Nachts kehrte Idris aus Barschum zurück, was ungefähr drei Kilometer von hier liegt. Er ritt auf seiner Stute die Hauptstraße entlang. Dort, an der Brücke, hörte er eine Stimme rufen: »O Idris, o Idris!«

Er blickte sich um und sah niemanden. Er dachte, es sei der Wind oder etwas anderes gewesen, und ritt weiter. Die Stimme rief wieder: »O Idris, komm und hilf mir!«

Er blickte in die Richtung, aus der die Stimme gekommen war, und sah eine Frau mit einem Wasserkrug vor sich am Kanal stehen, und sie konnte den Krug nicht hochheben, um ihn auf dem Kopf zu tragen.

Idris stieg ab und ging zu ihr. Er sah, daß sie nicht aus unserem Dorf stammte, und fragte: »Was tust du hier zu dieser Stunde?«

Sie antwortete: »Ich bin von dort drüben«, und drehte den Kopf zum östlichen Teil des Dorfes. »Wir sind Nachbarn. Ich mußte Wasser holen, die Zeit verging, und es wurde spät. Kann ich nicht hinter dir aufs Pferd klettern und mit dir zu meinem Haus reiten?«

»Gut«, meinte Idris, setzte sie hinter sich aufs Pferd und ritt los. Nicht lange danach bemerkte er, daß sie unruhig war. Er blickte sich um und sah, daß sie ihre Brust herausholte. Es war eine eiserne Brust, deren Brustwarze feurig glühte. Sofort wurde ihm klar, daß sie die Muzayyara war – das Haar reichte ihr bis zu den Knien (die wunderschön sind) – und ihn töten würde. Mit aller Macht stieß er seiner Stute die Fersen in die Flanken, so daß sie sich bäumte, während er sich an die Zügel klammerte. Die Muzayyara fiel zu Boden, und er sauste davon wie der Wind.

Als er schon weit weg war, hörte er, wie sie sich in den Finger biß und brummte: »Ach – du Hundesohn bist mir entwischt!« Ihre Augen funkelten wie Feuer.

Achter Teil

Prüfungen und Wettkämpfe

Das verhexte Butterfaß

Irisch

In der Nähe des Städtchens Scarawalsh lebte eine alte Frau, die bei den Nachbarn in schlechtem Ruf stand. An einem Maiabend hatten Leute beobachtet, wie sie das Wasser eines Brunnens, der zu einem benachbarten Bauernhof gehörte, abschöpfte, und als dies getan war, auf die angrenzende Wiese lief und den Tau vom Gras einsammelte. Einer sagte, er habe gehört, wie sie gemurmelt hätte: »Alles zu mir und nichts zu ihm.«

Ein oder zwei Tage später fand der Bauer, der mittags vom Feld kam, die Familie immer noch am Butterfaß sitzend vor, aber von Butter keine Spur. Er fürchtete sich ein wenig und blickte hierhin und dorthin und entdeckte schließlich ein kleines Stück ranziger Butter, das am Querbalken des Kamins klebte.

»Ihr könnt gleich aufhören«, sagte er, »schaut nur, was dort hängt!«

»Oh, die Hexenbutter«, sagte eines der Mädchen. »Schneid sie vom Balken.« – »Das hat keinen Sinn«, sagte ein anderes, »es geht nur mit einem verzauberten Messer, nichts anderem. Geh und frag den Feenmann im alten, verfallenen Haus. Wenn er dir keinen Rat geben kann, kann es niemand.«

Der Bauer befolgte seinen Rat, und als sie wieder genug Milch hatten, um Butter zu machen, taten sie folgendes: Sie legten Zweige der Eberesche um die Hälse ihrer Kühe. Sie machten ein großes Feuer und warfen Sohle und Messer des Pfluges hinein. Sie legten die Ebereschenzweige um das Butterfaß und verbanden sie mit der Kette der Pflugschar. Sie verriegelten Tür und Fenster so, daß sie von außen nicht zu öffnen waren, und fingen fröhlich an zu buttern.

Gerade als das Pflugmesser zu glühen begann, versuchte jemand, die Tür zu entriegeln, und gleich darauf tauchte das Gesicht der Hexe am Fenster auf. »Was wollt Ihr, gute Frau?«

»Der Torf im Feuer und ich wollen euch beim Buttern helfen. Es kam mir zu Ohren, was euch geschehen ist; ich habe eine glückliche Hand.« Dann brüllte sie laut, denn das glühende Messer versengte sie in ihrem Innern. »Was fehlt dir, arme Frau?«

»Ach, ich habe schreckliche Schmerzen! Um der Barmherzigkeit willen, laßt mich ans Feuer und gebt mir etwas Warmes zu trinken!«

»Ach, du tust uns sehr leid, aber selbst für Sankt Mogue könnten wir jetzt nicht Tür oder Fenster öffnen, denn wir haben Angst, daß die Hexe kommt und uns die Kette durchschneidet oder das Pflugmesser rauszieht oder vielleicht gar das Butterfaß anfaßt. Erst neulich hat sie frische Butter aus dem Faß und ein Stück Torf aus unserem Feuer genommen. Und solange sie Butter und Torf nicht zurückbringt, müssen wir uns plagen. Hab Geduld, arme Frau. Wenn wir Butter sehen, werden wir dir die Tür öffnen und einen Becher Kümmelpunsch geben, der so warm ist, daß er dich von der Schwelle des Todes zurückholt. Legt mehr Torf auf und bringt das Eisen zum Glühen!«

Wieder brüllte die Hexe laut, und dann stieß sie wütend die Worte aus: »Oh, das Ende über euch hartherziges Volk, das einen Mitmenschen draußen vor der Tür jämmerlich sterben läßt! Ich bin gekommen, um euch zu helfen, und dies ist nun die Hilfe, die ihr mir angedeihen läßt! Macht das Fenster einen Spaltbreit auf, und nehmt die Dinge, die ich für euch gemacht habe! Werft das Stück Butter, das ihr in diesem weißen Papier findet, ins Butterfaß und dieses Stück Torf ins Feuer, und schneidet die Butter mit diesem

Messer vom Kamin, und gebt es mir zurück, damit ich es der weisen Frau bringen kann, von der ich es für euch erbettelt habe.«

Nachdem sie alles getan hatten, häufte sich die Butter in großen Mengen im Faß. Alle freuten sich und jubelten, und sie öffneten sogar die Tür, um dem alten Galgenvogel ihre Gastfreundschaft zu beweisen. Aber die Hexe lief wutschnaubend davon und segnete sie mit diesen Worten: »Ich nehme keinen Bissen von euch! Ihr habt mich wie einen Unmenschen behandelt und nicht wie eine ehrliche Nachbarin, und deshalb verfluche ich euch – der Fluch von Cromwell liege auf euch allen!«

Rabbi Josua und die Hexe

Jüdisch

Bei ihren Reisen durch Babylon kamen Rabbi Josua ben Hanania und Rabbi Eliezer ben Hyrcanus in eine Stadt, in der nicht mehr als eine Handvoll jüdischer Familien lebte. Es waren Jahre vergangen, seit diese Juden Kontakt mit ihren Glaubensbrüdern hatten. Doch waren sie ihrer Tradition treu geblieben, und die Väter lehrten ihre Söhne, was sie selbst gelehrt worden waren. Als Rabbi Josua und Rabbi Eliezer zufällig zweien dieser jüdischen Kinder, die auf der Straße spielten, begegneten, sahen sie, wie sie Sandhaufen machten und eines von ihnen einen Haufen beiseite tat und sagte: »Der ist für den Zehnten.«

Als sie das hörten, wußten die beiden Weisen sofort, daß die Kinder jüdisch sein mußten, und sie waren sehr erstaunt, daß es in dieser Stadt überhaupt Juden gab. Sie baten eines der Kinder, sie zum jüdischen Viertel zu führen, und als sie dort ankamen, klopften die Rabbiner an die Tür des ersten Hauses, das sie sahen. Als die Familie, die dort lebte, sah, daß jüdische Glaubensbrüder auf Besuch gekommen waren, freuten sie sich sehr, und sie luden die Rabbiner ein, ihre Gäste zu sein.

Am selben Abend blieben die Rabbiner zum Essen bei ihren Gastgebern. Die Mahlzeit war köstlich, doch die Rabbiner beobachteten, daß der Gastgeber jedes Gericht, bevor es ihnen vorgesetzt wurde, zuerst in ein Nebenzimmer trug. Rabbi Eliezer wurde daher mißtrauisch und fragte, warum er das täte. Da erzählte ihnen der Gastgeber, daß sein alter Vater in diesem Zimmer war und daß er gelobt hatte, es nicht zu verlassen, bevor die Rabbiner wieder in diese Stadt zurückkehrten.

Da nun beide Besucher Rabbiner waren, baten sie den Gastgeber, seinen alten Vater einzuladen, zu ihnen zu kommen, und das tat er gerne. Als der alte Mann kam, füllten sich seine Augen mit Tränen beim Anblick der Rabbiner, die endlich wieder in die Stadt gekommen waren. Dann fragte Rabbi Josua ihn, warum er solch ein seltsames Gelübde getan hatte, in seinem Zimmer zu bleiben. Und der alte Mann erwiderte: »Ich werde alt, und ich will wissen, daß mein Sohn Vater sein wird, bevor ich diese Welt verlasse. Aber mein Sohn ist kinderlos, und ich gelobte, in diesem Zimmer zu bleiben, bis weise Männer ankämen, die Gott bitten könnten, ihn mit einem Sohn zu segnen.«

Beide Rabbiner waren bewegt über des alten Mannes Erklärung, und Rabbi Eliezer bat Rabbi Josua, zu versuchen ihm zu helfen, wenn er könne. Rabbi Josua versprach, sein Bestes zu tun, und er bat ihren Gastgeber, des alten Mannes Sohn, ihm etwas Flachssamen zu bringen. Als die Samenkörner gebracht wurden, streute Rabbi Josua sie über den Tisch. Dann nahm er einige Tropfen Wasser in seine Finger und verspritzte sie über die Samenkörner. Und sofort, zum Erstaunen aller, die zusahen, begannen die Samen zu keimen.

Innerhalb einer Sekunde war der Flachs völlig ausgewachsen, als ob er in der Tischplatte Wurzeln geschlagen hätte. Dann, während alle erstaunt zusahen, griff Rabbi Josua mitten in den Flachs und packte einen Strauß davon mit der Hand. Und als er seine Hand aus dem Flachs hob, zog er zuerst die Haare einer Hexe, dann ihren Kopf und endlich den ganzen Körper hervor. Alle im Zimmer starrten voller Staunen die Hexe an. Doch Rabbi Josua hielt sie noch immer an den Haaren, und er starrte ihr in die Augen und sagte: »Ich befehle dir, den Zauber zu brechen, den du über diesen Mann verhängt hast, damit er ein Kind sein eigen nennen kann.« Und die Hexe zitterte vor Angst über Rabbi Josuas Zorn, und sie gestand, daß sie tatsächlich einen Zauberspruch angewendet und einen solchen Zauber verhängt habe, doch sie erklärte, daß sie den Bann nicht brechen könne, da sie den verhexenden Zauberspruch in die Tiefen des Meeres versenkt habe.

Da sagte Rabbi Josua zu ihr: »Wenn das so ist, dann bleibst du in diesem hölzernen Tisch gefangen, bis der Zauber gebrochen ist!« Und er ließ das Haar der Hexe los, so daß sie wieder im Tisch versank, unter den gekeimten Flachs – der plötzlich verwelkte, so daß nur die Samenkörner zu sehen waren, über den Tisch verstreut, so wie sie es anfangs gewesen waren.

Da wußten alle, daß des alten Mannes Sohn tatsächlich das Opfer des Hexenzaubers gewesen war, und sie trauerten, weil der Zauberbann nicht gebrochen werden konnte. Doch Rabbi Josua gab die Hoffnung nicht auf. Vielmehr bat er den kinderlosen Mann, sie alle zur Meeresküste dieser Stadt zu bringen. Und als der Mann das tat, stellte sich Rabbi Josua hin und beschwor Rahab, den Fürsten des Meeres, zu erscheinen. Und er bat Rahab, sofort den verlorenen Zauberspruch wiederzufinden, damit der Zauber gebrochen werden könne.

Und siehe da, plötzlich stieg die Kapsel zur Oberfläche

des Wassers und schwamm zur Küste, direkt zu Rabbi Josuas Füßen. Er öffnete sie, nahm das Pergament, auf das der Zauberspruch geschrieben worden war, und verbrannte es, und der Zauber war ein für allemal gebrochen. Und in demselben Augenblick wurde die Hexe, die immer noch im Tisch gefangen saß, freigelassen, und sie rannte aus dem Haus, so schnell sie konnte, und wurde nie mehr in der Stadt gesehen.

Bevor das Jahr herum war, wurde des alten Mannes Sohn Vater. Die Familie freute sich sehr, besonders der Großvater, der noch so lange lebte, daß er sah, wie sein Enkel das Joch der Bar-Mizwa auf sich nahm. Und der Name des Kindes war Juda ben Bathyra, und er wurde selbst einer der Weisen und studierte bei Rabbi Josua, der ihn mit Freuden alles lehrte, was er wußte.

Der Rat des Hexenmeisters

Nordamerikanisch, Ozark

Es wird erzählt, daß ein Mann aus den Bergen gerade einschlafen wollte, als ein hübsches Mädchen mit Zaumzeug in den Händen auftauchte. Im Nu verwandelte sie den armen Kerl in ein Pony, sprang auf seinen Rücken und ritt mit ihm wild durch die Wälder. Später band sie ihn am Eingang einer Höhle an einen Baum, und er sah eine Gruppe Fremder, die große Geldsäcke in die Höhle schleppten. Schließlich ritt sie ihn wieder nach Hause, und er erwachte am nächsten Morgen sehr müde und von Dornen zerkratzt.

Dies geschah Nacht für Nacht, und der Mann aus den Bergen ging zu einem berühmten Hexenmeister. Der Hexenmeister riet ihm, den Baum, an den er jede Nacht gebunden wurde, zu markieren, damit er ihn am Tage wiederfinden könne. Dann, sagte der Hexenmeister, wäre es ein leichtes, der Hexe aufzulauern und sie mit einer silbernen Kugel zu töten, und danach könnten sie den Schatz aus der Höhle holen.

In der folgenden Nacht ließ der Mann aus den Bergen so viele Pferdeäpfel fallen, wie er nur konnte, um die Stelle zu markieren, und dann fing er an, vom Baumstamm, an den er gebunden war, ein großes Stück Rinde abzunagen.

»Ich nagte und nagte«, sagte er, »und plötzlich brach ein Höllenlärm los, und es blitzte ganz fürchterlich. Dann hörte ich lautes Gebrüll, und es klang wie meine Alte. Im Handumdrehen war ich wieder zu Hause, und wie es schien ...« – hier warf der Mann aus den Bergen seiner Frau, die gleichmütig rauchend am Feuer saß, einen verstohlenen Blick zu – »wie es schien, hab ich doch glatt das Bettzeug voll gemacht und der Alten fast das Bein abgebissen!«

Der Sohn der sieben Königinnen

Indisch

Es war einmal ein König, der sieben Königinnen, aber keine Kinder hatte. Das machte ihm großen Kummer, vor allem, wenn er daran dachte, daß er bei seinem Tod keinen Erben hätte, um ihm sein Königreich zu hinterlassen.

Es geschah aber eines Tages, daß ein armer alter Fakir zum König kam und sagte: »Deine Gebete werden erhört, dein Wunsch wird in Erfüllung gehen, und eine deiner sieben Königinnen wird einen Sohn gebären.«

Die Freude des Königs über diese Verheißung war grenzenlos, und er befahl, weit und breit im Land angemessene Feierlichkeiten für das kommende Ereignis vorzubereiten.

In der Zwischenzeit lebten die sieben Königinnen in einem herrlichen Palast in Luxus, wurden von Hunderten von Sklavinnen bedient und mit Zuckerwerk und Konfekt gefüttert, soviel sie wollten.

Der König ging gern auf die Jagd, und eines Tages, bevor er aufbrach, schickten die sieben Königinnen ihm diese Nachricht: »Unser liebster Herr möge heute bitte nicht im Norden jagen, denn wir haben schlechte Träume gehabt und fürchten, daß Euch Böses widerfährt.«

Um sie zu beruhigen, versprach der König, ihren Wünschen zu folgen, und ritt gen Süden. Aber wie es der Zufall wollte, fand er trotz größter Aufmerksamkeit kein Wild. Auch im Osten und Westen hatte er kein Glück, so daß er, der ein guter Jäger und entschlossen war, nicht mit leeren Händen heimzukehren, sein Versprechen vergaß und sich nach Norden wandte.

Auch hier war er am Anfang erfolglos, aber gerade als er aufgeben wollte, huschte im Dickicht eine weiße Hirschkuh mit goldenem Geweih und silbernen Hufen an ihm vorbei. So schnell sprang sie vorbei, daß er sie kaum zu sehen bekam, und doch blieb ein brennendes Verlangen in seiner Brust, die schöne fremde Kreatur zu fangen und zu besitzen. Sofort befahl er seinem Gefolge, einen Ring um das Dickicht zu bilden und die Hirschkuh zu umzingeln. Den Kreis langsam immer enger ziehend, näherte er sich der weißen Hirschkuh, die er schließlich in der Mitte nach Luft ringend stehen sah. Näher und näher rückte er und glaubte schon, das schöne fremde Geschöpf ergreifen zu können, als sie mit einem gewaltigen Satz über den Kopf des Königs sprang und in die Berge floh. Alles um sich vergessend, gab der König seinem Pferd die Sporen und folgte ihr im gestreckten Galopp.

Weiter und weiter galoppierte er und ließ sein Gefolge weit hinter sich. Die weiße Hirschkuh immer im Blick, ließ er die Zügel schleifen, bis er sich in einer schmalen Schlucht ohne Ausgang wiederfand. Dort zügelte er sein Roß.

Vor ihm stand eine elende Hütte, in die er, müde nach seiner langen erfolglosen Hetzjagd, eintrat und um einen Schluck Wasser bat. Eine alte Frau, die in der Hütte an einem Spinnrad saß, rief daraufhin nach ihrer Tochter, und sogleich kam aus einer Kammer im Innern der Hütte ein Mädchen, das so schön und anmutig war, eine so helle Haut und goldenes Haar hatte, daß der König voller Bewunderung über diesen herrlichen Anblick in der elenden Hütte erstarrte.

Es hielt das Wassergefäß an die Lippen des Königs, und während er trank, blickte er in seine Augen, und da wußte er, daß das Mädchen die weiße Hirschkuh mit dem goldenen Geweih und den silbernen Hufen war, die er gejagt hatte.

Ihre Schönheit verzauberte ihn, und er fiel auf die Knie und bat sie inständig, mit ihm als seine Braut zurückzukehren. Aber sie lachte nur und sagte, sieben Königinnen seien selbst für einen König genug. Als er sich jedoch nicht davon abbringen ließ, sondern sie anflehte, doch Mitleid mit ihm zu haben, und ihr alles, was sie sich wünschte, versprach, sagte sie: »Gib mir die Augen deiner sieben Königinnen. Vielleicht glaube ich dann, daß du es ehrlich mit mir meinst.«

Der König war von der magischen Schönheit der weißen Hirschkuh derart hingerissen, daß er sofort nach Hause ritt, den sieben Königinnen die Augen herausreißen ließ und die armen blinden Geschöpfe in einen schrecklichen Kerker warf, aus dem sie nicht entfliehen konnten. Mit seinem furchtbaren Geschenk ritt er sogleich wieder zur Hütte in die Schlucht. Aber als die weiße Hirschkuh die vierzehn Augen sah, lachte sie nur grausam, fädelte sie zu einer Halskette auf und warf sie ihrer Mutter um den Hals, wobei sie sagte: »Trag sie als Andenken, Mütterlein, solange ich im Palast des Königs bin.«

Dann kehrte sie mit dem verzauberten Herrscher als

seine Braut zurück, und er gab ihr die prächtigen Gewänder und Juwelen der sieben Königinnen zum Tragen, den Palast der sieben Königinnen, um darin zu wohnen, und die Sklavinnen der sieben Königinnen, um sich von ihnen bedienen zu lassen, so daß sie alles hatte, was sich eine Hexe nur wünschen konnte.

Sehr bald, nachdem den sieben unglücklichen Königinnen die Augen ausgestochen worden waren, brachte die jüngste der Königinnen ein Kind zur Welt. Es war ein hübscher Knabe, aber die anderen Königinnen waren neidisch, daß die Jüngste unter ihnen solches Glück hatte. Zuerst mochten sie den hübschen Kleinen nicht, doch schon bald erwies er sich für alle als nützlich, und sie fingen an, ihn als ihren eigenen Sohn zu betrachten. Sobald er laufen konnte, begann er, an der Lehmmauer ihres Kerkers zu kratzen, und hatte in unglaublich kurzer Zeit ein Loch gegraben, das groß genug war, um hindurchzukriechen. Durch dieses Loch verschwand er und kehrte binnen einer Stunde mit Süßigkeiten beladen zurück, die er gleichmäßig unter den sieben blinden Königinnen verteilte.

Als er größer wurde, machte er das Loch größer und schlüpfte zwei- oder dreimal am Tag hindurch, um mit den kleinen Adligen der Stadt zu spielen. Niemand wußte, wer der kleine Junge war, aber alle mochten ihn, und er hatte so viele lustige Ideen und Streiche im Kopf, war so fröhlich und klug, daß er stets mit Röstkuchen, einer Handvoll gedörrten Getreidekörnern oder ein paar Süßigkeiten belohnt wurde. All diese Dinge brachte er seinen sieben Müttern, wie er die sieben blinden Königinnen gerne nannte, die durch seine Hilfe im Kerker überlebten, obwohl alle Welt glaubte, sie seien längst verhungert.

Als er schließlich groß geworden war, nahm er eines Tages seinen Pfeil und seinen Bogen und machte sich auf, um Wild zu jagen. Durch Zufall kam er an dem Palast vorbei, in dem die weiße Hirschkuh in sündhafter Pracht und Herrlichkeit lebte. Er sah ein paar Tauben um die weißen Marmortürmchen fliegen, legte auf sie an und schoß eine tot. Als sie herabfiel, flatterte sie am Fenster vorbei, an dem die weiße Königin saß. Die Königin erhob sich, um zu sehen, was los war, und blickte aus dem Fenster. Sobald sie den hübschen Burschen mit dem Bogen in der Hand da stehen sah, wußte sie durch ihre Zauberkraft, daß es der Sohn des Königs war.

Sie starb fast vor Neid und Gehässigkeit und beschloß, den Jüngling unverzüglich zu vernichten. Deshalb ließ sie ihn durch einen Diener holen und bat ihn, ihr die Taube, die er gerade geschossen hatte, zu verkaufen.

»Nein«, erwiderte der standhafte Bursche, »die Taube ist für meine sieben blinden Mütter, die in einem schrecklichen Kerker leben und sterben würden, wenn ich ihnen nichts zu essen brächte.«

»Die armen Seelen!« rief die listige weiße Hexe aus. »Würdest du ihnen nicht gern ihre Augen wiederbringen? Gib mir die Taube, und ich verspreche dir, daß ich dir zeigen werde, wo du die Augen findest.«

Als er dies hörte, freute er sich über alle Maßen und gab ihr sofort die Taube. Darauf sagte ihm die weiße Königin, er solle sich unverzüglich auf den Weg zu ihrer Mutter machen und um die Augen bitten, die sie als Kette um den Hals trug.

»Sie gibt sie dir bestimmt«, sagte die grausame Königin, »wenn du ihr diese Scherbe überbringst, auf die ich geschrieben habe, was ich getan haben will.« Damit reichte sie dem Jungen eine Topfscherbe, in die die Worte gekritzelt waren: »Töte den Überbringer auf der Stelle und verspritze sein Blut wie Wasser!«

Da der Sohn der sieben Königinnen nicht lesen konnte, nahm er die tödliche Botschaft frohgemut entgegen und machte sich auf, die Mutter der weißen Königin zu suchen.

Unterwegs kam er durch eine Stadt, in der alle Einwohner so traurig aussahen, daß er nicht umhin konnte, zu fragen, was geschehen sei. Sie sagten, die einzige Tochter des Königs weigere sich zu heiraten, und wenn ihr Vater sterbe, gebe es keinen Erben für den Thron. Sie fürchteten, sie habe den Verstand verloren, denn obwohl ihr jeder gutaussehende junge Mann im Königreich vorgeführt worden sei, erkläre sie, nur einen Sohn von sieben Müttern heiraten zu wollen – und wer hatte schon von so etwas gehört? In seiner Verzweiflung hatte der König befohlen, daß jeder Mann, der durchs Stadttor kam, der Prinzessin vorgeführt werden müsse. Also wurde auch der Junge, der es eilig hatte, die Augen seiner Mütter zu finden, ins Audienzzimmer geschleppt.

Kaum hatte die Prinzessin ihn jedoch erblickt, errötete sie und sagte zum König: »Lieber Vater, dies ist meine Wahl!«

Niemals war der Jubel größer als bei diesen Worten. Die Bewohner der Stadt waren außer sich vor Freude, aber der Sohn der sieben Königinnen sagte, er könne die Prinzessin erst heiraten, wenn er die Augen seiner Mütter gefunden habe. Als die schöne Braut von der Geschichte hörte, bat sie ihn, ihr die Topfscherbe zu zeigen, denn sie war gebildet und klug. Als sie die hinterhältige Botschaft las, sagte sie nichts, sondern nahm eine ähnlich geformte Scherbe und schrieb diese Worte darauf: »Kümmere dich um diesen Jungen, gib ihm alles, was er wünscht.« Diese Scherbe gab sie dem Sohn der sieben Königinnen, der sich nichtsahnend auf die Suche machte.

Bald kam er zur Hütte in der Schlucht, wo die Mutter der weißen Hexe, ein gräßliches altes Geschöpf, fürchterlich brummte, als sie die Nachricht las, insbesondere, als der Jüngling um die Augenkette bat. Sie nahm sie jedoch ab, reichte sie ihm und sagte: »Es sind nur noch dreizehn, denn ich habe letzte Woche eines verloren.«

Doch der Junge war glücklich, überhaupt welche zurückzubekommen. Deshalb eilte er so schnell er konnte zu seinen sieben Müttern zurück und gab den sechs älteren Königinnen jeweils zwei Augen, der jüngsten aber nur eines und sagte: »Liebstes Mütterlein, ich werde stets das andere Auge für dich sein!«

Dann machte er sich auf, die Prinzessin zu heiraten, wie er es versprochen hatte, aber als er am Palast der weißen Königin vorbeikam, sah er ein paar Tauben auf dem Dach. Er nahm seinen Bogen und schoß eine, und sie flatterte am Fenster vorbei. Die weiße Hirschkuh blickte hinaus, und – siehe da! – der Sohn des Königs war lebendig und wohlauf.

Sie schrie vor Wut und Empörung, aber nachdem sie ihn hatte holen lassen, fragte sie ihn, wie er so bald habe zurückkehren können, und als sie hörte, daß er die dreizehn Augen zurückgebracht und sie den sieben blinden Königinnen gegeben hatte, konnte sie ihren Zorn kaum noch beherrschen. Trotzdem tat sie, als sei sie von seinem Erfolg entzückt, und sagte, wenn er ihr auch diese Taube gebe, würde sie ihn mit der wunderbaren Kuh des Jogis belohnen, deren Milch den ganzen Tag fließt und einen Teich so groß wie ein Königreich bildet. Der Jüngling, gar nicht abgeneigt, gab ihr die Taube. Darauf forderte sie ihn auf, zu ihrer Mutter zu gehen und sie um die Kuh zu bitten, und sie gab ihm eine Topfscherbe, auf der die Worte standen: »Du mußt diesen Burschen unbedingt töten und sein Blut wie Wasser verspritzen!«

Aber auf dem Weg suchte der Sohn der sieben Königinnen die Prinzessin auf, um ihr zu sagen, weshalb er verspätet sei, und die Prinzessin, die die Botschaft auf der Topfscherbe las, gab ihm wieder eine andere, so daß sich die alte Hexe, als er zu ihrer Hütte kam und um die Kuh des Jogis bat, nicht weigern konnte, sondern ihm sagen mußte, wie er sie finden könne. Dabei ermahnte sie ihn, sich nicht vor den achtzehntausend Dämonen zu fürchten, die den Schatz bewachten, und sich besser auf den Weg zu machen, bevor sie sich noch mehr über die Dummheit ihrer Tochter ärgere, die so viele gute Dinge verschenke.

Tapfer tat der Junge alles, was ihm geraten worden war. Er ging weiter und weiter, bis er an einen milchweißen Teich kam, der von achtzehntausend Dämonen bewacht wurde. Sie waren wirklich furchtbar anzusehen, aber er nahm allen Mut zusammen und pfiff eine Melodie, während er durch sie hindurchschritt und dabei weder nach rechts noch nach links blickte. Nach einer Weile kam er bei der Kuh des Jogis an, die groß, weiß und schön war, während der Jogi selbst, der König aller Dämonen, dasaß und sie Tag und Nacht molk und die Milch aus ihrem Euter floß und das milchweiße Becken füllte.

Der Jogi, der den Jungen sah, rief mit furchtbarer Stimme: »Was willst du hier?«

Da antwortete der Junge, so wie es ihm die alte Hexe gesagt hatte: »Ich will deine Haut, denn König Idra baut eine neue Pauke und sagt, deine Haut sei schön zäh.«

Darauf fing der Jogi zu schaudern und zu zittern an (denn kein Dschinn oder Jogi wagte es, sich dem Befehl König Idras zu widersetzen). Er fiel dem Jungen zu Füßen und schrie: »Wenn du mich verschonst, geb ich dir alles, was ich besitze, selbst meine wunderschöne weiße Kuh!«

Damit zeigte sich der Sohn der sieben Königinnen, nachdem er ein wenig gezögert hatte, einverstanden und sagte, es wäre schließlich nicht allzu schwer, eine Haut so schön zäh wie die des Jogi auch anderswo zu finden. Die wunderbare Kuh vor sich hertreibend, machte er sich auf den Heimweg. Die sieben Königinnen freuten sich, ein so wunderbares Tier zu besitzen, und obwohl sie sich vom Morgen bis zum Abend plagten, Quark und Molke bereiteten und die Milch dazu noch an Zuckerbäcker verkauften, konnten sie nicht einmal die Hälfte von dem, was die Kuh gab, verwenden und wurden mit jedem Tag reicher.

Weil es ihnen so gut ging, brach der Sohn der sieben Königinnen leichten Herzens auf, um die Prinzessin zu heiraten. Aber als er am Palast der weißen Hirschkuh vorbeiging, konnte er nicht widerstehen, einen Pfeil auf die Tauben zu schießen, die auf dem Türmchen gurrten. Eine fiel tot unter das Fenster, an dem die weiße Königin saß. Sie blickte hinaus und sah den Jüngling heil und gesund vor sich stehen und wurde weißer denn je vor Zorn und Gehässigkeit.

Sie ließ ihn holen und fragte ihn, wie er so schnell zurückgekehrt sei, und als sie hörte, wie freundlich ihre Mutter ihn empfangen hatte, verlor sie beinah den Verstand. Sie verbarg ihre Gefühle jedoch, so gut sie konnte, lächelte freundlich und sagte, sie sei froh, daß sie ihr Versprechen habe halten können, und wenn er ihr auch diese Taube gäbe, würde sie noch mehr als zuvor für ihn tun, ihm nämlich den millionenfachen Reis geben, der in einer Nacht reift.

Der Jüngling freute sich natürlich darüber, gab ihr die Taube und machte sich auf den Weg, wie zuvor mit einer Topfscherbe ausgerüstet, auf der die Worte standen: »Du mußt diesen Burschen unter allen Umständen töten und sein Blut wie Wasser verspritzen!«

Aber als er die Prinzessin aufsuchte, damit sie sich keine Sorgen um ihn mache, verlangte sie wie gewöhnlich, die Topfscherbe zu sehen, und tauschte sie wieder gegen eine andere aus, auf der geschrieben stand: »Gib diesem Jungen wieder alles, was er verlangt, denn sein Blut ist wie dein Blut!«

Als die alte Hexe das sah und hörte, daß der Junge den millionenfachen Reis wollte, der in einer einzigen Nacht reift, wurde sie furchtbar wütend, da sie aber große Angst vor ihrer Tochter hatte, beherrschte sie sich und schickte ihn auf die Suche nach dem Feld, das von achtzehn Millionen Dämonen bewacht wurde, und warnte ihn, auf keinen

Fall zurückzublicken, nachdem er die höchste Rispe, die in der Mitte wachse, gepflückt habe.

Also machte sich der Sohn der sieben Königinnen wieder auf den Weg und kam bald zu dem Feld, auf dem, bewacht von achtzehn Millionen Dämonen, der millionenfache Reis wuchs. Er ging tapfer weiter und blickte weder nach rechts noch nach links, bis er die Mitte erreichte und die höchste Rispe pflückte. Aber als er sich heimwärts wandte, erklangen tausend liebliche Stimmen hinter ihm, die ihm in den zärtlichsten Tönen »Pflück mich auch! Oh, bitte pflück mich auch!« zuriefen. Er blickte sich um, und siehe da – nichts blieb von ihm übrig als ein Häufchen Asche!

Als die Zeit verging und der Junge nicht zurückkehrte, fühlte sich die Hexe unbehaglich, denn sie erinnerte sich an die Nachricht: »Sein Blut ist wie dein Blut!« Also machte sie sich auf, um nachzusehen, was geschehen sei.

Bald kam sie zu dem Häufchen Asche, und weil sie durch ihre Zauberkraft wußte, was es war, nahm sie ein wenig Wasser, knetete die Asche zu einer Paste und formte sie zur Gestalt eines Mannes. Dann gab sie einen Tropfen Blut aus ihrem kleinen Finger auf seinen Mund, blies darauf, und im gleichen Augenblick war der Sohn der sieben Königinnen so gut wie neu.

»Sei ja nicht mehr ungehorsam«, brummte die Alte, »sonst laß ich dich das nächste Mal allein. Und jetzt verschwinde, bevor ich meine Güte bereue!«

So kehrte der Sohn der sieben Königinnen frohgemut zu seinen sieben Müttern zurück, die mit Hilfe des millionenfachen Reises bald die reichsten Leute im Königreich wurden. Dann feierten sie die Hochzeit ihres Sohnes mit der schlauen Prinzessin mit allem nur vorstellbaren Pomp. Aber die Braut war so klug, daß sie nicht ruhen wollte, bis sie ihren Gemahl mit seinem Vater bekannt gemacht hatte und die böse weiße Hexe bestraft wurde. Also ließ sie ihn einen Palast bauen, der genauso aussah wie der, in dem die sieben Königinnen einst gelebt hatten und die weiße Hexe jetzt in Pracht und Herrlichkeit wohnte. Als alles vorbereitet war, bat sie ihren Gemahl, dem König ein großes Fest zu geben.

Der König hatte viel vom geheimnisvollen Sohn der sieben Königinnen und seinem phantastischen Reichtum gehört, deshalb nahm er die Einladung gerne an. Aber wie groß war sein Erstaunen, als er beim Betreten des Palastes sah, daß er dem seinen in jeder Einzelheit glich! Und als sein Gastgeber, prächtig gekleidet, ihn direkt in den Privatsaal führte, wo die sieben Königinnen, so gekleidet, wie er sie zuletzt gesehen hatte, auf Königsthronen saßen, war er sprachlos vor Überraschung, bis die Prinzessin, die nach vorn kam, sich ihm zu Füßen warf und ihm die ganze Geschichte erzählte.

Da erwachte der König aus seiner Verzauberung, und sein Zorn erhob sich gegen die böse weiße Hirschkuh, die ihn so lange verhext hatte, bis er sich nicht länger beherrschen konnte. Sie wurde getötet und ihr Grab umgepflügt, und danach kehrten die sieben Königinnen in ihren prächtigen Palast zurück, und alle lebten glücklich miteinander.

Caellie Bheur

Schottisch

Einmal fing die Hexe der Berge, Caellie Bheur, die Liebste des Frühlings ein. Sie kam herunter vom Ben Wyvis, wo sie wohnte, auf die Ebene von Skye zwischen den Red Hills im Osten und dem Great Loch im Westen. Dort schleuderte sie dem Mädchen ein braunes Schaffell entgegen und befahl: »Wasch dieses braune Fell weiß, sonst kommst du nie mehr frei!«

Das junge Mädchen wusch und schrubbte, aber das Fell wurde nicht weiß. In der Zwischenzeit kochte Caellie ihre Kleider im Corryvrecken, ihrem furchterregenden Kessel – glänzend sauber und strahlend weiß –, und warf sie über Storr, um sie zu bleichen und zu trocknen. Viele Tage und Nächte vergingen, und das Wetter blieb in Skye wie immer, wenn Caellie da war: schrecklich. Dann beschloß der Frühling, mit ihr zu kämpfen. Aber Caellie war eine fürchterliche Hexe, und der Frühling wurde nicht mit ihr fertig. Schrubb, schrubb, schrubb mußte seine Liebste wieder das Schaffell waschen. Ihre Finger waren zerschunden, sie war blaß und fühlte sich krank und verzweifelt, weil sie das braune Fell nicht weiß bekam.

Deshalb ging der Frühling zur Sonne und erzählte ihr die Geschichte. Die Sonne, leidenschaftlich und feurig wie sie war, ärgerte sich fürchterlich über die alte Hexe und hatte großes Mitleid mit dem Frühling. Voller Zorn schleuderte sie ihren Speer ins Moor, wo Caellie gerade spazierenging. Als der flammende Speer auftraf, versengte er die Erde so, daß Blasen entstanden und sich ein sechs Fuß breiter und sechs Fuß hoher Hügel bildete. Die erschrockene Hexe vergrub sich unter den Wurzeln einer Stechpalme. Das junge Mädchen war frei und mit dem Frühling wiedervereint. Aber der Hügel wurde größer, bis er schließlich explodierte und eine funkelnde Masse herausströmte, die monatelang loderte und Funken versprühte. Dann verwandelte sie sich von flammendem Rot in glühendes Gold und rauchte und spuckte, bis aus ihr die Fire Hills wurden. Und bis zum heutigen Tage leuchten und glühen die Berge und beweisen, daß die Sonne Caellie in jener kalten Jahreszeit besiegte. Und Caellie ist es nie gelungen, die Fire Hills mit Schnee zu bedecken.

Hag-Rog

Kanadisch

Eine alte Frau ging zu ihrem Arzt, weil sie Bauchschmerzen und Krämpfe und schlaflose Nächte und alle möglichen anderen Leiden hatte. Die neumodischen Maschinen in den schicken neuen Krankenhäusern konnten nichts finden.

»Können *Sie* etwas für mich tun?« fragte sie ihn.

Der Arzt fragte die alte Frau: »Was glauben Sie denn, wo die Probleme herrühren könnten?«

»Von meiner Nachbarin, zwei Häuser weiter«, antwortete sie. »Manche sagen, sie sei eine Hexe.«

Nach zwanzig Jahren in dieser Gegend wußte der alte Doktor, was zu tun war. Er hatte schon vor langer Zeit vom »Hag-Rog« gehört, einer äußerst wirksamen Medizin. Deshalb erklärte er seiner Patientin, was allein sie heilen könne. Sie müsse in eine Flasche pinkeln und sie dann fest verkorken, so daß auch nicht ein einziger Tropfen entweichen könne, auch wenn sie die Flasche umdrehe. Dann solle sie die Flasche unters Bett stellen.

Die alte Frau befolgte den Rat, und sobald sie es getan hatte, gingen erst die Bauchschmerzen weg, dann die Krämpfe, und schließlich konnte die alte Frau auch wieder gut schlafen.

Aber ihre Nachbarin wurde krank. Man konnte ihre Schmerzens- und Verzweiflungsschreie auf der Straße hören. Sie ging zum Arzt und klagte, sie könne nicht pinkeln, was ihr große Schmerzen bereite. Es sei alles in der Blase und wolle heraus, könne aber nicht. Nicht einmal ein paar Tropfen. Als ob ein Korken drin stecke.

»Sagen Sie Ihrer Patientin«, forderte sie, »sie soll sofort die Flasche unter ihrem Bett entkorken.«

»Das werde ich tun«, versicherte ihr der Arzt, »wenn Sie den Zauberbann aufheben, mit dem Sie sie belegt haben.«

Also machte die Nachbarin ihren Fluch rückgängig, die Patientin des Arztes leerte ihre Flasche, und die Hexe konnte wieder pinkeln. Und wie sie pinkelte! Sie pinkelte eine Woche lang Eimer voll. Sie arbeitete ein bißchen, rannte glücklich weg, um sich zu erleichtern, arbeitete noch ein bißchen und rannte wieder los. Nach einer Woche war wieder alles in Ordnung. Von da an ließ die Hexe die Finger von der alten Frau.

Biddy Early, der Priester und die Krähe

Irisch

Biddy war krank. Es ging ihr sehr schlecht. Ich kann nicht sagen, ob jemand nach dem Gemeindepfarrer geschickt oder ob er gehört hatte, daß sie krank war. Auf jeden Fall ging er zu ihr, als sie im Bett lag, um ihr die Beichte abzunehmen. Bei der hinteren Kammer, wo er ihr die Beichte abnahm, stand eine große Eberesche vor dem Haus, und wie fast alle alten Häuser hatte auch Biddys Häuschen ganz kleine Fenster. Jedenfalls blickte das kleine Fenster auf den Baum. Und im Baum saß eine Krähe und krächzte, solange der Priester Biddy die Beichte abnahm.

Nach dem Beichten sagte Biddy zu ihm: »Vater, könnt Ihr die Krähe reinholen und sie ans Fußende des Bettes setzen?«

»Ich will's versuchen«, meinte er.

Er fing an zu beten und aus einem Buch vorzulesen. Und die Krähe saß die ganze Zeit draußen im Baum und krächzte. Als der Priester zu Ende gelesen hatte, sagte Biddy: »Ich hol sie selber rein.«

Sie setzte sich im Bett auf, hob das Kopfkissen und zog

ihre Zauberflasche darunter hervor. Und was immer auch sie gesagt oder getan haben mochte – das Fenster stand jedenfalls offen, und die Krähe flog herein, hockte sich ans Fußende des Bettes und fing an zu krächzen.

»Ihr habt das nicht geschafft. Laßt ihr die Krähe jetzt wieder raus?« fragte Biddy den Priester.

Er betete und betete. Die Krähe saß am Fußende des Bettes und krächzte ununterbrochen. »Na schön, dann laß ich sie eben selber raus«, entschied Biddy.

Sie streckte der Krähe den Flaschenhals entgegen, und die Krähe flog zum Fenster hinaus und auf den Baum und fing oben im Wipfel wieder an zu krächzen.

Biddy reichte dem Priester die Flasche. »Da ... das ist für Euch. Jetzt habt Ihr die gleichen Zauberkräfte wie ich.«

Und was tat der Priester? Er warf die Flasche in den Kilbarronsee, und dort liegt sie wohl noch heute.

Das Büblein im Sack

Friaul

Pierino Pierone war ein Kind, so groß, daß er zur Schule ging. Auf dem Schulweg war ein Gemüsegarten mit einem Birnbaum, und Pierino Pierone kletterte hinauf, um Birnen zu essen. Unter dem Birnbaum kam die Hexe Strega Bistrega vorüber und sagte:

Pierino Pierone, pflück eine Birne mir
mit deinem weißen Händchen fein;
bei ihrem Anblick, sag ich dir,
läuft mir das Wasser zum Munde hinein.

Pierino Pierone dachte: »Der läuft das Wasser im Munde zusammen, weil sie mich, nicht aber die Birnen, fressen will.« Und er weigerte sich, vom Baum herabzusteigen.

Er pflückte eine Birne und warf sie der Strega Bistrega zu. Doch die Birne fiel zur Erde, genau auf die Stelle, wo eine Kuh getrottet war und ihr Andenken hinterlassen hatte.

Die Strega Bistrega wiederholte ihre Bitte:

Pierino Pierone, pflück eine Birne mir
mit deinem weißen Händchen fein;
bei ihrem Anblick, sag ich dir,
läuft mir das Wasser zum Munde hinein.

Doch Pierino Pierone stieg nicht etwa hinab, sondern warf ihr noch eine weitere Birne zu; die Birne aber fiel zur Erde, genau auf die Stelle, wo ein Pferd ein Bächlein hinterlassen hatte.

Die Strega Bistrega wiederholte ihre Bitte noch einmal, und Pierino Pierone dachte, es sei besser, ihr den Wunsch zu erfüllen. Er stieg vom Baum herab und reichte ihr eine Birne. Die Strega Bistrega öffnete ihren Sack, statt der Birne jedoch steckte sie Pierino Pierone hinein, band den Sack zu und warf ihn sich über die Schulter.

Nachdem sie einen Teil des Weges zurückgelegt hatte, mußte die Strega Bistrega stehenbleiben, um eine kleine Notdurft zu verrichten: sie setzte den Sack nieder und verkroch sich hinter einem Busch. Unterdessen nagte Pierino Pierone mit seinen Mäusezähnen den Strick durch, der den Sack zusammenhielt, er sprang heraus, steckte einen schweren Stein in den Sack und rannte davon. Die Strega Bistrega ergriff den Sack und warf ihn sich wieder über die Schulter.

Ach je, Pierino Pierone klein,
du bist so schwer wie ein großer Stein!

sprach sie und strebte dem Hause zu. Die Tür war geschlossen; die Strega Bistrega rief ihre Tochter:

Margherita Margheritone,
um zu kochen Pierino Pierone,
komm herunter und öffne das Tor,
und bereite rasch den Kupferkessel vor!

Margherita Margheritone öffnete und stellte einen Kupferkessel mit Wasser aufs Feuer.

Kaum kochte das Wasser, da leerte die Strega Bistrega den Sack. Platsch! machte der Stein und durchschlug den Boden des Kessels; das Wasser ergoß sich ins Feuer, spritzte nach allen Seiten und verbrannte der Strega Bistrega die Beine.

Liebe Mutter, was soll das heißen:
du bringst Steine heim zum Beißen?

fragte Margherita Margheritone. Und die Strega Bistrega, die vor Schmerzen von einem Bein aufs andere hüpfte, sprach:

Liebe Tochter, zünd's Feuer wieder an,
ich kehre zurück, so rasch ich kann.

Sie kleidete sich um, setzte sich eine blonde Perücke auf den Kopf und entfernte sich mit dem Sack.

Anstatt zur Schule zu gehen, war Pierino Pierone wieder zum Birnbaum gelaufen. Da kam die verkleidete Strega Bistrega vorbei in der Hoffnung, nicht erkannt zu werden. Sie rief ihm zu:

Pierino Pierone, pflück eine Birne mir
mit deinem weißen Händchen fein;
bei ihrem Anblick, sag ich dir,
läuft mir das Wasser zum Munde hinein.

Pierino Pierone hatte sie aber trotz ihrer Verkleidung erkannt und hütete sich wohlweislich, hinabzusteigen.

Der Strega Bistrega gebe ich keine Birne, o nein,
sonst fängt sie mich und steckt mich in den Sack hinein.

Doch die Strega Bistrega beruhigte ihn:

Ich bin nicht die, wie du glaubst, auf mein Wort,
heute morgen erst kam ich an diesen Ort.
Pierino Pierone, wirf eine Birne mir im Nu
mit deinem weißen Händchen zu.

Und sie redete so lange auf ihn ein, bis Pierino Pierone sich überzeugen ließ und herabstieg, um ihr eine Birne zu geben. Geschwind steckte ihn die Strega Bistrega in den Sack.

Als sie bei dem bewußten Busch angekommen waren, mußte sie wieder anhalten, um eine Notdurft zu verrichten. Diesmal aber hatte sie den Sack so fest verschnürt, daß Pierino Pierone nicht entwischen konnte. Da begann der Junge wie eine Wachtel zu schlagen. Gerade kam ein Jäger mit seinem Hund des Weges, der war auf der Suche nach Wachteln. Er sah den Sack und öffnete ihn. Pierino Pierone sprang geschwind heraus und flehte den Jäger an, den Hund an seiner Statt in den Sack zu stecken.

Als die Strega Bistrega zurückkam und den Sack wieder schulterte, jaulte der Hund im Sack in einem fort und wälzte sich hin und her.

Die Strega Bistrega aber sprach:

Pierino Pierone, dir bleibt nichts weiter zu tun,
als wie ein Hund zu springen und zu jaulen nun.

Sie kam ans Tor und rief die Tochter:

Margherita Margheritone,
um zu kochen Pierino Pierone,
komm herunter und öffne das Tor,
und bereite rasch den Kupferkessel vor!

Als sie aber den Sack in das kochende Wasser leeren wollte, stürzte der wütende Hund hervor, biß ihr in die Wade, sprang in den Hof und machte sich über die Hühner her.

Liebe Mutter, welch seltsame Weisen,
du willst Hunde zum Abendbrot verspeisen?

sagte Margherita Margheritone. Und darauf die Strega Bistrega:

Liebe Tochter, zünd's Feuer wieder an,
ich kehre zurück, so rasch ich kann.

Sie kleidete sich um, setzte eine rote Perücke auf und eilte erneut zum Birnbaum. Und sie redete und schwätzte so lange auf Pierino Pierone ein, bis dieser sich wieder am Schlafittchen packen ließ.

Diesmal machte sie nirgendwo halt, sondern trug den Sack schnurstracks nach Hause, wo ihre Tochter sie am Tor erwartete.

»Nimm ihn und sperr ihn in den Hühnerstall«, befahl sie, »und morgen in aller Frühe, wenn ich fort bin, machst du Gulasch aus ihm und kochst Kartoffeln dazu.«

Am nächsten Morgen bewaffnete sich Margherita Margheritone mit Hackbrett und Wiegemesser und öffnete einen Spalt im Hühnerstall.

Pierino Pierone, sei so nett,
leg deinen Kopf auf dieses Brett.

Darauf er:

Aber wie? Zeig mir, wie's geht!

Margherita Margheritone legte ihren Hals aufs Hackbrett, Pierino Pierone aber ergriff das Wiegemesser, schnitt ihr den Kopf ab und warf ihn zum Schmoren in die Pfanne.

Die Strega Bistrega kam zurück und jammerte laut:

Margheritone, Töchterlein mein,
wer tat dich in die Pfanne hinein?

»Ich«, antwortete Pierino Pierone oben aus dem Rauchfang über dem Kamin.

»Wie bist du denn da nur hinaufgekraxelt?« fragte die Strega Bistrega.

»Ich habe einen Kochtopf auf den andern gestellt und bin hinaufgestiegen.«

Da versuchte die Strega Bistrega sich eine Leiter aus Kochtöpfen zu bauen, um nach oben zu klettern und ihn zu packen. Doch im schönsten Augenblick brach der Boden der Töpfe durch, sie fiel ins Feuer und verbrannte mit Haut und Haar.

Nachwort

Keine Märchensammlung ist vollständig ohne ein oder zwei Märchen über eine Hexe. Es gibt eine Flut wissenschaftlicher Studien und Enzyklopädien über die Hexenkunst, doch abgesehen von vereinzelten Märchensammlungen für Kinder wüßte ich keine, die Hexen gewidmet ist, keine, die die Vielfalt der Erscheinungsformen würdigt, die einer Hexe zu Gebote stehen: von einem wilden, furchterregenden Geschöpf der Finsternis bis zu einer gelassenen und klugen Helferin. In welcher Form auch immer sie erscheinen mag, sie ist eine Frau, die sich selbst treu ist, die ihre Zauberkraft und ihren Weitblick dazu benutzt, ihre eigene Lebenserfahrung zu steigern, selbst wenn sie am Ende teuer dafür bezahlt.

Hexen waren von alters her ein Teil jeder bekannten Kultur, sie bezauberten, heilten Verwundete und spannen Schicksalsfäden. Selbst in vorgeschichtlicher Zeit wurden sie fast ausschließlich mit dem Tod und dem Bösen identifiziert. Die erste noch erhalten gebliebene Mythologie (ca. 3000 v. Chr.), die auf sumerischen Tafeln gefunden wurde, berichtet von einer exilierten Hexengöttin – streng, kalt und mitleidlos –, die die Unterwelt regierte, wie später Demeter und andere Göttinnen. Doch in zahlreichen Geschichten – in Mythos, Folklore oder Märchen – begegnen uns doppelsinnige, gelegentlich auch freundliche Darstellungen von Hexen in vielerlei Gestalt. Sie kommen aus den verschiedensten Traditionen – Mythos, Geschichte, Theologie, Literatur und mündlicher Überlieferung; einige stehen im Mittelpunkt einer ganzen Gruppe von Geschichten, oder sie sind durch unverwechselbare Charakterzüge und Verhaltensweisen kenntlich; andere sind lediglich namenlose Stereotypen, die einen Einblick in den Volksglauben gewähren und in die erschreckenden Abgründe der menschlichen Phantasie.

In klassischen europäischen Erzählungen sowie in der indischen mündlichen Überlieferung erscheint die Hexe oft als Femme fatale – eine Frau von solch atemberaubender Erscheinung, daß sie jeden Mann zu bezaubern vermag. Skrupellos verändert sie ihre Gestalt, entführt Männer oder versteinert den Gegenstand ihrer Begierde, um ihn sich gefügig zu machen. Während persische und indische Feen, die ursprünglich aus dem Nahen Osten stammen, ihre Liebhaber entführen und gefangen halten, hat die keltische Feenfrau ihre eigene Form des Zaubers –

sie macht den Mann so besessen von ihrer überwältigenden Schönheit, daß er vor Sehnsucht nach ihr nicht mehr fähig ist, ein normales Leben zu führen. Neben diesen gibt es die häßlichen Gorgonen, die heulenden, kriechenden Blutsaugerinnen und Leichenfresserinnen, die ihre niedere Zauberkraft nur anwenden, um ihre Bäuche zu füllen und ihre brennende Begierde zu stillen.

Alle mündlichen Traditionen und Volkssagen haben ihre Naturhexen, die im Wasser, in Höhlen und Bergen leben, die die Umwelt mit ihren Pflanzen und Tieren beherrschen und beschützen und jeden vernichten, der die natürliche Ordnung des Lebens bedroht. Viele von diesen sind die bekannten furchterregenden Hexen und Kobolde, die ihre menschlichen Opfer herbeilocken, überlisten und so lange umklammert halten, bis sie bewußtlos oder tot sind.

Gewalttätige Hexen sind vielleicht die in allen Kulturen bekanntesten. Oft als häßliche alte Weiber dargestellt, essen sie Menschen, besonders Kinder, und saugen das Blut von Lebenden und Toten aus. Der Ursprung der menschenfressenden Hexe ist uralt und doppelsinnig. Einerseits steht sie in Beziehung mit den Fruchtbarkeitsritualen der Ureinwohner der Südsee, Australiens und Neuseelands, wo das Essen von Kindern den natürlichen Zyklus des Pflanzens, Erntens und Neuwachsens repräsentiert. Unter den indigenen Stämmen Nord- und Südamerikas wird sie manchmal als die Vagina in vielen Formen dargestellt, darunter auch die gefürchtete gezähnte. Andererseits erinnert ihr Gebaren an das der aus Mesopotamien stammenden Lilith, der ersten Frau Adams: Schamlos lasziv, verkehrt sie mit Dämonen und Teufeln, und lüstern schwächt sie die Potenz sterblicher Männer, um Ungeheuer zu gebären.

Die Schwächung der Manneskraft ist ein weiteres Motiv, das überall auf der Welt mit Hexen assoziiert wird. In chinesischen Märchen bemächtigen sich formlose Geister der Menschen, um von deren Lebensenergie zu zehren. In den meisten dieser Geschichten ist der Geist, der sich der Menschen bemächtigt, weiblich, und ihr Opfer ist fast immer ein Mann. Oft auch kommen die Geister der Toten aus magischen Sphären, um den Menschen, die sie lieben, Hilfe und Schutz zu gewähren. Diese gutartigen und häufig erscheinenden Hexen sind auf eine schwer definierbare, doch unbestreitbare Art und Weise verschieden von Geistern. In der Tat, ihr Status und der anderer Hexen ist unklar – sind sie sterblich oder unsterblich, menschlich oder unzerstörbar? Hexen, die Energie und Sperma verzehren, sind eindeutig nicht sterblich, ebenso, wie schon ihr Name sagt, die Bewohnerinnen des Landes der Ewigen Jugend. Auch Naturhexen regenerieren sich mit dem Zyklus der Jahreszeiten, oder sie bleiben ständig in ihrem eigenen Element – Wasser, Luft, Bäume – und kommen nur hervor, wenn sie gerufen oder gestört werden.

Andere Hexen sind unzweifelhaft sterblich, leben in Familien und Dorfgemeinschaften, in Ländern so weit voneinander entfernt wie die Vereinigten Staaten, Afrika, Großbritannien und Indien, und betreiben verstohlen ihre Geschäfte, im Guten wie im Bösen. Die Hexen einiger westafrikanischer Regionen können nach dem Tod wiederkehren, ihren Hexenzirkel leiten und ihre Kinder bekehren. Die häßliche indische Chureyl oder Dayan mit ihren verdrehten Füßen, ihrer nuschelnden Sprechweise und ihrer Vorliebe für die Herzen und Lebern von Kindern, ist ein Geschöpf aus dem bäuerlichen Volksgedächtnis, das nicht sterben kann, bis es seine Geheimformel, ein umgekehrtes religiöses *mantra*, an einen würdigen Neubekehrten weitergegeben hat. Die Umkehrung religiöser Formeln soll auch unter den Hexen christlicher Nationen vorkommen; hier glaubt man, daß sie ihre Seelen um eines persönlichen Gewinns willen dem Teufel verschrieben haben. Die Volkssagen veranschaulichen, daß sterbliche Hexen zähe Widersacher sind, die nur von Menschen bezwungen werden können, die über Geschicklichkeit, Macht und stählerne Entschlossenheit verfügen.

Nicht zu vergessen sind die weisen Frauen. Die gelegentlichen Helferinnen, die gestrengen Gebieterinnen, die klugen Ratgeberinnen, die Rätselschmiedinnen, die Heilerinnen und die Geberinnen von Gaben. Sie sind in das prächtige Muster der Märchen verwoben; wir sehen sie kommen und gehen, ohne eigentlich innezuhalten, um über ihre Identität oder ihre Intentionen nachzudenken. Sie repräsentieren das innerste Wesen des weiblichen Geistes, lehren uns ihre uralte Weisheit, ihre Listen und Tücken und die Wahrheit, daß jede Frau sich ihres eigenen Zaubers bewußt werden muß. Alle Hexen besitzen gewaltige Zauberkraft, und deshalb wurden sie seit jeher aus der Gesellschaft vertrieben und waren unwiderruflich vom Makel des Andersseins gezeichnet.

In den Urgesellschaften vielfach gefürchtet und verehrt, wurden Hexen von Monotheisten, vor allem von Christen, gemieden. Die westliche Welt sah sie als die Antithese zu dem allgemein verbindlichen Weiblichkeitsideal. Verschiedenen von der Kirche autorisierten Beschreibungen zufolge waren Frauen auf jeden Fall äußerst anfällig für Sünde und Schwachheit. Die ideale Frau jedoch paßte sich den sozioreligiösen Normen an: fleißig, sanftmütig, gehorsam, bescheiden und versöhnlich. Übermut, Faulheit, Vulgarität, aktive Sexualität, Unabhängigkeit (finanzielle oder andere) und ein rachsüchtiges Temperament kennzeichneten eine Frau als Hexe.

Glücklicherweise haben in Märchen Frauen aller Art ihre Daseinsberechtigung, sowohl mit ihren herausfordernden oder unabhängigen Eigenschaften wie auch als Muster an Fleiß und Frömmigkeit. Seltener begegnet man einem Märchen von der Kategorie »Die alte Hexe« (Gebrüder Grimm), wo ein Mädchen verbrannt wird, weil es der gesellschaftlichen Sitte trotzt, oder »Die roten Schuhe« (Hans Christian Andersen), wo ihm zur Strafe für seine kindische Eigenliebe die Füße amputiert werden.

Im europäischen Mittelalter und in Nordamerika wurde so manche dieser Frauen auf dem Scheiterhaufen verbrannt, oder sie wurde, mit einem schweren Stein um ihren Körper gebunden, ertränkt, weil ein gemurmelter Fluch *(damnum minatum)* angeblich gewirkt hatte *(malum secutum)* oder weil sie sich über ihre Menstruation freute oder während des Gebärens keine Schmerzen litt. Da dies Mangel an Scham und Reue über die Erbsünde bewies, war es ein Zeichen eines Pakts mit dem Teufel. Überdies glaubte man, daß mittelalterliche Hexen Stürme heraufbeschwören, die Luft vergiften, die Ernte und Landschaften mit nur einem Blick zerstören konnten und ganz allgemein Gefallen daran fanden, Unheil zu stiften.

Der Dominikanermönch Johannes Nider teilte in einer Schrift von 1435 die Auswirkungen der Hexenkunst in sechs Hauptkategorien ein: die Fähigkeit, Liebe oder Haß in den Herzen der Menschen zu entfachen, Männer impotent zu machen, Vieh und Eigentum Schaden zuzufügen, Krankheiten zu verbreiten und Wahnsinn oder Tod herbeizuführen. Hexen feierten Feste mit dem Teufel, wo sie Gott und den Katholizismus anprangerten, ehrerbietig des Teufels Hinterteil küßten und Kinder, die noch nicht getauft waren, opferten und aßen. Sie hatten auch fleischlichen Verkehr mit Inkubi und Sukkubi.

Ihr sexueller Verkehr mit Tieren und Teufeln wurde ausführlich dokumentiert, wie in diesem Gedicht des Dichter-Pfarrers Robert Herrick (1591–1674).

The Staffe is now greas'd
And very well pleas'd,
She cocks out her arse at the parting,
To an Old Ram Goat,
That rattles i'th'throat,
Half choakt with the stink of her farting.

The Hagg

Itzt ist der Stab geschmiert
Und mit großem Pläsir
Reckt sie ihr'n Arsch vor dem Fortgehn
Einem alten Geißbock
Hin, der röchelt nur noch
Halb erstickt vom Gestank ihres Forzens.

Die Hexe

Der alte Bocksbeinige, der Teufel, ähnelt natürlich dem Naturgott Pan, der zugleich mit der Göttin von Hexenkulten verehrt wurde.

So wurde der Teufel der sexuell omnipotente Meister, und Hexen wurden mit schmutzigen Praktiken, Unrat und Verfall assoziiert. Das typische Bild einer Hexe war eine ungewaschene, ungekämmte Frau mit langen schmutzigen Fingernägeln, triefenden Augen und faulen Zähnen. Sie hatte Haare an unattraktiven Stellen – es sproß ihr aus Nase, Ohren oder Kinn. Ihre Stimme war schrill, piepsig oder krächzend. Ihre Haut war von Warzen und Geschwüren verunziert, die ihr, wie man glaubte, von saugenden Kobolden und Teufeln zugefügt wurden, manchmal von Schutzgeistern in Tiergestalt, die angeblich »aus Verwesung geboren« waren. Sie war umringt von Fledermäusen, Kröten, Ratten, Krähen und bösartigen Katzen.

Noch obszöner war die Tatsache, daß sie noch immer sexuell aktiv war. Junge Männer waren in ständiger Gefahr vor den Gelüsten der Hexe, die, scharf gemacht vom kundigen Sexspiel des Teufels und seiner männlichen Kobolde, drohte, sie ihrer Vitalität zu berauben – oder sie unersättlich zu machen. Weil nämlich

> »... oft auf dem Felde oder im Walde Hexen auf dem Rücken liegend gesehen wurden, an der Scham entblößt, nach der Art jener Unflätereien die Glieder in Ordnung, mit Armen und Schenkeln arbeitend, während die Incubi unsichtbar für die Umstehenden wirkten, mochte sich auch am Ende des Aktes ein ganz schwarzer Dampf in der Länge eines Mannes von der Hexe in die Luft erheben ...« (*Malleus Maleficarum*, 1486, *Der Hexenhammer*, aus dem Lateinischen übersetzt von J.W.R. Schmidt, 2. Teil, Kap. IV, dtv klassik, München 1983, 11. Auflage 1993, S. 67)

Die beiden Dominikanermönche Jakob Sprenger und Heinrich Institoris, Autoren des infamen *Malleus Maleficarum (Der Hexenhammer)*, der Bibel der Hexenverfolger, trösteten mit ein paar Worten gewöhnliche Männer, die sich um ihre sexuelle Unzulänglichkeit sorgten:

»Mag die natürliche Ordnung es nur wenig erhärten, daß er groß sei, da das Ähnliche (nur) zu dem Ähnlichen paßt, so scheint doch jener Tausendkünstler, wenn er das nötige Aktive dem nötigen Passiven, wenn nicht in Natur, so doch mit den Eigenschaften in Hitze und einem gewissen Maße mischt, durchaus keine kleine Lust zu erwecken.« (2. Teil, Kap. V, ebd. S. 68)

Natürlich ist keine dieser Vorstellungen nur im Christentum vorhanden, obwohl keine andere Religion oder Kultur so besessen davon war, sich davon zu befreien. Um so grotesker ist es daher, daß dieser heuchlerische Aberglaube den Mord an Tausenden von Menschen hat rechtfertigen können. Beginnend – noch vor dem Erscheinen der Abhandlung – um 1330 in Frankreich, breitete sich der mörderische Hexenwahn zwischen dem fünfzehnten und siebzehnten Jahrhundert über die ganze christliche Welt aus. Die meisten Opfer waren Frauen, ihr Pakt mit dem Teufel wurde mit wenig mehr begründet als Exzentrizität, Armut, oder daß sie es vorzogen, allein mit einer großen schwarzen Katze zu leben. Andere wurden auf dem Scheiterhaufen verbrannt, weil sie angeblich ein Feld angestarrt hatten, das daraufhin verdorrte, oder eine Kuh, die keine Milch mehr gab. Eine große Zahl von Spinnerinnen, Hebammen und Kräutersammlerinnen wurde ebenfalls der Hexerei beschuldigt. Möglicherweise besteht ein Zusammenhang mit den gleichzeitigen Bestrebungen von Männern, okkulte Geheimgesellschaften zu gründen, um dieses Gewerbe ausschließlich für sich selbst zu beanspruchen. Irland war kaum berührt von den Verfolgungen – vielleicht, weil die Iren nie gänzlich ihrer druidischen Kultur abschworen und dort die Muttergöttin in Gestalt der Kriegsgöttin eine große Rolle in epischen Zyklen und mündlichen Erzählungen spielte.

Die Jungianerin Marie-Louise von Franz vermutet, daß das Fehlen einer transzendenten Muttergestalt, die beide Seiten – negative und positive – verkörpert, ein Grund für die Verfolgungen war.

»In Märchen, die hauptsächlich unter dem Einfluß christlicher Kultur stehen, wird der Archetyp der Großen Mutter wie alle anderen in zwei Aspekte aufgespalten. Die Jungfrau Maria z. B. wird von ihrem Schatten abgetrennt und verkörpert nur die lichte Seite des Mutterbildes. Folgerichtig war, wie Jung herausstellte, der Augenblick, als die Figur der Jungfrau Maria bedeutsamer wurde, zugleich die Zeit der Hexenverfolgungen. [Darum] wurde die Muttergestalt aufgespalten in die positive Mutter und in die zerstörerische Hexe.« (*Der Schatten und das Böse im Märchen*, Marie-Louise von Franz, 1985, S. 120)

Viele Geheimnisse bleiben ungelöst. Die Bibel selbst enthält Berichte von gutartigen und nützlichen Hexen wie der Hexe von Endor. Der Koran verweist auf den universalen Hexenbrauch, Knoten zu binden, um Schwierigkeiten im Leben der Menschen zu verursachen, doch er geht nicht weiter, als Gott um Schutz vor ihnen zu bitten. Vielleicht war für die Europäer die relativ neue und oberflächliche Schicht des Christentums, einer importierten (nahöstlichen) Religion, einfach noch nicht tief genug verwurzelt, um ihre frühere heidnische Kultur ganz zu verdrängen. Folglich stellte das Wiederauftauchen einer Muttergöttin in der Maske der Malefica eine stärkere Bedrohung dar. Mit Sicherheit führte dies zu der gründlichen Korrektur des indigenen Mythos Britanniens, der sich bis heute vornehmlich in den Arthur-Legenden erhalten hat. Die starke Überlagerung mit christlichen Elementen in den literarischen Versionen von Geoffrey of Monmouth (Vita Merlini, ca. 1150) und Thomas Malory (Le Morte Darthur, 1485) läßt keinen Platz für Morgan Le Fay, die verlorene britische Göttin Sovereignty, die Hüterin von König und Vaterland, deren Namen Mutter (Morgan) und Fee (Fate/Fairy, Le Fay) bedeuten. Beide Texte, obwohl in vieler Hinsicht großartig, sind in ihrer Darstellung der Morgan unbefriedigend. Monmouth degradiert sie zu einer bloßen Zauberin, die sich an einen Mann – Merlin – wendet, um von ihm ihre Künste zu lernen, und die ihn mit ungeheuerlichem Verrat belohnt. Malory widmet ihr in seinem Text nur ein paar unzusammenhängende Zeilen. Beide Dichter versuchen nicht zu begründen, weshalb sie Arthur und seine Anhänger mit Neid und Bosheit verfolgt. Ihrer Eigenschaft als Sovereignty beraubt, ist Morgan der unbefriedigende und verwirrende Inbegriff des Bösen.

Wie viele andere Hexengestalten, die glücklicherweise noch durch die Folklore der meisten Kulturen geistern, stammt Morgan von der Muttergöttin ab, die drei Facetten der Existenz repräsentiert – Jungfräulichkeit, Fortpflanzung und Tod. Hier bilden sich die Eigenschaften der dreifachen Gottheit heraus, die wir in praktisch jeder Kultur beobachten: Juventa-Juno-Minerva (die kapitolinische Triade von Rom), Hebe-Hera-Hecate (griechisch), Lat-Manat-Al'Uzza (arabisch) und Parvati-Durga-Kali (indisch) sind nur einige Beispiele für solche weiblichen Trinitäten. Die Trinität symbolisiert die Phasen des Mondes und macht die Hexe zu einem Nachtwesen, eng verbunden mit der Menstruation, den Gezeiten, dem Zyklus der Jahreszeiten und der Finsternis. Diana wird oft als die Königin der Hexen bezeichnet.

Jeder der drei Aspekte der Göttin löst bei den Männern verschiedene Ängste aus. Die Jungfrau (die Mondsichel), eigenwillig und vital, droht mit einer Verzauberung, so verwundend, daß junge Männer dahinsiechen. Die Mutter (der Vollmond), voll und fruchtbar, wird in alten Kulturen mit einer glühend roten Vulva dargestellt, die zum Eindringen einlädt, oder einem massiven Schamteil und langen großen Brüsten, die sie über ihre Schulter wirft, wenn sie ihr Opfer verfolgt – einen Mann natürlich, der fürchtet, skrupellos und selbstsüchtig von ihr benutzt zu werden, so daß er schließlich impotent und seines Spermas beraubt wird. In vielen Erzählungen des Nahen Ostens wird dem Helden geraten, sich ihr von hinten zu nähern und eine ihrer Brüste zu küssen, um sie damit zu zwingen, ihn als ihren Sohn anzuerkennen und ihm bei seiner Suche zu helfen. Die letzte ist das Alte Weib (der abnehmende Mond), vielleicht die furchterregendste Gestalt – eng vertraut mit dem Tod und Hüterin seiner Mysterien, noch immer sexuell fordernd und fähig, in eines Mannes Geist und Körper einzudringen. Die Weigerung, ihr zu gehorchen, bringt Vernichtung, denn die Göttin ist skrupellos und rachsüchtig. Ihr Gerechtigkeitssinn nämlich wird in der patriarchalischen Welt als Rache verstanden, während die männliche Gerechtigkeit als Strafe bezeichnet wird. Ersteres bedeutet zumindest Gleichheit, letzteres hingegen Überlegenheit, nämlich das Verordnen eines ethischen Kodex von oben. Überdies hat die Idee der Rache mit den Jahren den Beiklang von Niederträchtigkeit, Impulsivität, Subjektivität und persönlicher Befriedigung angenommen, während Strafe etwas Geheiligtes bleibt: sie ist edel, durchdacht, unparteiisch und kommt dem Gemeinwohl zugute. Beide erreichen das gleiche Ziel: die Göttin in dem eher irdischen und leidenschaftlichen Stil, der ihrem weiblichen Prinzip entspricht, der Gott auf eine vergeistigte und indifferente Art und Weise. Doch ist es gerade diese weibliche Art des Umgangs mit den Männern, die ihnen Angst vor Abhängigkeit und Impotenz einflößt – eine metaphorische Entmannung, durch die sie ihre Ehre verlieren. Am glücklichsten mit einer Hexe sind Männer, die, wie die Schamanen, selbst über Zauberkräfte verfügen und damit bewirken, daß zur Abwechslung sie ihnen dienen muß.

Japanische Hexenmeister erwarben sich oft die Dienste von Füchsinnen, Hunden oder Schlangen, indem sie ihre Jungen fütterten oder ihnen auf andere Weise Schutz gewährten. Über solche Familien erzählte man sich im Mittelalter, daß sie wohlhabend seien, daß Füchse und Hunde auf ihren Dächern und am Wegrand saßen und hier und da in Töpfen zusammengerollte Schlangen lagen. Doch sollte man nicht vergessen, daß die Hexe nur aus Dankbarkeit und aus Treue einem Vertrag gehorsam bleibt.

Mit den Jahren wurde die Göttin verdrängt, zunächst von patriarchalischen Götterhierarchien, dann von dem Einen Gott. Nach und nach wurden ihre Fruchtbarkeitsrituale von Männern übernommen. Monotheisten entwickelten in ihrem verzweifelten Bemühen, eine Erklärung für die Synthese der Schönheit und Bösartigkeit der Feenfrauen zu finden, die Theorie, daß Feen gefallene Engel seien. Sie hatten sich geweigert, in dem Streit zwischen Gott und Satan die eine oder andere Seite zu wählen, und so waren sie verdammt, entweder unterirdisch zu leben, in Bächen, Gruben und Höhlen, oder über der Erde, in den Wolken und in der Luft.

Was immer ihr Ursprung war, die Hexe nimmt furchterregende Eigenschaften an; weil das »herrschende kollektive Unbewußte den Archetypus der Großen Mutter ächtet, so rächt sie sich an ihm« (Marie-Louise von Franz). Häufig ist es im Märchen der Mann, der direkt von einer Hexe bedroht wird, und die Frau, die ihn erlöst (Gretel rettet Hänsel), obwohl andererseits auch sie das Opfer der Hexe sein kann. Schneewittchen und Dornröschen sind zwei berühmte Beispiele für das letztere. Die böse Fee in »Dornröschen« ist ein typischer Fall: Ihre verletzte Würde verlangt nach Rache, so wie das verletzte Ego eines Gottes, der ständig Verherrlichung und Anerkennung verlangt und ewiges Höllenfeuer und Verdammnis über diejenigen verhängt, die ihn mißachten. Die eine - wie Morgan und Lilith und andere von alters her – wird dämonisiert, der andere aber nicht.

Gewalttätige Hexen sind Beleidigte und Entfremdete. Die bekannten Hexenmärchen-Motive wie boshafte Prüfungen, Machtgelüste und Kindertöten veranschaulichen die Art der Hexen, Gerechtigkeit walten zu lassen, indem sie versuchen, ihre verlorene Macht wiederzuerlangen und ihre verbrauchte Vitalität wieder aufzufrischen. Man kann verstehen, daß derart seltsame und bedrohliche Geschöpfe aus der Zivilisation in die weglose Wildnis verdrängt wurden. Und ebenso wie die Hexen entfremdet und isoliert von der Gesellschaft sind, so werden ihre Eigenschaften im einzelnen Menschen verleugnet und in den Untergrund verbannt, in die Tiefe des unerforschten Unterbewußtseins, wo sie beängstigende und allgegenwärtige Bilder heraufbeschwören. Es ist diese Schöpfung eines unvollkommenen Wesens aus reiner Bosheit in uns selbst, die uns für die Angst, die Hexen hervorrufen, empfänglich macht. Wir wissen um diese Verletzlichkeit, sind uns bewußt, daß eine Sehnsucht nach Liebe und Geborgenheit übermächtig werden und uns in fordernde, gierige Wesen verwandeln kann. Wir selbst schaffen die ernährende-verschlingende Hexe von Hänsel und Gretel, die uns zuerst füttert und dann erwartet, selbst gefüttert zu werden. An diesem Punkt muß Gretel ihre ganze natürliche Erfindungsgabe heraufbeschwören, die Hexe in sich selbst, die ihr instinktiv eingibt, worauf ihre bedrohliche

Gegnerin reagieren wird. Und auch hier ist es die Hexe im Kind, ihr Sinn für rücksichtslose Gerechtigkeit und Anständigkeit, der Gretel in ihrem Entschluß bestärkt, die Hexe zu bestrafen und sich selbst zu retten. Sich gegenüber einer Hexe zu behaupten, sie zu vernichten oder zu entmachten, symbolisiert im Märchen ein wichtiges Stadium des Erwachsenwerdens: zu lernen, aus einer kritischen Situation einen Ausweg zu finden. Dies kann jedoch nur geschehen, wenn wir beginnen, die Hexe in uns selbst anzuerkennen. Wie ihre Ahnfrauen in Urgesellschaften können wir sie versöhnen, indem wir ihr Nahrung und Anerkennung zuteil werden lassen und sie zu unserem Vorteil in unsere psychische Welt integrieren.

Doch man sollte auch nicht übertreiben und über die Behandlung der Hexe in Geschichte und Literatur gekränkt sein. Man könnte dann leicht vergessen, daß sie im wesentlichen ein boshafter Charakter ist, eine Überlebenskünstlerin. Jahrhunderte der Verunglimpfung konnten sie nicht aus unserem Gedächtnis verbannen oder ihre Macht über uns verringern. Sie bleibt ein lebendiges, unwiderstehliches und rätselhaftes Wesen. Zuweilen menschlich, ein andermal übernatürlich, reitet sie durch die Phantasie von Kindern wie Erwachsenen; schwarzgekleidet, auf einem Besenstiel oder Baumstamm, kehrt sie von einem ausgelassenen Treffen zu ihrer finsteren Behausung zurück, um sich ihren lasterhaften Beschäftigungen zu widmen. Vielleicht ist es dieses banale Bild der Hexe, das am treffendsten und vergnüglichsten ihren anarchischen Geist und ihre ständige Herausforderung der Autorität zum Ausdruck bringt, wobei sie oft ihren geheimnisvollen persönlichen Spielregeln folgt.

Mit dieser Auswahl habe ich nicht versucht, die furchterregenden Stereotypen der Hexe zu zerstören. Auch war es nicht meine Absicht, sie durch meine Wahl in einem günstigen Licht zu zeigen. Ich habe einfach Geschichten ausgesucht, die mich fesselten, mich erschreckten oder zum Lachen brachten. Und ich war nicht imstande, die Frage zu beantworten, die mir während der vergnüglichen Monate, die ich damit verbrachte, diese Anthologie zusammenzustellen, am häufigsten gestellt wurde: »Wie definieren Sie eine Hexe?« Ich hoffe, diese Auswahl wird zeigen, daß die Hexe ständig jede Definition in Frage stellt und bis zum Ende verwirrend und rätselhaft bleibt.

Scharuk Husain
London, April 1993

Anmerkungen

Indravati und die sieben Schwestern

Dies ist meine Version einer Geschichte aus meiner Kindheit, die ich für diese Anthologie nacherzählt habe. Die umgangssprachlichen Redewendungen, Nebenbemerkungen und Formulierungen des Erzählers tauchen regelmäßig auf; zum Beispiel »den Dschungel und die Wüsten, die Flüsse und Gebirge ..., keine Spur mehr von Adam oder seinen Nachkommen ...«. Der Hinweis auf Adam in der zweiten Hälfte läßt einen moslemischen Ursprung vermuten, was nicht überrascht, da die kulturelle Vermischung im Bereich der Geschichten tief verwurzelt ist.

Der Name Indravati bedeutet genau genommen nicht »Tochter des Indra« – »vati« einem Namen hinzugefügt weist auf Besitz hin. Solche Dinge sind für den Geschichtenerzähler – häufig ein Analphabet –, den die Auslegung seiner Geschichte fesselt, jedoch nebensächlich. Der Raja Indra dieser Geschichte ist eine Korruption des höherstehenden Gottes der bedeutenden Vedic-Triade, die im Mittelalter durch die gegenwärtig höchste Triade Brahma-Vishnu-Shiva ersetzt wurde. Jedes der vielen Elemente, jede Sekte und Untersekte des Hinduismus hebt den bevorzugten Gott, die bevorzugte Göttin oder das bevorzugte Paar aus dem reichen und mannigfaltigen hinduistischen Pantheon hervor, so daß das Verspotten der Götter einer Gruppe durch eine andere – selbst in religiösen Texten – durchaus geläufig ist. Indra – Inder in der Sprache des gemeinen Volkes – taucht in Geschichten als Feenkönig und Lüstling auf. Viele Götter werden hier und da als sexuell inkontinent beschrieben, was ein Bild für die Befruchtung der Pflanzen, Tiere und aller möglichen Dinge ist. Ich habe mir in meiner Version Freiheiten genommen, indem ich die erotischen Teile artikulierte, die, wie ich stets ahnte, unter der Oberfläche der mir als Kind erzählten sanierten Fassungen brodelten. Obszöne, höchst erotische und hemmungslose Texte existieren in der Hindi-Literatur des Mittelalters, insbesondere die graphischen Stücke über das Zusammentreffen zwischen dem bäuerlichen Gott Krishna und dem verheirateten Milchmädchen Radha. Die Begierde der Hexen ist in Indien, wie auch anderswo auf der Welt, berühmt, deshalb erschien es legitim, die Lüsternheit der sieben Schwestern zum Ausdruck zu bringen. Sie erklärt die Motivation der Hexen, den Prinzen zu besitzen – etwas, was mir als Kind nie klar war.

(Aus dem Englischen von Gerda Bean)

Finns Wahnsinn
Finn Mac Cumhal (sprich »Mac Cool«) war ein großer irischer Held der keltischen Überlieferung. Er wurde von zwei magischen Frauen erzogen, die eine unterrichtete ihn in den Schönen Künsten, die andere in der Kriegskunst. Er erhielt die Gabe, in die Zukunft zu sehen, nachdem sein Daumen von den Säften des Salms des Wissens bis auf den Knochen verbrüht worden war (siehe Gwion in »Der Kessel-Geborene«, S. 187). Finn war der Heerführer von etwa fünftausend Häuptlingen und Kriegern, und nach einem Heldenleben ging er hinüber in die Andere Welt; dort schläft er und wartet auf das endgültige Erwachen. Er ist somit ein verwundeter Gott (ein Jesus-Christus-Archetyp). Die offensichtlichste Parallele ist die mit Arthur, der auf die Auferstehung wartet, nachdem er von Morgan Le Fay nach Avalon getragen wurde.

Während seiner Abenteuer geriet Finn immer wieder mit magischen Frauen in Konflikt. Die Dagda, mit denen sich Daireann identifiziert, sind ein Feenvolk aus den Tuatha de Danaan, die Tir Na n'Og bewohnen, das Land der Ewigen Jugend. (Siehe »Coonlagh Ruadh und die Feenmaid«, S. 29)
(*Gods and Fighting Men*, Lady Gregory, Ireland, John Murray, 1904, S. 231, aus dem Englischen von Anne Ruth Frank-Strauss)

Das Nixlein
Andrew Lang bezeichnet diese Geschichte einfach als »osteuropäisch« und schreibt sie Kletke (der auf Deutsch schrieb) zu. Sie ist wahrscheinlich ungarisch, obwohl Beispiele davon auf der ganzen Welt existieren. Eine jüdische Version spricht von einer bestimmten Beziehung des Baal Shem Tov, der seine Sünden rücksichtslos ins Wasser wirft. Aus Rache steigen die Wasser, um seinen Sohn am dreizehnten Geburtstag zu verschlingen; er wurde jedoch zurückgehalten, weil der Baal Shem Tov (aus Rücksicht auf seine fromme Ehefrau) vor dem Ereignis warnte. (*Classic Hassidic Tales*, Meyer Levin, Dorset Press, 1931)

Das Nixlein ist eindeutig eine Wasserhexe. Die Hasen, Kröten und Frösche in dieser Geschichte sind alle mit Hexen verbunden, ebenso das Spinnrad. Und wie in vielen anderen Geschichten von Hexen wird das Böse – das falsche Nixlein – durch das Gute – die gütige alte Hexe – aufgewogen.

Das Motiv des übereilten Versprechens rührt wahrscheinlich von alten Menschenopferriten her.
(*The Yellow Fairy Book*, Andrew Lang, London, Longmans Green and Co., 1894, S. 99, aus dem Englischen von Gerda Bean)

Die Jungfrau auf der Lurlei
Eine offensichtliche Anlehnung an die Sirenen der griechischen Mythologie. Tückische Wassergeister und Monster gründeten möglicherweise in der Furcht der Menschen vor dem Wasser und seiner Tiefen. In vielen Kulturen war es verboten, Wasser zu durchqueren. Als die Meere vertrauter und weniger angsteinflößend wurden, schwand auch die Macht dieser Wesen.
(*Die Sagen des Rheinlandes von Basel bis Rotterdam*, F.J. Kiefer, Mainz, Verlag von David Kapp, ca. 1880, S. 162)

Coonlagh Ruadh und die Feenmaid
Dieses Märchen des Geschichtenerzählers Pat Ryan wurde von dem Tonband mit einigen seiner Lieblingsmärchen übertragen. Es stammt wahrscheinlich aus dem neunzehnten Jahrhundert, eine literarische Fassung ist in Lady Wildes Sammlung *Ancient Legends, Mystic Charms and Superstitions of Ireland* (1925) enthalten. Pat wurde die Geschichte, zu der auch Lieder gehören, von seiner Großtante Catherine erzählt. Seamus Ennis, der berühmte Musiker und Geschichtenerzähler, hat eine ähnliche Version.

Diese Feenmaid ist bekannt, zum Beispiel aus Keats' *La Belle Dame Sans Merci*. Hat der Ritter sie erst gesehen, erkrankt er, bis er entweder mit ihr wiedervereint wird oder stirbt. Diese Form der Verzauberung, besonders ausgeprägt in Geschichten keltischen Ursprungs, lebte im Werk englischer Romantiker wieder auf. In persisch-indischen Märchen entführen Feen oft Männer, in die sie sich verlieben. Der Apfel erweckt Assoziationen mit dem silbernen Zweig der Unterwelt aus alter keltischer Zeit.
(Vom Tonband *Tales of Old, British and Irish Fairytales*, Pat Ryan, London, Sheba Audio Productions, 1985, aus dem Englischen von Gerda Bean)

Die Hochzeit von Sir Gawain
Die Lösung des Rätsels war ursprünglich »Souveränität« und wird inzwischen so ausgelegt, daß jede Frau ihren Willen haben möchte. Das Motiv der häßlichen alten Frau, die sich in eine schöne junge verwandelt, nachdem sie einen jungen Mann geküßt oder mit ihm geschlafen hat, kommt häufig in keltischen Geschichten vor. Hier werden viele einfache moralische Lehren präsentiert – dem Unerwünschten ins Gesicht schauen, nicht nach dem Äußeren urteilen und die verwandelnde Macht der Liebe.

Die Hexe ist hier die verlorene britische Göttin Sovereignty, auch als

abscheuliche Dame bekannt. Ihre Begegnungen mit Helden lassen sie urteilen, ob diese es wert sind, König zu sein. Das Akzeptieren ihrer abscheulichen Gestalt weist auf die Bereitwilligkeit hin, die Widerwärtigkeiten des Regierens mit den Privilegien zu akzeptieren. Caelli Bheur, Morgan und Morrigu nehmen alle zu diesem Zweck eine häßliche Gestalt an, jedoch freiwillig und nicht, wie in dieser Geschichte, unter dem Zauberbann eines anderen. Eine Interpretation ordnet die abscheuliche Dame ins Reich des solar-lunaren Mythos ein, ein wichtiges Thema der Hexenkunde mit ihren Assoziationen des zunehmenden und des abnehmenden Mondes.
(*The Tale of Sir Gawain*, Neil Phillips, London, Beaver Books, 1989, S. 40, aus dem Englischen von Gerda Bean)

Ich liebe dich mehr als Salz
Diese seltene Aschenputtel-Variante stammt von Duncan Williamson, dem berühmten schottischen Geschichtenerzähler, und wurde von seiner Frau, Dr. Linda Williamson, nach der mündlichen Version aufgezeichnet. Nach Duncan waren fahrende Geschichtenerzähler nicht besonders erpicht auf Hexen, deshalb erwähnt er Hexen nicht oft in seinen Geschichten. Auch hier beschreibt er die Hexe schon bei der ersten Erwähnung als eine alte Frau. In verschiedenen anderen Geschichten erscheint sie in Verkleidung als »Hühnerfrau«, als Vogelfrau oder als eine große oder magische Frau. In anderen Kulturen gibt es Vergleichbares. Die Kelten nannten das Feenvolk nicht mit Namen, sie zogen es vor, Feen als die »Guten Leute« zu bezeichnen, und in der Bretagne wurden sie »Mère Commère« genannt.

In den meisten Baba-Jaga- und Frau-Holle-Varianten entdeckt die Heldin, daß der Hexe zu dienen und ihre Tiere zu versorgen ihr eine Belohnung bringt, obwohl diese Frauen von einer mystischen und bedrohlichen Aura umgeben sind. Die Hexe-im-Wald in dieser Geschichte ist unzweideutig eine »Helferin«. Sie könnte durchaus ein frühes Modell für die Gute Fee sein, die durch Perrault in seiner höfischen Cinderella-Erzählung berühmt wurde. Die Gute Fee scheint keinen anderen Ursprung zu haben als das italienische *Pentamerone* von Giambattista Basile, in dem eine Gute Fee aus einem Baum hervorkommt. Es ist zu vermuten, daß in dem englischen »Fairy Godmother« das »God« zwischen »fairy« und »mother« auf Gaben aus einer okkulten Quelle hinweist – besonders wenn es sich um Hexen handelt, die so lange von der Kirche dämonisiert wurden. Oder vielleicht ist »God« einfach eine verfälschte Form von »gut«; in diesem Falle käme wieder einmal die heidnische Verbindung zwischen Feen und der Muttergöttin ins Spiel.

Der Muttergestalt kommt natürlich eine entscheidende Bedeutung in vielen Cinderella-Varianten zu: einmal wächst ein Baum aus ihrem Grab, ein andermal tritt sie mit ihrer Tochter in Verbindung und findet Wege, sie zu ernähren.

Diese Variante ist sehr realistisch. Der verstoßenen Prinzessin wird nicht durch Zauberei geholfen, sondern sie wird von einer alten Frau aufgenommen. Die Verwandlung der Prinzessin in ein schmutziges Bettelmädchen ist eine Verkleidung. Die einzige Zauberei ist hier das Verschwinden von Salz – ein seltsames Naturwunder. Salz hat eine Bedeutung im Kontext von Feenmärchen, da es ein Talisman gegen Zauber ist. Es wurde benutzt, um Neugeborene vor stehlenden Feen und anderen bösen Geistern zu schützen, die alle kein Salz essen. In der alchimistischen Theorie stellt Salz die dritte wichtigste Substanz dar, zugleich mit Schwefel und Quecksilber. Man glaubt, daß es die anderen stabilisiert und erdet. Der Verlust und die Wiederkehr von Salz hat gewiß den aufgeblasenen alten König in dieser Geschichte zurück auf die Erde, auf den Boden der Tatsachen, gebracht.
(*Tell me a story for Christmas*, Duncan Williamson, Edinburgh, Canongate Publishing, 1987, S. 80, aus dem Englischen von Anne Ruth Frank-Strauss)

Die vier Gaben
Auch hier repräsentieren Frauen gute und schlechte Mütter – eine habgierige Arbeitgeberin und eine geduldige Beraterin und Beschützerin, die Téphany trotz allem aus ihren Fehlern lernen läßt. Téphany scheint sich Zustände bzw. Eigenschaften zu wünschen, die denen von Hexen bemerkenswert ähnlich sind – sexuelle Befriedigung, herausragende Schönheit, Geist und Unabhängigkeit –, mit denen »ein armes Bauernmädchen« aber nicht fertig wird. Andrew Lang macht diese uralte Feststellung, indem er gegen Ende der Geschichte Téphany diese Worte in den Mund legt: »Ich möchte nichts anderes als das arme Bauernmädchen sein, das ich immer war und das hart für seine Lieben arbeitet.« Und die Antwort der Hexe: »Du hast deine Lektion gelernt und wirst jetzt ein friedliches Leben führen und den Mann heiraten, den du liebst.«

Irgendwie hat man am Ende das Gefühl, daß die arme Téphany zu kurz gekommen ist, auch wenn uns versichert wird, daß ihr Ehemann lernte, seinen Anteil der Arbeit zu übernehmen.

Die Geschichte erinnert an »Die alte Frau in der Essigflasche«, in der ein Fisch um die Erfüllung immer größer werdender Wünsche gebeten wird, wobei die Bittstellerin jedoch am Ende kaum besser dasteht als am

Anfang – obwohl sie in moralischer Hinsicht reicher geworden ist. (*The Lilac Fairy Book*, Andrew Lang, London, Longmans Green and Co. Ltd., 1910, S. 299, aus dem Englischen von Gerda Bean)

Habetrot

Dies ist eine von vielen Erzählungen, in welchen List belohnt wird. Eine der Geschichten von faulen Spinnerinnen mit gutem Ende, weil eine geheime Schwesternschaft am Werk ist. Die alte Habetrot verlangt keine Belohnung – nicht wie in der berühmten norwegischen Geschichte »Die drei Tanten«, in der die Tanten als Verwandte anerkannt werden wollten. In beiden Geschichten befreit sich das Mädchen, nachdem sie ihre Verbindung mit unfeinen und häßlichen Frauen zugegeben hat, was wohl darauf hinweist, daß es für Frauen wichtig ist, ihre schwachen und häßlichen Seiten ebenso wie das Gute in sich anzuerkennen. Spinnen war seit Jahrhunderten eine weibliche Beschäftigung. Es ist ein schöpferischer Akt, der Einbildungskraft erfordert und mit Vorstellungen von Macht und Kontrolle verbunden ist. Die Nornen (Parzen) und andere Schicksalsmächte sind Spinnerinnen. Und man nimmt an, daß viele große Geschichten von Frauen erfunden wurden. Vielleicht widersprechen solche Erzählungen der Vorstellung von weiblicher Fügsamkeit und Emsigkeit, gepaart mit Schönheit und Bescheidenheit. Männer haben die Wahl – eine schöne, verwöhnte Ehefrau oder eine häßliche, fleißige. (*A Dictionary of Fairies*, Kate Briggs, London, Penguin, 1979, S. 213, aus dem Englischen von Anne Ruth Frank-Strauss)

Glücklos

Die Heldin dieser Geschichte ändert ihr Schicksal, indem sie es, dem Rat ihrer Amme folgend, nährt und pflegt. Aufgrund ihres starken Überlebenstriebs hat sie Erfolg. Die Balance der Gegensätzlichkeiten in den beiden Schicksalen (eines schön, das andere gräßlich) und den beiden Mutterfiguren (die Königin passiv und die Amme aktiv) ist wiederum beachtenswert.

Das Motiv einer Hexe, die auf Pflege reagiert, kommt in der ersten überlieferten Sage vor, wo die sumerische Erishkigal, ein Demeter-Paradigma, qualvoll stöhnt, nachdem sie die Göttin Inanna in einen Klumpen Fleisch, aufgehängt an einem Haken, verwandelt hat. Ihr Großvater schickt zwei Wesen herab, die ihre Qualen nachempfinden, und Erishkigal, überwältigt von deren Mitgefühl, erklärt sich bereit, Inanna aus der Unterwelt zurückzuholen.
(*The Book of Curses and Enchantments*, Ruth Mannings-Saunders, London, Magnet Books, 1979, S. 16, aus dem Englischen von Gerda Bean)

Biddy Earlys Flugzauber

Dies ist eine der allgemeineren Geschichten von Biddy Early. Biddy, 1798 in Faha geboren, verbrachte den größten Teil ihres langen Lebens in Kilbarron, County Clare. Sie war geschätzt wegen ihrer Heilkräfte und ihrer Fähigkeit, die Gesellschaft zum Narren zu halten, und bekannt als weise Frau vom County Clare. Lady Gregory sagte voraus, daß Biddy zum apokryphen Mittelpunkt vieler magischer Geschichten ihrer Zeit werden würde. Edmund Lenihan sagt dazu: »Biddy soll getan haben (...), was ein unterdrücktes Landvolk selbst gern getan hätte, wenn es dies gewagt hätte, wie z.B. sich gegen die Polizei oder den Grundbesitzer zur Wehr setzen oder den Priester auf seinen Platz verweisen. (...) Biddy war ein Mensch aus Fleisch und Blut, und es besteht die Gefahr, daß sie mit ihrer Übernahme in das allgemeine Sagen- und Märchengut zu einer semimythologischen Gestalt wird.«

Sie verlangte nichts für ihre Hilfe und gilt eindeutig als Hexe, wenn auch eine gute. Edmund Lenihan fand bei seinen Nachforschungen heraus, daß die Leute sogar noch in den achtziger Jahren dieses Jahrhunderts Angst hatten, über Biddy zu sprechen, was auf den Glauben schließen läßt, daß ihre Kräfte auch über das Grab hinaus wirksam geblieben sind.

Lenihan betont, daß diese Geschichte nicht als Scharlatanerie ausgelegt werden darf. Das Wort »fliegen« wird metaphorisch gebraucht.
(*In Search of Biddy Early*, Edmund Lenihan, Dublin, The Mercier Press, 1987, S. 45, aus dem Englischen von Gerda Bean)

Das hilfreiche Moosweibchen

Dieses Märchen wurde der vorliegenden deutschen Ausgabe hinzugefügt.
(*Von kleinen Leuten, Vo chlyne Lüte, Zwergensagen, Feen- und Fänggengeschichten aus der Schweiz*, Curt Englert-Faye, Basel, Zbinden Druck & Verlag AG, 1965)

Die Morrigu

Der Name Morrigu oder Morrighan bedeutet Große Königin. Sie ist die alte dreifache Kriegsgöttin von Irland, Macha-Neimann-Badb. Ihr Symbol ist die Schlachtkrähe. Sie kann fliegen, ihre Gestalt verwandeln und heilen und hat verdächtige Ähnlichkeit mit Morgan Le Fay (Arthur-Sagenkreis) und Modron (Mabinogian) und daher auch mit Sovereignty. (Siehe Anmerkung zu »Die Heirat von Sir Gawain«, S. 277) Als Sovereignty trifft sie Cuchulain, den besten Krieger des Königs von Ulster und Held des Ulster-Sagenkreises und fordert ihn heraus. Cuchulains Stellung entspricht ungefähr der des Gawain zu Arthur. Er kämpfte mit

seinem todbringenden Speer, Gae Bulg, und in dieser Geschichte verteidigt er Ulster im Alleingang gegen Maeve von Connacht, weil seine Krieger von Machas Fluch getroffen worden waren. Die Schlacht ist die Folge des Viehraubs von Cooley, angestiftet von Königin Maeve, der Feindin des Königs von Ulster. Cuchulain gewinnt die Schlacht, doch Morrigu versagt ihm die Königswürde.
(*Cuchulain of Muirthemne*, Lady Gregory, London, John Murray, 1902, S. 211, aus dem Englischen von Anne Ruth Frank-Strauss)

Die bemalte Haut
Die *Seltsamen Geschichten*, 1679 vollendet von dem chinesischen Gelehrten Pu Sung-ling, der unter verschiedenen Namen, als Liu-Hsien oder Liu Chuan bekannt ist, könnte man als das chinesische *Tausendundeine Nacht* bezeichnen.

Der Hexen-Dämon in »Die bemalte Haut« wünscht Kontrolle über Wang zu bekommen, um sich seine Lebenskraft anzueignen und als Mensch wiedergeboren zu werden. Seine grausame Tat, das Ausreißen von Wangs Herz, ist ähnlich wie die der verschmähten Hexen in der »Die Geschichte des Aristomenes« (S. 104). Doch wie es so oft in diesen Geschichten der Fall ist, der Priester gewinnt.
(*Umgang mit Chrysanthemen*, 81 Erzählungen der ersten vier Bücher aus der Sammlung Liao-dschai-dschi-yi, Pu Sung-ling, deutsch von Gottfried Rösel, S. 117, © 1987 Verlag Die Waage Zürich)

Lilith und der Grashalm
Es gibt eine Fülle von Literatur über Lilith in Quellen wie dem jüdischen Zohar und dem Midrasch. Sie war Adams erste Frau und äußerte Unmut darüber, daß sie während des Beischlafs unter ihm liegen mußte. Deshalb wurde sie auf die Erde verbannt und von ihren Kindern getrennt. Aus Rache und Zorn schwor sie, neugeborene Kinder zu quälen und zu töten. Sie begann auch, mit verschiedenen Ungeheuern zu verkehren, und gebar täglich hunderte von Kobolden. Für ihren Akt der Selbstbefreiung wurde sie zu einem dämonischen Wesen erklärt. Man sagt ihr auch nach, daß sie feuchte Träume verursacht, indem sie mit schlafenden Männern kopuliert. Hier erscheint sie als Sukkubus oder Nachthexe.
(*Jewish Folktales*, Pinhas Sadeh, London, Collins, 1990, S. 80, aus dem Englischen von Anne Ruth Frank-Strauss)

Tochter des Mondes, Sohn der Sonne

In der griechischen Mythologie ist Diana, der Mond, zugleich die höchste Hexengöttin, und der Mond und die ihn begleitenden Nachttiere werden traditionell mit Hexen in Verbindung gebracht. So kann man Niekia, die Tochter des Mondes in dieser Geschichte, als Hexe betrachten. Eine alte toskanische Legende berichtet, wie Diana ihre Tochter, Aradia (vermutlich eine verfälschte Form von Herodias), zur Erde hinunter schickte, um die Hexenkunst zu begründen und die »erste aller bekannten Hexen« zu werden. Diese Legende wurde in Form eines seltsamen, aber heute sehr berühmten Manuskripts veröffentlicht, *Aradia, the Gospel of the Witches*. Ein Folklorist des neunzehnten Jahrhunderts, Charles Godfrey Leland, war verantwortlich für die Übersetzung und Veröffentlichung des Werkes und behauptete, es von Maddalena, einer praktizierenden Striga, einer wahrsagenden Hexe, erhalten zu haben. Niekia scheint von der gleichen Herkunft zu sein, obwohl ihre Aufgabe eine andere ist. Wie Niekia kehrt auch Aradia zu ihrer Mutter zurück, als ihre Aufgabe hier auf Erden beendet ist.

James Riordan spricht in seiner Einführung von dem harten Leben der sibirischen Volksstämme, deren Kinder bereits mit sieben oder acht Jahren zur Arbeit geschickt wurden. Geschichten, die abends beim Feuer erzählt wurden, waren ihre einzige Form der Unterhaltung und des Lernens. Die ersten Sammler sibirischer Folklore waren politische Exilanten um die Mitte des neunzehnten Jahrhunderts.

(*Siberian Folktales, The Sun Maiden and the Crescent Moon*, James Riordan, Edinburgh, Canongate, 1989, S. 202, aus dem Englischen von Anne Ruth Frank-Strauss)

Die liebende Füchsin

Fuchs-Hexen und Hund-Hexen, die in Japan einst wohlbekannt waren, wurde nachgesagt, daß sie die Häuser bestimmter Familien belagerten und beherrschten. Oft auch versprachen sie einem Schamanen zu helfen, der ihnen Freundlichkeit erwiesen hatte, und sie boten ihm ihren Schutz an. Hier opfert sich die Fuchs-Hexe für den Mann, der ihr Liebe zeigt, und indem sie das tut, erwirkt sie ihre Erlösung und einen Platz im Himmel. Siehe »Die Frau von Laggan«, S. 204, als eine englische Version einer Hexe, die versucht, Erlösung zu erlangen. Im allgemeinen versucht die Hexe-als-schöne-Frau ihre Beute – meistens ein Mann – zu verführen, um ihn auf irgendeine Weise »zu entmannen«, gewöhnlich, indem sie seine Energie untergräbt oder ihn von sich abhängig macht. Diese schöne Geschichte widerspricht gänzlich dieser Vorstellung.

(*The Yanagita Kunio Guide to the Japanese Folktale*, herausgegeben von

Fanny Hagin Mayer, Bloomington, Indiana University Press, 1948, aus dem Englischen von Anne Ruth Frank-Strauss)

Die Geschichte des Aristomenes
Thessalien war berüchtigt für seine außergewöhnlich machtvollen Hexen wie die alte Zauberin Ericthо (Lukans *Pharsalia*). Hier treten Meroe (die Trunkenheit) und Panthia (die Göttin) wunderbar schelmisch in Erscheinung und verwandeln einen Rachefeldzug in eine reizend boshafte Orgie.

Die Hinweise auf Kastration mögen schockieren und zugleich amüsieren, doch sie geben eine der wichtigsten Ängste der damaligen Männerwelt wieder: Kastration, Verstümmelung der Genitalien, Reduzierung zu Lastträgern und Sklaven der Frauen – vor allem älterer Frauen. Metaphorisch gesehen kastriert Meroes Zauberkraft die Männer. In ihrem Buch *The golden ass of Apuleius* (S. 22) stellt die Jungianerin Marie-Louise von Franz die Hypothese auf, daß Apuleius einen Mutterkomplex hatte, und vergleicht die gierige, kastrierende Natur einer besitzergreifenden und kontrollierenden Mutter mit derjenigen der Hexe in der Geschichte. Sie hebt die Ähnlichkeiten zwischen Lucius, dem Held des Buches, und Apuleius hervor.
(*Metamorphosen oder Der goldene Esel*, Apuleius von Madaura, nach der Übersetzung von August Rode, herausgegeben von Erich Buck, Rowohlt Verlag, 1961, S. 10, © Ullstein Verlag, Berlin)

Ala und die alte Hexe
In europäischen Geschichten dieser Art, in denen eine Hexe einen jungen Mann um einen Gefallen bittet, wird Ritterlichkeit belohnt, und zwar normalerweise durch Verwandlung der Hexe in eine magische Gefährtin, wie im Märchen von Diarmuid und der abscheulichen Frau und einer ähnlichen Caellie-Bheur-Geschichte. Diese Hexe ist jedoch durch und durch böse und braucht die Vitalität des männlichen Ala.
(*Folktales from the Congo*, Jan Knappert, London, Heinemann Educational Books Ltd, 1987, S. 24, aus dem Englischen von Gerda Bean)

Der Ring der Königin
Noch eine Hexe mit einem Spinnrad. Diese Geschichte ist der Froschkönig aus anderer Sicht und erklärt die Verwandlung des Königs. Eine schöne Frau, aus der eine abscheuliche alte Hexe wird, kommt in Hexenmärchen häufig vor.
(*The Book of Curses and Enchantments*, Ruth Mannings-Saunders, London, Magnet Books, 1979, S. 36, aus dem Englischen von Gerda Bean)

Das grinsende Gesicht einer alten Frau
Diese Hexe beschützt offensichtlich ihre Wassertiere, da sie nur erscheint, um Jäger zu töten.
(*Japanese Tales*, Royal Tyler, New York, Pantheon, 1987, S. 297, aus dem Englischen von Anne Ruth Frank-Strauss)

Die Rote Frau
Wieder eine von Finns Begegnungen mit einer Frau der Sidhe (Feen). Die Firlbogs, eine Rasse mißgestalteter Riesen, die von den Tuatha de Danaan vertrieben worden waren, waren die ersten Bewohner Irlands. Die Rote Frau verspottet Finn, indem sie ihm Zuflucht vor den magischen Kräften der Firlbogs in ihrem Reich anbietet, dann, als er sich weigert, ist sie erfolgreich in der Jagd, in der er versagte. Er jedoch entgeht einer möglichen Verzauberung, indem er sich weigert zu essen, was die Feen berührt haben.
(*Gods and Fighting Men*, Lady Gregory, Ireland, John Murray, 1904, S. 234, aus dem Englischen von Anne Ruth Frank-Strauss)

Die Frau, die ihren Mann in eine Schlange verwandelte
Der magische Stein, der besondere Kräfte verleiht und das Betreten von Feengebiet erlaubt, existiert auch im keltischen Sagen- und Märchengut. (Siehe »Habetrot«, S. 61)
(*Tales of the Cochiti Indians, Smithsonian Institute Bureau of American Ethnology, Bulletin 98*, Ruth Benedict, Washington, Smithsonian Institute, 1934, S. 96, aus dem Englischen von Gerda Bean)

Klong
Das Märchen, das angeblich von dem Dichter Tao Chien (365–472) erzählt wurde, ist wohl eines der frühesten Märchen der Feenbraut-Gruppe. Im Fernen Osten, besonders in Japan, waren die Tiere in diesen Märchen gewöhnlich die großartigeren Drachen und Riesenschlangen. In europäischen Märchen sind es im allgemeinen Meerjungfrauen und auf den Britischen Inseln sowohl Seehunde als auch Meerjungfrauen. Auch Vögel und andere Tiere heiraten überall auf der Welt Menschenmänner, doch ist die Verbindung mit Wasserbewohnern wohl am häufigsten. In dem indischen Epos *Mahabharata* heiratet die Flußgöttin Ganges selbst den König. Welches auch immer der Ursprung der Fee ist, die Tabus sind im allgemeinen die gleichen – dem Ehemann ist verboten, ihre übernatürliche Identität preiszugeben oder ihr Handeln in Frage zu stellen. Wenn er dieses Übereinkommen bricht, kehrt sie zurück in ihren ursprünglichen Bereich, und oft läßt sie ihre Kinder

zurück. In Irland scheinen Meerjungfrauen und Seehunde (selchie) gegen ihren Willen festgehalten zu werden, weil der Ehemann ihre angeborene Haut versteckt hat. Wenn die Feenbraut sie wiederfindet, kehrt sie ins Wasser zurück.
(*Sweet and Sour Tales from China*, Carol Kendall and Yao Wen Li, London, Bodley Head, 1978, S. 66, aus dem Englischen von Anne Ruth Frank-Strauss)

Der Junge und der Hase
Dies ist nach einer mündlichen Wiedergabe von Thomas Cecil im Archiv des Ulster Folk and Transport Museum, Hollywood, Ulster, niedergeschrieben worden. Die Geschichte hat etwas Robustes und Realistisches an sich, was für Hexenverwandlungsgeschichten in Irland und England typisch ist. Im allgemeinen haben sie ihren Ursprung im bäuerlichen Milieu, wo die ungenügende Milchproduktion der Kühe auf Hexen zurückgeführt wird, die nachts, als Hasen verkleidet, an ihrem Euter saugen. Hexen verwandeln sich in Hasen oder schwarze Hunde – zum Spaß oder aus Eigennutz und hier im spielerischen Wettkampf. Es kann auch vorkommen, daß sich der Verfolger zu seinem Vorteil in einen schnellen schwarzen Hund verwandelt. Traurigerweise endet der Fliehende in den meisten Geschichten verwundet, mit einer angeschossenen, verletzten oder gebrochenen Pfote oder hinkend, und die Verletzung bleibt bei der Rückkehr zur ursprünglichen Gestalt bestehen, wodurch sich die Identität der Hexe verrät. Beide Motive finden sich in einer Volkserzählung aus Somerset über Granny Pope und ihre Tochter Kersey.

Diese Geschichte ist insofern ungewöhnlich, als die Hexe eine Verbündete ist, da sie aus der Sicht des kleinen Jungen erzählt wird. Dieses schelmische Großmütterchen kommt intakt nach Hause zurück, und der Junge ist über ihr zerzaustes Aussehen nicht allzu beunruhigt. Hier sind die Jäger die Dummen, was im Hinblick auf die Rechte der Tiere und ökologische Aspekte, zu denen sich zeitgenössische Hexen bekennen, zeitgemäß ist.
(Thomas Cecil, *Ulster*, The Ulster Folk and Transport Museum, 1979, Tonbandaufnahme, aus dem Englischen von Gerda Bean)

Der Liebste Roland
Dies ist ein klassisches Verwandlungsmärchen, wie »Die Tochter des Teufels«, wo sich ein flüchtendes Paar mehrmals verwandelt, um dem dämonischen Verfolger zu entkommen. Oft besteht das Paar aus der Tochter des Bösewichts und dem Verfolgten, dem sie mit Hilfe der

magischen Werkzeuge ihrer Eltern beisteht. Die Eltern können Teufel oder Hexen sein. Drei Tropfen Blut hatten noch immer Zauberkraft. In der Bibel spricht Abels Blut aus dem Erdboden. Mit Blut wird der Teufelspakt besiegelt, und es symbolisiert Leben. Hier wirkt es zum Vorteil der Heldin und deutet an, daß Mädchen und Frauen ihre inneren magischen Kräfte rufen können, wenn es erforderlich ist.

Das Motiv der »treuen Braut« taucht hier ebenfalls auf: der vergeßliche Prinz erkennt und heiratet seine wahre Liebe am Tage seiner geplanten Hochzeit mit einer anderen.
(*Kinder- und Hausmärchen*, gesammelt durch die Brüder Grimm, Verlag der Dieterichschen Buchhandlung, Göttingen, 1857, Erster Band, S. 285)

Die Schlangenfrau
Diese Feenbraut bringt, wie »Die liebende Füchsin«, S. 103, große Opfer für einen Menschen und erlangt dadurch Erlösung. Ihr Opfer wird mit bleibender menschlicher Gestalt belohnt – der höchsten Lebensform für wandernde Seelen.
(*The Yanagita Kunio Guide to the Japanese Folktale*, herausgegeben von Fanny Hagin Mayer, Bloomington, Indiana University Press, 1986, S. 35, aus dem Englischen von Anne Ruth Frank-Strauss)

Die Alte im Wald
In den Märchen verliert die Hexe oft ihre Zauberkraft, wenn die Heldin wagt, sich ihr zu widersetzen. Psychoanalytisch betrachtet wird hier angedeutet, daß ein Individuum sich entschlossen hat, sich der bösen Hexe (in Jungs Sprache: dem Schatten) zu stellen und sie einzubeziehen. Sobald die dunkle Seite des weiblichen Aspekts erkannt und akzeptiert wird, ist die Jungfrau befreit und kann ihrem Schicksal folgen. In der Jungschen Theorie bedeutet dies drei wichtige Schritte: Konfrontation mit dem Schatten (dem dunklen Aspekt des Unterbewußtseins); Versuch, die weibliche (Anima) und die männliche (Animus) Seite, die in jedem Individuum schlummern, zur gewünschten Einheit zu bringen; und schließlich Individualisation oder Ganzwerden des Selbst. Diese Vereinigung wird durch die Vermählung des Prinzen mit der Jungfrau symbolisiert.

Andere Symbole des Selbst in der Geschichte sind die Juwelen und der Ring, welche der alchemistischen Theorie Jungs zufolge das wahre, höhere Selbst darstellen. Wenn ein Individuum alle Seiten seines Wesens akzeptiert hat, fühlt es sich vollkommen. Die erlösende Kraft im Märchen ist oft weiblich. Auch hier befreit die Jungfrau den Prinzen, nachdem sie seinem Rat gefolgt ist.

(*Kinder- und Hausmärchen*, gesammelt durch die Brüder Grimm, Verlag der Dieterichschen Buchhandlung, Göttingen, 1857, Zweiter Band, S. 181)

Die Leopardenfrau
Diese Geschichte bekräftigt die uralte Rollenverteilung: der Mann als Jäger und die Frau als Sammlerin und Pflanzerin. Die Frau, die ihre Gestalt ändert, vermittelt den Gedanken, daß Frauen all diese Rollen ausfüllen können, das Resultat aber ein Mann ist, der ängstlicher und nutzloser ist als ein Säugling.
(*African Folktales*, Roger Abrahams, New York, Pantheon, 1983, S. 148, aus dem Englischen von Gerda Bean)

Die drei Alten
Diese vergnügliche Geschichte illustriert die Verwandlungskraft des Lachens.
(*Die Braut, die von Luft lebte, und andere italienische Märchen*, gesammelt und nacherzählt von Italo Calvino, aus dem Italienischen von Burkhart Kroeber, S. 70, © 1993 Carl Hanser Verlag München Wien)

Die ersten Menschen und der erste Mais
Diese Legende wurde zum ersten Mal 1893 von einem Penobscot-Indianer aufgezeichnet. Auch Stämme in Maine und Nova Scotia erzählten Versionen dieser Geschichte. Die Sage berichtet vom Ursprung des Tabaks und Maises, wobei letzterer mit Demeter in Verbindung gebracht wird, deren Kennzeichen eine Ähre ist. Beides sind Aspekte der Großen Mutter in ihrer desolaten Phase, in der sie sich um ihre Nachkommen sorgt. Das Gebet, das die Geschichte beschließt, erinnert an die Eucharistie. Die Göttin dieser Legende weist verblüffende Parallelen zu Christus auf, und diese Form der Selbstopferung um der Menschheit willen ist überraschenderweise selten unter Muttergöttinnen.

Es gibt viele Geschichten von Maisgöttinnen, von der alten Frau, die niemals stirbt, bis zu den sieben oder neun Maisjungfrauen, die erscheinen, um Mais zu spenden, und, wenn die Menschen undankbar werden, mit ihrer Gabe wieder verschwinden, womit eine Erklärung für ausgefallene Ernten und Hungersnöte gegeben wird. In East Anglia und Deutschland gibt es ebenfalls Getreidemutter-Geschichten.
(*The Penobscot Man: Life History Of A Forest Tribe In Maine*, Frank G. Speck, Philadelphia, University of Penn Press, 1940, S. 330, aus dem Englischen von Gerda Bean)

Die Gebieterin des Feuers
Viele Volkssagen erzählen von weiblichen Hütern des Feuers, auch solche der Indianer und der südpazifischen Völker.

Die Geschichte bezieht sich wahrscheinlich auf die Menschenopfer in alten Zeiten, mit denen die Feuergöttin versöhnlich gestimmt wurde, um das Überleben während der tiefen sibirischen Winter zu sichern. Das Feuer als ein unentbehrliches Element der Natur wird von vielen Rassen verehrt. Den gleichen Respekt fordert die Hüterin des Feuers in dieser Geschichte.
(*Siberian Folktales, The Sun Maiden and the Crescent Moon*, James Riordan, Edinburgh, Canongate, 1989, S. 181, aus dem Englischen von Anne Ruth Frank-Strauss)

Anansi und der verborgene Garten
Die Schwester Hexe, rot gekleidet, bedeutet Fruchtbarkeit und Menstruation, wobei letztere ein wichtiges Element der Hexenüberlieferungen darstellt. Anansi, der Schelm, stammt ursprünglich aus Afrika und brachte Geschichten in die Welt. Der Schelm ist ein zwiespältiger Charakter in der Volkserzählung, sowohl kreativ als auch destruktiv, sowohl edel als auch gemein. Seine negative Seite wird in dieser Geschichte deutlich, wenn es ihm gelingt, aus purer Habgier etwas Schönes zu zerstören. Er scheint die Domäne einer Naturgöttin sinnlos vernichtet zu haben.
(*Anancy Spiderman*, James Berry, London, Walker Books, and New York, Henry Holt and Company Inc., 1988, S. 39, aus dem Englischen von Gerda Bean)

Johnny, zieh das Messer raus
Diese Geschichte, die einen verfolgt und in einem Artikel über Seehunde enthalten ist, warnt vor den Gefahren des Meeres und wiederholt, daß ihm Achtung gebührt.
(*Seal Stories and Belief on Rathlin Island*, Linda-May Ballard, Ulster Folklife, vol. 29, 1983, S. 40, aus dem Englischen von Gerda Bean)

Die Schneetochter und der Feuersohn
Die unbestreitbare Natur der Jahreszeiten ist das Thema dieser Geschichte (siehe auch »Caelli Bheur«, S. 254). Winter (Schnee) und Sommer (Sonne) zerstören einander. (Andrew Lang schreibt dieses Märchen den *Bukowiner Tales and Legends* von Von Wliolocki zu.) Die Geschichte enthält auch das Motiv des Wunsches, der wie ein Gebet erhört wird (vgl. »Schneewittchen« u. a., überall auf der Welt zu finden). Die Mutter

des Schnees und der Sonne könnte Mutter Natur selbst sein. Vielleicht werden die Kinder deshalb zu Lebzeiten der Mutter daran gehindert, einander zu vernichten.
(*The Yellow Fairy Book*, Andrew Lang, London, Longmans, Green & Co., 1894, S. 206, aus dem Englischen von Anne Ruth Frank-Strauss)

Frau Holle
Diese Erzählung der Gebrüder Grimm dreht sich um die vertraute Kombination von »gutem Mädchen« und »bösem Mädchen«. In der Originalversion war die Stiefmutter sogar die leibliche Mutter der beiden Mädchen (wie es auch in anderen Märchen über grausame Stiefmütter der Fall ist, so z. B. in »Schneewittchen«). In späteren Versionen wurde sie zur Stiefmutter gemacht in Anlehnung an Grimms pädagogische Richtung, die, wie es scheint, vor allem Mädchen im rechten Lebenswandel unterweisen wollten. Auch an anderen Stellen wird der Versuch, bestimmte soziale Bilder in den Kindern zu verankern, offensichtlich. Spinnen z. B. wurde als angemessener Zeitvertrieb für Frauen angesehen, besonders für die Armen unter ihnen. Die spinnenden Heldinnen aus Grimms Märchen wurden mit Begriffen wie Fleiß, Selbstlosigkeit und Entbehrung (emotional und materiell) in Beziehung gebracht. Zum Glück überlebten aber auch andere Sorten von Spinnerinnen – die müßigen, erfinderischen, die sich nicht ohne Hoffnung auf Belohnung in den Dienst anderer stellen. Dies sind die Frauen aus »Tom Tit Tot« und »Die drei Tanten«, die nichts gegen einen kleinen Betrug haben, um dadurch der ewigen Bindung ans Spinnrad zu entgehen. Solche Heldinnen finden sich auch in anderen Geschichten, die sich vom Frau-Holle-Muster unterscheiden. Ein Beispiel aus England ist »Die große Ledertasche«, wo die Heldin auszieht, um ihr Glück zu suchen, und so lange einer Hexe dient, bis sie einen Sack voller Goldstücke findet. Auf ihrer Flucht wird sie von der Hexe verfolgt, erhält aber Hilfe von verschiedenen Wesen, denen sie früher einmal beigestanden ist. In »Die grüne Frau«, ebenfalls aus England, entdeckt das fleißige Mädchen ihre Herrin beim Tanz mit einem Kobold. Sie bestreitet dies aber heftig, und wird dafür von ihrer Herrin großzügig belohnt. In den Notizen der Gebrüder Grimm zu »Frau Holle« fand sich eine Erzählung, in welcher die Heldin andere Menschen, Tiere und Objekte zu ihrem eigenen Vorteil einspannt. Die Brüder zogen es hingegen vor, diese Fassung nicht zu verwenden und sie schufen eine adaptierte Version, deren Moral eher ihrem weiblichen Idealbild entsprach.

Die Tatsache, daß im Märchen Schönheit schon immer der Schlüssel zu einem glücklichen Schicksal war, läßt sich nicht von der Hand weisen, obwohl auch denkbar ist, daß sie innere Redlichkeit repräsentiert. Denn in den ältesten und ursprünglichsten Märchen werden eher die guten charakterlichen Seiten der Heldinnen belohnt als ihre Handlungen. Emotionelle und materielle Entbehrungen sind ebenfalls Eigenschaften, die großzügig entgolten kompensiert werden. Die Kombination von Schönheit und Entbehrung ist unfehlbar. In »Frau Holle« wird das Mädchen gezwungen, ins Reich der Naturgöttin zu gehen, das dem Paradies gleicht, immergrün und wunderschön (so auch in der Erzählung mit der vergleichbaren Hexenfigur Baba Jaga). Die Göttin bestraft darum ihr Eindringen nicht, sondern belohnt sie reichlich. Die zweite Schwester hingegen wird von Gier geleitet und mißachtet die Naturgesetze indem sie sich weigert, das Wetter ordnungsgemäß zu gestalten. Dafür wird sie bestraft. Das wagemutige kleine Mädchen in der schrecklichen Geschichte »Mutter Trude« (Grimm) wird gezüchtigt, indem es in einen Holzblock verwandelt und angezündet wird, um mit seinen Flammen die Hexe zu wärmen. Hier wird das böse Mädchen mit Pech übergossen. Ein Einfluß des Christentums, nehme ich an.

Es verdient Beachtung, daß die Göttin in ihrer Art mild und gütig erscheint, auch wenn sie Schnee herstellt, welcher hier symbolhaft als weich und flauschig beschrieben wird – so wie die Menschen es sich erträumen. Diese Darstellung steht in Gegensatz zum eisigen Klima, wo bedrohliche Zauberfrauen herrschen wie »Die Schneekönigin«, oder »Caellie Bheur (S. 254).
(*Kinder- und Hausmärchen*, gesammelt durch die Brüder Grimm, Verlag der Dieterichschen Buchhandlung, Göttingen, 1857, Erster Band, S. 133)

Huuch nach Skye!
(»Hooch!«, Ausruf der männlichen Tänzer beim schottischen Volkstanz, dem Highland Reel; Anm. d. Übersetzerin.) Duncan Williamson berichtet in seiner Einführung, daß er das Märchen zuerst von seinem Vater gehört habe, als er vier Jahre alt war. Er fügt hinzu, daß fahrende Geschichtenerzähler dieses beliebte Märchen aus dem Hochland auf ihre eigene Art erzählen.

Die Fähigkeit zu fliegen wird oft durch ein Losungswort erzielt, und hier geschieht es mithilfe von Kapuzen anstelle von Besen (oder einem Kessel wie in »Die Reise im Braukessel«, S. 192). Die alten Frauen sublimieren offensichtlich ihren Kummer um den Verlust ihres Bruders, indem sie Jack retten. In Maggies Bestätigung, das Jack geträumt habe, liegt jedoch auch eine versteckte Warnung: daß ihr Bruder den gleichen Traum hatte, bevor er starb. Jack schließt sich der Verschwörung des Schweigens an, selbst als er später beweisen kann, daß die Ereignisse tatsächlich stattgefunden haben. Dieser Pakt der Geheimhaltung ist nicht ungewöhnlich zwischen Hexen und einem Menschen, der ihre Geheimnisse entdeckt hat.

In einer Variante lobt Baba Jaga die Wasilissa, weil sie nicht nach Dingen fragt, die außerhalb des Hauses niemand wissen darf, und in dem englischen Märchen »Die Grüne Dame« leugnet das Mädchen, das für sie arbeitet, daß sie die Dame mit einem Kobold tanzen sah. Ähnlich wird in dem österreichischen Märchen »Die Schwarze Frau« das Mädchen dafür belohnt, daß es leugnet, gesehen zu haben, wie die Hexe langsam weiß wurde, als sie ihre Sünden abwusch.
(*The Genie and the Fisherman*, Duncan and Linda Williamson, Cambridge, Cambridge University Press, 1991, S. 73, aus dem Englischen von Anne Ruth Frank-Strauss)

Der Kessel-Geborene
John und Caitlin Matthews beschreiben Ceridwen als die Göttin der Inspiration *(The Aquarian Guide to British and Irish Mythology)* und vergleichen sie auch mit »Caelli Bheur« (S. 254). Oft bekannt als die *Alte*, wird sie untrennbar mit ihrem Hexenkessel und seinem Zaubertrank assoziiert.

Diese Geschichte schildert ausführlich sowohl ihre Verwandlungsfähigkeit wie auch ihre Rachsucht. Doch die Selbst-Befruchtung Ceridwens und die Wiedergeburt Gwions ist eine tragische Erfahrung für sie und ein weiteres Beispiel dafür, daß göttliche Gerechtigkeit den Vorrang vor Gefühlen hat. Ceridwen wird mehr gefürchtet und verehrt als geliebt, wohl wegen ihres häßlichen Gesichts und ihrer Rachsucht. Ihre riesige Vulva hängt bis zu ihren Knien herab, und ihr Kessel ist zugleich ein Symbol für Wiedergeburt und Menschenopfer.
(*The Song of Taliesin*, John Matthews, London, The Aquarian Press, 1991, S. 25, aus dem Englischen von Anne Ruth Frank-Strauss)

Die Reise im Braukessel
Diese Geschichte spiegelt die religiöse Haltung der Kirche im Mittelalter wider, welche die grausamen Hexenverfolgungen jener Zeit auslöste. Der feste Glaube war, daß Hexen eng mit dem Teufel kooperierten und demzufolge gegen das Christentum arbeiteten. Vergiftungen können allein schon durch die Erwähnung von Herrn Urians Name auftreten, auch wenn er nur angetönt wird wie hier. Tatsächlich stammt die Auffassung eines gehörnten, ziegenfüßigen Meisters wohl eher aus dem Bereich des gehörnten, zauberkräftigen Pan. Vielleicht hat aber auch diese Form des Teufels seinen Ursprung in Pan selber.

(*Norwegische Volksmärchen*, herausgegeben und übertragen von Klara Stroebe und Reidar Th. Christiansen, erschienen in der Reihe »Märchen der Weltliteratur«, S. 182, © 1967 Eugen Diederichs Verlag Düsseldorf Köln)

Der Birkenbesen
Dieses wirklich rätselhafte Märchen wird von Alec Stewart berichtet. Der lockere Austausch zwischen Paddys Frau und dem Priester läßt vermuten, daß sie weder ein Geist noch eine Hexe ist. Aber sie hat Zugang zu einer übernatürlichen Macht, die ihren von einer Hexe besessenen Körper erlöst. Möglicherweise soll aber auch durch diese Geschichte zum Ausdruck gebracht werden, daß die Religion, der Kult der Hexen, vorchristlich und nicht anti-christlich ist.
(*The King o' The Black Art And Other Stories*, herausgegeben von Sheila Douglas, Aberdeen, Aberdeen University Press, 1987, S. 33, aus dem Englischen von Anne Ruth Frank-Strauss)

Der Besen ist fleißig
Eine hintergründige Geschichte, in der es um die Geheimnisse der »Wahrsagerin« geht. Die bäuerliche Philosophie Odjos und Bokis ist von einem gewissen zufriedenen Fatalismus.
(*Caribbean Tales: The Woe Shirt*, Paule Barton, Washington, Graywolf Press, 1982, S. 57, aus dem Englischen von Anne Ruth Frank-Strauss)

Die gehörnten Frauen
Dieses klassische Hexenmärchen, unheimlich und finster, enthält mehrere Hexenelemente: das Spinnrad, böser Zauber und Überfall. Die Hörner symbolisieren die Mondsichel, eine Erinnerung an die Verbindung zwischen Mond und Hexen, während dreizehn die typische Zahl des Hexensabbats ist.
(*Ancient Legends, Mystic Charms and Superstitions of Ireland*, Lady Wilde, London, Chatto and Windus, 1925, S. 10, aus dem Englischen von Gerda Bean)

Die Frau von Laggan
Diese Geschichte besteht aus vier einzelnen Teilen: zwei Wettkämpfe zwischen Katzen-Hexen und Hexenjägern, die Aufdeckung der wahren Identität der Hexe und der Versuch der Hexe, ihre Seele zu retten, bevor der Teufel ihren Pakt durchsetzt.
(*Nine Lives*, Katherine Briggs, London, Routledge and Kegan Paul Ltd., 1980, S. 94, aus dem Englischen von Gerda Bean)

Baba Jaga
Diese Version der berühmten Baba-Jaga-Erzählungen betont die zweideutige Natur der alten Weiber mehr als alle anderen. Die knappe Schilderung erlaubt es, die Aufmerksamkeit auf Baba Jagas Verhalten zu richten. Gleich wie die beliebte Figur der Frau Holle aus Grimms Märchen belohnt sie Redlichkeit und bestraft Unfreundlichkeit. Dieses Verhalten ähnelt dem der heidnischen Gottheiten sowie dem Gott der monotheistischen Religionen, wo Fleiß und Milde beschenkt und mangelnde Verehrung als Sünde verurteilt werden. Die anderen Charakteristiken der Baba Jaga offenbaren ihr Wesen als Naturgöttin, so zum Beispiel der Mörser und Stößel in Anlehnung an Demeters Symbole. (*Russische Volksmärchen*, A. N. Afanasjew, in neuer Übertragung von Swetlana Geier, S. 115, © 1985 Winkler Verlag München)

Vikram und die Dakini
Ich habe diese Geschichte aus der Erinnerung nacherzählt. König Vikram taucht häufig in indischen Märchen auf. Er scheint eine Mixtur aus dem großen König Vikramaditya (57 v. Chr.) und dem König zu sein, der der Held einer Folge von fünfundzwanzig Geschichten ist – »Vikram und die Vampire« in *Katha Sarit-Sagar* (*The Ocean of Rivers of Story*; frühes 12. Jahrhundert). Davon gibt es mehrere englische Übersetzungen.

Alle Geschichtenerzähler neigten dazu, gelegentlich etwas abzuschweifen, vor allem wenn es um solche bekannten Charaktere wie Vikram oder Kali ging, die auf eine kumulative Märchentradition zurückblicken können und zur Mythologie/Geschichte gehören. Die Erzähler boten außerdem ein paar philosophische Randbemerkungen, Kommentare zum Charakter, moralische Beurteilungen und kurze informative Beschreibungen, die nicht immer genau sind, aber viele Einblicke gewähren. Zum Beispiel sind nicht alle Kshatriyas Könige, obwohl Kshatriyas (auch Rajputs genannt) die kriegerisch-fürstliche Kaste umfassen.

Dann sind da noch die Abschnitte, die sie ausließen – die chthonischen, blutigen, sexuellen Teile. Geschickte Geschichtenerzähler trieben unsere Phantasie bis zu einem Punkt, an dem sie in anarchische Aktion trat und die Geschichte selbst ausmalte. Diese Kindheitsbilder reproduzieren sich regelmäßig in meinen Geschichten – eine Variation, die die Flexibilität der Märchen leicht einschließen kann. Manchmal sind diese Elemente dunkel, manchmal zum Lachen – aber immer enthalten sie eine gewisse Energie, die von ihren Schöpfern und deren Umgebung überspringen muß.

Die Göttin Kali ist der westlichen Welt wohlbekannt. Die mittelalterliche Abhandlung *Kalika Purana* enthält die Beschreibung ihrer Fähigkeit, durch die Vagina einsaugen zu können, und ihren »genitalen Wettkampf« mit Shiva, die in dieser Geschichte erwähnt werden. Das Blut, auch das geronnene, erinnert daran, daß sie Dämonen erschlägt. Außerdem ist sie die Patronin der Hexen, Dämoninnen und anderer Kreaturen.
(Aus dem Englischen von Gerda Bean)

Die alte Würgadlerfrau
Der Autor fand diesen Fruchtbarkeitsmythos am Roper River im Northern Territory von Australien. Das Motiv hat seinen Ursprung in Geschichten von Kunapipi, der Erdgöttin dieser Region, die junge Männer erst verspeiste und dann wieder ausspie. Es ist eindeutig eine Wiedergabe der Vorstellung von Ernte und neuem Wachstum. In anderen Versionen suchen die Väter der verschwundenen Jungen die Hexe, töten sie und übernehmen ihre Rituale. Damit dient die furchterregende Analogie des Säens und Reifens der Ernte und des Verschlingens und Erbrechens männlicher Kinder durch eine ältere Frau dazu, die Göttin zu dämonisieren. Sie wird zu einem räuberischen Wesen, das die Hinrichtung verdient, und ihre Kräfte gehen auf die Männer über, die sie erschlagen haben. Dieser Akt des Entreißens der Fruchtbarkeitsriten, dem traditionellen Monopol der Göttin, ist Teil der Tendenz der patriarchalischen Übernahme und Beschneidung der weiblichen Macht, die in den meisten Mythologien deutlich zu erkennen ist. Viele Mythen zeugen davon, daß die Männer sich besonders von der weiblichen Fähigkeit zu reproduzieren – so wie die Erde sich kontinuierlich reproduziert – bedroht gefühlt haben, während ihr eigenes Leben begrenzt ist. Die früheste noch erhaltene Mythologie – die sumerische – enthält beide Motive, die Gefangenschaft einer mächtigen Göttin in der Unterwelt und die Suche ihres Bruders nach Unsterblichkeit.
(*Aboriginal Myths and Legends*, Roland Robinson, Melbourne, Sun Books, 1968, S. 131, aus dem Englischen von Gerda Bean)

Die beiden Kinder und die Hexe
Dies ist eine Variante von »Hänsel und Gretel«. Die Mutter, die sie verläßt, die menschenfressende Hexe, die sie ernährt, und die siegreichen Kinder sind alle vorhanden. Doch hier übernehmen die Kinder das Haus der Hexe. In ihrem Wettstreit mit Kindern ist die Hexe oft dumm.
(*Portuguese Folk-Tales*, Consiglieri Pedroso, London, Folklore Society, 1882, S. 59, aus dem Englischen von Anne Ruth Frank-Strauss)

Meine süße Hexe
Der Titel »Hexenmeister« bezieht sich hier auf die Oberhexe und nicht auf den Mann, der die Hexen unter seiner Kontrolle hat, wie in »Der Rat des Hexenmeisters«, S. 243. Wie bei den Hexen in einigen Ozark-Gemeinden müssen Neulinge auch hier einen Verwandten töten, um in der Hexengemeinschaft aufgenommen zu werden. Hier wie dort sind sie durchaus ein Teil der Dorfgemeinschaft und praktizieren ihre Rituale im Geheimen.
(*Folktales from the Congo*, Jan Knappert, London, Heinemann Educational Books Ltd, 1987, S. 61, aus dem Englischen von Gerda Bean)

Der Fluch
Die Autorin beschreibt die Elk – ein armenisches Märchenwesen – als einen zwergenhaften bösen Geist, der gebärende Frauen überfällt und »ihnen die Leber herausreißt, der sie und ihr Kind erwürgt oder auch ein Menschenkind stiehlt und einen Wechselbalg hinterläßt« (S. 64). Sie verursachte auch Fehlgeburten und Sterilität. (Siehe »Rabbi Josua und die Hexe«, S. 240)
Hexen sind überall auf der Welt bekannt dafür, daß sie mit Vorliebe menschliche Lebern und Herzen verzehren.
(*100 Armenian Tales*, Suzie Hoogasian-Villa, Detroit, Wayne University, 1966, S. 352, aus dem Englischen von Anne Ruth Frank-Strauss)

Zwei Kinder und eine Hexe
Viele Märchenkinder werden von bösartigen Lebewesen wie Ungeheuern und Wölfen verschluckt und unversehrt gefunden, wenn der Bauch des Ungeheuers aufgeschlitzt wird.
(Quelle unbekannt, aus dem Englischen von Anne Ruth Frank-Strauss)

El-Muzayyara
Der Herausgeber merkt an, daß verschiedene Arten von Wassergeistern sich mit sterblichen Männern vereinigen dürfen, jedoch von ihren Partnern Verschwiegenheit verlangen wie andere Feenbräute.

Hier glaubt Idris allerdings, daß die »Dschinniya« (weiblicher Dschinn) ihn töten will.
(*Folktales of Egypt*, Hasan El-Shamy, Chicago, University of Chicago Press, 1938, S. 180, aus dem Englischen von Gerda Bean)

Das verhexte Butterfaß
Die Unheil abwehrenden Maßnahmen, die die verhexte Familie hier ergreift, haben eine mächtige Wirkung auf die Hexe. Im Gegensatz zur

Familie ist sie jedoch nicht bereit, Vergangenes vergangen sein zu lassen. (*Legendary Fictions of the Irish Celts*, Patrick Kennedy, London, Macmillan, 1891, S. 135, aus dem Englischen von Gerda Bean)

Rabbi Josua und die Hexe
Die Fußnote des Autors datiert diese Geschichte um das 5. Jahrhundert, sie spielt in Babylon. Immer scheinen in solchen Märchen die Priester – besonders die der sogenannten ethischen Religionen – die Hexen zu besiegen. Diese Geschichten scheinen den alten Wettstreit zwischen Patriarchat und Matriarchat, zwischen Heiden und Monotheisten neu zu inszenieren. Fast immer wurden sie vom Standpunkt der Repräsentanten der monotheistischen Religion aus geschrieben, wohl auch zu dem Zweck, die Ängste der Frommen zu zerstreuen. Das ist etwas ganz anderes, als Biddy Earlys Zusammenstoß mit dem Priester von Feakle (S. 257).
(*Jewish Folktales and Legends*, David Goldstein, London, Hamlyn, 1980, aus dem Englischen von Anne Ruth Frank-Strauss)

Der Rat des Hexenmeisters
Eine Hexe, die mitten in der Nacht Männer »reitet«, ist in Skandinavien und auf den britischen Inseln eine vertraute Gestalt. Oft ist das Reiten wörtlich zu nehmen – die Hexe verwandelt den Mann in ein Pferd und reitet auf ihm zu ihren Orgien mit dem Teufel. Es sind eindeutig sexuelle Konnotationen, und die Männer sind immer erschöpft und manchmal verletzt, wenn sie am Morgen erwachen und sich an ihre nächtliche Verwandlung nicht erinnern können. Wie auch bei dieser Geschichte sind die Männer meist in der Lage, sich zu rächen und die Hexe zu entlarven. Dieses Märchen ist ungewöhnlich und um so amüsanter wegen der skatologischen Wendung am Schluß. Dabei werden das Motiv der Geschichte und der Alptraumgedanke des Mannes um des häuslichen Friedens willen zusammengezogen und mit der Erklärung eines bösen Traums verquickt.
(*Ozark Superstitions*, Vance Randolph, New York, Columbia University Press, 1947, S. 279, aus dem Englischen von Gerda Bean)

Der Sohn der sieben Königinnen
Wieder einmal rettet eine Frau den Helden.
(*Indian Fairytales*, Joseph Jacobs, London, Constable and Company Ltd, 1892, S. 115, aus dem Englischen von Gerda Bean)

Caellie Bheur
Diese Version einer reizenden Geschichte aus Skye, die von der Entstehung der Cuchullin-Berge berichtet, habe ich geschrieben. Es geht hier um den Kampf der Natur, den Winter zu vertreiben und Frühling und Sommer einziehen zu lassen. Caellie ist eine Winterhexe in der Tradition der Black Annis der Dane Hills. Caellie hat einen vielgestaltigen Hintergrund. Sie ist eine Wasserschutzgöttin, eine Muttergöttin und manchmal auch die abscheuliche Frau.
(Aus dem Englischen von Gerda Bean)

Hag-Rog
Diese nordamerikanische Geschichte habe ich aus der Erinnerung nacherzählt. Mein Titel stammt aus der neueren Veröffentlichung *The Terror That Comes In the Night*, die die Fassung einer Nacherzählung aus Neufundland enthält. Zaubereien, die den Menschen am Urinieren und an der Darmentleerung hindern, finden sich auch in Indien und Afrika.
(Aus dem Englischen von Gerda Bean)

Biddy Early, der Priester und die Krähe
Biddy Early starb 1874. Ihre Wettkämpfe mit dem Priester des Dorfes waren berühmt, deshalb war es durchaus passend, daß sie sich auf dem Sterbebett ein letztes Mal über ihn lustig machte. Ihre Zauberflasche war eng mit ihren Kräften verbunden, wobei eine Legende berichtet, sie habe sie von ihrem toten Ehemann Tom bekommen, um ihr zu helfen, mit einem Hauswirt fertig zu werden, der sie vor die Tür setzen wollte. Sie konnte die Zukunft sehen, wenn sie in die Flasche schaute, und sich so auf die bevorstehenden Katastrophen vorbereiten. Es hieß, daß jeder andere, der hineinblickte, den Verstand verlöre und die Flasche ihre Kräfte einbüßen würde, wenn Biddy für ihre Heilmittel Geld verlangte.

Biddy trotzt der traditionellen Vorstellung von einer Dorfhexe, indem sie weder Priester noch Kirche oder Bibel fürchtet. Ihre Ehre wurde gerettet, als der Priester sie am Sterbebett besuchte. Lenihan zitiert einen Informanten: »Der Priester, der sie früher kritisierte, hielt in Feakle eine Messe ab, nachdem Biddy gestorben war, und er sprach von ihr als einer großartigen, wunderbaren, mildtätigen, guten Frau. Alles, was sie jemals tat, war zum Guten gewesen.«
(*In Search of Biddy Early*, Edmund Lenihan, Dublin, The Mercier Press, 1987, aus dem Englischen von Gerda Bean)

Das Büblein im Sack
Italo Calvino bemerkt, daß er Namen und Fantasiereime für seine Version dieser berühmten Erzählung frei erfunden und auch andere »Änderungen« vorgenommen hat. In der Einführung erwähnt er einige allgemeine Charakteristiken der Volksmärchen für Kinder:

> »... ein angsteinflößender, blutrünstiger Stoff, skatologische, unflätige Einzelheiten, Verse, die in Prosa eingefügt und den Kinderreimen ähnlich sind. Diese Eigenschaften (Grausamkeit, Skurrilität) stehen zum großen Teil im Gegensatz zu den Merkmalen der heutigen Kinderlektüre.« (S. 40)

Obwohl Märchen über Jahrhunderte immer wieder verändert wurden, besteht heute glücklicherweise wieder eine wachsende Tendenz, die ursprüngliche Unmittelbarkeit und den manchmal extremen Handlungsverlauf beizubehalten.

Einige Mythologien strotzen vor skatologischen Märchen (in Afrika, im südpazifischen Raum, bei den nordamerikanischen Indianern und in vielen Kulturen mehr). Unter den zeitgenössischen Autoren hat sich besonders Roald Dahl dem Geschmack der Kinder angepaßt und für sie eine große Auswahl an lustiger Unterhaltung geschaffen.
(*Italienische Märchen*, Italo Calvino, aus dem Italienischen von Lisa Rüdiger, S. 110, © 1975 Manesse Verlag Zürich)

Wir danken allen lizenzgebenden Verlagen für die Abdruckgenehmigung.